LIZA GRIMM

HINTER DEN SPIEGELN SO KALT

ROMAN

W0376158

KNAUR

Besuchen Sie uns im Internet:
www.knaur.de

Aus Verantwortung für die Umwelt hat sich die Verlagsgruppe Droemer Knaur zu einer nachhaltigen Buchproduktion verpflichtet. Der bewusste Umgang mit unseren Ressourcen, der Schutz unseres Klimas und der Natur gehören zu unseren obersten Unternehmenszielen. Gemeinsam mit unseren Partnern und Lieferanten setzen wir uns für eine klimaneutrale Buchproduktion ein, die den Erwerb von Klimazertifikaten zur Kompensation des CO_2-Ausstoßes einschließt. Weitere Informationen finden Sie unter: www.klimaneutralerverlag.de

FSC www.fsc.org MIX Papier | Fördert gute Waldnutzung FSC® C083411

Originalausgabe Oktober 2022
Knaur Taschenbuch
Ein Imprint der Verlagsgruppe
Droemer Knaur GmbH & Co. KG, München
Alle Rechte vorbehalten. Das Werk darf – auch teilweise – nur mit Genehmigung des Verlags wiedergegeben werden.
Ein Projekt der AVA international GmbH Autoren- und Verlagsagentur
www.ava-international.de
Redaktion: Catherine Beck
Covergestaltung: Nele Schütz Design, München
Coverabbildung: Collage von Nele Schütz Design, München unter Verwendung von Motiven von Shutterstock.com
Illustrationen im Innenteil: Megumi Loy
Satz: Adobe InDesign im Verlag
Druck und Bindung: CPI books GmbH, Leck
ISBN 978-3-426-52877-8

2 4 5 3 1

Liebe Leser*innen,

bei manchen Menschen lösen bestimmte Themen ungewollte Reaktionen aus. Deshalb findet ihr am Ende des Buches eine Triggerwarnung.
Achtung: Diese enthält Spoiler für das gesamte Buch.
Wir wünschen euch gute Unterhaltung mit *Hinter den Spiegeln so kalt*.

Liza und der Knaur Verlag

Für jene, die sich nicht gesehen fühlen.

»Siehst du das eisige Schimmern im Spiegel?
Diesen blauen Funken, nicht mehr als ein kurzes Blinken?

Dort wohnt die Eiskönigin, heißt es, mit einem Herz,
so kalt und leer wie die Unendlichkeit.

Sie lebt in ihrem Glaspalast hinter den Spiegeln und holt sich jene Kinder, die Angst im Herzen tragen. Also hab keine Angst, wenn du deinem Spiegelbild in die Augen schaust.

Sonst wird sie kommen und dich holen,
und deine Seele wird ihr neuer Begleiter sein.«

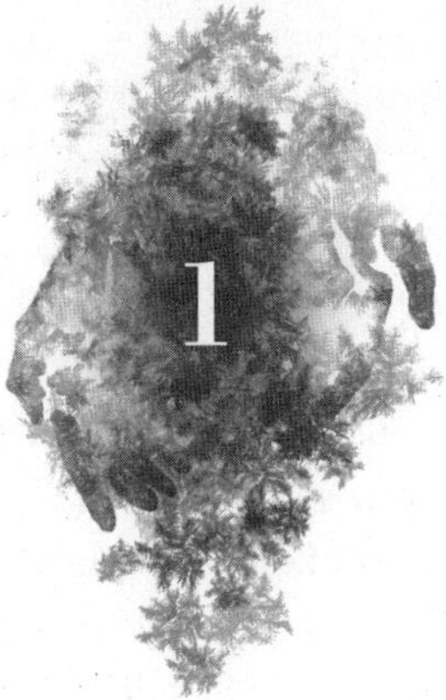

1

Was von mir blieb, 8. August

Heute

Finger aus Eis. Finja sah auf ihre Hände hinab. Blaue Haut, überzogen mit Eisblumen. Wunderschöne Muster.
Kälte, Schmerz, Leere. Verlust.
Der Schrei ihrer Tochter.
Neben ihr.
Hinter ihr.
In weiter Ferne.
Drei Schreie, dann Stille. Schneegestöber, diesige Sicht. Hannah war fort. Finja wollte ebenfalls schreien, aber ihre Lippen waren zugefroren, ihr blieb nur eiskaltes Nichts, keine kleinen Finger, die sich in ihre schoben, keine weichen Haare, die sie zu einem Zopf flocht, kein Lachen in ihren Ohren. Nie wieder geflüsterte Bitten nach einer Gutenachtgeschichte. Nie wieder über die kleine Narbe knapp neben dem rechten Auge streicheln, nie wieder den Scheitel küssen, der so wunderbar nach zu Hause roch.
Alles war Vergangenheit, ebenso wie Hannah, die kleine, süße Hannah. Verloren.
Finjas Herz war Eis, wie ihre Finger, kalt und tot und wunderschön. Der Schmerz wurde zu stark, war nicht mehr Eis, sondern Feuer.

Das Eis knirschte, zerbrach. Finja schrie. Tränen liefen über ihre Wangen.

»Holen sie tief Luft, Frau Dahl.«

Luft in ihrer lebendigen Lunge. Zitternd strich sie über die warme Haut ihres Daumens. *Das Eis ist nicht echt*, sagte sie sich wie so oft, aber die Stimme in ihrem Kopf war zu leise, um in ihr Innerstes vorzudringen. Egal, wie oft sie sich einredete, dass das Eis in der Realität keine Macht hatte, sobald die Träume sie überfielen, kam es zurück und mit ihm der Tod.

Finja hob den Kopf, erkannte das Gesicht ihrer Therapeutin, blinzelte. Es war ein nettes Gesicht, mit runden Wangen und Verständnis im Blick.

Finja räusperte sich, erwartete, kein Wort hervorzubringen, aber die Luft kam ihr warm über die Lippen: »Da war wieder das Eis.«

Frau Halla nickte, als würde sie verstehen, dabei bezweifelte Finja, dass ihre Worte für Außenstehende irgendeinen Sinn ergaben. Ganz gleich, wie viele Therapiesitzungen sie besuchte, nichts wurde besser. Weder ihre Albträume noch der Verlust.

»Erzählen Sie mir davon, Frau Dahl.«

Es irritierte sie, wie die Therapeutin immer wieder ihren Namen wiederholte. Als wäre er ein Anker, der sie an diese Welt band. An ihren Körper. Der Gedanke verstörte Finja, und kurz fragte sie sich, ob sie nicht einfach ihren Namen ablegen und zu einem anderen Menschen werden konnte.

Zu einer Frau, die ihre Tochter nicht verloren hatte. Zu einer Frau, die noch wusste, wie man lächelte.

2

Altes Glück, 7. Dezember

Vier Jahre zuvor

Hab dich, Käferchen!« Mika packte seine kleine Tochter und wirbelte sie so schnell durch die Luft, dass Finja bei dem Anblick schlecht wurde. Sie rechnete damit, dass er das Kind jeden Moment losließ und Hannah mit dem Kopf voraus auf dem Parkettboden landete. Stattdessen lag sie plötzlich auf Mikas Schulter und quietschte vor Freude.

Sie breitete die Arme aus, als wäre sie ein Flugzeug, während Mika lachend ein kleines Stück rannte, abrupt bremste und Hannah in einem Purzelbaum nach unten bugsierte.

»Noch mal!«, rief sie und streckte die Arme nach oben.

»Später.« Mika schnaufte und stützte sich mit den Händen auf den Knien ab. »Das ist ganz schön anstrengend, weißt du?«

»NOCH MAL!«

Ein leichtes Lächeln zupfte an Finjas Mundwinkel. Es machte sie jedes Mal nervös, wenn Mika so mit ihrer gemeinsamen Tochter tollte, aber Hannahs glitzernde Augen und ihre Begeisterung milderten ihre Sorge ein wenig.

»Jetzt nicht«, schritt Finja ein und hob Hannah hoch. Mittlerweile war sie deutlich zu schwer, um ständig getragen zu werden, aber noch ließ Finja sich dieses Privileg nicht nehmen. Die Zeit, in der Hannah überhaupt nicht mehr getragen werden wollte, würde kommen – und bis dahin würde sie ihre kleine Tochter sooft hochheben und an ihre Brust drücken wie möglich. »Papi ist müde.«

Tatsächlich lagen tiefe Ringe unter Mikas Augen, und Schweiß glänzte auf seiner Stirn. Sein Hemd war zerknittert, und Finja fragte sich, wie lange die Haare an seinen Schläfen eigentlich schon farblos waren. Mika und sie waren seit acht Jahren zusammen, seit drei Jahren bereicherte Hannah ihr gemeinsames Leben. Auch wenn es Tage gab, an denen sie Mika nicht sehen wollte, und Nächte, in denen sie lieber auf dem Sofa schlief, war sie doch glücklich mit ihm. Er war ein guter Vater, ein liebevoller Ehemann.

»Pass auf«, schlug Finja ihrer Tochter vor. »Wir gehen in die Küche und backen ein paar Kekse für Papi, damit er wieder stark genug ist, um mit dir zu spielen.«

Das Wort *Backen* in Kombination mit *Kekse* erweckte sofort Hannahs Aufmerksamkeit. Sie runzelte die Stirn, als müsste sie sehr angestrengt darüber nachdenken.

»Das fände ich toll!«, schaltete sich Mika ein, woraufhin Hannah strahlte und nickte. Mit den Lippen formte er ein lautloses *Danke* in Finjas Richtung, während diese mit dem Kind auf dem Arm in die Küche trat. Der Raum war recht groß, denn genug Platz für einen Esstisch war Mika beim Hauskauf wichtig gewesen. Das Fenster auf der Rückseite führte zum Garten, der von einer weißen Schneeschicht bedeckt war. Kleine Flocken rieselten herab, tanzten unter der grauen Wolkendecke. Finja setzte Hannah an den Tisch und begann, aus den Schränken die benötigten Schüsseln und Zutaten zusammenzusammeln. Bald war Weihnachten, Mikas liebste Zeit des Jahres, und Plätzchen gehörten zum Winter wie Marshmallows in heißen Kakao. Zumindest wenn es nach Finja ging.

Sie brachte die Zutaten zum Tisch, stellte den Messbecher vor Hannah ab und half ihr beim Abmessen. Dann durfte Hannah Eier, Mehl, Zucker und die Butter mit den Fingern durchkneten. Der Teil machte ihr am meisten Spaß, was zur Folge hatte, dass mehr als ein Mehlklecks auf dem weißen Fliesenboden landete.

Hannah bearbeitete den Teig, als wäre er Knete. Sie formte Figuren, brabbelte Geschichten, von denen Finja kein Wort verstand. Als der Teig die richtige Konsistenz hatte, rollten sie ihn gemeinsam mit einem Nudelholz aus, wobei Finja die meiste Arbeit machte und Hannah das Ding festhielt und lachte.

Erst zum Ausstechen der Plätzchen kam Mika in die Küche. Er hatte das Hemd gegen ein T-Shirt ausgetauscht, aber die Augenringe ließen sich nicht so einfach abstreifen. Er lächelte Finja an, hauchte ihr einen Kuss auf den Scheitel und wuschelte dann Hannah durch die Haare, die gerade mit einer Sternform Plätzchen ausstach.

»Die sehen aber toll aus! Als wären sie direkt vom Himmel gefallen.«

Hannah lächelte stolz und legte einen Stern aufs Backblech, wobei die Zacken alle nach hinten klappten. Vorsichtig griff Mika danach und löste die Spitzen von der Mitte, damit er wieder seine Ursprungsform bekam. »So.«

Als Hannah den nächsten Stern auf das Backblech bugsierte, konzentrierte sie sich so stark, dass ihre Zunge zwischen den Zähnen hervorlugte. Mika trat hinter Finja und zog sie an seine Brust, woraufhin sie leise lachte.

»Geht's dir besser?«, fragte sie und drehte sich leicht um, betrachtete sein Profil. Er wirkte nicht mehr ganz so angespannt, aber noch immer trübte Kummer seinen Blick.

»Ein wenig.« Seine Mundwinkel hoben sich sanft, aber die Falten auf seiner Stirn blieben tief.

»Möchtest du dich nicht noch etwas ausruhen?« Vorsichtig strich Finja ihm über den Unterarm. Seine Haut war warm und roch nach Heimat.

»Ich muss doch aufpassen, dass ihr ordentliche Sterne backt.« Seine Lippen streiften ihre Stirn. Dann löste er sich von ihr, griff ebenfalls nach einem Ausstecher und fing an, den Teig zu bearbeiten.

Am liebsten hätte Finja ihn in eine heiße Badewanne gesteckt, aber sie wusste, dass sie damit bei Mika keinen Erfolg haben würde. Deshalb machte sie sich ebenfalls wieder an die Kekse, sammelte die von den beiden ausgestanzten Reste, knetete sie und rollte sie erneut aus,

während sie aus dem Augenwinkel beobachtete, wie Mika und Hannah in Eintracht Plätzchen ausstachen.
Draußen war es bereits dunkel geworden, die Küchenlampe verbreitete ein angenehm warmes Licht, und Finja wünschte sich, dass dieser Moment für immer andauerte. Sie lächelte, und auch Jahre später würde dieser kurze Augenblick besonnener Dankbarkeit sie daran erinnern, was sie alles verloren hatte.

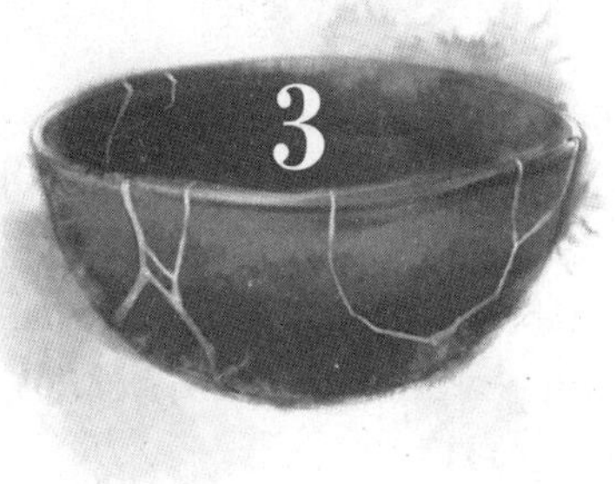

15. Juni

Vor Hannahs Verschwinden

Ich will aber nicht, Mama!«
Hannah stapfte fest auf den Teppichboden, verschränkte die Arme vor der Brust und schob eine Lippe nach vorne. Ein Teil ihrer dunklen Haare war zu einem losen Zopf geflochten, der andere hing ihr wild ins Gesicht. Sie blies eine Strähne weg und kickte in die Luft, als wäre dort ein Ball, an dem sie ihre Wut abließ.
»Bitte.« Finja seufzte, ging in die Hocke und warf einen kurzen Blick auf ihre Armbanduhr. Sie hatte keine Zeit für solche Spielchen. »Max wartet schon im Zoo auf uns.«
»Max ist doof«, entgegnete Hannah und drehte sich energisch weg, sodass Finja auf ihren Hinterkopf starrte. »Was will der denn mit uns im Zoo? Wenn die Giraffen ihn sehen, haben sie bestimmt Angst und laufen weg.«
»Dann würde ich auch endlich mal eine rennende Giraffe sehen«, erwiderte Finja. »Wäre das nicht spannend? Bisher kenne ich sie nur stehend und Blätter mampfend.«
»Können wir nicht allein gehen?« Jetzt drehte sich Hannah wieder zu ihr um. Der Anblick ihres verzweifelten Gesichts brach Finja das Herz. Sie trat auf ihre Tochter zu und zog sie an sich. Hannah drück-

te sich an sie, ihr Kopf reichte ihr bis knapp unter die Brust. Der kleine Körper fühlte sich so zerbrechlich an, sanft strich Finja ihr über die Haare.
»Ich mag Max, weißt du«, flüsterte Finja. »Sehr gern sogar.«
»So gern wie Papa?«
Die Frage kam nicht unerwartet, ebenso wenig wie der Schmerz, der Finjas Herz zerriss. Aber dennoch schluckte sie, wägte jedes Wort ab. Sie hatte sie schon oft gemurmelt, nachts, wenn Hannah schlief, aber jetzt erschienen sie ihr falsch.
Erneut ging Finja in die Hocke, nahm Hannahs zarte Finger in ihre. Sie sah ihr in die Augen, in diese pechschwarzen Augen, die Finja jeden Tag an Mika erinnerten. Ihr geliebter Mika.
»Anders«, erwiderte Finja, presste das Wort mühevoll durch ihre trockene Kehle. »Dein Papa wird immer einen besonderen Platz in meinem Herzen haben, und den wird ihm niemand wegnehmen.« Sie drückte sanft die Hände ihrer Tochter. »Niemals, verstehst du? Wir werden immer eine Familie sein.«
Sie hielt die Tränen zurück. Für Hannah. Das kleine Mädchen hingegen ließ ihnen freien Lauf. Sie schluchzte, presste sich enger an ihre Mutter, weinte hemmungslos.
Ihre Tochter so zu sehen, zerriss Finja erneut das Herz. Alles in ihr zog sich zusammen, ihre Kehle und ihre Augen brannten, aber sie atmete weiter, einfach weiter. Eine ganze Weile standen sie so da, eng umschlungen, bis Hannah irgendwann ruhiger atmete, nur noch hin und wieder unterbrochen von einem Schluchzen. Mittlerweile war es Finja egal, ob sie zu spät kamen. Max würde das verstehen.
Sie strich Hannah noch einmal über den Kopf, dann trat das Mädchen zurück, wischte sich mit dem Ärmel ihrer gelben Strickjacke die Tränen aus dem Gesicht.
»Ich möchte wirklich lieber allein mit dir in den Zoo«, versuchte Hannah es erneut. Ihre Augen waren gerötet, und sie klang so erschöpft, dass Finja kurz versucht war, nachzugeben.
»Ein andermal«, antwortete sie und bemühte sich um ein aufmunterndes Lächeln. »Pass auf: Wir gehen mit Max in den Zoo, und dafür schauen wir heute Abend *Frozen*, okay?«

»Nur du und ich?«
»Nur du und ich.«
Hannah legte die Stirn angestrengt in Falten und sagte schließlich: »Kleiner-Finger-Schwur?«
»Kleiner-Finger-Schwur.« Sie verhakten die Finger ineinander.
»Danke.« Jetzt war Finjas Lächeln echt. Sie streckte Hannah die Hand entgegen. »Komm, ich flechte dir die Haare.«
»Das kann ich doch schon allein.« Hannah flitzte Richtung Badezimmer davon und ließ Finja in dem schmalen Flur zurück. Er war zu eng für Möbel, dafür hingen umso mehr Bilder an den orange gestrichenen Wänden. Fotos aus besseren Zeiten. Von Mika, der stolz eine Hand auf Finjas leicht gewölbten Bauch legte, während sie beide vor dem Weihnachtsbaum posierten. Mika hatte diese Jahreszeit geliebt und immer zu etwas Besonderem gemacht. Nicht selten war Finja von den ganzen Blinklichtern und vom Lametta genervt gewesen, hatte ihn gebeten, Weihnachten nicht wie in Amerika zu feiern, aber Mika hatte nur gelacht und eine weitere Lichterkette an die Mehrfachsteckdose angeschlossen.
Neben dem Foto hing ein Bild, auf dem Mika die neugeborene Hannah hielt. In seinen muskulösen Armen sah sie noch kleiner aus, als sie eigentlich gewesen war, seine rechte Hand umschloss Hannahs Kopf nahezu komplett. Mika lächelte, als wäre er der glücklichste Mensch der Welt. Vermutlich war er das zu diesem Zeitpunkt vor sieben Jahren auch gewesen.
Wieder einmal spielte Finja mit dem Gedanken, die Fotos abzuhängen. Sie erinnerten sie jeden Tag an das, was sie unwiderruflich verloren hatte. Aber Hannah liebte die Bilder, zeigte sie jedem Besucher, erzählte stolz von den wenigen Erinnerungen, die sie an ihren Vater hatte, und von jenen, die Finja ihr so oft als Gutenachtgeschichten erzählt hatte, dass sie für Hannah ebenfalls zu echten Erinnerungen geworden waren. Vier lange Jahre war Mika nun schon tot, und in einsamen Momenten erschien es Finja, als wäre die Zeit mit ihm nichts als ein wunderschöner Traum gewesen.

4

Die Suche nach mehr, 8. August

Heute

Mit einem leisen Klirren ließ Finja den Schlüsselbund in die Schale auf dem Sideboard fallen. Es war eine kleine, schiefe Tonschale mit bunten aufgemalten Herzen. In der Mitte erinnerten mehrere Klebestellen an den Tag, als Hannah vom Kindergarten zurückgekommen war, stolz den Reißverschluss des Rucksacks beiseitegezogen hatte, um ihren Eltern das selbst getöpferte Stück zu zeigen, und dann stattdessen Scherben zutage gefördert hatte.

Hannah hatte bitterlich geweint, aber dank Mikas ruhigen Fingern und viel Sekundenkleber war die Schale schnell wieder ganz gewesen.

»Auch wenn wir etwas reparieren, sieht es danach anders aus«, hatte Mika Hannah erklärt. Finja liebte es, wie Mika ihr immer wieder neue Blickwinkel auf die Welt eröffnete. »Aber das heißt nicht, dass es schlechter ist. Es ist jetzt einfach eine neue Erinnerung. Wenn du die Schale ansiehst, wirst du ab jetzt immer wissen, dass man Dinge mit ganz viel Geduld reparieren kann.«

»Und mit Sekundenkleber!«, hatte Hannahs Antwort gelautet, bevor die beiden in Gelächter ausgebrochen waren. Auch Hannahs Sicht auf die Dinge entlockte Finja immer häufiger ein Lachen.

Die glücklichen Erinnerungen verschwanden, und zurück blieben der leere Hausflur und die Risse in der Schüssel, die Finja nur noch daran erinnerten, dass manche Dinge nicht mit Sekundenkleber repariert werden konnten.
Sie schlüpfte aus den Sneakern, hängte die Jeansjacke an die Garderobe und steuerte direkt zum Kühlschrank. Dort griff sie nach dem Fertig-Smoothie und leerte ihn mit wenigen Schlucken. Erdbeer-Banane. In den letzten vier Wochen seit Hannahs Verschwinden hatte sie schon deutlich ungesündere Abendmahlzeiten zu sich genommen.
Sie schlurfte zum Küchentisch, nahm die Kaffeetasse, die seit dem Frühstück dort stand, und räumte sie in die Spülmaschine. Anschließend ging sie dem restlichen Haushalt nach: Wäsche, Aufräumen, Staubsaugen.
Jede Aufgabe war jahrelang eingeübte Routine. Jede Aufgabe erinnerte sie an Hannah. Daran, dass ihre kleinen Socken fehlten. Daran, dass sie ihr nicht mehr dabei half, das Bett aufzuschütteln. Daran, dass Hannah früher so gern den Tab in das Spülmaschinenfach gesteckt hatte.
Daran, dass sie nichts davon je wieder tun würde.
Trotzdem machte Finja weiter, bis sie schließlich mit einem Wasserglas in der Hand aufs Sofa glitt. Draußen senkte sich die Nacht über den kleinen Ort, aber Finja war zu müde, um aufzustehen und das Licht anzuschalten. Sie saß einfach in der Dunkelheit und nippte an ihrem Wasserglas, während das Ticken der Wanduhr der einzige Hinweis darauf war, dass die Zeit voranschritt.
Finja zählte nicht mehr. Kurz nach Hannahs Verschwinden war das ihr einziger Halt gewesen: Sekunden zählen. Zählen, wie viele Sekunden sie es bereits geschafft hatte, ohne Hannah weiterzuatmen. Irgendwann hatte sie damit aufgehört und sich dann nicht mehr getraut, wieder anzufangen. Sie wollte nicht wissen, wie lange sie schon in dieser Hölle gefangen war.
Das Telefon klingelte. Sie ging nicht dran, saß einfach nur da, nippte an ihrem Wasserglas.
Irgendwann später klopfte es an der Tür. Energisch. Panisch. »FINJA!«

Elisas Stimme. Routiniert stand Finja auf, trat in den Hausflur und öffnete die Tür. Ein Wirbelwind stürmte herein und begrub Finja in einer Umarmung.
»Das kannst du doch nicht machen.« Elisa redete schneller, als Finja denken konnte. »Ich hatte 'ne Scheißangst um dich. Wieso bist du nicht ans Telefon gegangen? Und ans Handy? Ich hab dir geschrieben. Und angerufen. Boah, ich hab mir so Sorgen um dich gemacht, und du stehst hier einfach in deinem schicken Kleid und tust so, als wäre nichts gewesen, aber Finja, wenn du das noch einmal tust … Wir hatten doch gesagt, dass du Bescheid gibst, wenn du nicht erreichbar bist.« Der Wortschwall stoppte, und Elisa entließ Finja kurz aus der Umarmung, um sie zu mustern.
Elisa selbst trug einen Flanellschlafanzug mit Flamingos darauf. An ihrem Arm hing ein riesiger prall gefüllter Stoffbeutel, ihre Füße steckten in abgenutzten Sandalen.
»Sag mir nicht, dass du mit denen Auto gefahren bist.« Finja deutete auf ihr Schuhwerk. »Das ist gefährlich.«
»Ich hatte eine Scheißangst, okay?« Energisch schüttelte Elisa den Kopf, dann zog sie Finja wieder an sich. Obwohl Elisa deutlich kleiner war als sie, war sie stärker. Und das nicht nur, weil Finja in letzter Zeit sehr unregelmäßig aß. Alles an Elisa war Energie: ihre laute Stimme, ihr kräftiger Körper, ihre Sicht aufs Leben.
»Tut mir leid«, murmelte Finja, während eine von Elisas dunklen Haarsträhnen ihre Nase kitzelte. »Wirklich. Ich hab einfach nur auf dem Sofa gesessen.«
Früher hätte diese Erklärung nicht gereicht, aber seit Hannahs Verschwinden vor knapp einem Monat war alles anders. Elisa trat einen Schritt zurück, die Hände noch immer an Finjas Oberarmen, und nickte verständnisvoll.
»Da gehst du jetzt auch wieder hin.« Sie schlüpfte aus den Sandalen und bugsierte Finja zurück ins Wohnzimmer. »Hast du heute schon was gegessen?«
»Einen Smoothie.«
»Das ist alles?«
Nachdem Finja genickt hatte, dauerte es nicht lange, bis in der Küche

die Töpfe klapperten. Still saß Finja auf dem Sofa und fühlte sich leer. Nicht einmal der Geruch von frisch gebratenen Eiern löste etwas in ihr aus. Hunger war für sie nicht mehr als eine Erinnerung.

Elisa brachte ihr einen Teller mit zwei Spiegeleiern und drei frischen Scheiben Brot. »Zum Glück war ich vorbereitet«, erzählte sie, während sie das Essen auf den Couchtisch stellte und Finja Besteck in die Hand drückte. Dann eilte sie erneut in die Küche und kehrte mit ihrem Stoffbeutel zurück, aus dem sie drei große Tafeln Schokolade hervorholte. »Nachtisch ist auch da.«

Finja brachte es nicht über sich, ihr zu sagen, dass nicht einmal die Aussicht auf Haselnussschokolade ihrem Magen eine Reaktion entlockte. Unter Elisas Aufsicht schob sie sich eine Gabel Ei nach der nächsten in den Mund. Es machte für sie keinen Unterschied, aber sie hatte nicht die Kraft, sich Elisa zu widersetzen, und ein winziger Teil in ihr war ihrer Freundin sogar dankbar. Der kleine Teil, der das Leben noch nicht aufgegeben hatte.

Schließlich war der Teller leer und Finja noch müder als zuvor. »Danke«, sagte sie, und Elisa machte sich sofort daran, aufzuräumen. Als die summenden Geräusche der Spülmaschine erklangen, kehrte sie zurück und setzte sich wieder neben Finja auf das Sofa. Die Lampe neben ihr spendete trübes Licht, das auf Finja vor wenigen Wochen noch heimelig gewirkt hatte. Jetzt schien es ihr, als hätte die Glühbirne zu wenig Kraft, um die Dunkelheit zu vertreiben.

Elisa lehnte sich zurück und seufzte. Tiefe Ringe lagen unter ihren Augen. »Mein Tag war suuuuuperanstrengend. So langsam hab ich echt keine Lust mehr auf diesen Job. Ständig will jemand was von mir, und erinnerst du dich noch an Carola, die Kollegin aus dem Kundenservice? Du kannst dir nicht vorstellen, was sie heute wieder …«

Während Elisa sich über Carola ausließ, fixierte Finja die große Uhr an der Wand, beobachtete den Sekundenzeiger, der sich quälend langsam über das Zifferblatt schob. Elisa tat genau das, was Frau Halla empfohlen hatte: Finja Normalität bieten, damit sie zurück in einen Alltag fand. Einen Alltag ohne Hannah. Zurück in die Marketingfirma, in ihr altes Leben, allerdings ohne ihre Tochter. Für Finja

schien das gerade kein erstrebenswertes Ziel zu sein, aber ihr Umfeld sprach ständig davon, vor allem ihre Eltern.
Ihre Eltern, zu denen sie nicht erst seit Hannahs Verschwinden wenig Kontakt hatte.
Ihre Eltern, die sie seitdem gerade ein Mal angerufen hatten.
Doch Finja brauchte sie nicht, hatte sie immerhin Elisa, die sich darum kümmerte, dass Finja regelmäßig aß. Zwei Mal am Tag machte sie einen Kontrollanruf, um zu erfahren, wie es ihr ging. Diese Kontrolle und Fürsorge wirkten auf Finja gar nicht wie normaler Alltag, aber die Wahrheit war, dass sie sich dank Elisa nicht ganz so allein fühlte. Nicht ganz so hilflos.
»Wie geht es dir?«, endete Elisa und sah Finja einfühlsam an. Waren die Falten in ihrem Gesicht schon immer so tief gewesen?
»Ich möchte morgen Max anrufen«, erwiderte Finja.
Nach Hannahs Verschwinden hatte Max sich bemüht, für Finja da zu sein, aber sie hatte ihn weggeschickt. Wieder und wieder, bis seine Anrufe und Besuche eines Tages endlich aufgehört hatten.
»Max?«, wiederholte Elisa und zog die Augenbrauen so hoch, dass sie unter ihrem kurzen Pony verschwanden. »Wieso willst du den denn anrufen? Habt ihr euch nicht getrennt?«
»Ja, aber ...« Es war schwierig zu erklären. »Vielleicht erinnert er sich noch an etwas, das mir dabei hilft, Hannah zu finden, weißt du?«
Der Sekundenzeiger tickte unbarmherzig voran.
»Finja ...« Elisas Stimme war erschreckend leise, sie griff nach Finjas Hand. »Die Polizei hat Max schon befragt. Uns alle. Sie suchen nach Hannah, aber ... weißt du ... vielleicht ...« Sie verstummte.
Vielleicht wird sie nie wiederkommen.
Vielleicht ist sie schon lange tot.
Nicht einmal diese Gedanken lösten irgendetwas in Finja aus. Sie war leer, einfach leer, und sie wusste, dass diese Leere nur von ihrer Tochter gefüllt werden konnte. »Ich muss es wenigstens versuchen«, sagte sie deshalb und entzog sich Elisas Berührung. »Vielleicht übersieht die Polizei etwas. Sie suchen nach so vielen Kindern und haben so viel zu tun, und sie kennen Hannah nicht so, wie ich sie kenne.«
»Sie tun, was sie können«, erwiderte Elisa, und irgendwie veränderte

das etwas in Finja. Die Leere verschwand, und stattdessen war dort plötzlich Wut. Klein, zurückhaltend, aber im Vakuum ihres Herzens brannte diese kleine Flamme erschreckend hell.
»Tun sie nicht«, schleuderte Finja ihr entgegen und sprang auf. Energisch lief sie im Wohnzimmer auf und ab. »Sie haben uns alle befragt, und das war es. Sogar die Steckbriefe musste ich allein aufhängen. Und was ist seitdem passiert? Nichts. Kein Anruf der Beamten, keine weiteren Ermittlungen. Sie haben Hannah schon aufgegeben. Ihr alle habt das. Aber sie ist nicht tot, sie kann nicht tot sein. Ich würde es spüren, und das tue ich nicht, also muss sie noch da sein. Sie ist verschwunden, nicht gestorben, also hört endlich alle damit auf, so zu tun, als würde sie nie wieder zurückkehren, denn das wird sie.«
Ihr Hals war kratzig. So viel hatte sie schon seit Tagen nicht mehr am Stück gesprochen. Sie griff nach dem Wasserglas und leerte es in einem Zug. Plötzlich lag ihr das Essen schwer im Magen.
Elisa stand ebenfalls auf und kam so umsichtig auf sie zu, als wäre Finja ein wildes Tier. Irgendwie machte sie das noch wütender. Normalerweise war Elisa weder leise noch vorsichtig, und Finja wollte nicht behandelt werden, als wäre sie aus Porzellan.
»Du hältst mich für wahnsinnig«, stellte Finja fest und schnaubte. »Ihr alle tut das. Natürlich. Ich halte mich ja selbst für wahnsinnig!« Sie griff sich in die Haare, die vor Mikas Tod einmal zu einem Bob geschnitten waren und jetzt sämtliche Form verloren hatten. »Ich war heute bei der Therapie und habe von dem Traum erzählt.«
»Mit dem Eis?«
Finja nickte. Seit Hannahs Verschwinden träumte sie davon, und immer wieder war es, als würde ihr das wichtigste Detail sofort beim Aufwachen entgleiten. »Hannah war da. Obwohl in diesen Träumen alles kalt und einsam ist, so tröstet mich doch die Gewissheit, dass sie lebt. Auch wenn sie mir entgleitet und im Eis verschwindet, spüre ich doch, dass sie noch *lebt*.«
»Was sagt denn Frau Halla dazu?«
»Nicht viel«, erwiderte Finja hilflos.
»Aber Frau Halla ist eine gute Therapeutin«, wagte Elisa sich vor, »und sie wird schon wissen …«

»Sie versteht mich nicht«, fuhr Finja dazwischen. Der Zorn kehrte zurück, brannte heller, je mehr Elisa ihrer Therapeutin zustimmte. Dieser Frau, die seit Mikas Tod in Finjas Verstand wühlte, ohne irgendetwas besser zu machen. »Genauso wenig wie du.«

Die Worte standen zwischen ihnen wie eine Mauer. Die beiden Freundinnen sahen einander an, die eine hilflos vor Schmerz, die andere hilflos vor Wut. Tränen schimmerten in Elisas Augenwinkeln, Finja presste die Lippen fest zusammen.

»Ich verstehe dich nicht«, flüsterte Elisa schließlich. »Natürlich nicht. Wie könnte ich auch? Ich habe keine Kinder, und selbst wenn ich welche hätte, könnte ich mir niemals ausmalen, was du gerade durchmachst. Aber ich bin für dich da, Finja. Immer. So gut ich eben kann. Ich will nur das Beste für dich, und ich hoffe, du weißt das.«

Die Wut brannte noch immer in ihrem Herzen, aber trotzdem nickte Finja, entspannte ein wenig die Schultern, stieß einen Schwall Luft aus. »Ich wünschte einfach, jemand würde mich und diesen Traum endlich ernst nehmen.« Sie hielt kurz inne. »Oder wenigstens dafür sorgen, dass ich es nicht mehr tue.«

»Ich …« Elisas Zurückhaltung stellte Finjas Geduld auf die Probe. Ihre sonst so forsche Freundin derart vorsichtig zu sehen, erinnerte sie daran, dass ihr Leben gerade aus den Fugen geraten war. Wenigstens in diesem Punkt hatte Frau Halla also recht, wie Finja sich widerwillig eingestand.

»Spuck's schon aus«, forderte Finja Elisa auf. »Und behandle mich nicht so, als könnte ich jeden Moment zerbrechen. Das hilft mir nicht weiter.«

Bedürfnisse klar kommunizieren. Check, dachte Finja und war jetzt schon zufrieden, dass sie wenigstens diesen Fortschritt in der nächsten Sitzung vorzuweisen hatte.

»Also. Du musst wirklich sagen, wenn du es für eine schlechte Idee hältst. Ist es wahrscheinlich auch. Ich glaube ja selbst nicht mal dran.« Elisa nahm an Fahrt auf, wurde immer schneller, bestätigt von Finjas Wunsch. »Aber es gibt da jemanden in der Nähe meines Büros. Eine ältere Frau, und sie … also … wie sag ich das am besten? Sie sagt von sich selbst, sie sei eine Hexe und könne Verbindungen zwischen Geistern herstellen. Und ich dachte, vielleicht, also … vielleicht könnte sie dir sagen, ob Hannah noch … Weil du ja Frau Halla nicht glaubst und … Ich weiß, Hexen und Magie sind so gar nicht dein Ding, aber meine Arbeitskollegin Teresa schwört total drauf. Ich selbst denk mir da ja: okay, vielleicht mal ausprobieren, weil mehr verlieren können wir ja nicht.« Schnell hob sie die Hände. »Okay, das war unsensibel. Tut mir leid. Na ja. Jedenfalls wäre das mein Vorschlag. Ein letzter Strohhalm oder so.«

»Eine Hexe?« Finja wusste nicht, ob sie hysterisch lachen oder losheulen sollte, weil sie mittlerweile so am Ende schien, dass ihre beste Freundin so etwas vorschlug. Immer wenn Magie erwähnt wurde, kribbelte ihre Stirn, und es fühlte sich an, als würden kleine Insekten an ihrem Gehirn nagen. So auch jetzt. Finja schüttelte sich leicht, um dieses Gefühl loszuwerden. Vergebens.

Elisa redete einfach weiter: »Ja. Also. Die scheint wirklich vernünftig zu sein und macht einem keine falschen Hoffnungen, weißt du? Meine Kollegin war in so ein Arschloch verliebt, und superviele Wahrsagerinnen haben ihr immer wieder gesagt, dass das wird und alles toll ist, aber die in der Nähe meiner Arbeit, also die hat eben was anderes gesagt und natürlich recht behalten und deswegen …«

Der Rest des Redeschwalls ging in Finjas Gedanken unter. Elisa schlug diese Frau also vor, weil sie glaubte, dass sie Finja sagen würde, dass Hannah tot war. Weil sie hoffte, dass Finja, die sich gerade so irrational an einen wiederkehrenden Traum klammerte, von so etwas Irrationalem wie einer Hexe davon befreit wurde. Dabei wollte sie diese Hoffnung gar nicht loslassen.

»… ich würde die Session auch bezahlen«, schloss Elisa schließlich, aber Finja schüttelte energisch den Kopf, was das Kribbeln hinter ihrer Stirn nur verstärkte.

»Das klingt nach Abzocke und Hokuspokus. Es ist lieb, dass du das vorschlägst und für mich tun würdest, aber ich möchte nicht, dass du dein Geld für eine Betrügerin ausgibst.«

»Aber …«

»Nichts aber.« Finja ließ gar nicht erst zu, dass Elisa sich in einen neuen Redefluss stürzte. »Ich glaube nicht an diesen ganzen Mist. Danke für das Essen heute. Das war ein echter Lebensretter.« Unmissverständlicher konnte sie Elisa nicht zu verstehen geben, dass sie wütend auf sie war.

»Ich wollte …«, setzte Elisa an.

»Ich weiß«, unterbrach Finja sie erneut. »Du wolltest, dass diese Hexe mir sagt, dass Hannah tot ist, damit ich endlich Ruhe finde. Aber so einfach ist das nicht. So einfach will ich das auch gar nicht haben. Du hast es lieb gemeint, aber eine Hexe, Elisa?« Sie drehte sich leicht von ihr weg, sah erneut zur Uhr. »Es ist schon spät.«

»Ich lasse dir Frühstück da«, lautete Elisas Antwort. Sie deutete auf den Stoffbeutel, der halb umgestürzt auf dem Sofa lag. »Frische Brötchen. Der Käse ist im Kühlschrank. Ich rufe morgen an.«

Dann wandte sie sich ab und stolperte in ihrem rosafarbenen Flanellschlafanzug zum Ausgang. Finja hörte, wie sie in ihre Sandalen schlüpfte und die Tür hinter ihr ins Schloss fiel. Das Ticken des Sekundenzeigers hämmerte durch die Stille.

5

Mein Glück, 9. Dezember

Vier Jahre zuvor

Es war einer dieser Tage, an denen sich Finja wünschte, das Haus nie verlassen zu haben. Sie hätte im Bett liegen bleiben können, eng an Mika geschmiegt, während Hannah in ihrem Kinderzimmer spielte.

Finja war so dankbar dafür, dass Hannah kein Kind war, das schon um 6 Uhr morgens bespaßt werden wollte. Sie schaffte es hervorragend, sich selbst zu beschäftigen, dachte sich gern Geschichten aus, brabbelte vor sich hin, während sie Welten aus Bausteinen schuf oder dabei zusah, wie ihre bunten Glasmurmeln durch die Murmelbahn rasten.

Stattdessen hatte der Wecker Finja früh aus dem Schlaf gerissen und ihre Arbeit sie dazu gezwungen, sich eine kalte Dusche und einen großen Becher Kaffee zu verabreichen. Die Hälfte des Kaffees war auf ihrer Bluse gelandet, weshalb sie auf halbem Weg zur Arbeit noch einmal umgekehrt war, um sich umzuziehen.

Viel zu spät war sie dann in den Aufzug zu den Büroräumen gestürmt und wenige Minuten nach Meetingbeginn in den Konferenzsaal gestolpert, in dem bereits drei Menschen auf ihre Ankunft gewartet hatten.

Ihre Chefin Aina Kanerva hob missbilligend eine Augenbraue, und Finja wusste, dass sie sich im Anschluss eine Standpauke anhören durfte. Die Firma, der sie heute ihre Kampagne pitchte, gehörte zu den erfolgreichsten Möbelherstellern der Welt. Dieser Auftrag war wichtig für Finjas Firma, und sie hatte ihre Chefin darum angefleht, die Marketingstrategie entwickeln zu dürfen.

Doch statt mit kühlem Kopf eine einwandfreie Präsentation abzuhalten, stand sie mit hochrotem Gesicht vor dem Firmenchef. Direkt neben Aina, die wie immer aussah, als käme sie direkt vom Stylisten. Ihre weiße Bluse steckte sauber in einer eng anliegenden schwarzen Hose, goldene Ketten lagen auf ihrer dunklen Haut.

Finja musste kein Marketingprofi sein, um zu wissen, dass der erste Eindruck zählte und nicht rückgängig gemacht werden konnte. Es ärgerte sie, dass sie sich vor der Tür nicht einen kurzen Moment der Ruhe genommen hatte, um durchzuatmen, aber dieser Gedanke kam ihr – wie die meisten rettenden Einfälle – erst, als sie bereits schnaufend vor dem Vertreter der Firma stand.

»Guten Morgen«, brachte sie hervor und setzte ihr strahlendstes Lächeln auf, während sie sich eine Haarsträhne hinters Ohr strich, die sich aus ihrem Zopf gelöst hatte. »Ich freue mich sehr, Ihnen heute unsere Idee für die neue Imageausrichtung Ihres Unternehmens präsentieren zu dürfen.«

Glücklicherweise hatte Finja diese Präsentation in den letzten Wochen so oft geübt, dass sie ihr nahezu fehlerlos über die Lippen kam. Dabei sah sie die ganze Zeit fest dem Mann ins Gesicht, der darüber entscheiden würde, ob diese Firma den Zuschlag bekam. Gerade Nase, schmaler Mund, eine dunkle Krawatte, die seine helle Haut noch blasser erscheinen ließen.

Je länger sie redete und je häufiger Herr Sikanes Blick in ihr Dekolleté wanderte, desto mehr verabscheute sie ihn.

Hör mir zu, wollte sie sagen. *Starr nicht auf meine Brüste, sondern auf die Präsentation, in die ich Stunden meines Lebens investiert habe.*

»Und so würden wir Ihre Firma von dem ›Möbel für enorm preissensible Kunden‹-Image lösen, um langfristig kaufkräftigere Kundschaft in Ihre Möbelhäuser zu locken«, endete Finja.

Verhaltenes Klatschen setzte ein.
»Sehe ich richtig?«, fasste der Mann zusammen und sah ihr zum ersten Mal wirklich ins Gesicht. »Dass Sie unser Möbelhaus als Ramschladen betrachten?«
Die Frage traf Finja vollkommen unvorbereitet. Sein kalter Blick ruhte auf ihr, er faltete die Hände vor dem Kinn. An seinem Daumen glänzte ein schwerer Metallring, in dem Finja ihre verzerrte Spiegelung sah. Sie schluckte, warf ihrer Chefin einen verzweifelten Blick zu, aber die war ebenso blass und sah so sprachlos aus, wie Finja sich fühlte.
»War das nicht die … Aufgabenstellung?«, wagte Finja vorsichtig. »Es hieß, Sie wollen das Image Ihrer Firma verbessern und …«
»Verbessern ja«, unterbrach er sie, den Blick nun wieder auf ihren Ausschnitt geheftet. »Mir wäre neu, dass Verbessern bedeutet, unsere Zielkundschaft, die uns in den letzten Jahrzehnten nach oben gebracht hat, komplett zu verändern. Oder wollen Sie mir sagen, dass arme Menschen«, er runzelte die Stirn, betrachtete ihre Kleidung, die ganz offensichtlich nicht aus einem Designerladen stammte, »mit einem schlechten Image gleichzusetzen sind?«
»Das …«, setzte Finja an, verstummte aber gleich wieder, als der Mann sie unterbrach: »Sehr gut. Ich sehe also, Sie haben die Aufgabenstellung verstanden. Mir gefällt Ihr Vorschlag. Sie haben den Job.«
Damit erhob er sich, schüttelte Finjas Chefin die Hände, die strahlte, als hätte sie soeben den Weltfrieden ermöglicht.
Als Herr Sikane Finja die Hand hinhielt, wollte sie am liebsten zurückweichen, aber ihr blieb keine Wahl, also griff sie danach, spürte seine warme Haut auf ihrer. Er sah ihr tief in die Augen und zwinkerte. »Ich freue mich sehr auf die Zusammenarbeit.«
Sobald er außer Sichtweite war, wankte Finja zu einem Stuhl und ließ sich darauf nieder. Sie spürte die Wärme des Holzes durch ihre dünne Stoffhose. »Es tut mir leid.«
»Ist alles in Ordnung?«, fragte Aina und überraschte damit Finja, die mit einer Standpauke gerechnet hatte.
»Bitte?«

»Du siehst sehr müde aus.« Aina strich mit ihren manikürten Fingern über ihre makellose weiße Bluse. Kurz kniff sie die Augen zusammen, und Finja fürchtete, dass der Ärger nun doch über sie hereinbrach. Stattdessen fuhr Aina fort: »Was für ein Arschloch.«

Der Satz traf Finja so unvorbereitet, dass sie kurz und laut auflachte. »Ja.«

Aina stieß ebenfalls ein freudloses Lachen aus. »Unfassbar, wie der über ihre Kunden denkt. Sitzen selbst auf Luxusmöbeln und verkaufen billigstes Pressholz in schlechten Designs, und dann beschweren sie sich auch noch darüber, dass sie so ein schlechtes Image haben?« Sie hob den Kopf. »Manchmal wünschte ich, wir könnten den Leuten einfach sagen, dass Scheißprodukte durch keine Imagekampagne der Welt gerettet werden können.«

»Entspricht nur nicht der Wahrheit«, rutschte es Finja sofort heraus. Sie hatte dieses Gespräch schon so oft mit Mika geführt. »Leider.«

Seufzend ließ sich Aina auf den anderen freien Stuhl fallen, streckte die langen Beine aus, legte den Kopf in den Nacken und schloss die Augen. »Ich werde gehen.«

Es dauerte einige Atemzüge, bis Finja die Tragweite dieser Nachricht verstand. Sie arbeiteten in einer angesagten Marketingfirma mit verschiedenen Abteilungen, Aina war ihre direkte Vorgesetzte und leitete das vierköpfige Team, das sich auf Imageverbesserung durch Social-Media-Kampagnen spezialisiert hatte.

»Freiwillig?«, lautete Finjas erste Frage. Wenn Aina gekündigt worden war, stand ihr eigener Job ebenfalls auf der Kippe.

Ainas Nicken erleichterte sie. Sie richtete sich etwas auf. »Ich habe einfach keine Lust mehr auf reiche Menschen, die sich mit ihrem Geld eine gute öffentliche Meinung erkaufen wollen. Als ich den Job angenommen habe, dachte ich, dass ich coolen Firmen helfen könnte, ihre genialen Produkte richtig an den Mann zu bringen. In meinem Umfeld gab es so viele Start-ups mit tollen Ideen, die einfach keine Ahnung von Marketing hatten.« Mit einem Seufzen verschränkte Aina die Arme. »Diese Start-ups gibt es in meinem Umfeld immer noch. Aber weißt du, was ihnen fehlt, um erfolgreich zu werden?«

»Geld, um uns zu engagieren?«, scherzte Finja.
Aina nickte ernst. »Ich werde mich selbstständig machen. Das wird anstrengend, und ich werde weniger verdienen, aber dafür kann ich endlich das tun, was ich wollte: Projekte, die ich gut finde, unterstützen.«
Ainas Gedankengänge erinnerten Finja so sehr an Mika, dass ihr eine Idee kam, und obwohl Finja nicht verstand, warum Aina sich gerade ihr anvertraute, war sie ihr dankbar.
»Du weißt, dass das verdammt mutig ist, oder?«, fragte Finja und lächelte ihr aufmunternd zu. »Das bewundere ich sehr.«
»Bist du denn hier glücklich?«, lautete Ainas Gegenfrage, auf die Finja keine Antwort wusste.

15. Juni

Vor Hannahs Verschwinden

Es roch nach Tierdung und Zuckerwatte. Finja hielt Hannahs klebrige Hand, während sie gemeinsam zwischen den Gehegen umherliefen.

»Wollen wir uns die Affen ansehen?«, fragte Max, und Finja entging die Verzweiflung in seiner Stimme nicht. Seit sie angekommen waren, versuchte er, das Eis zwischen Hannah und ihm zu brechen. Vergebens.

»Affen sind gruselig«, lautete Hannahs Antwort. »Die sind voll schlau, und eines Tages werden sie sicher ausbrechen und uns alle töten.«

Finja kniff die Lippen zusammen. »Wo hast du das denn her?«

»Lisa hat das gesagt«, antwortete Hannah und zuckte mit den Schultern.

»Da hat wohl jemand *Planet der Affen* gesehen«, murmelte Max. »Unverantwortlich.«

»Ich glaube nicht, dass verantwortungsbewusste Eltern ihrer neunjährigen Tochter so einen Film freiwillig zeigen«, antwortete Finja. »Du weißt doch, wie das ist: Da sieht man einen Film, das Kind kommt rein, sieht eine Szene, und BUM – wochenlang Albträume.«

»Ich hab gar keine Affen-Albträume!«, empörte sich Hannah.

»Gehen wir einfach zu den Elefanten.« Finja griff Hannah in die rosa Zuckerwatte und zupfte sich ein Stück ab. Klebrig-süß. Zur Antwort biss Hannah ebenfalls hinein, woraufhin ihr ein wenig Rosa an der Nase klebte. Lachend wischte Finja es weg und zwinkerte ihrer Tochter zu.

»Elefanten sind toll.« Hannah nickte ernst und sah sich suchend um. Am Rand des Kieswegs stand ein Wegweiser mit Tiersymbolen darauf. »Da lang!«

Hannah stürmte voran, und Finja schnappte im letzten Moment die Kapuze ihrer Jacke, sodass ihre Tochter abrupt innehalten musste. »Nicht so schnell.«

Sie zog das Mädchen zurück und schloss es in die Arme. Der Zoo war heute gut besucht, es war nicht allzu heiß, und die Familien suchten nach Ablenkung im Freien, um ein wenig Sonne zu tanken und frische Luft zu atmen. Dünne Wolken zogen über den blauen Himmel, und es roch bereits nach Sommer.

»Aber Mama.« Finja erstickte Hannahs Protest mit einem wütenden Blick.

»Hier sind viele Menschen. Ich möchte nicht, dass du verloren gehst.«

»Ich bin schon groß.«

»Wenn du verloren gehst«, schaltete Max sich ein und zeigte zu einer nahezu lebensgroßen Tigerskulptur aus Plastik, die für eine Raubkatze ein erstaunlich freundliches Gesicht hatte, »treffen wir uns hier wieder, okay?«

Er ging in die Hocke, strich über ihre Haare, legte den geflochtenen Zopf über die rechte Schulter. Sofort schmiss Hannah mit einer energischen Kopfbewegung den Zopf zurück und legte ihn auf die linke Seite.

»Er muss links sein«, erklärte sie. »Wie bei Elsa.«

»Oh, entschuldige.« Max richtete sich wieder auf. »Also, wenn du uns suchst, treffen wir uns beim Tiger, ja?«

Hannah nickte ernst, aber sie vermied es weiterhin, Max anzusehen. Es schmerzte Finja, dass ihre Tochter den neuen Mann an ihrer Seite nicht akzeptierte, aber umso rührender fand sie, dass Max alles versuchte, damit Hannah ihn mochte.

»Und wenn sie den Tiger nicht findet?«, gab Finja zu bedenken.
»Aber sie ist doch schon groß, kleines Mäuschen.« Max zwinkerte ihr zu, und obwohl Finja ahnte, dass er sich durch diesen Satz mit Hannah solidarisieren wollte, wusste sie, dass ihre Tochter es als Hohn auffassen würde. Ganz zu schweigen davon, dass Finja es nicht mochte, wenn jemand anderes so tat, als wüsste er, was das Beste für ihr Kind sei.
Sie atmete kurz durch und schluckte ihren Stolz herunter. Das würde sie heute Abend in Ruhe mit ihm besprechen, wenn Hannah nichts davon mitbekam. Jetzt auch noch vor dem Kind mit ihm zu streiten, würde die beiden sicher nicht näher zusammenbringen. Außerdem meinte er es nur gut.
»Gehen wir jetzt zu den Elefanten?«, fragte Hannah und tippelte ungeduldig auf der Stelle. Die Zuckerwatte hatte sie mittlerweile fast komplett gegessen, sodass sie nur noch einen klebrigen Stab mit wenigen rosa Resten in der Hand hielt.
»Erst Händewaschen.« Mit spitzen Fingern nahm Finja ihr den Stab ab, beförderte ihn in einen krokodilförmigen Mülleimer und bugsierte Hannah dann zu einem Waschraum.
Er stank nach Desinfektionsmittel, und der Boden war nass, als wären sie in einem Schwimmbad. Finja dachte lieber nicht darüber nach, woher diese Flüssigkeit kam, während sie Hannah hochhob, damit sie sich die Hände waschen konnte. Dabei vermied sie es, in den viel zu großen Spiegel zu sehen, der die ganze Wand einnahm.
In den Spiegeln lauert der Tod.
Dieser Satz schoss ihr immer durch den Kopf, sobald sie einen Spiegel sah. Rasch schüttelte sie ihre Kindheitsängste ab.
»Ich mag ihn nicht«, sagte Hannah so unvermittelt, dass Finja aus ihren Gedanken gerissen wurde. »So gar nicht. Er ist ein Klugscheißer und voll gemein.«
Darauf wusste Finja nichts zu sagen. Eine Frau kam mit ihrem Sohn aus einer der Toilettenkabinen und senkte peinlich berührt den Kopf, während sie ihrem Kleinkind die Hände wusch.
»Ich mag ihn sehr gern«, antwortete Finja zum gefühlt tausendsten Mal. »Bitte, Hannah.« Sie ließ das Mädchen herunter und ging vor

ihr in die Knie, aber Hannah wich ihrem Blick aus und fixierte stattdessen die Wand hinter ihr. »Er versucht doch nur, nett zu dir zu sein.«
Die Frau und ihr Kind verließen den Waschraum, und Stille senkte sich über sie, nur unterbrochen vom stetigen Tropfen des Wasserhahns. »Hannah …« Vorsichtig hob Finja eine Hand, um ihrem Kind eine Strähne aus dem Gesicht zu streichen, aber Hannah wich zurück, stieß dabei mit dem Kopf gegen das Waschbecken. Tränen stiegen ihr in die Augen, aber sie sagte noch immer kein Wort. Wut stieg in Finja hoch. Wut auf ihr eigenes Kind, das nur sich selbst sah, und Wut auf sich, weil sie wütend auf ihr kleines Mädchen war, das doch nur seinen Vater zurückwollte. Wut auf Mika, der gestorben war. Sie brannte heiß in ihrer Kehle, und sie biss sich auf die Unterlippe. Sie musste die Kontrolle über die Situation zurückerlangen. Sich daran erinnern, dass ihre Gefühle legitim und verständlich waren, deshalb aber noch lange nicht über ihr Handeln bestimmten. Sie war die Herrin über ihr Leben und ihre Reaktionen.
Finja atmete einmal tief ein, dann sagte sie: »Wenn du dich nicht benimmst, schauen wir heute kein *Frozen*.«
Sofort reckte Hannah trotzig das Kinn in die Höhe. »Aber du hast es versprochen!«
»Und du hast versprochen, nett zu Max zu sein«, erwiderte Finja kühl, auch wenn es ihr im Herzen wehtat. Sie wollte nicht mit Hannah streiten, aber noch viel weniger wollte sie sich von ihrem Trotz das Leben bestimmen lassen.
Als sie die Tränen in Hannahs dunklen Augen sah, wurde sie sofort weich. »Nur heute, ja? Wir gehen direkt zu den Elefanten. Er meint es doch nur gut und will, dass du ihn magst.«
»Er mag nur dich«, antwortete Hannah, aber sie klang schon viel weniger sauer. Eher ein wenig traurig. Der Riss in Finjas Herz wurde größer.
»Er mag dich auch«, sagte sie und lächelte ihr aufmunternd zu. »Immerhin war der Zoo seine Idee.«
»Ehrlich?« Erstaunen lag in Hannahs Stimme. »Max hat das vorgeschlagen?«

»Ja.« Bei der Erinnerung daran lächelte Finja. Ganz vorsichtig hatte Max sie gefragt, ob sie nicht einen Ausflug planen könnten. Zu dritt. Mit Hannah. Zuvor hatte Finja solche Vorschläge meist mit fadenscheinigen Gründen abgesagt. Hannah hatte Max zwar gesehen, wenn er Finja zu einem Date abholte, und ihn sogar schon bei einem gemeinsamen Abendessen kennengelernt, aber ganze Ausflüge hatte sich Finja bis zu diesem Zeitpunkt nicht vorstellen können. An diesem Morgen war es anders gewesen, und jetzt standen sie hier im Zoo.

»Das war schon eine gute Idee«, gab Hannah zu und runzelte die Stirn.

»Als er zum Abendessen da war, hast du erzählt, dass du Tiere magst«, erklärte Finja. »Deshalb dachte er an den Zoo.« Sie wusste nicht, warum sie das ausführte und ob Hannah überhaupt den Wert dieses aufmerksamen Zuhörens verstand, aber zumindest nickte das Mädchen erneut.

»Ich geb ihm eine Chance«, sagte sie schließlich betont großmütig. »Eine einzige.«

Finja kam nicht umhin, zu lächeln. »Das ist sehr lieb von dir. Dann mal los!«

Gemeinsam traten sie nach draußen, und Hannah stürmte sofort auf Max zu, packte seine Hand und zog ihn in Richtung der Elefanten. Max riss verblüfft die Augen auf und warf Finja einen ratlosen Blick zu, den sie mit einem Lächeln beantwortete. Die beiden Hand in Hand zu sehen, brachte eine neue Saite in Finja zum Schwingen. Ein Gefühl, das sie lange verloren geglaubt hatte. Ein Anflug von Glück.

Sie schlenderte den beiden hinterher, direkt zum Elefantengehege, einer großen offenen Fläche mit sandigem Boden. Direkt vor dem niedrigen Zaun befand sich ein tiefer Wassergraben, einer der Dickhäuter stapfte durch den Schlamm. Finja hörte Hannahs begeistertes Quietschen sogar über die große Entfernung.

Wehmütig erinnerte sie sich an ihre Zeit im Schulpraktikum zurück. Zwei Wochen lang hatte sie den ganzen Tag Tiergehege gefegt und Souvenirs verkauft. Natürlich erinnerte sich niemand hier an sie; sie war eine Praktikantin von vielen gewesen, und obwohl es nur vier-

zehn Tage gewesen waren, verband Finja eine merkwürdige Vertrautheit mit dem Zoo. An sehr melancholischen Tagen erschien ihr die Rückkehr in den Zoo wie eine unerfüllte Liebe. Sie wäre gern Tierpflegerin geworden, aber irgendwie hatte sie sich dann doch für Marketing entschieden. Manchmal fragte sie sich, ob das die richtige Entscheidung gewesen war und warum sie überhaupt so gewählt hatte. Der Geruch nach Tierdung, das fröhliche Lachen der Kinder, die eindrucksvollen Tiere – all das machte Finja glücklich. Im Kontrast dazu stand ihr Alltag in Meetings voller Flipcharts und Zahlenanalysen, die ihr vor allem seit Mikas Tod vollkommen bedeutungslos erschienen. Was brachten schon 100 000 Instagram-Abonnenten, wenn man dafür das Leben verpasste?
Aber für einen Jobwechsel hatte sie aktuell nicht die Kraft, sie brauchte ihre Energie, um jeden Morgen aufzustehen und den Tag zu überstehen. Ihre Therapeutin sagte, dass das in Ordnung wäre, aber Finja fühlte sich nicht so.
Sie war hilflos, hatte die Kontrolle über ihr Leben verloren. Ihr Puls beschleunigte sich, das Atmen fiel ihr plötzlich schwer. Aber sie kannte dieses Gefühl, kannte die Panikattacken mittlerweile viel zu gut.
Sie hielt inne, atmete tief ein, wie sie es in der Therapie gelernt hatte. Sie konzentrierte sich auf drei Dinge, die sie sah: eine Frau in einem wunderschönen bodenlangen Batikrock. Eine Wolke am blauen Himmel. Ein Ballon, der nach oben schwebte. Sie schloss die Augen. Drei Dinge, die sie hörte: Kinderlachen. Vogelzwitschern. Blätterrascheln. Drei Dinge, die sie fühlte: ihren Stand auf dem sandigen Boden. Die Sonnenstrahlen in ihrem Gesicht. Verlust. Ein Brennen, schmerzhaft tief in ihrem Herzen.
Schnell drängte sie den Gedanken beiseite, konzentrierte sich stattdessen auf das Gefühl des Jeansstoffs an ihren Beinen. Sie öffnete die Augen. Drei Dinge, die sie sah: einen Kieselstein vor ihren Füßen. Eine Zahnlücke in einem Kinderlächeln. Einen braunen Pappbecher in der Hand eines Mannes. Ihr Puls beruhigte sich.
Das Brüllen einer Raubkatze. Stimmengewirr. Schritte. Es ging ihr gut. Sie war in Sicherheit. Ihr Blick irrte zu Hannah, die Max zu den

Elefanten zerrte. Auch sie war in Sicherheit. Die Luft strömte wieder leichter in ihre Lunge, und Finja schaffte es, sich zu bewegen. Mit zitternden Knien lief sie ebenfalls zum Elefantengehege, froh, einer Panikattacke in der Öffentlichkeit entkommen zu sein. Froh, dass Hannah sie nicht erneut so sehen musste. Für Finja waren das die schlimmsten Momente. Wenn sie vor ihrer Tochter derart die Kontrolle verlor, fiel sie in einen Abgrund, aus dem sie allein nicht mehr herauskam. Wenn sie vor Hannah weinte, fühlte sie sich wie die größte Versagerin der Erde, denn immerhin war es ihre Aufgabe, ihrer Tochter Sicherheit zu vermitteln. Eine Panikattacke vor Hannah bedeutete kompletter Kontrollverlust, eine absolute Niederlage.

Sie waren jetzt hier. Im Zoo. In Sicherheit.

Max winkte ihr zu, und ein stolzes Lächeln lag auf seinem Gesicht, während er noch immer Hannahs Hand hielt. Der Anblick löste ein merkwürdiges Gefühl in ihrer Magengegend aus. Nicht zum ersten Mal, seit sie Max traf, bekam sie Mika gegenüber ein schlechtes Gewissen.

Das Elefantengehege war von niedrigen Holzzäunen umgeben. Astlose Baumstämme ragten aus dem Sandboden in die Höhe. Dazwischen bewegten sich die Dickhäuter in gewohnter Gelassenheit. Der Elefant, der gerade noch durch den Schlamm am Gehegerand gestapft war, zog sich nun zurück, ganz zu Hannahs Unmut, die schmollend die Unterlippe nach vorne schob.

»Sind das nicht tolle Tiere?«, fragte Finja und strich Hannah liebevoll über den Kopf. »So groß und doch so sanft und ungefährlich.«

»Warum geht er weg, wenn wir kommen?«, fragte Hannah und ließ Max' Hand los. Ihr wütender Blick in seine Richtung signalisierte Finja deutlich, dass sie ihm die Schuld daran gab. »Ich wollte den Elefanten aus der Nähe sehen!«

»Vielleicht hat er Hunger?«, sprang Finja ein und deutete auf eine Tür, die gerade im hinteren Teil des Geheges aufschwang. Hervor trat eine junge Pflegerin, in der Finja sich für einen kurzen Augenblick selbst erkannte. Sie trug die dunkelbraune Uniform der Tierpfleger, ihre hellen Haare waren zu einem strengen Zopf gebunden, und sie lächelte so, wie Finja damals gelächelt hatte. Der Moment verstrich,

und die Pflegerin steckte den Tieren kleine Leckereien zu, die Finja aus der Entfernung nicht erkannte. Sie vermutete, dass es sich um Äpfel handelte.
Gemächlich durchquerte die Pflegerin das Gehege und lief zum Zaun, vor dem sich eine beachtliche Menschenmenge angesammelt hatte. Mehrere Kinder saßen auf den Schultern ihrer Eltern, um besser zu sehen.
»Es ist wohl Vorstellungszeit«, erklärte Max und deutete auf ein weißes Plastikschild, auf dem die Uhrzeiten vermerkt waren. 14 Uhr.
»Wir haben aber Glück, oder, Hannah?« Sie hielt ihrer Tochter die Arme entgegen, um sie hochzuheben, aber Hannah wandte sich ab und trat näher an den Zaun heran, kletterte auf die unterste Holzsprosse und klammerte sich daran fest. Schnell trat Finja hinter sie und drückte sich eng an den kleinen Körper, um sie zu halten, falls sie abrutschte.
»Kommen sie jetzt her?« Die Begeisterung in Hannahs Stimme ließ Finja lächeln, und sie warf Max einen kurzen Blick zu, um sich zu vergewissern, dass zwischen ihnen alles in Ordnung war. Er betrachtete Hannah, und die Fürsorge in seinem Blick ließ ihr Herz hüpfen.
»Ja, die Tierpflegerin lockt sie jetzt mit den Äpfeln zu uns«, erklärte Max und ging neben Hannah in die Hocke. »Schau!«
Tatsächlich bewegte sich die Elefantenherde gemächlich auf sie zu, und wieder einmal bewunderte Finja, mit welcher Ruhe die Pflegerin sich zwischen so gigantischen Tieren bewegte. Elefanten waren friedlich und umsichtig, aber sie waren eben auch riesig, und je näher sie kamen, desto Furcht einflößender wirkten sie. Ihre Bewegungen erinnerten Finja absurderweise an die animierten Dinosaurier aus den Filmen, die sie früher so gern gesehen hatte.
Auch dieser bizarre Gedankengang verstrich, und es blieben drei Dickhäuter, die geduldig auf ihre Äpfel warteten.
»Einen wunderschönen guten Mittag hier im City-Zoo«, begrüßte die Tierpflegerin das zahlreiche Publikum, während sie einen Apfel in die Höhe hielt. »Ich freue mich sehr, Sie und euch alle hier begrüßen zu dürfen. Mein Name ist Thea, und ich werde heute unsere Ele-

fanten vorstellen und ein wenig über diese sanftmütigen Riesen erzählen. Wer ist denn heute zum ersten Mal hier?«

Die meisten Hände schossen in die Luft, sogar Max meldete sich, was Finja für einen kurzen Moment verwirrt die Augenbrauen heben ließ. Er zuckte entschuldigend mit den Schultern. »Hatte nie die Zeit.« Sein warmer Blick blieb erneut an Hannah hängen. »Oder einen Grund.«

Hannah hingegen verrenkte sich den Hals, um zu sehen, welchen Kindern sie etwas vorausḥatte. Sie war schon oft hier im Zoo gewesen und hatte ebenso oft Fütterungen und Vorstellungen beigewohnt. Zumindest früher. Als Mika noch … Finja schüttelte leicht den Kopf. So langsam zweifelte sie daran, dass der Zoo eine gute Idee gewesen war. Zu viele Erinnerungen, zu viele Gefühle. Sie war noch nicht bereit gewesen, auf diesen Spuren zu wandeln, aber sie hatte so sehr eine Zukunft gewollt, dass sie die Vergangenheit ausgeblendet hatte. Schnell biss sie sich auf die Unterlippe. Es war zu spät, jetzt war sie hier, und eine Flucht kam nicht infrage. Sie rannte nicht davon.

»Das hier ist Erika«, erklärte Thea und deutete auf den größten Elefanten. »Sie ist unsere älteste Elefantendame. Übrigens haben wir hier nur Afrikanische Elefanten. Ihr erkennt sie an den großen Ohren. Wusstet ihr, dass der Afrikanische Elefant das größte lebende Landtier der Erde ist? Er kann bis zu 3,70 m groß und 7 000 Kilogramm schwer werden!«

Einige Kinder stießen erstaunte Laute aus, was Finja schmunzeln ließ. Sie wusste genau, dass diese Angaben für Kinder keinerlei Bedeutung besaßen, weil sie gar keine Relation kannten. Dennoch zeigten sie sich beeindruckt, was Thea ebenfalls lachen ließ. »Aber keine Sorge: Sie sind die meiste Zeit über wirklich sanfte Riesen. Nur wenn es zu Streit kommt, ist es besser, wenn sich niemand in ihrer Nähe befindet, denn mit ihrer Masse und Größe kann schon ein kleiner Schubser Knochen brechen.« Sie streichelte einem Elefanten über die Haut, und Finja erinnerte sich daran, wie sich die Tiere anfühlten. Warm, rau.

Während Thea die anderen Tiere vorstellte und weitere Fakten rund um Elefanten präsentierte, die sich die Kinder wohl besser merken

würden als deren Eltern, strich Finja ihrer Tochter immer wieder durch das weiche Haar und genoss den kurzen Augenblick der Vergangenheit, den der Zoo ihr schenkte. Auch wenn es falsch war. Auch wenn sie sich von den Erinnerungen lösen sollte. Für einen kurzen, schmerzhaften Moment stand Mika neben ihr, und alles war perfekt.
»Elefanten binden sich so sehr an ihre Partner, dass sie manchmal vor Trauer sterben, wenn diese tot sind«, erklärte Thea mit tieftrauriger Stimme.
Finja schluckte und versteifte sich, als sie Max' Hand auf ihrem Arm spürte. Am liebsten wollte sie ihn abschütteln, heiße Tränen stiegen in ihr auf. Seine Berührung verstärkte, was die Worte in ihr losgetreten hatten.
Vor Trauer sterben.
Max wollte sie mit seiner Nähe beruhigen, aber gerade ertrug sie weder seine warmen Finger noch seinen Geruch. Sie stolperte einen Schritt zurück, fühlte sich falsch und schmutzig. Weshalb hatte sie gedacht, dass der Zoo eine gute Idee wäre? Warum datete sie seit Monaten einen Mann, wenn es doch Mika war, der hier im Zoo neben ihr stehen sollte?
Hannah klammerte sich noch immer an das Geländer und starrte die Elefanten an, merkte nicht, dass ihre Mutter immer weiter zurückwich. Finja stieß gegen Menschen, trat auf Füße, hörte empörte Stimmen, nahm aber nichts davon wirklich wahr. Sie wich immer weiter zurück, wollte Abstand zwischen Max und sich bringen. Das hier war nicht richtig.
Schließlich stolperte sie zwischen der Menschentraube hervor, hatte Platz um sich herum, aber atmen konnte sie trotzdem nicht. Was, wenn sie jetzt hier starb? Wenn nie wieder Luft in ihre Lunge strömte und sie an Trauer verendete wie ein Elefant? Tränen verschleierten ihren Blick, Panik drückte auf ihre Brust. Hektisch taumelte sie weiter, weg, nur weg, weg von Max und seinen Berührungen und weg von Hannah, die sie so nicht sehen durfte. Nicht schon wieder.
Der Gedanke an Hannah schenkte ihr einen Moment Klarheit, und sie schaffte es, sich auf einer leeren Bank niederzulassen. Den Oberkörper nach vorne gebeugt, versuchte sie tiefe Atemzüge, aber ihr

Körper gehorchte ihr nicht. Finja nahm nicht mehr wahr, wie sie Luft einsog, sondern nur, wie sie ihre Lunge verließ. Wieder und wieder atmete sie aus und hatte nicht das Gefühl, dass genügend frischer Sauerstoff nachkam.

»Finja!« Eine bekannte Stimme. Eine Stimme, die nicht hier sein sollte. Max.

»Geh«, presste Finja hervor. »Geh einfach.«

Seine Nähe machte alles schlimmer. Er war der Grund dafür, dass sie sich schmutzig fühlte. Untreu.

Das hat Mika nicht verdient, flüsterte ein Teil von ihr.

Mika würde wollen, dass ich glücklich bin!, wollte sie ihm entgegenschreien, so, wie sie es in der Therapie gelernt hatte, aber das schlechte Gewissen war zu groß, lastete zu schwer auf ihren Schultern, drückte sie nach unten.

»Kleines Mäuschen«, drängte Max und ging vor ihr in die Hocke, nahm ihre Hände in seine, strich ihr sanft über den Daumen. Falsch, es fühlte sich so falsch an. Sofort zog Finja ihre Hände zurück, schlang sie um ihren Oberkörper.

Drei Dinge, die sie sah: die Menschen vor dem Elefantengehege. Max' Sorgenfalte zwischen den Augenbrauen. Die Liebe in seinem Blick.

Sie schloss die Augen.

Drei Dinge, die sie hörte: ihren eigenen Atem, rasselnd, schwer. Den Applaus der Menschenmenge. Ihren Herzschlag, lebendig, schnell. Sie lebte. Der Druck auf ihrer Brust ließ nach.

Drei Dinge, die sie spürte: den Stoff ihrer Jacke, in die sie die Finger krallte. Das Holz der Bank, auf der sie saß. Die Tränen auf ihrem Gesicht.

Als sie die Augen wieder öffnete, gelang ihr der erste tiefe Atemzug. Die Panik ließ nach, ihr Blick klarte auf, aber ihr ganzer Körper zitterte noch immer. Sie hob den Kopf, sah in Max' besorgtes Gesicht.

»Finja?«, fragte er erneut, als würde ihr Name sie zurückholen.

Sie zwang sich zu einem Lächeln, obwohl ihr ganzer Körper noch immer in Alarmbereitschaft war und sich anfühlte, als wäre sie gerade zehn Kilometer lang vor einer Horde Zombies geflohen. »Panikattacke«, sagte sie, als würde sie einfach nur ein Mittagsgericht bestellen.

Darauf erwiderte Max nichts. Selbst als Finja aufstand, die Knie noch immer zitternd, aber ihren Körper tragend, rührte er sich nicht. Sie wischte sich über das Gesicht, trocknete ihre Tränen mit dem Jackenärmel und strich dann die Klamotten glatt.

Und obwohl sie wusste, dass sie sich nicht schämen musste, brannte ihr Gesicht. »Passiert häufiger.«

Max wusste von Mikas Unfall. Sie hatte ihm relativ früh alles erzählt, weil sie fürchtete (und vielleicht insgeheim auch hoffte?), dass ihre tragische Vergangenheit ihn in die Flucht schlug. Stattdessen hatte Finja die restliche Nacht an seiner Schulter geweint, und er hatte sie gehalten, als wäre es das Selbstverständlichste der Welt.

Am nächsten Tag hatte Max zum ersten Mal Hannah kennenlernen dürfen, und seitdem trafen sie einander regelmäßig. Ihre Therapeutin empfand es als Fortschritt, Finja viel zu häufig als Verrat. Aber Max hatte auch für diese Phasen des Rückzugs viel Verständnis für sie und ertrug ihre tagelange Stille, als wäre sie vollkommen natürlich. Was sie auch war, wie Frau Halla Finja immer wieder versicherte.

Und obwohl sie Max auch von den Panikattacken berichtet hatte, sah er in diesem Moment vollkommen überfordert aus. Finja verübelte es ihm nicht. Es war eine Sache, von einer Panikattacke zu hören, und eine ganz andere, einem Menschen gegenüberzustehen, der vollkommen die Kontrolle über sich verlor.

»Es geht schon wieder«, fügte sie deshalb mit einem schiefen Grinsen hinzu, das sich mehr wie eine Grimasse anfühlte und Max' Reaktion nach zu urteilen auch so aussah. »Hat Hannah etwas mitbekommen?«

Die Frage schien Max aus seiner Starre zu lösen. »Nein, sie …« Er deutete zum Elefantengehege, an die Stelle, an der sich Hannah vor Finjas Panikattacke noch am Zaun festgeklammert und der Vorstellung der Tierpflegerin gelauscht hatte. Die Menschenmenge hatte sich mittlerweile aufgelöst. Und Hannah war verschwunden.

7

Von Hexen und Träumen, 8. August

Heute

Kurz nachdem Elisa das Haus verlassen hatte, schlüpfte Finja in ihren Schlafanzug und ging anschließend ins Badezimmer, um sich die Zähne zu putzen. Dafür benutzte sie das Gästebad im Erdgeschoss. Seit Hannahs Verschwinden hatte sie sich nicht mehr ins Obergeschoss gewagt. Alles daran stieß sie ab, machte ihr Angst, nahezu Panik. Sie wollte nicht mehr die Treppen nach oben gehen, also wusch sie die Haare im Waschbecken des kleinen Gästebads und sich selbst mit einem Lappen. Alles war für sie besser, als das obere Stockwerk zu betreten, an dem so viele Erinnerungen hafteten.

Beim Zähneputzen starrte sie auf den hellen Fleck, den der abgenommene Spiegel auf den Fliesen hinterlassen hatte. Beim Einzug hatte sie Mika dazu verpflichtet, sämtliche Spiegel im Haus abzuhängen. Er wusste um ihre Angst, hatte sich aber dafür eingesetzt, zwei davon zu behalten: einen im oberen Badezimmer und einen in Hannahs Kinderzimmer. Widerwillig hatte Finja nachgegeben, da sie nicht wollte, dass andere wegen ihrer Panik zu sehr zurückstecken mussten. Mika hatte das nicht verstanden, aber akzeptiert, so wie alles andere an ihr.

»Eine Hexe also?«, hörte sie Mikas Stimme in ihrem Kopf. »Warum nicht?«

Finja spuckte die Zahnpasta ins Waschbecken. »Weil es Schwachsinn ist. Und wenn du wirklich noch hier wärst, würdest du das genauso sehen.« Ihre Stimme zitterte vor Schmerz und Bitterkeit. »Aber das bist du nicht.«

Elisas Vorschlag begleitete sie, während sie sich die achtlos hingeworfene Decke vom Sessel nahm und sich damit aufs Sofa legte. Die Insekten nagten an ihrem Hirn, als sie an die Magie dachte. Ihre Worte hämmerten durch ihre Gedanken, als sie die Augen schloss und versuchte, wenigstens etwas Schlaf zu finden.

Ihr ganzer Körper war ebenso erschöpft wie ihr Geist. Ihr Nacken war verkrampft, ihr Herz schlug schnell und viel zu laut in der Finsternis. Manchmal stellte sich Finja vor, dass ihr Herzschlag Hannah den Weg zurück zu ihr zeigte. Dann bat sie ihr Herz, noch lauter zu schlagen, noch schneller, damit Hannah bald wieder in ihren Armen lag.

Aber immer wenn sie die Augen aufschlug und in das dämmrige Halbdunkel des Wohnzimmers starrte, sah sie nichts als die schwarzen Umrisse der Möbel.

Der niedrige Couchtisch direkt vor ihr. Die Kommode an der Wand, direkt unter der tickenden Uhr. Darauf die Bilderrahmen. Kerzengläser. Zwei Sessel. Der Fernsehtisch mit dem Bildschirm darauf.

Immer wieder öffnete Finja die Augen und vergewisserte sich, dass alles noch da war. Dass sie noch da war. Ihr Blick irrte zum Fenster, durch das Laternenlicht hereinfiel.

Sie sah

eine

Silhouette.

In ihren Gedanken schrie Finja laut, aber der Schrei erstickte stumm in der Realität. Sie brachte keinen Ton hervor. Schaffte es nicht einmal, sich zu bewegen. Ihre Muskeln waren wie erstarrt, wie in einem Albtraum.

Die

Silhouette

war

ein Monster.

Ein

formloser

Schatten

mit

glühenden

Augen.

Sie leuchteten wie die Grablichter auf Mikas letzter Ruhestätte. Flackerndes Feuer in pechschwarzem Tod. Finja zitterte, sie krallte die Hände in die weiche Decke. Also tat sie, was Menschen seit Anbeginn der Zeit taten, wenn sie einem Monster gegenüberstehen: Sie versteckte sich.

In einer schnellen Bewegung zog sie sich die Decke über den Kopf, schloss die Augen und hoffte, dass sie nicht entdeckt worden war. Sie wollte, dass das Monster einfach wieder ging.

So lag sie dort.

In der Finsternis.

Und lauschte.

Drei Dinge, die sie hörte: ihren Atem. Ihren Herzschlag. Das Ticken der Uhr.

Sonst Stille. Keine Krallen, die über Glas kratzten. Kein hektischer Atem. Sie rechnete mit stechend heißem Schmerz, umklammerte die Decke und atmete so flach wie möglich.

Es

geschah

nichts.

Die Dunkelheit unter ihrer Decke gab ihr Sicherheit, und je länger sie dort lag, desto verrückter fühlte sie sich. Ein Monster? So etwas existierte nicht. Ihr müder Verstand musste ihr einen Streich gespielt haben, und das nicht zum ersten Mal.

Ganz vorsichtig schob sie den Stoff nach unten und lugte zum Fenster. Sie sah das Licht der Straßenlaternen. Keine Silhouette.

Erleichtert atmete sie aus. Das Adrenalin rauschte durch ihren Körper, und erst als ihre zitternden Knie still waren, stand sie auf, um sich ein Glas Wasser in der Küche zu holen.

Sie setzte sich damit aufs Sofa und leerte es in einem Zug. Langsam verlangsamte sich ihr Puls. Elisas Gerede von Hexen schien ihr Unterbewusstsein aufgewühlt zu haben.

Das kühle Wasser beruhigte Finjas erhitztes Gemüt. Sie lehnte sich zurück, fixierte das Fenster. Dort war nichts Außergewöhnliches. Kein Schatten, kein Umriss, der nicht dort sein sollte.

Seit Hannahs Verschwinden fühlte sie sich in diesem Haus nicht mehr sicher, und jetzt wünschte sie, sie hätte Elisa nicht weggeschickt, sondern sie gebeten, noch zu bleiben.

Denn wenn sie sich auch einredete, einem Trugbild ihrer Angst erlegen zu sein – ihre Angst würde ihr erneut einen Streich spielen. Wieder und wieder. Ihre Vorstellungskraft war ein Gefängnis, gefertigt aus Schuldgefühlen und Vergangenheit.

Finja stieß einen zittrigen Seufzer aus, dann schlüpfte sie wieder unter die Decke, legte sich aber nicht hin, sondern blieb aufrecht auf dem Sofa sitzen, bis die Erschöpfung sie in einen unruhigen Schlaf zog.

Der Albtraum kam schnell. Als Finja das Eis auf ihrer Haut spürte, wusste sie, dass sie träumte, aber diese Gewissheit nahm weder der Kälte noch dem Schmerz ihren Schrecken.

Eisblumen auf ihrer blauen Haut. Leere in ihrem Herzen. Hannah schrie.

Schrie.

Schrie.

Stille.

Drei Schreie, wie immer. Drei Schreie im Schneegestöber, das Finja

die Sicht stahl. Das Eis versiegelte ihre Lippen, nahm ihr die Bewegungsfähigkeit. Ihr Herz gefror. Leere. Gleichgültigkeit.
Dann etwas anderes. Eine schwarze Silhouette. Die gleiche Silhouette wie vor ihrem Fenster.
Ein weiterer Schrei zerriss das eisige Nichts. Es war ihr eigener. Finja schreckte nach oben. Desorientiert sah sie sich um.
Sah zur Uhr.
Zum Couchtisch, über den das Sonnenlicht kroch.
Zum Fenster, vor dem die Vögel zwitscherten.
Der neue Tag war angebrochen.

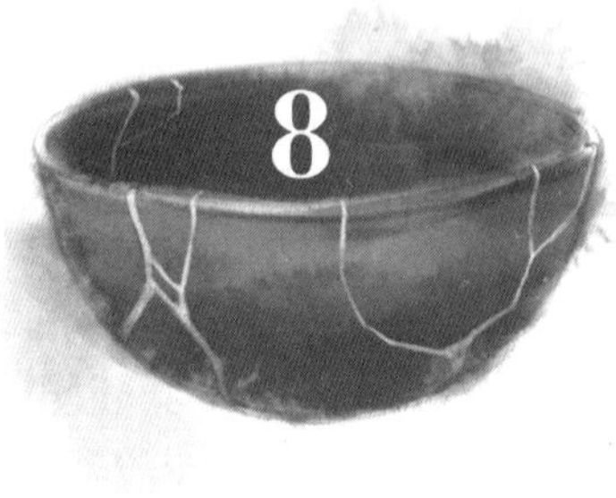

8

15. Juni

Vor Hannahs Verschwinden

Die Panik schnürte ihr die Kehle zu. Hektisch sah sich Finja um, suchte zwischen all den Menschen nach einem vertrauten Gesicht. Es waren viele Kinder im Zoo, und jeder dunkle Haarschopf ließ Finjas Herz für einen kurzen Moment in vorauseilender Freude hüpfen.

»Beruhige dich.« Max' sanfte Stimme trieb ihr Tränen in die Augen.

»Sie ist weg«, zischte Finja und drehte sich erneut um ihre eigene Achse. Ihr Blick glitt über das Elefantengehege hin zum Zuckerwattestand und dem kleinen Toilettenhäuschen. »Wie konntest du sie nur allein lassen?«, herrschte Finja ihn an, die Panik trieb ihre Stimme in neue Höhenlagen. Sie sprang von der Bank, eilte zu dem Gehege, Max folgte ihr mit schnellen Schritten.

»Du hattest eine Panikattacke. Ich habe mir Sorgen …«

»Sie ist ein KIND!«, unterbrach sie und drehte sich im Kreis. Hektisch huschte ihr Blick über die Menschen, suchte nach Hannahs dunklem Schopf. Sie sah viele Kinder, aber keines davon war ihre Hannah. Finja wartete auf eine neue Panikattacke, stattdessen blieben ihre Gedanken klar. Sie musste Hannah finden.

»Der Tiger«, sagte sie und stürmte davon, hin zum vereinbarten

Treffpunkt. Die anderen Besucher des Zoos erschienen ihr plötzlich wie ein unüberwindliches Hindernis. Ständig trat ihr jemand in den Weg, sie wich rennenden Kleinkindern aus, rempelte einen Mann an. Am Rande ihrer Wahrnehmung bemerkte sie, dass Max sich für sie entschuldigte, aber es war ihr egal.

Hannah, sie musste Hannah finden. Das war gerade alles, was zählte. Bei jedem Schritt sah sie sich erneut um. Dann fing sie an, ihren Namen zu rufen.

»HANNAH!« Eine Frau, die direkt neben ihr stand, zuckte erschrocken zusammen. Finja erkannte das Mitleid in ihrem Gesicht. Seit Mikas Tod war sie diese Blicke gewohnt. Aber sie brauchte kein Mitleid, nicht jetzt. Jetzt wollte sie einfach nur ihre Tochter zurück. »HANNAH!«

Am Rand des Wegs erblickte Finja einen kleinen Felsen. Sie stieg darauf, hoffte, dass die Erhöhung ihr einen besseren Überblick gab. Vergebens. Noch mehr mitleidige Blicke schlugen ihr entgegen, aber Hannah blieb verschwunden.

Als sie schließlich am Tiger ankam, war ihr Hals rau und ihre Stimme heiser. Tränen liefen ihr über die Wangen. »HANNAH!«

Das merkwürdig unechte Lächeln des Plastiktigers machte sie wütend. Er stand allein am Wegesrand und grinste vor sich hin, seine einstmals orange Farbe mittlerweile abgenutzt von vielen Besucherhänden. Finja schlug gegen seine Flanke und sog scharf die Luft ein, als sie auf unerwartet harten Widerstand traf. Die Tigerstatue war härter, als sie aussah. Frustriert trat sie jetzt mit dem Fuß dagegen, aber auch der Tritt brachte ihr nichts als einen schmerzenden Zeh.

»Finja.« Max' Stimme klang schneidend, aber sein Gesichtsausdruck war ebenso mitleidig wie das eines Mannes, der wenige Meter entfernt stand und seinen Sohn in diesem Augenblick an der Hand nahm.

»Halten Sie ihn ja gut fest!«, rief Finja ihm zu, woraufhin das Vater-Sohn-Gespann eilig weiterlief. »HANNAH!«

»Finja!«, wiederholte Max und packte sie am Arm. Seine Sommersprossen traten auf seiner hellen Haut deutlich hervor.

»Was?«, herrschte sie ihn an, ihre Stimme rau von Trauer und Wut.

Max wich nicht zurück, kam sogar noch ein Stück auf sie zu, legte seine andere Hand auf ihre Schulter. »Sie kann nicht verloren gegangen sein. Du wartest hier auf sie, und ich gehe zum Eingang und lasse eine Durchsage machen.« Er deutete auf die Lautsprecher, die in regelmäßigen Abständen an Metallstangen aus dem Boden ragten. »Wir werden sie finden. Versprochen.«

Sein Versprechen bedeutete ihr gar nichts. Seit Mikas Unfall hatten ihr viele Menschen viele Dinge versprochen.

»Es ist nicht so schlimm, wie es klingt.«

»Er wird wieder aufwachen!«

»Dir wird es bald besser gehen.«

Und jetzt war sie hier, Mika war tot, und ihr ging es alles andere als gut. Trotzdem nickte sie, weil sie gelernt hatte, dass das die Reaktion war, die man bei falschen Versprechungen erwartete. Max drehte sich um und ging zielstrebig zum Eingang, als würde Hannah dort auf ihn warten.

Sobald er weg war, nahm Finja die Umgebung auf einmal viel intensiver wahr. Die glücklichen Menschen um sie herum machten sie wütend und neidisch.

Sie holte ihr Handy aus der Hosentasche, ging auf ein junges Pärchen zu und hielt es ihnen unter die Nase. Der Bildschirmschoner zeigte Hannah glücklich lachend auf einer Schaukel.

»Haben Sie meine Tochter gesehen?«

Mitleid im Blick der beiden. Zaghaftes Kopfschütteln.

DENKT NACH, wollte Finja schreien. *IHR HABT JA NICHT MAL KURZ DARÜBER NACHGEDACHT.*

Stattdessen bedankte sie sich mit einem unechten Lächeln und ging weiter, hielt sich in der Nähe des Tigers und befragte sämtliche Menschen, die an ihr vorbeiliefen.

Es war schließlich eine ältere Frau, die leicht die faltige Stirn runzelte und langsam nickte. »Ja, ich glaube … vorhin. Auf dem Spielplatz.«

Finjas Herz überschlug sich, und sie stürmte davon, ohne der Frau zu danken.

Der Spielplatz, auf den die Rentnerin gedeutet hatte, war eine große

Sandfläche mit einem Klettergerüst aus roten Seilen, in denen mehrere Kinder herumturnten.
Und tatsächlich: relativ weit oben, fast schon an der Spitze, hing ein kleines Mädchen mit pechschwarzen Haaren, das Hannah aus der Ferne und mit altersschwachen Augen sicherlich erstaunlich ähnlich sah. Aber sie trug weder die richtigen Klamotten, noch waren ihre Bewegungen von der gleichen Energie gezeichnet, die Hannah in Finjas Augen so einzigartig machte. Enttäuscht prüfte sie, ob Hannah nicht doch unter den spielenden Kindern war, dann drehte sie auf dem Absatz herum und rannte zurück zu dem Tiger.
Was, wenn Hannah gerade jetzt dort nach ihr gesucht hatte und sie sich verpasst hatten?
Schnell drängte Finja den Gedanken beiseite, denn wenn Hannah den Tiger wirklich gefunden hatte, würde sie natürlich dort warten. So hatten sie es ausgemacht.
Suchte Hannah überhaupt schon nach ihrer Mutter? Finja biss sich auf die Unterlippe und ließ sich erschöpft zu den Pfoten des Tigers auf den staubigen Boden sinken.
Sie hoffte einerseits, dass Hannah bereits auf der Suche nach dem Tiger durch den Tierpark irrte, andererseits brach die Vorstellung ihres hilflosen Blicks ihr das Herz.
Vielleicht hatte sich Hannah auch einfach ablenken lassen, streunte von Gehege zu Gehege und fühlte sich so sicher, dass sie gar nicht auf die Idee kam, ihrer Mutter Sorgen zu bereiten. Diese Vorstellung machte Finja irgendwie wütend, und gleichzeitig war sie ihr lieber, als zu befürchten, dass es Hannah ebenso schlecht ging wie ihr.
Finja zog die Beine an die Brust und legte das Kinn auf ihre Knie. Die Erschöpfung überrollte sie ohne Vorwarnung. Sie hatte in der Nacht kaum ein Auge zugetan, und die Panikattacke, gefolgt vom kopflosen Umherrennen, hatten sie komplett ausgelaugt. Ihr ganzer Körper zitterte.
»Hannah Dahl, bitte melde dich beim nächsten Zoomitarbeiter. Hannah Dahl, dein Vater sucht dich.« Die Stimme klang blechern aus den Lautsprechern.
Dein Vater sucht dich.

Die Worte hallten in Finja noch nach, während Max auf sie zukam. »Komm mit ins Büro. Sie informieren uns dort, wenn Hannah sich meldet.«
Sie wollte Max anschreien. Er war nicht Hannahs Vater.
Dein Vater sucht dich.
Ihm eine Ohrfeige geben. Mika würde niemals zurückkehren.
Dein Vater sucht dich.
Weglaufen. Was, wenn Hannah wirklich glaubte, ihr geliebter Vater würde nach ihr suchen?
Dein Vater sucht dich.
Sie tat nichts von alledem. Stattdessen stand sie einfach nur da und schüttelte den Kopf. »Ich warte hier, falls Hannah kommt.«
Max nickte. »Ich gehe ins Büro.«
Er ging. Finja drehte sich um und übergab sich neben der Tigerskulptur. Ihr Magen verkrampfte sich schmerzhaft, ihr Herz fühlte sich an, als wäre es zu gebrochen, um weiterzuschlagen.
»Mami?«
Hannahs zaghafte Stimme. Was würde sie dafür geben, sie wirklich zu hören.
»Mami!«
Eine kleine Hand, die an ihrer Jacke zupfte.
Finja wirbelte herum und sah in Hannahs glänzende Augen.
»Himmel …« Sie fiel auf die Knie, drückte Hannah an sich, atmete ihren vertrauten Geruch ein, strich über ihre Haare. »Ich habe mir Sorgen gemacht.«
Hannah drückte sich an ihre Mutter, der kleine Körper vollkommen erstarrt. Erst nach wenigen Atemzügen ließ Finja etwas lockerer, lehnte sich ein Stück zurück, um ihre Tochter zu betrachten.
Hoffnung stand in ihren Augen.
»Papi sucht mich?«
Sie hätte nicht gedacht, dass es möglich wäre, aber ihr Herz zerbrach in noch kleinere Scherben. Wut flammte in ihr auf, gemischt mit Trauer. »Das war Max«, erklärte sie und wusste, dass diese Worte Hannahs Herz ebenso brachen wie ihres. »Max hat am Eingang nach dir gefragt. Sie müssen es verwechselt haben.«

Es dauerte einige Sekunden, dann verzerrte sich Hannahs Gesicht. Sie schrie, Tränen liefen über ihre Wangen. Sofort zog Finja sie wieder an ihre Brust und weinte mit ihr.
»Ich weiß«, flüsterte sie mit tränenerstickter Stimme, wieder und wieder. »Ich weiß.«
Eng umschlungen klammerten sie sich aneinander, und Finja fühlte sich, als wären es Hannahs kleine Arme, die sie davor bewahrten, komplett auseinanderzufallen.

9

Eis und Spiegel, 9. August

Heute

Der Albtraum verfolgte Finja noch den ganzen Morgen. Das Handy klingelte, und als sie Elisas Nummer sah, ging sie sofort ran. Die Wut war komplett verraucht, ihre ganze Energie aufgebraucht vom Schrecken der Nacht.

»Wie hast du geschlafen?«, lautete die erste Frage, direkt gefolgt von: »Hast du schon etwas gegessen?«

Mit schlechtem Gewissen sah Finja zu dem Stoffbeutel, den sie noch nicht angerührt hatte. Der Moment des Zögerns reichte, um Elisa seufzen zu lassen. »Also nein. Dann mal los. Wir frühstücken gemeinsam, okay? Lass uns einfach ein bisschen telefonieren und essen.«

Finja widersprach nicht. Sie hatte keine Kraft, mit Elisa zu streiten, also ging sie zum Beutel, fischte die Brötchen heraus und holte den Käse aus dem Kühlschrank. Dann setzte sie sich an den Küchentisch in die hintere Ecke, sodass sie Fenster und Tür gleichermaßen im Auge behielt. Die Sonne stand schon hoch am Himmel, der Himmel war strahlend blau. Die Verheißung eines warmen Sommertags hing in der Luft. Vögel zwitscherten. Ein Schmetterling flog vorbei. Elisa redete am Telefon, das mit angeschalteter Freisprechfunktion auf dem Tisch lag, ununterbrochen: »… aber na ja. So ist das eben. *Erzähl denen niemals intime Details*, habe ich ihr gesagt. *Du kannst ihnen nicht trauen*. Sie hat nicht auf mich gehört, und jetzt ist ihr Leben die Hölle, weil Konstantin alles gegen sie verwendet. Menschen können so scheiße sein. Findest du nicht auch?«

Finja nickte und biss in das Käsebrot.

»Hallo?«

»Äh«, stieß Finja mit vollem Mund hervor. »Ja. Entschuldige. Richtig scheiße von Konstantin.«

»Voll.« Elisa schien zufrieden, was nicht an Finjas Zustimmung, sondern an der Tatsache lag, dass ihre Freundin wirklich aß, wie die nächste Frage offenbarte: »Schmecken die Brötchen?«

Finja schluckte den Bissen erst, bevor sie antwortete. »Sehr lecker. Danke noch mal.« Ihr schlechtes Gewissen presste ihre nächsten Worte hervor: »Tut mir leid. Wegen gestern.«

»Gestern?«, fragte Elisa betont unwissend. »Ich weiß nicht, was du meinst. Ich war doch nur bei dir und habe etwas zu essen vorbeigebracht. Das ist Freundschaft, dafür musst du dich nicht entschuldigen.«

Erleichterung und Dankbarkeit zogen Finjas Mundwinkel nach oben. »Aber deine Unterstützung ist für mich nicht selbstverständlich. Ganz zu schweigen von deinem Verständnis.«

»Ich bitte dich.« Elisa klang, als würde sie die Arme in die Luft werfen. »Wie lange sind wir jetzt schon befreundet? Fünfzehn Jahre? Zwanzig? Ich verstehe dich besser als du dich selbst. Und andersrum ist es bestimmt ganz genauso.«

»Einundzwanzig«, antwortete Finja, nachdem sie kurz nachgerechnet hatte. Sie hatte Elisa in der Schule kennengelernt, und seitdem war der Kontakt nie ganz abgebrochen. Es gab Jahre, in denen hatten sie nicht jede Woche miteinander telefoniert, aber die Gewissheit, dass die andere jederzeit *da* war, hatte ihnen beiden gereicht. Sie vertrauten einander. »Deswegen suchst du auch immer den perfekten Käse aus.«

Elisa lachte, und Finja stimmte mit ein, obwohl sie sich nicht wirklich danach fühlte. Sie wollte nicht, dass sich ihre Freundin weiter sorgte. Elisa hatte schon genug für sie getan.

Nach dem Frühstück beendeten sie den Anruf, und Elisa versprach, sich am Abend erneut zu melden. Die Stille, die nach Elisas ständigem Redefluss folgte, war erdrückend, also schaltete Finja Musik an ihrem Handy ein.
Entspannte Waldklänge. Natur. Andere Lieder ertrug sie nicht mehr, waren doch zu viele von ihnen mit Mika oder Hannah verknüpft.
Begleitet von Blätterrauschen, Wind und Vogelgezwitscher wischte Finja den Tisch sauber. Dann fragte sie sich, was sie mit dem angefangenen Tag tun sollte. Sie war müde und erschöpft, aber ein Mittagsschlaf kam für sie nicht infrage. Wenn sie schlief, kamen die Träume, und nach dieser Nacht konnte sie darauf verzichten.
Ein Spaziergang in der Nähe führte sie an zu vielen erinnerungsschwangeren Plätzen vorbei. Eine Serie schauen? Lesen? Ihre Konzentration ging gegen null, aber eine leise Hintergrundbeschallung erschien ihr gerade sehr angenehm.
Also setzte sie sich auf das Sofa und schaltete den Fernseher ein. Es dauerte nicht einmal eine halbe Folge, bis sie ihn wieder ausschaltete. Wieder und wieder sah sie nervös zum Fenster, suchte nach der Silhouette mit den Feueraugen. Sie würde hier keine Ruhe finden.
Also stand sie auf, schnappte sich ihren Autoschlüssel von der Kommode im Flur und ging nach draußen. Sie setzte sich in den Wagen, startete den Motor und fuhr los.
Einfach so. Ohne Ziel. Die Gegend, in der sie lebte, war ruhig, und um diese Uhrzeit herrschte kaum Verkehr. Die meisten Menschen waren arbeiten, und jene, die zu Hause waren, aßen zu Mittag. Die adretten Vorgärten mit ihren Kinderschaukeln, perfekt gepflegten Blumenbeeten und einladenden Veranden schienen sie zu verhöhnen. Einst waren Finja und Mika ein Teil dieser Idylle gewesen.
Sie fuhr weiter, bis sie zu einer Landstraße kam, die sich in großen Kurven durch flache Hügel schlängelte. Nach wenigen Minuten verschwand die Straße in einem Wald. Kurve um Kurve erklomm Finjas Auto den kleinen Berg, auf dessen Kuppel eine alte Burg stand.
Dort hatte Mika ihr damals den Heiratsantrag gemacht. Die Erinnerung erwischte sie eiskalt, und sie verlor sich kurz darin. Ein lautes Hupen holte sie zurück. Sie war auf die Gegenfahrbahn gekommen.

Gerade rechtzeitig riss sie das Steuer herum, fand zurück auf die Spur. Adrenalin rauschte durch ihren Körper. Widerwillig warf sie einen kurzen Blick in den Rückspiegel, um zu sehen, ob hinter ihr jemand fuhr.

In den Spiegeln lauert der Tod.

Schon seit ihrer Kindheit bereiteten Spiegel ihr ein unbeschreibliches Unbehagen. Finja erinnerte sich nicht mehr daran, woher ihre Angst kam, aber Frau Halla hatte versprochen, sich auch dieser Sache anzunehmen, wenn das akute Trauma bewältigt war.

Normalerweise verbannte Finja Spiegel aus ihrer Umgebung, und sogar beim Autofahren benutzte sie sie so wenig wie möglich. Und das auch nur, weil es verboten war, Spiegel abzumontieren. Sie hatte sich danach erkundigt.

Bei der nächsten Gelegenheit fuhr sie in einen kleinen Waldweg und schaltete den Motor aus. Sie war müde, unaufmerksam, vollkommen durch den Wind – und sie hasste sich dafür, in das Auto gestiegen zu sein.

Übersprungshandlung, nannte Frau Halla diese Anwandlungen, die Finja seit Hannahs Verschwinden verstärkt an den Tag legte. Manchmal waren es Kleinigkeiten, wie das Waschen ihrer gesamten Bettwäsche, obwohl sie nicht dreckig war. Und manchmal setzte sie sich eben einfach ins Auto und fuhr davon. Oder sie joggte so lange, bis ihr die Luft ausging.

Um Konflikten zu entgehen und ihren Stress zu minimieren, sagte Frau Halla. Aber selten führten die Handlungen wirklich zu Stressminderung, sondern eher dazu, dass sie sich noch schlechter und unkontrollierter fühlte. Als hätte sie nicht einmal sich selbst im Griff.

Finja legte den Kopf auf das Lenkrad und atmete tief ein. Diese Ziellosigkeit, gepaart mit vollkommener Leere, trieb sie in den Wahnsinn. Das Kunstleder des Sitzes drückte sich warm gegen ihre Haut. Die Luft wurde immer stickiger, draußen rauschte leise der Wind in den Bäumen.

Als sie sich nach einer Weile wieder aufrichtete, fiel ihr Blick kurz auf den Rückspiegel. Eis. Finja begann zu zittern, ihre Augen weiteten sich. Der Rückspiegel war überzogen mit winzigen filigranen Eisblu-

men. Wie Spinnweben zogen sie sich über das glatte Glas. Ein sanfter Schimmer, tief in den gläsernen Welten. Weißblau leuchtend.
Finja sah weder sich selbst noch die Realität, dafür glänzten ihr schneeüberzogene Bäume entgegen.
Es war Sommer und die Temperatur im Auto trotz der Kühle des Walds recht hoch. Weder die Eisblumen noch die schneebedeckten Bäume ergaben irgendeinen Sinn.
Finja blinzelte. Der Spiegel zeigte ihr angsterbleichtes Gesicht. Die Eisblumen schmolzen, Wasser tropfte vom Rückspiegel, hinab in die Mittelkonsole, die voller Tankbelege war.

Platsch.

Platsch.

Platsch.

Das Geräusch irritierte sie. Seit Mikas Tod hatte sie schon oft Dinge gesehen und gehört, die nicht real waren. Kurze Momente, in denen ihr Verstand ihr etwas vorgaukelte.
Vorsichtig hob Finja die Hand, berührte den Rand des Rückspiegels. Bisher hatte sie keine ihrer Illusionen berühren können, sie waren immer verschwunden, sobald sie sich dazu überwunden hatte, ihren Körper damit zu konfrontieren.
Der Rückspiegel war nass und kalt. Finja zitterte stärker. Sie glaubte nicht mehr, dass die Eisblumen ihrer Fantasie entsprungen waren, aber der einzige Beweis, dass sie sich die Eisblumen nicht eingebildet hatte, verdampfte gerade in der Spätmittagshitze des Sommers.

10

Dein Glück, 9. Dezember

Vier Jahre zuvor

Aina kündigt«, offenbarte Finja, nachdem sie Hannah ins Bett gebracht hatte.

Mika lag auf dem Sofa und tippte müde auf dem Handy herum. »Was?«, fragte er halb abwesend, während Finja ans Sofa trat und sich neben seine Beine auf die Kante setzte.

Sie hatte den ganzen Nachmittag darüber nachgedacht, wie sie das Thema sanft anbringen konnte. Letztendlich war sie zu dem Schluss gekommen, dass sämtliche Vorbereitungen und Szenarien in ihrem Kopf sie nicht so gut weiterbringen würden wie ein Gespräch mit Mika. Schließlich ging es um ihn.

»Aina«, wiederholte Finja. »Meine Chefin. Sie hat mir heute nach diesem schrecklichen Pitch erzählt, dass sie gehen wird. Du weißt schon. Der Pitch mit den arroganten, reichen Arschlöchern.«

Mika legte sein Handy zur Seite und sah Finja aufmerksam an. Als sie nach Hause gekommen war, hatte sie keinen Atemzug verschwendet und direkt mit ihrer Hasstirade auf die beiden losgelegt, um es sich von der Seele zu reden. Nur Ainas Kündigung hatte sie verschwiegen. Bis jetzt.

»Das ist schade, oder?« An seinem zurückhaltenden Ton erkannte

sie, dass er nicht so recht wusste, wie er reagieren sollte. »Ihr kamt doch gut miteinander klar?«
Finja nickte. »Ich fand Aina manchmal etwas anstrengend, aber sie war eine gute Chefin, die immer hinter mir stand. Zumindest hatte ich nie das Gefühl, dass sie mich kleinhält, um selbst gut dazustehen. Es war immer ein Miteinander.«
»Was macht das mit dir?« Mika richtete sich auf, zog die Beine zurück und setzte sich in den Schneidersitz.
Wieder einmal fiel Finja auf, wie sehr sie seine Art zu fragen liebte. Bei ihm hatte sie nie das Gefühl, dass er aus Höflichkeit fragte oder einfach etwas wissen wollte. Es ging ihm immer darum, wie sein Gegenüber die Welt wahrnahm.
Respektvoll und empathisch, dachte Finja und kam nicht umhin, leicht den Mundwinkel zu heben, während sie seinem mitfühlenden Blick begegnete. »Sie kündigt, um sich selbstständig zu machen«, erklärte Finja. »Das finde ich wahnsinnig cool und mutig. Sie …« Kurz hielt sie inne, plötzlich schaffte sie es nicht mehr, Mika bei den nächsten Worten anzusehen. »Sie will nicht mehr reichen Arschlöchern dabei helfen, ihr Image zu verbessern, nur weil die sich das leisten können. Ihr Ziel ist es, junge Start-ups mit coolen Produkten zu unterstützen, die sich keine teure Marketingagentur leisten können.«
Mika seufzte, und Finjas Magen krampfte sich zusammen.
»Wirklich, Finja?«
Sie biss sich auf die Unterlippe. Er hatte sie durchschaut. Natürlich. Sie waren schon so lange zusammen, dass ein derart plumper Versuch von Anfang an zum Scheitern verurteilt gewesen war. Finja war sich dessen bewusst gewesen, deshalb fuhr sie schnell fort, als hätte er nichts gesagt: »Ich denke, dass das für dich vielleicht auch ein Weg wäre. Selbstständigkeit, meine ich. Eventuell mit Aina zusammen? Ja, du kennst sie nicht, aber …«
»Schluss.« Mika sprach sanft, aber bestimmt. Er saß aufrecht, das Kinn erhoben, unerschütterlich wie immer. Seine Abwehrhaltung. »Ich kann nicht einfach kündigen. Wir sind auf mein Gehalt angewiesen.«
»Sind wir nicht«, erinnerte Finja ihn. »Ich verdiene gut, und falls ich Ainas Stelle bekomme …« Sie knetete die Hände in ihrem Schoß, fi-

xierte die Duftkerze, die auf dem niedrigen Couchtisch stand und Lavendelaroma verbreitete.
Mikas Hand umschlang ihre Finger. »Hat sie etwas von einer Beförderung gesagt?« Er klang so euphorisch, wie Finja sich heute Mittag nach dem ersten Schock gefühlt hatte.
»Wir haben nicht über ihre Nachfolge gesprochen.« Finja zuckte mit den Schultern, als wäre es keine große Sache, obwohl sie sich bereits vorgenommen hatte mit Aina über ihre Ambitionen zu reden. »Aber ich bin am längsten im Team und habe die meiste Erfahrung. Wenn sie jemanden aus der Firma nehmen …«
Mika strich weiterhin über ihre Hand. »Müsstest du das sein.« Er nickte, seine Stirn lag in Falten. Sein nächster Atemzug war tief, dann sagte er langsam und bedächtig: »Aber bisher hat sich deine Firma nicht an solche Dinge gehalten, oder? Ich meine … beim letzten Mal …«
Allein die Erinnerung sorgte dafür, dass sich Finja ihm entzog, aufstand und zum Fenster ging. Draußen war alles dunkel, die Straßenlaternen malten helle Flecken auf die pechschwarze Straße. Sie wohnten in einer ruhigen Gegend, und um diese Uhrzeit standen alle Autos bereits in ihren Garagen.
»Das war etwas anderes«, widersprach sie ohne große Überzeugung. Als Ainas Vorgängerin in Rente ging, hatte Finja sich bereits einmal Chancen auf die Teamleitung erhofft, aber dann war die Wahl auf Aina gefallen, die bis dahin in einer anderen Agentur gearbeitet hatte. »Sie haben Aina vor drei Jahren geholt, und jetzt geht sie. Ganz sicher machen sie nicht denselben Fehler erneut und riskieren, sich wieder jemanden zu holen, der dann geht, weil er den Job oder die Firma nicht leiden kann. Ich bin seit sieben Jahren da. Sie können sicher sein, dass ich nicht gehe.« Während sie sprach, zog sie die schweren Vorhänge vor und drehte sich dann zu Mika um, der weiterhin unbewegt auf dem Sofa saß, die einzige Lichtquelle war die kleine Duftkerze vor ihm, die warme Schatten warf.
»Können sie das?« Seine Rückfrage beantwortete sie mit einem heftigen Nicken, woraufhin er weiter nachbohrte: »Warum?«
»Weil du dich mit Aina gemeinsam selbstständig machst und wir dann auf das Gehalt angewiesen sind?«

»Ich …« Er lachte. Leise, rau. Verzweifelt. »Das kann ich nicht tun, und du weißt das. Du bist eine furchtlose Kämpferin, und ich bewundere dich so sehr dafür. Aber dein Vater hat mir den Job besorgt, und wenn ich kündige, wird er mich für immer hassen. Er hat damals einen echt großen Gefallen von seinem Freund eingefordert, um mich in die Firma zu kriegen.«

»Aber du bist unglücklich.« Der Satz brach einfach so aus ihr heraus. Nachdem sie ihn bereits tausend Mal in ihren Gedanken gewälzt und sich nie getraut hatte, es ihm direkt zu sagen, überraschte sie die Leichtigkeit, mit der er ihr im Schein der Lavendelkerze von den Lippen ging. »Dein Job macht dich unglücklich.«

»Aber das ist mein Problem«, antwortete Mika. Er leugnete es nicht einmal, stattdessen saß er einfach weiterhin da, ein Fels in der Brandung, die nur um ihn herum tobte, während Finja weit entfernt und hilflos am Strand stand. »Nicht deines. Ich bin Hannahs Vater. Ich bin dein Ehemann. Und es ist meine Pflicht …«

»Bullshit«, unterbrach ihn Finja. »Wir sind verheiratet, ja. Und das heißt, dass wir einander auffangen. Nicht dass du den Familienvater spielst und dein Glück opferst, um uns durchzubringen. Hör auf, diese konservative Scheiße als Schutzschild zu benutzen, um dich vor deiner Versagensangst zu verstecken.«

Einen Atemzug lang geschah nichts. Dann legte Mika den Kopf in den Nacken und lachte. Laut und frei. Finja runzelte die Stirn. So oft hatte sie darüber nachgedacht, ihm genau das an den Kopf zu werfen, hatte sich verschiedene Reaktionen ausgemalt und in Gedanken schon mehr als einmal Hannah und die Koffer gepackt. Aber diese Reaktion hatte sie nie auch nur in Erwägung gezogen.

»Scheiße«, japste er. »Das hat mich eiskalt erwischt.« Er holte tief Luft, beruhigte sich. Hielt ihr eine Hand entgegen. Finja überlegte nicht lange, ging auf ihn zu, ergriff sie und ließ sich auf seinen Schoß ziehen, wo er sie fest in die Arme schloss. Sein Atem streifte ihren Nacken, seine Finger hielten sie fest, als wäre sie das Wertvollste in seinem Leben. »Du hast recht, und ich hasse das«, murmelte er, »und liebe dich dafür.«

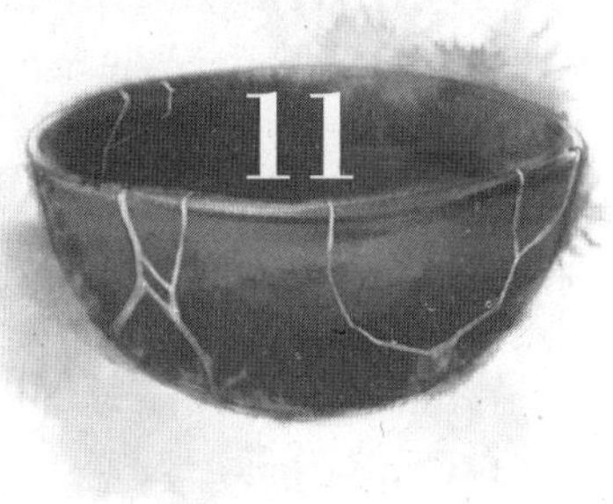

11

16. Juni

Vor Hannahs Verschwinden

Sie standen vor dem Haus, Hannah war bereits in ihrem Zimmer, und Finja weigerte sich, Max hereinzulassen.

»Wie konntest du nur?«, zischte Finja. Sie hasste es, zu streiten, aber sie war so verdammt wütend. Und erschöpft.

Max sah sie hingegen vollkommen verständnislos an, was die Wut in ihr weiter befeuerte. »*Dein Vater sucht dich*«, äffte sie die Stimme nach, die durch die Sprechanlage des Zoos geschallt war. »Ist das dein verfickter Ernst, Max? Hast du eine Ahnung, was du Hannah damit angetan hast? Was du mir damit angetan hast?« Ihre Stimme zitterte. Vor Wut, vor Tränen. Sie liefen ihr über das Gesicht, heiß und vertraut. Max stand einfach da, den Kopf gesenkt, die Hände zu Fäusten geballt. »Ich wollte helfen«, sagte er. Seine Stimme war tief und klar. »Ich habe nie gesagt, dass ich Hannahs Vater bin. Die Frau im Zoo ist einfach davon ausgegangen. Das ist nicht meine Schuld.«

»Hannah hat die ganze Nacht geweint«, fuhr sie fort. »Die ganze Nacht.« Das Gefühl der Hilflosigkeit kehrte zurück. »Deinetwegen.«

»Moment mal.« Jetzt sah Max sie wieder an, die Hände abwehrend vor der Brust erhoben, die Stirn gerunzelt. »Das war nicht meine Schuld. Du hast sie genauso aus den Augen verloren wie ich.«

Das Entsetzen raubte Finja die Sprache, Max fuhr unbarmherzig fort: »Du warst diejenige mit der Panikattacke. Hast du eine Ahnung, was für eine Scheißangst ich um dich hatte? Wie hätte ich mich da auch gleichzeitig noch um ein Kind kümmern sollen?«

»Darum geht es doch gar nicht«, erwiderte Finja. Ihre Stimme überschlug sich vor Wut.

»Worum dann?« Er blieb noch immer ruhig, und irgendwie machte sie das noch wütender. Ganz zu schweigen von seiner Frage, auf die sie plötzlich keine Antwort mehr hatte. Sie war sich so sicher gewesen, im Recht zu sein. »Ich bin für dich da, Finja. Immer. Sieh mal, ich verstehe, wieso du Angst hattest. Du liebst Hannah. Aber … ich hatte auch diese Angst, weißt du? Hannah bedeutet mir so viel.« Er sah ihr direkt in die Augen. »Sie ist wie eine Tochter für mich. Es verletzt mich, dass du mich nach dieser Sache allein gelassen hast. Du hast nur an dich und Hannah gedacht, aber wie es mir geht, war dir vollkommen egal. So funktioniert eine Beziehung nicht. Du kannst in schweren Situationen nicht immer so egoistisch sein. Ich hätte dich auch gebraucht. Hast du eine Ahnung, wie schlecht es mir ging, als Hannah plötzlich verschwunden war?« Er fuhr sich durch die roten Locken. »Aber ich bin nicht wütend auf dich. Wirklich nicht.« Vorsichtig trat er auf sie zu, zog sie in seine Arme. »Ich bin für euch da. Wenn du ungerechtfertigt wütend auf mich bist, halte ich das aus. Weil ich dich so sehr liebe.« Er strich ihr über den Kopf, den Nacken, den Rücken. »Weil ich *euch* so sehr liebe.«

12

Unser Glück, 12. Dezember

Vor vier Jahren

Als es klingelte, begann das Wettrennen. Dieses Mal war Hannah vor Finja an der Tür. Sie grinste ihre Mutter stolz an und griff nach der Türklinke.

Die Tür schwang auf, und Elisa stürmte herein, ging leicht in die Hocke, um Hannah hochzuheben und sie einmal im Kreis zu wirbeln. »Da ist ja mein Lieblingskind.«

»Tante Elisa!« Hannahs Lachen war so breit, dass die Zahnlücke deutlich hervortrat. Sie schlang die dünnen Arme um Elisas Hals und schmiegte sich eng an sie.

»Ich hab dich auch vermisst«, sagte Elisa und rieb ihre Wange an Hannahs. »Deine Mama hat gesagt, dass ihr Kekse gebacken habt?«

Hannah nickte stolz und deutete Richtung Küche. »Ganz viele!«

»Na dann los!« Elisa rannte mit Hannah auf dem Arm los, während Finja lachend die Tür schloss und ihnen dann folgte. Als sie in die Küche trat, saßen Hannah und Elisa bereits am Tisch. Mika grinste Finja stolz an, während er das Essen aus dem Ofen holte. »Ich hoffe, du hast Hunger mitgebracht, Elisa.«

Der geschmolzene Käse brutzelte vor sich hin, und er balancierte die Auflaufform vorsichtig zum Untersetzer auf dem Tisch.

»Das habe ich«, erklärte Elisa und schnappte sich einen Keks. »Deswegen fange ich sofort an.« Sie steckte sich das Gebäck in den Mund und kaute genüsslich, während Mika lachend den Kopf schüttelte. Er hauchte Finja im Vorbeigehen einen Kuss auf die Stirn. »Ich baue oben schon einmal die Eisenbahn auf.«
»Danke«, erwiderte Finja.
»Leffer«, nuschelte Elisa, und Kekskrümel fielen ihr aus dem Mund, was Hannah sofort imitierte. Sie riss die Lippen weit auseinander und wiederholte brüllend: »LEFFER!« Dann lachte sie, und noch mehr Keksreste verteilten sich auf der Tischplatte.
»'tschuldigung.« Elisa grinste und stand auf, um sich ein Küchentuch zu schnappen, aber Finja war schneller und beseitigte den Dreck, bevor ihre Freundin den restlichen Keks überhaupt geschluckt hatte.
»Macht nichts«, sagte Finja und schüttelte grinsend den Kopf. »Immerhin bist du als Tante für den Blödsinn zuständig. Willst du Tee?« Sie füllte den Wasserkocher bereits auf, bevor Elisa antwortete.
»Mit Zucker«, sagte Elisa gerade, als Finja die zwei Stücke in die dunkle Flüssigkeit fallen ließ.
»Hannah, würdest du ein bisschen oben mit Papa spielen? Er hat schon die Eisenbahn aufgebaut.« Finja legte eine Hand an ihr Ohr, lauschte. »Ich kann sie schon hören!«
Sofort sprang Hannah auf und stürmte ohne ein weiteres Wort davon. Finja wartete, bis sie das Trippeln der kleinen Füße im oberen Stockwerk hörte, dann eröffnete sie das Gespräch, für das sie Elisa hergebeten hatte: »Aina kündigt.«
»Deine Chefin? Ach du Scheiße. Du mochtest sie doch so gern!« Elisa wärmte ihre Hände an der Tasse. »Oder ist das was Gutes? Ich meine … immerhin wird ihre Stelle jetzt frei, und du bist doch eine heiße Anwärterin auf den Posten, oder? Du reißt dir für die Firma jetzt schon lange genug den Arsch auf.«
»Wir müssen echt über deine Wortwahl reden, wenn Hannah in der Nähe ist.«
»Ach, die ist doch oben.« Elisa verdrehte die Augen. »Aber jetzt mal im Ernst: Du wirst dich doch nicht auf die Stelle bewerben, oder? Ich habe dir doch letzte Woche diese Ausschreibung geschickt.«

»Doch, das habe ich vor«, erwiderte Finja und griff nach einem Keks. »Denn Mika kündigt, und dann benötigen wir diese Gehaltserhöhung sehr dringend, um das alles hier weiterhin zu finanzieren.« Sie deutete ausladend auf die blitzsaubere Küche und hinaus in den schneebedeckten Garten. »Aktuell könnte ich das allein nicht stemmen.«

»Aber was ist mit dir?«, fragte Elisa unvermittelt. »Du willst seit Jahren im Zoo arbeiten.«

Finja winkte ab. »Die Stelle läuft mir nicht weg. Aber Ainas Firmengründung ist eine einmalige Gelegenheit für Mika.«

»Es hat Jahre gedauert, bis eine passende Stelle ausgeschrieben war«, erinnerte Elisa sie. »Social-Media-Manager im Zoo um die Ecke werden echt nicht oft gesucht. Deine nächste Möglichkeit wäre wahrscheinlich in einer anderen Stadt.« Alarmiert richtete sie sich auf. »Jetzt sag mir nicht, dass ihr in ein paar Jahren wegzieht, damit du in irgendeinem anderen Zoo arbeiten kannst.«

»Wir finanzieren gerade den Kredit für dieses Haus.« Finja zog einen Mundwinkel nach oben. »Ganz sicher ziehen wir nicht um. Nein. Mika und ich haben uns dazu entschieden, unser Leben lang hierzubleiben.«

»Solltest du dieses Leben dann nicht erst recht in einem Job verbringen, der dich glücklich macht?«

»Mika ist viel unglücklicher«, lenkte Finja ab. »Das weißt du. Ich …« Sie seufzte. »… mag meinen Job. Die meiste Zeit. Sicher, es gibt immer wieder Tage, an denen ich fluchend nach Hause komme, weil irgendein Schnösel denkt, einen Kommentar über meinen Hintern machen zu müssen, aber prinzipiell mag ich ihn. Ich bin gut darin.«

»Und unglücklich.«

»Es gibt Optimierungsbedarf«, gab Finja zu. »Aber Mika muss diese Gelegenheit nutzen. Es geht ihm wirklich schlecht, und ich kann das nicht länger mit ansehen.«

»So, wie ich nicht länger ertrage, dich unglücklich zu sehen.« Elisa griff nach einem Keks. »Aber gut, es ist ja nicht so, als ob du sonderlich oft auf mich hören würdest.«

»Das ist nicht wahr!«

»Ich hab dir damals gesagt, du sollst die Ausbildung im Zoo machen.«
»Ja, aber …«
»Ich hatte recht«, Elisa fuchtelte so energisch mit der Hand, dass ein Teil des Kekses abbrach und auf dem Tisch landete. Schnell klaubte sie ihn auf. »Die Stelle im Zoo hätte dich viel glücklicher gemacht. Du hast Tiere schon immer geliebt. Wundert mich, dass ihr noch keinen Hund habt.«
»Wenn Hannah älter ist«, erinnerte Finja sie. »Aktuell habe ich nicht die Kraft, Kind UND Hund zu erziehen. Das ist nämlich viel Arbeit.«
»Weiß ich doch.« Elisa biss in den Keks. »Du hast mich hergebeten, weil du meinen Rat willst, und der ist: Bewirb dich auf die Stelle im Zoo, vielleicht ist die Bezahlung gar nicht so mies, wie du denkst, und dann könnt ihr beides haben.«
»Glaubst du wirklich, dass sie in einem Zoo so gut bezahlen wie in dieser Marketingagentur, der du deine Seele verkaufst?«
»Wenn du so über deinen Arbeitgeber redest, solltest du eigentlich direkt morgen deine Kündigung auf den Tisch hauen.« Elisa seufzte. »Aber gut. Du bist erwachsen. Es ist deine Entscheidung. Eure. Ich freue mich, dass sich für Mika diese Möglichkeit auftut. Der Kerl macht dich so glücklich, dass er selbst etwas Glück verdient hat.«
»Das hat er.« Finja lächelte. »Und ich hätte eigentlich noch eine Bitte, weißt du?«
»Ich WUSSTE, dass das kommt!« Sofort griff Elisa nach noch mehr Keksen, stapelte sie vor sich. »Das hier ist schon einmal meine Bezahlung. Also, was kann ich tun?«
»Ich weiß, es ist sehr spontan, aber … könntest du heute Abend auf Hannah aufpassen? Aina würde sich gern mit Mika treffen, um alles zu besprechen.«
»Ich tue doch alles für euer Glück.« Elisa stöhnte theatralisch. »Und für diese leckere Lasagne.«

Eis im Rauch, 9. August

Heute

Die ganze Fahrt in die Stadt über weigerte sich Finja, die Klimaanlage anzuschalten oder in den Rückspiegel zu schauen, sodass sie vollkommen verschwitzt in der Tiefgarage ankam. Die Luft dort war stickig, es roch nach Abgasen und Urin.

Finja suchte sich einen Frauenparkplatz nahe beim Ausgang, schaltete den Motor aus und atmete einmal tief durch. Ihre Neugier trieb ihren Blick Richtung Spiegel, aber ihre Angst war zu groß, also öffnete sie die Autotür und stieg aus, ohne noch einmal nachzusehen. Das Einzige, was sie als Beweis mitnahm, war einer der Kassenzettel aus der Mittelkonsole. Das Papier war wellig, die Schrift leicht verlaufen.

Drei Stockwerke musste sie nach oben steigen, aber in Aufzügen gab es viel zu oft Spiegel, und deshalb vermied Finja sie, wo es nur ging. Vor allem nach dem jüngsten Ereignis. Während Finja durch das Treppenhaus irrte, an dessen Wand Liebesbekundungen neben Beleidigungen geschmiert waren, sah sie immer wieder darauf hinab und versicherte sich, dass das Papier wirklich nass geworden war.

Das Eis war real gewesen.

Deshalb war sie hier. Nach den letzten Ereignissen war sie bereit, nach jedem noch so mickrigen Strohhalm zu greifen, der sich ihr bot.

Immerhin hatte sie heute Nacht ein Monster gesehen, und ihr Autorückspiegel war mitten im Sommer vereist.
Als sie nach draußen trat und eine frische Sommerbrise ihr Haar zerzauste, sah sie sich leicht verwirrt um. Sie war in die Innenstadt gefahren. Es war unter der Woche, aber dennoch waren relativ viele Menschen unterwegs, vor allem Touristen. Mit bunten Plastiktüten und staunenden Gesichtern strömten sie durch die Straßen, ließen sich treiben.
Geschäft reihte sich an Geschäft: Kleidung, Wanderausstattung, Fast Food, Schuhe, Tee, Kosmetik, Schokolade. Finja ging an jedem Laden vorbei, den Kopf gesenkt. Die Sonne brannte ihr im Nacken, und sie tauchte in der Menschenmasse unter.
Schließlich verlangsamte sie ihren Schritt, als sie in eine kleine Seitengasse trat. Hier verstummte der Lärm der Innenstadt, riesige ehemalige Wohnhäuser ragten in die Höhe, die Fassaden mehr Stuck und Prunk als alles andere. Kunstvolle Ornamente schlangen sich um frisch gestrichene Fensterrahmen, hohe Holztüren führten in Innenhöfe.
An jedem Eingang hingen zahlreiche Schilder, um die ansässigen Firmen auszuweisen. Bunte Logos, viele Zeilen Schrift. Finja wusste nicht mehr genau, wo Elisa arbeitete, aber sie hatte auch nicht vor, ihre Freundin zu besuchen.
Stattdessen holte sie das Handy heraus und tippte eine schnelle Nachricht:

Also gut. Wo finde ich die Hexe?

Kurz darauf blinkte eine Nachricht mit der Adresse auf ihrem Display. Nichts weiter. Eine Welle der Zuneigung strömte durch Finja hindurch. Sie schätzte es sehr, dass Elisa weder nachfragte noch ein »HAB'S DIR DOCH GLEICH GESAGT!« hinterherschickte. Sie erhielt auf ihre Frage eine simple Antwort, und deshalb fiel es Finja so leicht, sich ihrer besten Freundin zu öffnen.
Elisa verurteilte so viele Menschen innerhalb von Sekunden, aber Finja gegenüber war sie stets vorurteilsfrei.

Mit einem Klick auf die Adresse öffnete sich die Kartenapp und navigierte Finja durch die Seitengassen. Es war wirklich nicht weit. Nach nur fünf Minuten hatte sie ihr Ziel erreicht: eine weitere große Holztür mit drei Schildern.

Eine Anwaltskanzlei mit einer markanten Schrift und einem imposanten Logo, gedruckt auf poliertem Metall. Darunter eine stilisierte Kamera, umringt von Blumen, und der Hinweis auf eine Fotoagentur. Die Blüten waren rot gefärbt.

Das unterste Schild war so schlicht, dass es allein deshalb hervorstach:

Agathe

Nichts weiter. Keine Beschreibung, kein Nachname. Weiße Schrift auf schwarzem Grund, darunter ein Pfeil, der anzeigte, wo im Hof sich der Eingang zu Agathe befand.

Finjas Finger zitterten, als sie nach der gusseisernen Klinke griff. Sie glaubte kaum, dass sie sich wirklich auf dem Weg zu einer Hexe befand. Wie immer, wenn sie an Magie dachte, schmerzte ihre Stirn. Das Thema machte ihr Angst, und sie musste wirklich verzweifelt sein, wenn sie freiwillig hierherkam. Finja griff in ihre Hosentasche und sah erneut auf die verlaufene Kassenzetteltinte. Das Eis war real gewesen. Frau Halla würde ihr bei der Lösung dieses Rätsels keine große Hilfe sein.

Lautlos schwang die Tür auf, und ebenso lautlos betrat Finja den Innenhof. Er war recht klein, viereckig, und mehrere Hauseingänge lagen in kühlen Schatten. In einer Ecke stapelte sich Papiermüll, in einer anderen kreisten Fliegen und Wespen um die Biotonne. Finja orientierte sich kurz, dann ging sie zu der Tür, die sie für Agathes Eingang hielt.

Tatsächlich hing hier das gleiche schwarze Schild mit der weißen Schrift, darunter baumelte eine kleine goldene Glocke. Finja zog an der Schnur, und ein heller Ton hallte durch die Luft.

Nahezu im selben Atemzug sprang die Tür einen Spalt auf. Erschrocken zuckte Finja zusammen, dann wurde ihr klar, dass die Glocke sicher über einen perfiden Mechanismus mit der Tür verbunden war, um Kunden ein magisches Erlebnis zu bieten. Anders vermochte sich

Finja die schnelle Reaktion nicht zu erklären. Als sie die Tür vollständig aufzog und eintrat, betrachtete sie verstohlen den Türrahmen, entdeckte aber keine Schnüre oder Ähnliches.
Gänsehaut kroch ihren Nacken hinab, und sie kam nicht umhin, Agathe für ihre Detailverliebtheit zu bewundern. Auch als sie sich umdrehte und den kleinen Raum betrachtete, wurde sie das Gefühl nicht los, dass jeder Gegenstand aus einem einzigen Grund hier war: die perfekte Illusion einer echten Hexe zu schaffen.
Phiolen und braun getrübte Gläser stapelten sich in dunklen Holzregalen. Durch die geputzten Fenster fiel reichlich Sommerlicht und hob die prächtigen Farben der bunten Teller, auf denen sich allerlei ebenso bunte Seifenstücke stapelten, hervor. Es roch nach Lavendel und Thymian, und Finja wurde kurz schwindelig. An einer Wand hingen getrocknete Kräuter bündelweise von der Decke, an einer anderen brach sich das warme Sonnenlicht in einem Windspiel, das sich durch den Luftzug von Finjas Eintreten leicht drehte. Direkt unter dem Windspiel stand ein kleiner Tisch mit fünf Sortierkästen, in denen verschiedene Edelsteine und Halbedelsteine lagen. Und überall lagen Zettel. Kleine braune Zettel mit einer fein säuberlich geschwungenen Handschrift. Jeder dieser Zettel erklärte die magische Wirkweise der Utensilien, die hier zum Verkauf auslagen.
Lavendelseife gegen Angstzustände – Seit Jahrhunderten nutzen weise Frauen Lavendel, um Spannungen zu lösen und ruhigen Schlaf zu finden. Diese Seife bringt die magische Wirkung direkt in Ihr Badezimmer …
»Guten Tag.« Die Frau, die Finja hinter dem Verkaufstresen anlächelte, war kaum älter als sie. Sie trug ihre weißen Haare in einem Zopf, und ihre Haut war so blass wie ihre makellosen Zähne. Alles an ihr war … hell. Hell und zerbrechlich. Sanfte Gesichtszüge, ein aufmerksamer Blick.
Wie Schnee, dachte Finja.
»Auf der Suche nach der Wahrheit?«
Obwohl die Frau es wie eine Frage formulierte, glaubte Finja nicht, dass sie wirklich eine Antwort wollte.
Sie lachte, und es klang so hell wie die Glocke neben der Eingangstür.

»Schau nicht so erschrocken drein. Das zu wissen hat nichts mit Magie zu tun. Wir sind doch alle auf der Suche nach der Wahrheit.«
»Agathe?«, vermutete Finja.
Agathe nickte, auf ihren hellen Lippen lag noch immer ein Lächeln.
»Eine Freundin hat dich empfohlen.«
»Ah, wie schön. Empfehlungen sind immer etwas Besonderes, denn sie zeigen, dass sich andere Menschen meiner nicht schämen und vor ihren Freunden dazu stehen, meine Hilfe angenommen zu haben.«
»Äh … ja. Ich bin Finja.« Alles, was Agathe sagte, klang für Finja wie ein Spruch aus diesen Kalendern, über die Elisa sich so gern lustig machte. Elisa hatte Agathe zwar empfohlen, aber nur weil eine ihrer Arbeitskolleginnen so überzeugt von ihr war. Wäre Elisa jemals selbst hierhergekommen, hätte sie sich für diesen Ratschlag vermutlich geschämt.
Trotzdem war Finja hier, und in der seltsamen Atmosphäre dieses Hexenladens erschienen die Ereignisse der letzten Stunden gar nicht mal mehr so abwegig.
»Was bevorzugst du? Tee? Tarot?« Agathe erhob sich langsam, als wären ihre Glieder aus Eis. »Für mich macht es keinen Unterschied, ich kann die Wahrheit aus allen Dingen lesen, die mir einen Einblick gewähren.«
»Einen Einblick?«
»Auf die andere Seite.« Agathe schritt zu einem Vorhang und schob ihn zur Seite. Dahinter kam ein kleiner Raum zum Vorschein mit nichts mehr als einem runden Tisch und zwei Stühlen. »Eine Bezahlung verlange ich nur, wenn ich dir wirklich helfen konnte. Und auch dann bloß das, was dir angemessen erscheint.«
Das überraschte Finja nun wirklich. Sie hatte Agathe für eine Halsabschneiderin gehalten, aber wahrscheinlich waren genügend Menschen naiv genug, diese Freundlichkeit mit einem extragroßen Trinkgeld zu bezahlen. Die meisten Leute, die hierherkamen, glaubten immerhin an Magie.
»Das ist sehr nett«, erwiderte Finja und folgte Agathe in das kleine Nebenzimmer. Hier gab es bloß ein kleines Fenster knapp unterhalb der Decke, ein hellblauer Fliesenspiegel bedeckte die halben Wände,

ein Wasseranschluss ragte knapp über dem Boden heraus. Offensichtlich hatte Agathe ein Badezimmer umfunktioniert, was dem ganzen Zimmer eine leicht seltsame Atmosphäre verlieh.

»Ich möchte meine Magie nicht nutzen, um reich zu werden«, erklärte Agathe weiter und bedeutete Finja, auf einem der Stühle Platz zu nehmen. »Das würde auch gar nicht funktionieren. Magie findet es heraus, wenn man sie missbrauchen möchte, und das gefällt ihr gar nicht. Aber … du siehst nicht aus, als würde Magie dich sonderlich interessieren.«

Agathe musterte Finja, die ihrerseits sichtlich irritiert auf die vielen Utensilien sah, die auf dem Tisch herumlagen: ein ordentlich gestapeltes Kartenset, eine Porzellantasse, eine Glaskugel auf einem kunstvoll gedrehten Metallständer, eine goldene Kerze. Wenn sie einen der Gegenstände ansah, begannen Finjas Schläfen zu pochen, also wandte sie den Blick wieder zu Agathe, deren helle Augen sie eindringlich anstarrten.

»Magie macht mir Angst.« Die Worte verließen ihren Mund, bevor Finja sie überhaupt klar in ihren Gedanken formuliert hatte. In Agathes Gesicht lag ein Ausdruck, den Finja nicht zu deuten vermochte. Die Mundwinkel leicht nach oben gezogen, die Augenbrauen gesenkt, die feinen Nasenflügel aufgebläht.

»Ah«, erwiderte Agathe, als würde sie Finja verstehen, obwohl sie das nicht einmal selbst tat. »Nun, ohne Magie werden wir leider nicht vorankommen. Und ohne dein Einverständnis funktioniert Magie nicht, deshalb …«

Agathe sprach weiter, aber Finja spürte plötzlich nur noch Schmerz. Gleißend hellen Schmerz hinter ihrer Stirn, als würde ein glühender Nagel zwischen ihre Augen getrieben werden.

Ohne dein Einverständnis funktioniert Magie nicht.

Der Satz hämmerte gegen ihr Innerstes, als wollte er dort etwas zertrümmern. Jedes Wort ein Hammerschlag gegen unnachgiebiges Eis.

»… Atme.« Kühle Finger auf ihrer Stirn. Der Schmerz verschwand so schnell, wie er gekommen war, und mit ihm die Erinnerung, die gerade so prägnant durch Finjas Geist getobt war. Blinzelnd sah sie zu

Agathe auf, die ihrerseits die Hand senkte und interessiert den Kopf schief legte. »Du wurdest bereits einmal von Magie berührt.«
Auch diese Worte lösten etwas in Finja aus: nackte Panik. Sie erinnerte sich an das, was in den letzten Stunden geschehen war. Daran, weshalb sie hierhergekommen war. »Ich habe etwas gesehen«, begann sie deshalb ohne Umschweife und beugte sich näher zu Agathe, deren Blick sie an einen zugefrorenen See erinnerte. »Eis.«
Agathe hob bloß die Augenbrauen. »Eis?«
»Eisblumen«, präzisierte Finja. »Kein Schokoladeneis oder so. Das wäre …« Sie bremste sich selbst. »Mein Rückspiegel im Auto. Er war komplett zugefroren. Und in der Spiegelung … habe ich einen Wald erkannt. Schneebedeckte Tannen. Gestern Nacht habe ich ein Monster gesehen. Vor dem Fenster. Und dann ist da noch dieser Traum. Von Hannah. Meiner kleinen Hannah.« Es sprudelte aus ihr heraus, ohne Ordnung oder Zusammenhang, aber Agathe sah Finja an, als würde sie verstehen.
Nachdem Finja atemlos geendet hatte, passierte eine ganze Weile gar nichts. Lediglich Finjas pochender Herzschlag dröhnte durch die Stille. Dann atmete Agathe langsam und geräuschvoll aus.
»Ich würde gern die Magie befragen, wenn das für dich in Ordnung ist.«
Am liebsten wollte Finja weglaufen. Stattdessen nickte sie, angetrieben von der Hoffnung, dass diese Frau, die sich als Hexe bezeichnete, tatsächlich Antworten auf das Chaos in ihrem Kopf hatte. Vielleicht sogar einen Weg zu Hannah kannte.
»Welches Werkzeug wäre dir am liebsten?« Agathe deutete auf die Utensilien auf dem Tisch. Instinktiv deutete Finja auf die goldene Kerze, auch wenn sie nicht wusste, ob sie überhaupt zur Auswahl stand. »Interessante Wahl.«
Tatsächlich griff Agathe nach der Kerze, holte aus den Tiefen ihres weißen Kleids eine Packung Streichhölzer und legte sie auf den Tisch. Finja sagte nichts. Sie wusste nicht, was sie antworten sollte und ob es gerade überhaupt irgendwas gab, das Agathe hören wollte.
»Feuer hat eine spannende Energie«, fuhr Agathe fort, während sie das Streichholz entzündete. Der rote Kopf flammte auf, knisterte,

spiegelte sich in ihren hellen Augen. Sie betrachtete die brennende Kerze wie eine seltene Kostbarkeit. »Vielen bereitet es heutzutage Angst, weil sie die heilende Seite dieses Elements nicht kennen. Feuer verbrennt nicht nur, es reinigt auch vor bösen Energien und besitzt eine unbändige Kraft, die wir mithilfe von Magie nutzen können.« Ihre Finger wanderten zu einem kleinen Ledersäckchen und holten daraus getrocknete Kräuter hervor. »Feuer und Rauch offenbaren uns eine andere Ebene des Seins. Sie zeigen uns, was war, und auch, was sein könnte. Wenn wir diese beiden Dinge kombinieren, finden wir heraus, was ist.«

Für Finja klang das nach einem esoterischen Glückskeksspruch, aber dennoch verkrampfte sich etwas tief in ihrer Brust. Ihre Nackenmuskeln spannten sich, ihre Stirn kribbelte.

Agathe streute die Kräuter über die Flamme. Rasend schnell fraß sich die Glut durch die trockenen Krümel, Rauch stieg auf, Finja ballte die Hände zu Fäusten. Auf einmal schien ihr alles seltsam vertraut. Der Geruch nach Salbei, die goldene Kerze. Sie war nicht mehr mit Agathe in einem umfunktionierten Badezimmer, sondern bei sich zu Hause, auf dem Dachboden. Es war eiskalt, ihr Atem stieg in kleinen Wolken vor ihr auf. Sie trug Handschuhe, Fäustlinge, und jemand war bei ihr. Jemand Wichtiges, der jetzt nicht mehr da war.

»Kommt endlich runter.« Die Stimme ihrer Mutter.

Finja wollte antworten, Rauch stieg ihr in die Nase, sie hustete, und Agathe tauchte wieder in ihrem Blickfeld auf, das helle Gesicht golden im Schein der Kerze.

»Was hast du gesehen?« Die Frage hallte in Finjas Kopf wider, als hätte Agathe aus ihr gesprochen.

In diesem Moment wusste Finja nicht einmal, ob Agathe überhaupt den Mund geöffnet oder etwas gesagt hatte oder ob sie sich die Frage nur eingebildet hatte, trotzdem antwortete sie: »Ich war zu Hause. Bei meinen Eltern. Auf dem Dachboden. Es war Winter, und ich war noch ein Kind. Jemand war bei mir.«

»Wer?«

Angestrengt runzelte Finja die Stirn. Sie fühlte sich, als hätte sie etwas sehr Wichtiges vergessen. Die Leere in ihrer Brust schwoll an, und das Loch, das Mika und Hannah in ihr hinterlassen hatten, wurde noch größer. Dunkler. Kälter. Es war, als bekäme sie den Gedanken gleich zu fassen, wenn sie nur stärker nachdachte, aber je mehr sie sich anstrengte, desto schlimmer wurden die Kopfschmerzen und desto kälter ihr Herz. Schließlich schloss sie erschöpft die Augen. »Ich weiß es nicht mehr.«

Daraufhin sagte Agathe nichts. Finja hörte nur das Knistern der Flammen, und als sie die Lider wieder hob, sah sie, dass Agathe neue Kräuter in die Flammen warf. Der Rauch war so weiß wie sie. Dann waren da nur noch Schnee und Eis. Finja war umgeben von tanzenden Schneeflocken, und sie war einsam, verzweifelt. Ein Schrei kam über ihre Lippen, verhallte stumm im eisigen Treiben.

»Finja.« Agathes Stimme holte sie zurück in die Gegenwart, gefolgt von der wiederholten Frage: »Was hast du gesehen?«

Dieses Mal war sich Finja sicher, dass Agathe nicht die Lippen bewegt hatte. Ein Frösteln lief über ihren Rücken.

»Schnee«, antwortete sie leise. »Eis und Kälte. Ich war allein.« Schweigen. Das Knistern der Kerze. Agathes gleichmäßiges Atmen. »Einsam.«

»In der Vergangenheit hast du also jemanden verloren, und nun fühlst du dich einsam?«, fasste Agathe Finjas Leben in einem Satz zusammen. Ihre ganzen Gefühle, ihre Verzweiflung, ihre Hoffnungslosigkeit so verknappt zu hören, machte sie hilflos.

»Ich habe meinen Mann verloren«, erklärte Finja. »Und meine Tochter. Mein Mann ist tot, meine Tochter verschwunden. Ich will sie wiederfinden. Ich *muss* sie wiederfinden.«

Sie erwiderte Agathes prüfenden Blick, machte sich auf das gefasst, was ihr bisher alle gesagt hatten: »Ich verstehe dich. Es tut mir leid. Du musst weitermachen.«

Stattdessen sagte Agathe: »Ah.« Die Hexe starrte in den Rauch, ihr Blick wurde glasig. »Du wirst sie wiederfinden. Deine Tochter und deine Schwester.«

»Ich habe keine Schwester.« Die Antwort kam so schnell, als wäre sie Teil eines einstudierten Theaterstücks. Dabei hatte Finja diesen Satz noch niemals gesagt.

»Du hast auch sie vergessen.« In diesem Moment war Agathe wie eine Lawine, die durch Finjas Seele rollte. »Du wirst deine Tochter finden, wenn du die Wahrheit über deine Schwester und dich selbst erkennst.«

»Aber ich habe keine Schwester«, wiederholte Finja.

Agathe sah Finja an, als wäre sie eine Verlorene. Mitleid und Trauer lagen in ihrem Blick. »Du musst die Wahrheit finden.«

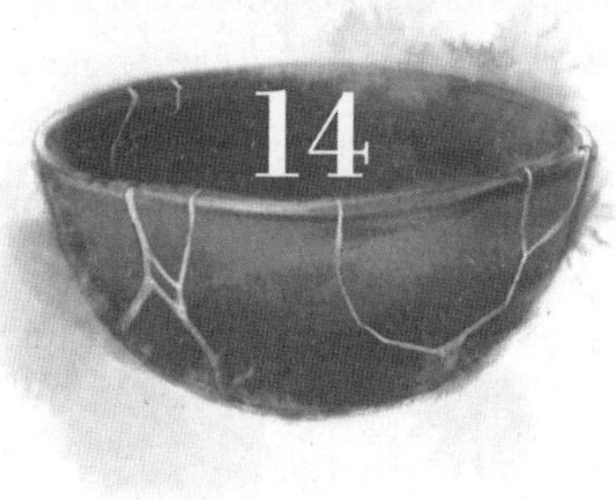

14

5. Juli

Vor Hannahs Verschwinden

In Max' Armen einzuschlafen, half gegen die Albträume. Wenn er neben Finja lag, fand sie Ruhe, und sie liebte es, wie er ihr sanft über den Rücken streichelte, bis sie langsam wegdämmerte.

»Schlaf gut«, flüsterte er, aber Finja war bereits zu müde, um zu antworten. Sie dachte an Hannah und daran, dass sie bald wieder eine Familie sein würden. Max passte häufiger auf die Kleine auf, nahm sie mit ins Kino und räumte Finja so Zeit ein, in der sie sich seit Jahren zum ersten Mal wieder um sich selbst kümmerte.

Mika wäre stolz auf sie. Darauf, dass sie es geschafft hatte, ihr Herz zu öffnen und zumindest ein klein wenig Glück zu finden. Schläfrig kuschelte Finja sich näher an Max, hörte auf seinen sanften Atem und genoss das Kreisen seiner Fingerspitzen auf ihrer nackten Haut.

»Mama!«

Ein Schrei, und alles andere war vergessen. Finja befreite sich aus Max' Armen und der Bettdecke, stürmte ins Kinderzimmer. Hannah saß im Bett, und das Nachtlicht erhellte ihr tränenüberströmtes Gesicht. Die Haare standen wild in alle Richtungen, das Nachthemd war zerknittert.

»Alles gut, Käferchen«, sagte Finja, ging zu ihr und strich ihr über den Kopf. »Das war nur ein Albtraum.«

»Die Eiskönigin will mich holen.« Hannah schluchzte. »Sie kommt.«
Überrascht setzte Finja sich zu ihr aufs Bett. Ihre Tochter liebte den Film, sie liebte Elsa und Anna und Olaf. Sogar der kleine Stuhl in ihrem Zimmer war mit dem grinsenden Schneemann bemalt. Weiß und Orange auf blauem Grund. Schneeflocken umwirbelten den Schriftzug *Ich liebe Umarmungen*. Hannah hatte den Film schon unzählige Male gesehen. »Aber Elsa ist doch die Gute …«
»Nicht Elsa«, unterbrach Hannah sofort. »Sondern die Eiskönigin!«
»Du hattest nur einen Albtraum«, flüsterte Finja und wischte ihr die Tränen von den Wangen, obwohl sie immer weiter nachströmten.
»Sie kommt«, wiederholte Hannah. Dann weinte sie noch lauter. Finja rückte näher an ihre Tochter, zuckte zurück, als ihre Finger auf feuchte Bettwäsche trafen. »Nicht weinen«, sagte Finja. »Komm, wir gehen dein Gesicht waschen und dann …«
»NEIN!« Hannah schrie so laut, dass Finja fürchtete, die Nachbarn würden die Polizei rufen. Ihr Weinen wurde wieder heftiger.
»Okay«, beschwichtigte Finja. Sie schlug Hannahs Decke zurück, um den kleinen Körper in ihre Arme zu ziehen. »Komm her, Käferchen.« Sie wiegte ihre weinende Tochter vor und zurück, wieder und wieder. »Es ist alles gut.«
Ganz langsam beruhigte Hannah sich, ihre Schluchzer wurden weniger, das Beben ihrer Schultern schwächer. Sie verlagerte ihr Gewicht, presste sich enger an ihre Mutter. Dann plötzlich drückte sie Finja energisch weg.
»Käferchen …«
Hannah zog die Decke über sich, verkroch sich in dem weichen Stoff, weinte.
»Hey …« Vorsichtig hob Finja die Hand, aber ihre Tochter wich zurück. »Was ist denn los?«
Hannah schüttelte den Kopf, versteckte sich noch tiefer, aber Finja rutschte näher, wollte mit dem Handrücken prüfen, ob ihre Tochter Fieber hatte. Da spürte sie erneut, wie feucht das Bettlaken war. Es dauerte erschreckend lange, bis Finja verstand, was passiert war.
Hannah hatte eingenässt.

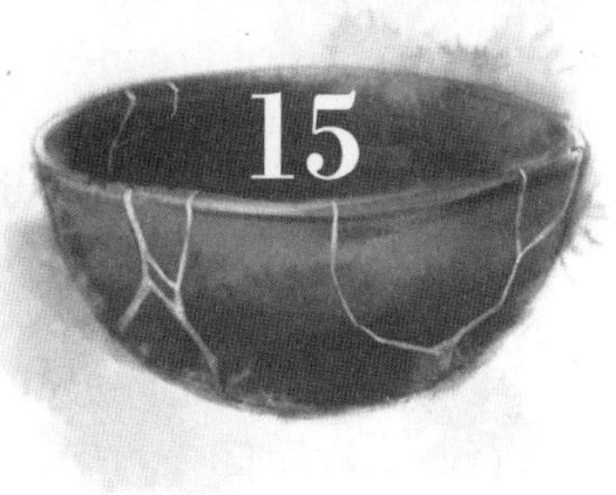

15

7. Juli

Vor Hannahs Verschwinden

Die spät untergehende Sonne versprach einen warmen Sommerabend. Rot leuchteten die Straßen, und ebenso rot leuchteten Finjas Wangen, als sie gemeinsam mit Max aus dem Kino kam.
»Der Film war toll«, schwärmte sie. Hannah war heute bei Elisa, und die bevorstehenden Stunden gehörten ihnen allein. Wie so oft fühlte Finja sich schlecht, dass sie sich über die Zweisamkeit freute, aber sie hielt sich vor Augen, wie wichtig das für sie war. Damit sie sich weiter öffnete. Damit sie zurück ins Leben fand.
»Wie du«, erwiderte Max und nahm ihre Hand.
Gemeinsam schlenderten sie in den Park und an einem Stand vorbei, der frisches Obst verkaufte. Das Gesicht der Verkäuferin war so faltig wie ihre Schürze, und ihr Lächeln war wunderschön.
Finja hielt an. »Eine Schale Erdbeeren, bitte.«
Sie zahlte die Früchte, und Max schüttelte lachend den Kopf »Ich liebe, dass du die kleinen Dinge siehst«, sagte er und biss in eine der roten Früchte. »Ich wäre niemals stehen geblieben, um Erdbeeren zu kaufen, dabei sind sie so lecker!«
Ihr wurde warm im Bauch. Max' Blick war voller Liebe, und Finja lächelte. »Danke.«

Sie liefen zu einer Bank neben einem Brunnen. In der Hand einer steinernen Meerjungfrau lag eine Muschel, das Wasser plätscherte leise über den grauen Felsen. Um den Brunnen herum saßen einige Paare, Familien mit Kindern, Freundinnen. Manche lachten, aßen Eis, schwiegen. Finja griff nach einer weiteren Erdbeere. Die Baumkronen um sie herum leuchteten golden. Ein kleiner Junge spielte mit einem anderen Fangen.

»Ich hoffe, dass Hannah eines Tages auch wieder so lacht«, sagte Finja unvermittelt. Die Albträume ihrer Tochter wurden schlimmer, nahezu jede Nacht nässte sie das Bett ein.

Die Therapeutin gab ihr Bestes, das wusste Finja, aber sie wünschte sich, sie selbst könnte mehr tun. Eine bessere Mutter sein. Plötzlich schmeckten die Erdbeeren bitter. Sie warf die angebissene Frucht auf den staubigen Boden. Dreck haftete an ihrer Oberfläche.

»Das wird sie«, erwiderte Max. »Da bin ich mir ganz sicher.«

»Wie kannst du dir da sicher sein?«

»Du bist kaputt.« Er griff nach ihrer Hand. Drückte sie fest. »Aber ich bin bereit, dich zu reparieren. Ich kann deinen Schmerz tragen, Finja. Deinen und Hannahs. Bis ihr wieder ganz seid.«

Die Erdbeeren verschwammen hinter einem Schleier aus Tränen. Schnell blinzelte Finja sie weg. »Das … Verlange ich da nicht zu viel von dir?«

Die Kinder rannten in ihrem Fangenspiel an ihnen vorbei, und der Junge trat auf die Erdbeere. Zertreten lag sie im Staub.

Warme Hände legten sich auf ihre Wangen, drehten ihren Kopf, wischten die Tränen fort.

»Nein«, sagte Max bestimmt. »Ich tue das, weil ich dich liebe. Weil ich euch liebe. Weil es das Richtige ist. Ich werde euch zeigen, wie wundervoll ihr seid. Mein ganzes restliches Leben lang. Okay?«

Dann küsste er sie.

16

Kein Zuhause, 12. August

Heute

Die Tage nach dem Besuch bei der Hexe waren für Finja wie ein dunkler Nebel. Sie erinnerte sich an Telefonate mit Elisa, an vorbeigebrachtes Essen zum Aufwärmen, an liebe Worte.

Die Nächte waren gezeichnet von dem immer wiederkehrenden Albtraum, und Agathe ging ihr nicht aus dem Kopf. Die Hoffnung, die sie in ihr gesät hatte, gemischt mit den Zweifeln.

Du wirst deine Tochter finden, wenn du die Wahrheit über deine Schwester und dich selbst erkennst.

Sie wollte Hannah wiederfinden. Mehr als alles andere in der Welt wollte sie ihre kleine Tochter endlich wieder in die Arme schließen. Aber wenn ihr das erst gelang, sobald sie die Wahrheit über eine ihr vollkommen unbekannte Schwester erkannte, war Hannah verloren.

Finja saß in ihrem Wohnzimmer, die Fotoalben ihrer Kindheit um sich ausgebreitet. Sie betrachtete sich selbst auf der Schaukel im Garten ihrer Großeltern, weit draußen auf dem Land. Lachend, mit Zahnlücke, die Haare zu einem Zopf geflochten, der hinter ihr herflatterte. Sie musterte sich auf dem Schoß ihres Vaters, während sie die Kerzen ihrer Geburtstagstorte ausblies. Damals war er noch jung gewesen, die dunklen Haare voll, keine Brille auf der geraden Nase. Der Anblick ihres jungen Vaters erinnerte sie immer an einen Schauspieler, der leider nie das Glück gehabt hatte, entdeckt zu werden. Er war schön, gepflegt, elegant, und Finja erinnerte sich noch daran, wie sie immer geglaubt hatte, dass es irgendwo Filme gäbe, in denen er mitspielte. Als sie älter wurde, hatten viele Mitschülerinnen für Tero geschwärmt. Finja blätterte weiter durch die Fotos. Ihr erster Theaterauftritt in der Schule. Ihr Abschluss. Immer in Begleitung ihrer Großeltern und ihres Vaters. Aber ohne Schwester.

Finja war ein Einzelkind, hatte schon immer die volle Aufmerksamkeit ihrer Familie genossen. Zumindest die Aufmerksamkeit väterlicherseits. Von Finja und ihrer Mutter gab es nur ein Foto, von einem Sommerausflug am See. Ihr Vater hob Finja hoch in die Luft, grinste stolz in die Kamera, während die Mutter auf einem Handtuch daneben lag und in die Ferne schaute. So war es schon immer gewesen. Auch sie war wunderschön, groß, imposant, einschüchternd. Sosehr Finja sich immer gewünscht hatte, in ihr eine beste Freundin zu finden, sosehr hatte Finjas Mutter sie ein ums andere Mal zurückgewiesen. Maileen hatte generell nie Freunde gehabt. Während Tero aufblühte und Abend für Abend bei anderen zu Gast war, saß Maileen zu Hause und las, strickte, kümmerte sich um ihre Pflanzen, die in allen Ecken der Wohnung standen.

Und so war es auch heute noch, wenn Finja zu Besuch kam: Tero brachte ihr Kaffee und Kuchen und fragte sie nach ihrem Leben, während Maileen im Wintergarten Orchideen besprühte.

Finja vermochte sich kaum vorzustellen, wie überfordert diese Frau mit zwei Kindern gewesen wäre. Sie hatte ja schon für Finja nie etwas übriggehabt. Der Schmerz darüber saß noch immer tief, aber es gab Tage, da gelang es Finja, an ihre Mutter zu denken, als wäre die Geschichte zwischen ihnen ein Film, der sie nicht weiter berührte. So wie heute.

Finja betrachtete das Foto der Frau, die sie einst zur Welt gebracht und danach ihre eigene Welt viel interessanter gefunden hatte als ihre Tochter.

Es war schon lange her, seit Finja ihre Eltern zuletzt besucht hatte, und je länger sie das Foto mit ihrem lachenden Selbst ansah, desto größer wurde der Wunsch, es wieder einmal zu tun.

Du wirst deine Tochter finden, wenn du die Wahrheit über deine Schwester und dich selbst erkennst.

Vielleicht ging es gar nicht um eine leibliche Schwester, sondern um irgendetwas Spirituelles. *Schwester* konnte auch für etwas anderes stehen, einen anderen Teil ihrer Seele oder so. Ihre Vergangenheit. Finja verstand nicht viel von Esoterik, wohl aber, dass Worte dort oft eine andere Bedeutung hatten.

Finja schwirrte der Kopf, und sie sehnte sich zurück nach einer Zeit, in der sie Antworten auf ungestellte Fragen fand, statt Fragen zu stellen, deren Antworten sie niemals hören würde.

Sie strich über die Fotografie ihrer Mutter. Dann stand sie auf, ließ die Fotos einfach auf dem Boden verstreut liegen und zog sich an. Es war Zeit, den verbliebenen Rest ihrer Familie zu besuchen.

17

Dunkles Glück, 18. Dezember

Vor vier Jahren

Besteck, das über Geschirr kratzt. Atmen. Räuspern. Gedämpftes Kerzenlicht. Hannahs Gähnen.

Tero tupfte sich mit einer Serviette die Mundwinkel ab. Schick hatten sie sich gemacht, sie alle. Hannah trug ein blaues Spitzenkleid, Finja war in Dunkelgrün gekleidet und Mikas Anzug war deutlich zu teuer für den Anlass. So war es immer, wenn sie ihre Eltern besuchten. Tero und Maileen sahen aus wie aus einer Werbung für das perfekte Weihnachtsessen. Perfekt sitzende Frisuren, perfekt einstudiertes Lächeln. Tero fragte: »Also, was gibt es denn so Neues?«

Sofort richtete Finja sich auf, sah zu Mika, der seinerseits unentwegt seinen Schwiegervater fixierte. Er bemühte sich ebenfalls um ein Lächeln, aber Finja erkannte sofort, dass es unecht war. Hannah zappelte mit den Füßen und schob mit der Gabel die Erbsen über den Teller. Wieder einmal wünschte sich Finja, sie könnte Hannah eine liebevollere Familie bieten. Großeltern, die ihr erlaubten, Kind zu sein.

»Müde«, erklärte sie laut. Finja hatte ihr vor dem Essen eingeschärft, dass sie nicht sagen durfte, wenn ihr langweilig war, denn darauf würden ihre Eltern gar nicht gut reagieren.

Lass uns ein kleines Spiel spielen, ja? Müde heißt heute langweilig, okay?
Hannah hatte so heftig genickt, dass ihre zwei perfekt geflochtenen Zöpfe wild durch die Luft geflogen waren.
»Ich weiß, mein Schatz«, sagte Finja, und es fühlte sich seltsam befriedigend an, dieses Geheimnis, das sie teilten. »Soll Papa mit dir im Auto deine Tasche holen? Da sind Stifte drin.«
»Wir haben noch nicht fertig gegessen«, empörte sich Maileen. »Da wird doch nicht gemalt!«
»Ihr könnt gerne im Wohnzimmer malen«, schaltete sich Tero ein und lächelte Hannah liebevoll zu. Er bemühte sich, aber der Blick in seinen Augen blieb kalt, fand Finja. »Wenn dein Papa das denn möchte.«
Mika lächelte Finja dankbar an, und dieses Mal war es echt. Dann stand er auf, hob Hannah vom Stuhl und ging mit ihr nach draußen. So hatten sie es vorher abgesprochen. Er wollte nicht im Raum sein, wenn die Bombe explodierte.
Aber sagen mussten sie es ihnen. Immerhin hatte Tero Mika damals den Job besorgt, indem er einen alten Freund um Hilfe gebeten hatte. Schon zu oft hatte Tero Mika auf Dinge aus dem Büro angesprochen, die er eigentlich nicht wissen durfte.
Finja faltete ihre Serviette, legte sie ordentlich neben den Teller. »Mika wird kündigen.« Hastig fuhr sie fort: »Er ist dir immer noch dankbar für den Job, aber gerade tut sich eine echt große Möglichkeit auf. Meine Chefin Aina hat ebenfalls gekündigt, um eine neue Firma zu gründen. Mika und sie verstehen sich gut, haben gleiche Zukunftsvisionen. Er wird Firmenchef in seiner eigenen PR-Agentur.«
»Ist das denn auch gut bezahlt?«, fragte Maileen. »Sind die meisten Start-ups nicht in den ersten Jahren große Verlustgeschäfte? Wer soll das denn finanzieren?«
»Er muss für die Familie sorgen«, stimmte Tero zu. »Eine eigene Firma ist zu unsicher. Zu risikoreich.«
»Willkommen im 21. Jahrhundert«, erwiderte Finja trocken. »Ich kann genauso gut das Geld verdienen, bis es bei Mika läuft. Das nennt sich wertschätzende Beziehung.«

Etwas, das ihr nicht kennt, schwang unausgesprochen mit.
»Das ist nicht deine Aufgabe.« Maileen ordnete das benutzte Besteck auf ihrem Teller. »Sondern seine. Das hat nichts mit dem 21. Jahrhundert zu tun. Aber du kümmerst dich schon um Hannah, und wenn er eine Firma gründet, wird er noch weniger Zeit für die Familie haben. Das muss man sich teilen, Geld und Zeit, weißt du?«
»Ich arbeite Vollzeit«, erwiderte Finja kühl, »seit Hannah in der Kindertagesstätte ist. Wir können uns aktuell nämlich beide diese Freizeit nicht leisten, wisst ihr? Aber wenn ich befördert werde, haben wir genug Geld, damit Mika seinen Traum verwirklichen kann.«
»Und wenn du nicht befördert wirst?« Teros Frage klang schneidend.
Finja biss sich auf die Unterlippe. »Ich werde befördert«, sagte sie, aber es klang nicht einmal in ihren eigenen Ohren überzeugend. »Ich muss befördert werden. Die Stelle steht mir zu, und Aina hat schon gesagt, dass sie mich empfehlen wird. Es wird alles gut gehen.«
»Und wenn nicht?« Tero schnalzte mit der Zunge. »Ich werde Holger sagen, dass er die Kündigung nicht akzeptieren soll.«
»Das ist doch rechtlich gar nicht möglich.« Allein der Gedanke, dass ihr Vater das ernsthaft in Betracht zog, ließ Finja den Kopf schütteln. »Und das weißt du auch.«
»Dann soll er eine Konkurrenzklausel aussprechen.«
»Er soll …« Finja verstummte.
»Wenn Mika selbst kündigt, kann Holger ihm verbieten, für eine bestimmte Zeit als Konkurrenz aufzutreten. Wir wissen ja nicht, ob Mika die Kunden nicht mitnehmen würde.«
»Er will ja gerade kündigen, weil er nicht mehr für diese Kunden einstehen will.« Finja schlug auf den Tisch. Das Geschirr klirrte.
»Finja«, tadelte Maileen. »Rede nicht so mit deinem Vater. Er will doch nur dein Bestes.«
»Er hat eine komische Art, das zu zeigen.« Ruckartig stand sie auf. »Danke für das Abendessen und frohe Weihnachten.«
Damit stürmte sie aus der Küche direkt ins Wohnzimmer, wo Mika und Hannah beisammensaßen. Mika war blass, und Finja wurde klar, dass ihr Streit wohl zu hören gewesen sein musste.
»Wir gehen.« Finja sammelte die auf dem Tisch und Boden verstreu-

ten Buntstifte ein. Sie klang ruhig, wie immer, wenn Hannah in der Nähe war. Vor ihrer Tochter wollte sie mit niemandem streiten, erst recht nicht mit ihrer Familie. Es wurmte sie, dass ihre Tochter wahrscheinlich alles gehört hatte. Genau das hatte sie vermeiden wollen.

Ihre Eltern folgten ihr ins Wohnzimmer, blieben im Türrahmen stehen. Finja ignorierte sie. »Hannah ist müde. Nicht wahr, Schatz?«

»Nicht müde«, sagte Hannah und deutete auf das bunte Bild vor ihr. Es zeigte einen Weihnachtsbaum.

»Aber Papa und Mama sind sehr müde, Käferchen«, bemühte Finja sich um Fassung.

Glücklicherweise nickte Hannah einfach nur verständnisvoll und sprang auf. »Heim«, sagte sie und winkte ihren Großeltern so höflich zu, wie sie es gelernt hatte.

»Ja, wir gehen jetzt nach Hause«, sagte Finja. Sie verließ ihre Eltern, ohne sich noch einmal umzudrehen.

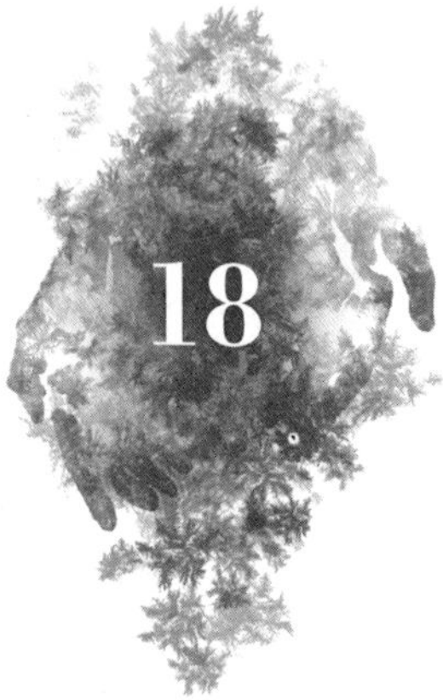

Die alte Tür, 12. August

Heute

Finja zog an der Glockenschnur für die altmodische Klingel, wie sie es immer getan hatte. Kurz dachte sie, dass es klüger wäre, den neuen Klingelknopf zu benutzen. Oder dass sie hätte anrufen sollen. Sie stand vor dem imposanten Gebäude mit der geteerten Einfahrt und den wunderschönen Blumenhecken, die im Licht der Sommersonne leuchteten. Das Haus war viel zu groß für zwei Personen, fand Finja, aber ihre Eltern schienen sich wohler zu fühlen, wenn sie viel Abstand zwischen sich brachten. In ihr wuchs der Drang, davonzulaufen. Sie wusste gar nicht mehr so recht, warum sie hierhergekommen war. Sollte sie ihre Eltern wirklich nach einer Schwester fragen, die sie nie gehabt hatte? Unsicher wich Finja einen Schritt zurück.

Dann öffnete ihr Vater die Tür. Perfekt gestylt wie immer. Er trug ein dunkles Hemd, faltenfrei in den Bund der Stoffhose gesteckt, seine Brille saß fest auf seiner geraden Nase, die Haare waren ordentlich frisiert. Für Finja war Tero die Personifikation von Ordnung.

»Finja!« Seine Stimme war tief, seine Aussprache so akkurat wie sein Aussehen. Jeder Vokal saß, wo er sein sollte. Er sprach, als wäre die ganze Welt seine Bühne. »Komm rein! Ist etwas passiert?« Er trat zur

Seite, breitete einen Arm aus, um sie hereinzubitten. Jede Geste Teil eines Theaterstücks.

»Hey«, sagte Finja. Neben ihm kam sie sich unscheinbar und leise vor. »Nein, nichts Neues.«

Der Flur des Hauses war ebenso akkurat wie Teros Sprechweise. Der helle Marmor roch nach Zitronenputzmittel, die Bilderrahmen mit teuren Kunstwerken hingen staubfrei an der fleckenfreien Wand. Die Bilder zeigten verschiedene Landschaften: einen Wasserfall unter dunkelgrünem Blätterdach. Ein Haus am See, in dem die Sonne versank. Ein breit gefächerter Baum mit buntem Herbstlaub.

Tero würdigte die Bilder keines Blickes, während er Finja durch den Flur Richtung Wohnzimmer führte. Natürlich nicht. Finja erinnerte sich noch gut daran, wie ihre Mutter die Bilder eines Tages von einem Flohmarkt nach Hause brachte. Ihr Vater war völlig außer sich gewesen, hatte sich geweigert, diesen – wie er es nannte – Müll auch nur über seine Türschwelle zu lassen. Am Ende hatte Maileen sich durchgesetzt, mehr noch: Die Bilder hingen im Flur, waren das Aushängeschild für jeden Besuch. Nicht dass die beiden jemals Besuch empfingen.

Wenn Finja sich mit Freunden getroffen hatte, war das nie bei ihr zu Hause geschehen, und Tero hatte sich sogar geweigert, Geburtstagspartys in seinem Haus auszurichten. Lieber hatte er überteuerte Rechnungen in Nobelrestaurants bezahlt, als seine Freunde zu sich einzuladen.

Finja hatte das nie verstanden. Als sie damals Mika ihren Eltern vorstellte, war auch das in einem Restaurant geschehen. Erst als Finja schwanger und Mika damit für ihre Eltern untrennbar an sie gebunden war, hatte er sie hierher begleiten dürfen.

»Setz dich.« Tero zeigte auf das große schwarze Ledersofa in dem sonst sehr hell eingerichteten Raum. »Darf ich dir etwas bringen?«

»Wasser.« Dankbar lächelte Finja ihn an und ließ sich auf dem Sofa nieder. In der Sommerhitze klebte das Leder unangenehm an ihren nackten Beinen, die in Jeansshorts steckten. Tero nickte und ging in die Küche, was Finja Gelegenheit gab, sich noch einmal genauer umzusehen. Sie musterte die neuen Möbel genau. Die weiße Wohnwand,

den großen Fernseher, den beigefarbenen Teppich unter dem Glastisch vor dem Sofa. Nichts davon war bei ihrem letzten Besuch hier gewesen. Das Wohnzimmer war lichtdurchflutet, der Wintergarten nur durch eine Glasfront abgetrennt.
Die Pflanzen wucherten wie in einem botanischen Garten. Riesige Farne, bunte Orchideen. Und zwischen all dem Grün eine große, schlanke Frau. Sie hielt eine Schere in der Hand und begutachtete mit geschürzter Lippe einen Bonsai. Als sie sich müde streckte, fiel ihr Blick auf Finja, und ihre Augen weiteten sich vor Erstaunen. Dann legte sie die Schere beiseite, trat auf die Glastür zu und schob sie auf. Ihr schmaler Körper steckte in einem knielangen tiefroten Kleid. Tero war die Ordnung und seine Frau Maileen die Eleganz.
Nicht zum ersten Mal fragte sich Finja, wieso ihr keine der beiden Eigenschaften vererbt worden war. Sie fand sich weder ordentlich noch elegant – und ihre Mutter sah das genauso. Ihr erster Satz lautete deshalb: »Du siehst fertig aus.«
»Schwere Zeit«, erwiderte Finja und bemühte sich nicht einmal um ein Lächeln, während ihre Mutter sich ebenfalls auf das Sofa setzte, möglichst weit entfernt von Finja, und ein Bein über das andere schlug. »Dein Vater hat dich hereingelassen?«
»Er holt gerade Wasser.«
»Ah.« Maileens Fuß wippte ungeduldig durch die Luft. »Und sonst?«
»Nichts Neues«, sagte Finja und knetete nervös ihre Finger im Schoß. Sie verstand nicht mehr so recht, warum sie überhaupt hergekommen war. Als ob sie mit dieser Frau über Gefühle reden könnte. Dann dachte sie an Hannah. An die Hoffnung. Und sie sagte: »Wobei … doch. Da ist etwas.«
»Geht es um Hannah?«
Bei der Erwähnung des Namens zuckte Finja zusammen, während Maileens Gesicht einen ganz anderen Ausdruck annahm. Irgendetwas zwischen Hoffnung und Angst. Finja presste die Lippen zusammen, und die Rückkehr ihres Vaters rettete sie vor einer Antwort.
Er würdigte seine Frau keines Blickes, legte drei Untersetzer auf den Tisch und stellte eine Glaskaraffe auf einen von ihnen. Goldene Zitronenscheiben schwammen im Wasser. Dann holte er zwei Gläser

aus einem Schrank, füllte sie mit Zitronenwasser, gab Finja eines davon und nippte selbst am anderen. Maileen ignorierte diese offensichtliche Beleidigung und fixierte weiterhin Finja.
»Also?«, hakte sie nach, während Finja gerade den ersten Schluck Wasser nahm. Das Haus war gut temperiert, dennoch war ihr warm. Das Wasser schmeckte leicht sauer. Auf der Fahrt hierher hatte Finja sich überlegt, wie sie die Frage am besten stellte, war viele Szenarien durchgegangen. Sie entschied sich für die kurze und schmerzlose Variante: »Ich hatte nie eine Schwester, oder?«
Maileen erstarrte, und Tero hob kaum merklich die Augenbrauen.
»Wie kommst du darauf?«, fragte er.
»Es ist …«, begann Finja und strich nervös über das Kondenswasser, das sich am Außenrand des Glases gebildet hatte. »Die Therapie. Meine Therapeutin hat da etwas angedeutet, und seitdem bin ich etwas verwirrt, wisst ihr?« Eine glatte Lüge, aber sie würde vor ihren Eltern niemals zugeben, dass sie eine Hexe besucht hatte. »Sie meinte auch, dass diese Schwester für etwas anderes stehen könnte, aber es wäre wichtig für mich, von euch zu hören, dass ich wirklich ein Einzelkind bin.«
»Natürlich bist du das«, antwortete Tero sofort und richtete seine Hemdsärmel.
Es war Finja ein Rätsel, wieso er nicht mal bei diesen Temperaturen ein T-Shirt trug. Und das am Wochenende. »Oder gibt es da etwas, das ich wissen sollte, mein Engel?«
Er lachte, als hätte er einen anzüglichen Scherz gemacht, aber Maileen sah überhaupt nicht so aus, als wäre ihr nach Lachen zumute. Sie sah Finja an, und es war das erste Mal seit vielen Jahren, dass Finja sich fühlte, als würde ihre Mutter sie wirklich *sehen*.
Der Moment verflog, und Maileen zog die Mundwinkel nach oben. »Natürlich nicht.« Sie stieß ein Lachen aus, das unnatürlicher nicht hätte sein können. Tero mochte der perfekte Schauspieler sein, aber seiner Frau fehlte dieses Talent. »Als ob ich dich jemals betrügen könnte, Schatz.«
Der letzte Buchstabe war mehr ein Zischen, nur kurz, aber Finja entging es nicht. Eine Drohung. Sie kannte Anspannung zwischen ihren

Eltern, war Streit gewohnt, aber das hier war anders. Oder zumindest erschien es ihr so. Vielleicht war sie nach den Ereignissen der letzten Tage auch einfach empfindlicher.
»Die Therapie läuft auf jeden Fall gut«, plauderte Finja weiter. Sie fiel zurück in die Rolle des schlichtenden Kinds, würde Frau Halla ihr jetzt sagen. Unfähig, den Stress zwischen ihren Eltern zu ertragen, versuchte sie, Aufmerksamkeit auf sich zu ziehen, um den Konflikt zu umgehen. »Ich mache Fortschritte, sagt Frau Halla. Wir reden viel über … alles.«
Mikas Tod. Hannahs Verschwinden. Euch.
Es war Finja unmöglich, die Ereignisse auszusprechen, denn immer wenn sie darüber redete, wurde es plötzlich viel realer. Also hatte sie Wege gefunden, darüber zu sprechen, ohne es wirklich zu tun.
»Das freut mich«, sagte Tero, wie immer froh über die Ablenkung. »Hast du denn auch das Gefühl, dass es dir hilft?«
»Wenn die Ärztin sie hierherschickt, um offensichtliche Fakten zu bestätigen, kann sie ja nicht so gut sein.« Die Bitterkeit in Maileens Stimme war deutlich zu hören. Aber das war es nicht, was Finja überraschte. Normalerweise unterbrach Finja einen Streit ihrer Eltern mit harmlosem Geplauder. Ihr Vater stieg dann darauf ein, und ihre Mutter verließ nach wenigen Minuten wortlos den Raum.
So war es bisher immer gewesen. Noch nie hatte Maileen darauf bestanden, eine Diskussion auszutragen. Selbst Tero verlor für einen winzigen Moment die Kontrolle, was Finja an der Art erkannte, wie er die Lippen zusammenpresste und die Augen leicht aufriss. Nur kurz. Dann war das perfekte Lächeln zurück. Weiße Zähne, Lachfalten an den Augen.
»Frau Halla hilft mir sehr«, nahm Finja den Faden wieder auf. »Wir erarbeiten gemeinsam einen Weg … zurück. In die Normalität, meine ich. Und Elisa ist auch für mich da. Sie bringt mir regelmäßig Essen vorbei, ihr müsst euch also keine Sorg…«
»Moment.« Maileen hob einen ihrer schlanken Finger. »Einen Weg zurück in die Normalität? Finja, du hast deinen Mann und deine Tochter verloren, für dich gibt es keine Normalität mehr.«
Die Zeit schien stillzustehen. Finja erinnerte sich an das Monster vor

ihrem Fenster und ihre Angst, an ihren Albtraum aus Eis und den Schmerz, aber gerade wirkte diese Szene wie der schlimmste Nachtmahr, der sie je überfallen hatte.

Kaltes Wasser tropfte auf ihre Knie. Sie zitterte so sehr, dass das Glas übergeschwappt war. Schnell stellte sie es auf den Untersetzer.

»Diese Frau Halla sollte dir besser dabei helfen, damit umzugehen«, fuhr Maileen fort, den Blick in weite Ferne gerichtet, »und nicht so tun, als könntest du das alles einfach vergessen und wieder ein normales Familienleben führen.«

»Engelchen«, flüsterte Tero leise und strich sein Hemd am Hosenbund glatt. »Wir sollten uns nicht anmaßen, über die Methoden der Therapeutin zu urteilen. Sie hat studiert und wird wissen, was sie tut.«

»Ich fühle mich bei ihr gut aufgehoben«, sprang Finja ein. Maileen schürzte die vollen Lippen, ihr Blick klarte auf. »Hm«, machte sie und legte die Hand wieder in den Schoß. Dann stand sie auf und verließ das Zimmer, und alles war wieder wie immer.

»Es tut mir leid«, sagte Finja, an ihren Vater gewandt. »Ich hätte das nicht vor ihr fragen sollen.«

»Ach.« Tero winkte ab. »Sie ist in letzter Zeit sehr angespannt.«

»Das tut mir leid zu hören«, erwiderte Finja, weil es ihr wie alles schien, was sie dazu beitragen konnte. Ihre Gedanken wanderten zu Agathe und der scheinbaren Reise in die Vergangenheit. Dann erinnerte sie sich an den Dachboden. Unvermittelt stand sie auf. »Danke für eure Zeit und eure Antwort. Ich gehe dann jetzt wohl besser. Aber vorher müsste ich noch einmal nach oben.«

»Nach oben?«, fragte Tero. Ganz langsam stand er auf, elegant und geschmeidig. »Wieso denn das?«

»Ich wollte etwas vom Dachboden holen.« Es sollte unbedarft klingen, aber die Worte klangen gepresst, also schob sie nach: »Ein altes Fotoalbum. Frau Halla meinte, ich solle Bilder aus meiner Kindheit mitbringen. Für die Therapie.«

»Ich gehe hoch und hole dir das Album.« Mit einer bestimmten Geste deutete er auf die Couch, damit sie sich wieder setzte, aber Finja blieb stehen.

»Mach dir keine Umstände«, sagte sie. »Es dauert ja nicht lange.«
»Oben herrscht Chaos«, erwiderte er. »Ich suche das Album raus und gebe es dir beim nächsten Mal einfach mit, ja?«
Finjas Stirn kribbelte. Sie kratzte sich. Plötzlich war es ihr unfassbar wichtig, selbst auf den Dachboden zu gehen. Sie musste ihn mit eigenen Augen sehen. Jetzt, da sie darüber nachdachte, wurde ihr klar, dass sie seit Jahren nicht mehr dort oben gewesen war. Nicht mehr seit … Ja, seit wann eigentlich?
Ihre Schläfen pochten, und es kostete sie viel Willenskraft, ihrem Vater ins Gesicht zu blicken. »Ich würde gern selbst nachsehen.« Das Lächeln auf ihrem Gesicht fühlte sich falsch an. Wie alles. Auf einmal wirkte das Wohnzimmer ihrer Eltern wie eine Filmkulisse. Perfekt, ordentlich, aber irgendetwas stimmte nicht, und es schien ihr, als gäbe es ein kleines Detail, das ihrer Aufmerksamkeit immer wieder entwischte. Tero legte leicht den Kopf schief. »Du siehst müde aus. Setz dich doch.«
Ihr Körper wollte der Aufforderung nachkommen, die Erschöpfung übermannte sie mit voller Kraft, aber sie wollte nicht zusammenklappen. Nicht hier, vor ihrem perfekten Vater. Also reckte sie das Kinn etwas höher. »Ich bin gleich wieder da.«
Dann lief sie los. Den Flur entlang, vorbei an den Aquarellgemälden, die Treppe hinauf. Im ersten Stock lag ihr ehemaliges Kinderzimmer, aber nichts hier fühlte sich wie ein Zuhause an. Mika hatte ihr einmal erzählt, dass er seine Eltern gern besuchte, weil ihre Wohnung immer nach Heimat roch, egal, wie lange er schon ausgezogen war. Für Finja hatte das Haus ihrer Eltern niemals nach Heimat gerochen, Mika dafür umso mehr. Und Hannah.
Sie durchquerte den Flur, erhaschte einen kurzen Blick auf ihr altes Kinderzimmer, das jetzt ein Lesezimmer war, mit Bücherregalen bis unter die Decke. Weiße Holzregale, ein gelber Lesesessel, ein Beistelltisch mit einer rosafarbenen Orchidee. Ihre Eltern hatten dieses Zimmer umdekoriert, sobald Finja in ihre erste WG gezogen war. Eine Rückkehr war nie denkbar gewesen.
Die Treppe zum Dachboden verbarg sich hinter einer schmalen Holztür. Finja stand davor, runzelte die Stirn. Das Holz war ebenso

alt wie die Messingklinke, und sie fragte sich, warum ihr das nie früher aufgefallen war. Alles im Haus war neu, blieb nie lange gleich, fiel ständig dem Umdekorierungswahn ihrer Mutter zum Opfer. Aber diese Tür hier sah noch genauso aus wie in ihrer Kindheit. Unten im Haus schrie jemand. Ihre Mutter und ihr Vater stritten. Finja kannte diese Geräusche. Sie konzentrierte sich auf die Tür vor sich. Hob die Hand. Etwas hielt sie zurück. Ein komisches Ziehen in ihrer Brust. Sie war wirklich schon lange nicht mehr hier gewesen. Ihre ganze Jugend hatte sie diese Tür ignoriert, weshalb hätte sie auch auf den Dachboden gehen sollen? Dort oben war doch nur …

»Finja!« Die herrische Stimme ihres Vaters unterbrach ihre Gedanken. Sie blinzelte. Einmal. Zweimal. Dreimal. »Wenn es dir so wichtig ist, bringe ich dir das Album heute noch vorbei, in Ordnung?«

Die Klinke glänzte bronzefarben. Direkt daneben war ein kleiner Kratzer im Holz. Er erinnerte sie an etwas. Das Pochen in ihrer Schläfe wurde stärker.

Eine Hand auf ihrer Schulter. Warm, schwer. Sie wurde weggezogen, stolperte, fing sich. »Deine Mutter möchte kochen. Wirst du mit uns essen?«

Fast automatisch schüttelte sie den Kopf. »Nein. Danke.«

»Isst du auch genug?«, fragte Tero und bugsierte sie den Gang entlang, die Treppen nach unten, zurück vor die Haustür. »Du siehst so dünn aus.«

»Natürlich«, erwiderte sie und griff nach der Haustürklinke. Silbern und frisch poliert.

»Ich bringe dir das Fotoalbum später vorbei«, rief Tero ihr hinterher, dann schloss sich die Tür. Und Finja hatte das Gefühl, etwas wirklich Wichtiges vergessen zu haben.

19

Niemals erinnert, 12. August

Heute

Die Rückfahrt von ihren Eltern verlief Finjas Zustand entsprechend holprig. Sie mied die Spiegel und war in Gedanken bei der alten Holztür. Zweimal nahm sie jemandem die Vorfahrt und wurde angehupt. Einmal überfuhr sie beinahe eine Radfahrerin, die sich im letzten Moment durch einen gefährlichen Schlenker rettete und Finja wüste Beschimpfungen hinterherrief.

Finja lenkte das Auto auf den Parkplatz vor ihrem Haus und wollte aufstehen, aber irgendwas hielt sie fest, drückte sie mit aller Kraft in den Sitz. Panisch klammerte sie sich am Autorahmen fest, zog – und stellte dann fest, dass sie vergessen hatte, den Gurt zu lösen.

Sie drückte auf den Knopf, und die Spannung ließ den Gurt so schnell zurückschnellen, dass die Schnalle Finja schmerzhaft an der Schulter traf. Es war ihr egal.

Erst als sie die Haustür hinter sich schloss und sich von innen dagegenlehnte, sank sie langsam zu Boden. Sie weinte. Und sie wusste nicht, warum. Nicht dass sie einen neuen Grund gebraucht hätte, aber es war nicht, als würde sie um Hannah oder Mika trauern, sondern um etwas … jemand anderen. Der Gedanke erschütterte sie tief.

Die Zeit verstrich, und Finja erschien es unmöglich, aufzustehen. Sie

saß einfach da, lauschte auf das Ticken der Uhr, das leise aus dem Wohnzimmer bis zur Haustür drang. Sie zählte nicht die Sekunden, aber sie zählte, wie oft sie darüber nachdachte, Frau Halla anzurufen und um eine Notfallsitzung zu bitten. Offensichtlich hatte sie einen Nervenzusammenbruch oder etwas Ähnliches, ausgelöst durch … ja, was eigentlich? Alte Gefühle, die wieder an die Oberfläche kamen? Vielleicht musste sie gar nicht zur Notfallsitzung, wenn sie diese Erkenntnis gerade allein gewonnen hatte.
Es war wie ein kleiner Sieg. Befreiend. Gefühle zu rationalisieren und ihre Ursprünge zu erkennen, vertrieb sie zwar nicht komplett, aber sie fühlte sich dadurch weniger hilflos. Sie atmete tief ein.
Dann klopfte es.
»Finja!«
Eine Stimme, die sie schon lange nicht mehr gehört hatte. Auch gar nicht hatte hören wollen. Direkt vor ihrer Haustür. Sie blieb an die Tür gelehnt sitzen, verkrampfte sich.
»Ich muss mit dir reden.«
Eindringlich. Flehend. Wie früher.
Vielleicht war es das Triumphgefühl, gewonnen durch ihre Selbsterkenntnis. Vielleicht war es Verzweiflung, hervorgerufen durch den Verlust, der noch immer wie ein Loch in ihrer Brust klaffte. Vielleicht war es Sehnsucht nach ihrem früheren Leben. Vielleicht war es der Wunsch, sich selbst zu bestrafen, weil sie so naiv gewesen war und gehofft hatte.
Vielleicht war es auch nichts von alledem. Vielleicht war es nur ein unüberlegter Moment. Aber Finja öffnete Max die Tür.
Er stand vor ihr, die Hände in den Hosentaschen vergraben, die roten Haare standen ihm unordentlich vom Kopf ab, als wäre er gerade erst aus dem Bett gefallen. Dabei war es schon später Nachmittag. Er wirkte irgendwie aufgeschwemmt. Dicke Tränensäcke hingen unter seinen Augen, die Haut wirkte seltsam teigig. Finja zuckte leicht zusammen, als er einen Mundwinkel hob. Er wollte wohl lächeln, aber es sah aus wie eine Fratze.
»Max«, sagte sie, unfähig, sich etwas anderes einfallen zu lassen. Früher einmal hatte sie Besuch gern hereingebeten, hatte Kekse auf den

Couchtisch gestellt und eine kühle Limonade aus dem Kühlschrank geholt, während Hannah voller Freude zur Tür gerannt kam, um zu sehen, wer sie besuchte.

»Hi.« Max holte die Hände aus den Hosentaschen und wirkte sichtlich überrascht, dass sie überhaupt geöffnet hatte. »Ich war schon ein paar Mal hier.«

»Ich weiß«, sagte sie und merkte dann, wie gemein das klang. *Aber ich habe dir absichtlich nicht geöffnet.* »Was willst du?«

»Reden.«

»Worüber?« Sie verschränkte die Arme vor der Brust, strich sich über die nackten Oberarme, die er früher so zärtlich berührt hatte. *Es ist seltsam*, dachte Finja, *wie nah er mir früher war und wie fern ich ihn jetzt halten will.*

Sie sah ihn genauer an, diesen Mann, den sie einmal für ihre strahlende Zukunft gehalten hatte. Die Sommersprossen auf seiner Haut schienen blasser, seine hellblauen Augen waren rot geädert. Es war, als läge ein grauer Schleier über ihm. Ob sie ebenfalls so auf andere wirkte? Farblos und verloren?

»Ich …« Er hob eine Hand, aber als sie zurückzuckte, ließ er sie wieder sinken. »Du ignorierst mich seit …«

»Ja«, schnitt sie ihm das Wort ab. »Ich ignoriere dich, seit du mir gesagt hast, dass ich schuld am Verschwinden meiner Tochter bin.« Es klang sogar noch kälter, als sie beabsichtigt hatte. Gut. Sie hatte keinen Grund mehr, nett zu ihm zu sein. Nicht nach allem, was er ihr an den Kopf geworfen hatte, als sie weinend vor ihm stand.

»Ich habe das doch gar nicht so gemeint.« Er legte leicht den Kopf schief, sah sie an wie ein geschlagener Welpe. Es hatte eine Zeit gegeben, in der sie dieser Blick schwach gemacht hatte. Heute erinnerte sie dieser Gesichtsausdruck nur noch an all die Momente, in denen sie ihm verziehen hatte. An die Augenblicke, in denen es Dinge zu verzeihen gab, weil er sie verletzt hatte.

»Aber es kam so an.« Heute würde sie unnachgiebig bleiben. Nicht wieder auf seine emotionalen Spielchen hereinfallen.

»Das tut mir leid.« Er senkte den Kopf weiter, hielt ihren Blick gefangen. »Von Herzen.« Dann bückte er sich zu einem Korb, der zu seinen Füßen stand, und holte ihre Lieblingsschokolade daraus hervor. Trauben-Nuss. »Ehrlich. Ich wollte dir nur helfen. Das will ich heute noch. Bitte stoß mich nicht wieder weg. Wir waren doch ein so gutes Team. Du und ich.«

Und Hannah, wollte Finja schreien. Zu viel. Plötzlich war es ihr zu viel. Sie hätte die Tür niemals öffnen dürfen. Hätte auf Elisa hören sollen, die ihr seit der Trennung vorbetete, was für ein Arschloch er war. Gerade fühlte sie sich, als wäre sie das Arschloch. Er stand vor ihr, bat um Verzeihung. Sollte sie ihm nicht endlich vergeben? Elisas Stimme im Ohr, nahm Finja die Schokolade an, trat einen weiteren Schritt zurück. Er folgte ihr. Aber sie schüttelte den Kopf.

»Nicht heute«, sagte sie bloß und schloss die Tür. Ihr Herz hämmerte wie wild. Sie fühlte sich, als hätte sie einen großen Fehler begangen. Wie immer, wenn sie in Max' Nähe war. Sie dachte an Elisa, klammerte sich an ihren Worten fest. Daran, dass Max ihr nicht guttat.

Ich bin nicht für seine Gefühle verantwortlich, sagte sie sich wieder. Und wieder. Und wieder.

Die Schokolade landete im Kühlschrank, versteckt hinter dem Eierkarton, den Elisa hiergelassen hatte.

»Ich werde wiederkommen«, rief Max.

Finjas Nackenhaare stellten sich auf. Er meinte es nett, das wusste sie, aber es klang wie eine Drohung.

»Ich bin für dich da, Finja. Immer.«

»Bitte nicht«, flüsterte sie, aber sie war nicht stark genug, es zu rufen, und war sich sicher, dass er sie nicht hörte. Eine Weile stand sie noch in der Küche, starrte in den Garten, in dem bunte Schmetterlinge von Blume zu Blume flatterten. Der Rasen war nicht gemäht worden. Unkraut, Wildblumen, hohes Gras. Irgendwie mochte Finja das.

Es klopfte erneut. Sie wandte sich um, starrte Richtung Flur, hoffte, sich verhört zu haben. Dann die Klingel. Laut und schrill. Wie erstarrt stand Finja in der Küche, unfähig, einen klaren Gedanken zu fassen.

Sie hatte Max Grenzen aufgezeigt, und er respektierte sie nicht. *Seine Gefühle, seine Verantwortung*, rief sie sich ins Gedächtnis. *Ich darf mich selbst schützen.*

Sie hasste sich dafür, dass sie nicht für ihn stark sein konnte, wie er immer für sie stark gewesen war.
»Hallo?«
Es war nicht Max' Stimme. Erleichtert setzte Finja sich in Bewegung und öffnete ihrem Vater die Tür. Er stand vor ihr, trotz der Sommerhitze und seines langärmligen Hemds schwitzte er nicht. Sein Lächeln war so perfekt wie seine weißen Zähne. Er hielt ihr ein in Stoff eingeschlagenes Bündel entgegen. Als Finja nicht reagierte, sagte er: »Das Fotoalbum.«
»Ah.« Der Stoff war weich und roch nach Waschmittel. »Danke.«
»Ich hatte es doch versprochen«, erwiderte er und warf einen Blick über ihren Kopf in die Wohnung.
Instinktiv schloss Finja die Tür ein Stück, sodass er das Chaos hinter ihr hoffentlich nicht mehr sah. »Aber danke, dass es heute noch geklappt hat.« Finja sah nach rechts und links, die Straße mit den ordentlichen Vorgärten entlang. Die Bäume am Straßenrand trugen ihr Sommerkleid, die Autos in den Einfahrten waren frisch geputzt und glänzten im Sonnenlicht. Von Max war nichts mehr zu sehen, aber das beruhigte Finja nur halb. Sie beschloss, Elisa anzurufen. »Und dass du extra hergekommen bist.«
»Jederzeit«, erwiderte er und trat einen Schritt auf Finja zu.
Irritiert zog sie die Augenbrauen zusammen. »Dann äh … hab einen schönen Abend?« Sie verstand nicht, warum sie es wie eine Frage klingen ließ.
»Geht es dir wirklich gut?«, fragte ihr Vater und legte eine Hand auf ihre Stirn. Die plötzliche Berührung ließ Finja zusammenzucken, woraufhin Tero den Arm sinken ließ, einen seltsam besorgten Ausdruck im Gesicht. »Du bist wirklich schreckhaft.«
»Ich habe schlecht geschlafen«, erklärte Finja, obwohl sie wusste, dass sie ihrem Vater keine Rechenschaft schuldig war. Nicht mehr. Sie führte ein eigenes Leben, hatte viel durchgemacht, und Schreckhaftigkeit war ihre kleinste Sorge.
»Das sieht man«, sagte er.
Es klang wie ein Urteil, und Finja wollte seinem prüfenden Blick entfliehen, deshalb sagte sie schnell: »Ansonsten geht es mir den Um-

ständen entsprechend gut.« Sie überlegte kurz und entschied sich dann für den Seitenhieb: »Wie ich vorhin schon erzählt habe.«

Bevor du mich so seltsam rausgeschmissen hast.

»Ah.« Mehr erwiderte Tero nicht. Finja drückte das Fotoalbum enger an die Brust. Sie wollte nicht länger warten, sondern sich die Bilder ansehen. Vielleicht fand sie dort, wonach sie suchte, auch wenn sie nicht mal wusste, was das eigentlich war.

»Ich bringe das Album schnellstmöglich zurück«, sagte sie und schloss die Tür ein weiteres Stück. Nur wenig, aber es gab ihr das Gefühl von Kontrolle zurück.

»Keine Eile. Es verstaubt bei uns sowieso nur auf dem Dachboden.«

»Okay.« Sie schloss die Tür jetzt so weit, dass sie sich leicht nach vorne lehnen musste, um ihren Vater weiterhin zu sehen. »Bis bald, Dad.«

Dann fiel die Tür ins Schloss. Mit dem Fotoalbum an der Brust wollte sie zuerst ins Wohnzimmer gehen, dann erinnerte sie sich daran, dass der Raum an der Straße lag. Die Vorstellung, dass Max noch in der Nähe war, bereitete ihr Unbehagen. Also lief sie in die Küche und setzte sich dort an den Tisch, legte das Buch vor sich ab. Dann griff sie nach ihrem Handy und schrieb Elisa eine kurze SMS. Es erschien ihr lächerlich, ihre beste Freundin erneut um Hilfe zu fragen, aber sie würde sich mit ihr besser fühlen, und Finja war sich sicher, dass Elisa sofort vor ihrer Tür stehen würde, wenn sie las, dass Max bei ihr gewesen war.

Vorsichtig schlug Finja den Stoff zurück und förderte das Fotoalbum zutage. Es war ein braunes Lederbuch, bedruckt mit goldenen Lettern. *Memories* stand darauf. Als Finja es öffnete, fiel ihr Blick als Erstes auf die saubere Handschrift ihres Vaters. Klare, geschwungene Linien.

Anfang, stand dort.

Das Foto darunter zeigte Finja im Arm ihres Vaters, kurz nach der Geburt. In einer Ecke hatte Tero Datum und Ort vermerkt.

Dasselbe Krankenhaus, in dem sie auch Hannah zur Welt gebracht hatte. Allein die Erinnerung schmerzte, also blätterte Finja weiter, wühlte sich durch ihre halb vergessene Kindheit, als könnte sie dort ihre Tochter finden. Ihr erstes Mal im Zoo mit Elisa. Finja lächelnd vor dem Elefantengehege. Ein Geburtstag auf der Bowlingbahn. Elisas Feier auf der Schlittschuhbahn.

Irgendwann klingelte es. Zunächst wollte Finja nicht zur Tür gehen, dann erinnerte sie sich daran, dass sie Elisa geschrieben hatte. Natürlich war sie gekommen.

Finja ging zum Eingang, warf einen kurzen Blick durch das Milchglas der Tür und ließ Elisa eintreten. Ihre beste Freundin wirbelte in die Wohnung und zog Finja in ihre Arme.

»Was für ein Arschloch«, tobte sie und ließ Finja los, um in die Küche zu stürmen. Sie trug einen großen Stoffbeutel bei sich, und Finja war sich sehr sicher, dass Elisa für das Abendessen sorgen würde, obwohl sie ihre Freundin gern zum Lieferservice eingeladen hätte.

Langsam schlich Finja ihr hinterher, während Elisa bereits wie erwartet Töpfe und Pfannen hervorzog. »Ich kann nicht glauben, dass er *wirklich* hier aufgetaucht ist, obwohl ich ihm gesagt habe, dass er sich verpissen soll.«

»Wie meinst du das?« Alarmiert blieb Finja im Türrahmen stehen.

Elisa hielt ebenfalls inne, dann drehte sie sich in einer für sie sehr langsamen Bewegung zu Finja um, das Gesicht gerötet.

»Äh.«

»Du hast mit ihm geredet?«

»Er hat *mit mir* geredet«, korrigierte Elisa. »Du weißt ja, wie er ist. Vor ein paar Tagen stand er plötzlich vor meiner Tür und fragte, ob ich nicht mit dir reden könnte, damit du ihm noch eine Chance gibst. Er hat ziemlich auf die Tränendrüse gedrückt. Aber da ist er bei mir an der falschen Adresse.«

»Vor ein paar Tagen …« Finjas Hirn fand schnell den Zusammenhang. »Als du abends so plötzlich bei mir aufgetaucht bist?«

»Du bist nicht ans Telefon gegangen, und ich habe mir Sorgen gemacht!«

»Du hast dir Sorgen gemacht, weil Max bei dir war. Wieso hast du nichts erzählt?«

»Na ja, ich wollte nicht, dass du dich aufregst.«

»Weil ich das jetzt nicht tue?« Finja schüttelte den Kopf und setzte

sich wieder an den Tisch, direkt vor das Fotoalbum. »Ich kann nicht fassen, dass du mich nicht vorgewarnt hast.«
Elisa huschte zwischen Kochfeld, Arbeitsplatte und ihrem Stoffbeutel umher, während sie hektisch weiterplauderte: »Na ja, ich habe ihm gesagt, dass er sich verziehen soll, und das ist noch freundlich ausgedrückt. Ihm gegenüber war ich nicht so nett. Hätte wirklich nicht gedacht, dass er sich nach meiner Ansage hierhertraut, und da er es nicht am selben Tag getan hat, ging ich davon aus, dass er zur Abwechslung mal auf mich gehört hat. Da hast du aber vollkommen recht, das war mein Fehler. Wieso bin ich nur davon ausgegangen, dass dieses Arschloch irgendetwas gelernt hätte? Und du warst an dem Abend so fertig wegen der Therapie, und wir haben uns gestritten und … Scheiße, es tut mir leid.«
Finja seufzte. »Du hast es ja nur gut gemeint.« Da fiel ihr ein, dass sie selbst etwas verschwiegen hatte. »Ich war bei Agathe.«
Elisa knallte die Flasche, aus der sie gerade Öl in die Pfanne auf dem Herd gegossen hatte, so heftig auf die Arbeitsfläche, dass etwas von der schmierigen Flüssigkeit herausspritzte und auf dem Boden landete. Der Fleck machte Finja nervös, aber Elisa beachtete ihn nicht weiter.
»Bei wem?«
»Bei der Hexe.« Finja winkte ab, als wäre es keine große Sache. »Die du mir empfohlen hast.«
»Ah. Ja. Du hattest mich in einer SMS nach der Adresse gefragt, aber ich hätte nicht geglaubt, dass du wirklich hingehst. Und – was hat sie gesagt?«
Dass Elisa sich nicht in einem weiteren Redeschwall ergoss, zeigte Finja, wie ernsthaft ihr Interesse war. Dennoch schwieg sie kurz, strich über ein Foto im Album, das sie mit vier Jahren am Klavier zeigte. Sie trug ein weißes Kleidchen und blank polierte Lackschuhe. Als die Stille zu lange dauerte, sagte Finja schließlich: »Ich weiß ehrlich gesagt nicht, wie ich es ausdrücken soll. Es war … ein seltsamer Besuch. Also wirklich seltsam. Erst schien sie sehr nett, und sie hat mich in so ein altes Bad geführt, in dem sie mir die Zukunft lesen wollte.«

»In einem Bad?«

»Sie hatte es umgebaut, aber der Fliesenspiegel war noch da. Das schrie alles nach Abzocke, aber sie meinte, dass sie nur so viel Geld von mir bekommt, wie ich ihr geben möchte.« Das erinnerte Finja daran, dass sie Agathe keinen Cent dagelassen hatte. »Was ich vergessen habe.«

»War ihre Aussage denn überhaupt irgendetwas wert?« Elisa setzte sich zu Finja an den Tisch. Das Abendessen war vergessen.

»Sie sagte etwas von einer Schwester.« Finja studierte Elisas Gesichtszüge genau. Die beiden kannten sich schon ewig. Falls sie jemals eine Schwester gehabt hatte, wüsste ihre beste Freundin davon, da war sie sich sicher.

Elisa gestikulierte wild in der Luft herum. »Also eine Betrügerin. Tut mir leid, dass ich dich dorthin geschickt habe. Du hast doch gar keine Schwester, so ein Unfug.« Elisa schnaubte, dann riss sie die Augen auf. »Oder gab es da mal ein anderes Kind, das deine Eltern vor deiner Geburt zur Adoption freigegeben haben? Oder eine Halbschwester? Hat dein Vater deine Mutter betrogen?« Sie schilderte weitere absurde Situationen, in denen Finjas Eltern es irgendwie geschafft haben könnten, ihr eine Schwester vorzuenthalten oder gar voreinander zu verheimlichen.

Schließlich unterbrach Finja sie: »Aber Agathe sagte, ich hätte meine Schwester *vergessen.*« Sie tippte zu jeder Silbe mit dem Zeigefinger auf den Tisch.

»Man kann nichts vergessen, das man nicht kannte«, stimmte Elisa zu und nickte so übertrieben enthusiastisch, als hätte sie gerade einen schweren Kriminalfall gelöst. »Also hat diese Hochstaplerin eben doch überhaupt keine übersinnlichen Kräfte. Tut mir leid, dass ich auf Teresa gehört habe. Eigentlich echt dumm von mir. Aber sie glaubt eigentlich nicht an so Zeug, und da dachte ich …« Elisa schob die Unterlippe nach vorne. »So eine Scheiße. Ich wollte dir nur helfen.«

»Das weiß ich doch.« Finja meinte es ernst. »Ich bin dir nicht böse. Immerhin hätte ich nicht hingehen müssen.«

»Am besten vergisst du einfach, dass du jemals dort warst«, antwortete Elisa. »Und wir reden nie wieder darüber, dass ich dir so etwas empfohlen habe, ja? Teresa bekommt auf jeden Fall eine Ansage, wenn ich ihr im Büro über den Weg laufe. So eine Hochstaplerin zu empfehlen. Wahrscheinlich hätte sie Provision bekommen oder so.«

»Hätte ich dafür nicht sagen müssen, dass Teresa mich schickt?« Finjas rechter Mundwinkel wanderte leicht nach oben. Elisa schaffte es, ihr einen Hauch Normalität zurückzugeben. Mit ihr in ihrer Nähe fühlten sich Probleme nicht ganz so erdrückend an. Es war, als würde ihre Freundin ihr ein Stück ihrer Last abnehmen. »Sie ist dieser Agathe sicher einfach auf den Leim gegangen.«

»Hmpf«, machte Elisa. »Jetzt habe ich auch noch Mitleid mit ihr. Sie hat nach der Sitzung ihre Wohnung gekündigt und ist in ein Haus auf dem Land gezogen, weil die Karten ihr dort Glück prophezeit haben. Am Ende sitzt sie jetzt zwischen Kühen und Rentnern.«

»Klingt nach einem entspannten Leben.«

»Klingt nach meiner persönlichen Hölle.« Elisa stand auf und fuhr mit dem Kochen fort. Während sie darüber sinnierte, wie langweilig das Landleben doch sein musste, zogen Essensdüfte durch die Luft, die sogar Finjas Appetit weckten. Es roch nach gut gewürztem Tofu, angebratenen Zwiebeln, Sahnesoße. Als Elisa schließlich das Essen servierte, war sie in ihrem Redefluss erneut bei ihrer Arbeit angelangt.

»Ich wünschte wirklich, ich würde wenigstens zu einem Bewerbungsgespräch eingeladen werden. Diese Firma macht mich fertig.« Sie riss theatralisch die Gabel in die Luft, ein Stück Karotte flog auf den Fußboden. »Sie saugt mir das Leben aus den Adern!« Dann stand sie auf und sammelte das Gemüsestück ein. »Wieso hast du eigentlich keinen Hund? Der hätte sich jetzt darum gekümmert.«

»Ich denke tatsächlich über einen Staubsaugerroboter nach«, lautete Finjas Gegenvorschlag, während sie vorsichtig ein Stück Gemüse aufspießte. Ein weiteres Lebewesen, das sie irgendwann verlassen würde, brauchte sie aktuell wirklich nicht in ihrem Leben.

»Nee.« Energisch schob sich Elisa einen Bissen Tofu in den Mund. »Die taugen alle noch nix, vor allem mit deinen ganzen Ecken hier.« Sie deutete in die verschiedenen Winkel des Zimmers. »Da kommen die nicht ordentlich rein, und am Ende sammelt sich genau da ja der Dreck. Das Geld kannste dir sparen.«

Irgendwann fielen Finja vor Müdigkeit fast die Augen zu. Es war beinahe wie früher, wenn Mika sich mit Hannah ins Obergeschoss zurückgezogen hatte, um Finja einen Abend Ruhe und Erholung zu schenken. Die Erinnerung stimmte sie leicht traurig, aber sie war viel zu erschöpft, um in ein Loch zu stürzen. Sie gähnte ausgiebig, während Elisa über neue mögliche Hobbys sinnierte. Poledance stand ganz oben auf ihrer Liste. »Es ist ästhetisch und wirklich gut für den Muskelaufbau«, sagte sie gerade, da musste auch sie gähnen. Sie warf einen Blick auf die Uhr am Herd. »Oh, es ist wirklich schon spät. Hast du etwas dagegen, wenn ich heute hier schlafe?«

Finja wollte ihre Albträume nicht teilen. Wenn Elisa merkte, wie unruhig ihre Nächte noch immer waren, würde sie ihre beste Freundin mit Fürsorge überschütten, da war Finja sich sicher. Andererseits war es wirklich sehr spät, und der Gedanke, dass Elisa so müde noch durch die halbe Stadt fuhr und dabei einen Unfall baute …

»Du kannst das Bett haben«, bot Finja an und deutete nach oben. Sicher lag dort mittlerweile eine zentimeterdicke Staubschicht, aber das kümmerte sie wenig. »Die Wäsche dazu ist in der Kommode, unterstes Fach.«

Elisa stand auf und streckte sich ausgiebig. »Du schläfst immer noch auf dem Sofa?«

»Geht irgendwie besser.«

»Wir könnten auch zusammen oben schlafen. Wie früher.« Das Grinsen auf Elisas Gesicht saß schief.

Oben. Dort, wo alles noch wie *davor* aussah. Vorbei an all den Fotos an den Wänden. Direkt neben Hannahs leerem Zimmer. In einem Bett, das an Mika erinnerte. An gemeinsame Morgenstunden mit Hannah, verschlafen aneinandergekuschelt, während die Sonne den Himmel erklomm.

Oben.

»Ich nehm dir doch nur Platz weg«, sagte Finja.

»Ich glaube, es würde dir guttun«, antwortete Elisa. »Einfach mal wieder in einem Bett schlafen. Du bist auch nicht mehr die Jüngste,

und dieses Sofa kann nicht gut für den Rücken sein. Und ganz generell wäre es doch gut, wenn du das zweite Stockwerk deines Hauses wieder benutzen könntest, oder? Also, ich meine … du weißt schon. Wir könnten dann morgen auch zusammen oben putzen und so.«
Wieder oben schlafen. Gegenstände abstauben, die zuletzt von Hannah berührt worden waren. Im Bett liegen und darauf warten, dass sich Hannah wie jeden Morgen neben sie kuschelte. Kalte Bettlaken.
»Ich …« Finja kniff die Lippen zusammen, Elisa hielt ihr eine Hand hin.
»Oder nur oben schlafen. Das ist auch okay. Gemeinsam gegen den Rest der Welt.«
Ein Satz, den sie einander schon oft zugeflüstert hatten, wenn sie als Kinder Ärger von den Erwachsenen bekamen und einander deckten. Den sie unter Tränen gemurmelt hatten, wenn eine von ihnen mit gebrochenem Herzen und die andere mit einem Eisbecher auf dem Sofa saß. Den Finja Elisa zugerufen hatte, als diese während des Studiums für ein halbes Jahr ins Ausland gegangen war. Der Satz, der sie beide schon so lange verband.
Mit Elisa war *oben* etwas anderes.
»Gemeinsam gegen den Rest der Welt«, wiederholte Finja und ergriff die Hand, woraufhin sich das Lächeln auf Elisas Gesicht geraderückte.
Die Stufen knarzten unter jedem Schritt, als wären sie überrascht, genutzt zu werden. Als Elisa das Licht anknipste, tanzten Staubflocken durch die Luft.
Es roch wie damals, wenn Finja mit ihrer Familie nach einem zweiwöchigen Urlaub zurückkehrte. Seltsam vertraut und gleichzeitig fremd. Als hätten die Räume sie schon längst vergessen und sich auf jemand Neuen vorbereitet, um dann enttäuscht zu werden.
Elisa steuerte zielsicher das Schlafzimmer an, und Finja folgte ihr. Im Augenwinkel sah sie die Fotos an den Wänden. Hannahs glückliches Lachen verfolgte sie ins Schlafzimmer.
Dort knipste Elisa ebenfalls das Licht an. Die drei Glühbirnen der Lampe verteilten gleichmäßig warmes Licht. Das Bett war ordentlich gemacht, der Schmuckkasten auf der Kommode verschlossen, die

Vorhänge geöffnet. Das Zimmer spiegelte sich im Fenster. Der Wandschrank stand offen, mehrere Kleidungsstücke lagen auf dem Boden verstreut, vor allem dicke Pullover und lange Hosen.
Der einzige Beweis, dass Finja nach Hannahs Verschwinden einmal kurz hier oben gewesen war. Ihre Ausbeute lag unten in der sonst fast leeren Vorratskammer, T-Shirts neben einer Packung Reis, kurze Hosen auf den leeren Wasserkästen.
»Ach, das Bett muss ja gar nicht neu bezogen werden«, stellte Elisa fest und ging zum Schrank, fischte ein Shirt aus dem Chaos und zog sich um. »Ich klau mir das einfach für die Nacht, ja? Bekommst es auch garantiert zurück.«
»Das nennt man leihen«, erwiderte Finja. Ihre Stimme zitterte leicht.
»Klauen. Leihen. In einer Freundschaft ist das quasi dasselbe.« Elisa warf sich quer über die Matratze und seufzte theatralisch. »Bin ich fertig. Wann sind wir beide das letzte Mal so lange wach geblieben? Wir werden alt. Früher haben wir bis zum Morgengrauen gequatscht und hätten dann noch gebruncht.«
Das entlockte Finja ein leises Lachen. »Ja, das waren Zeiten.« Sie schaltete die Nachttischlampe an. Der Lichtkegel war sehr klein, und als Finja den Schalter neben der Tür betätigte, um die Deckenleuchte auszuschalten, verschwanden große Teile des Zimmers in der Dunkelheit.
Elisa rollte sich auf den Bauch, rutschte zur Seite und klopfte neben sich auf die Matratze. »Ich bin froh, hier zu sein«, plauderte sie weiter, während Finja sich ebenfalls ein Schlafshirt anzog und dann unter eine Decke kroch. »Vielleicht hätten wir das viel früher mal machen sollen. Also eine Übernachtungsparty, meine ich. Tut mir leid, dass ich dich so allein gelassen habe.«
»Du hast mehr als genug für mich getan«, erwiderte Finja. Der Stoff der Decke war steif, als sich ihre Finger darin festkrallten. Die Dunkelheit um sie herum war dicht, die Nachttischlampe, die früher ein so großer Trost gewesen war, war kaum mehr als ein oranges Glühen. Elisa legte sich neben sie, das Gesicht Finja zugewandt, die Decke bis zum Kinn hochgezogen. Das schwache Licht spiegelte sich in ihren großen Augen.

»Es hätte mehr sein können«, flüsterte Elisa.
Finja sah sie einfach nur an, erinnerte sich an die unzähligen Anrufe, das Essen, die Umarmungen und wusste nicht, wie sie all das in Worte fassen sollte. Dann stieß Elisa einen Schwall Luft aus und drehte sich auf den Rücken. »Aber es geht nicht um mich. Entschuldige. Ich will nicht, dass du dich jetzt auch noch meinetwegen schlecht fühlst. Ehrlich nicht. Mit meinem schlechten Gewissen muss ich schon selbst klarkommen, das ist nicht deine Aufgabe.«
Jetzt war es Finja, die sich auf die Seite drehte, um Elisa eingehend zu mustern. »Du hast mich gerettet«, sagte sie. »Schon sehr oft. Nicht nur in den letzten Wochen, auch schon davor. Danke, dass du immer für mich da bist. Das bedeutet mir wahnsinnig viel.«
»Gemeinsam gegen den Rest der Welt.« Elisa streckte ihr den kleinen Finger entgegen. Finja hakte ein. »Ich muss pinkeln.«
»Was?« Finja lachte. »Du hast den Moment versaut.«
»Meine Blase hat den Moment versaut«, korrigierte Elisa und schlug die Decke zurück. »Bin gleich wieder da. Lass dich nicht vom Monster unterm Bett fressen.«
Eine Anspielung an früher, als Finja wirklich noch an so etwas geglaubt hatte und Elisa bei Übernachtungspartys vor dem Schlafengehen überprüfte, ob alles monstersicher war. Nach der albtraumhaften Silhouette vor dem Wohnzimmerfenster entlockte der Witz Finja nicht mehr als ein verkrampftes Lächeln.
»Beeil dich«, sagte sie und verkniff sich das verzweifelte *Bitte*, das auf ihrer Zungenspitze lag. Stattdessen sagte sie: »Ich bin echt müde.«
Elisa tippte sich mit den Fingerspitzen gegen die Stirn und marschierte los. Erst als sie das Zimmer verlassen hatte, wurde Finja klar, dass sie in das Badezimmer ging. In den Raum, in dem Hannah verschwunden war.

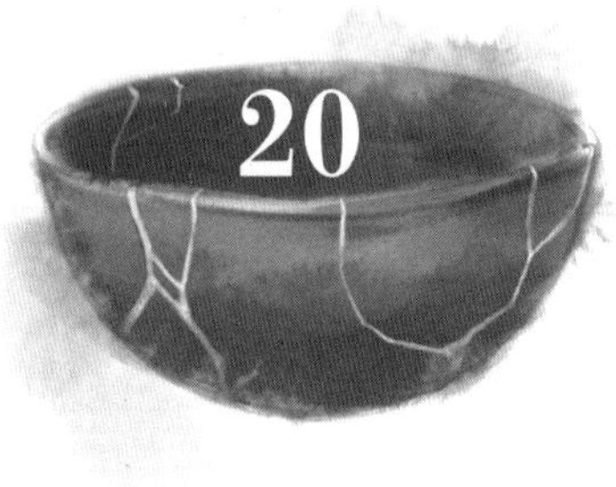

20

Dein letztes Lächeln, 15. Juli

Vor Hannahs Verschwinden

Hannah lächelte nicht. Sie schlief kaum. Sie nässte noch immer ein und weigerte sich, das Badezimmer zu betreten.
»Bitte«, sagte Finja erneut. »Putz dir schnell die Zähne.«
»Aber …«, protestierte Hannah. Unter ihren Augen lagen tiefe Ringe, und sie sah noch schmaler aus als sonst. »Die Eiskönigin. Sie wartet dort auf mich.«
Finja ging in die Hocke, nahm die Hände ihrer Tochter in ihre. Sie standen auf dem Flur vor dem Bad, das Hannah schon immer allein benutzt hatte. »Das ist ein Albtraum.«
»Kannst du nicht mitkommen und mir die Zähne putzen?«
»Ich muss dir noch das Pausenbrot machen«, erwiderte Finja mit einem nervösen Blick zum Spiegel. Er schien zu wispern. Mit Hannahs Albträumen waren auch Finjas alte Ängste zurückgekehrt, stärker denn je. »Du bist alt genug.«
»Aber Mami …«
»Kein Aber«, erwiderte Finja sanft und strich ihr noch einmal über den Kopf. »Geh dich waschen, und ich pack dir heute einen Schokoriegel ein, ja?«
Zögerlich nickte Hannah, woraufhin sich Finja erhob und nach un-

ten ging. Max saß bereits am Küchentisch und trank seinen Kaffee. Eine zweite Tasse stand für Finja bereit.
»Kannst du heute Abend bitte den Spiegel im Bad abhängen?«, fragte Finja betont beiläufig, während sie eine Scheibe Brot für Hannah abschnitt.
»Jetzt doch?« Max ließ das Handy sinken. »Ich dachte, du hättest diese seltsame Angst endlich im Griff?«
Ihr Gesicht brannte, während sie den Kopf schüttelte. »Es ist in letzter Zeit schlimmer geworden.«
»Angst vor Spiegeln«, sagte Max, »das ist wirklich ziemlich abgedreht. Wirst du mir eines Tages erzählen, wo das herkommt?«
Finja zuckte nur mit den Schultern.
»Ich meine, du musst nicht«, fuhr Max deshalb fort, »aber ich finde das wahnsinnig interessant. Ich meine: Spiegel sind doch wirklich nichts Gruseliges. Oder hast du zu viele Horrorfilme gesehen?«
Er lachte, und Finjas Griff um das Messer versteifte sich.
»Nicht dass ich wüsste«, erwiderte sie eisig. »Es ist einfach, wie es ist.«
»Und wie lange ist das schon so?«
»Schon immer.« Sie griff nach den Tomaten, schnitt in das weiche Fruchtfleisch, warf einen Blick auf die Küchenuhr. »Hannah braucht ganz schön lange.«
»Ich geh nach ihr schauen«, bot Max sofort an und stand auf.
»Danke«, sagte Finja und schnitt weiter das Gemüse. »Sie muss in fünf Minuten das Haus verlassen, wenn sie den Bus noch erwischen will.«
Als Max an ihr vorbeiging, hauchte er ihr einen Kuss auf die Wange, und die hitzige Stimmung war vergessen.
»Ich hänge ihn heute Abend ab«, sagte er noch, dann ging er nach oben, und Finja seufzte erleichtert, während sie das Essen in der neuen Brotdose arrangierte. Die Dose mit Elsa-Motiv hatte sie vor wenigen Tagen entsorgt, die neue war schlicht dunkelgrün. *Weil du älter wirst*, hatte Finja behauptet.
Weil deine Albträume mir Sorgen bereiten, hatte sie gedacht.
»HANNAH?« Max' Stimme donnerte laut durch das Haus.
Vor Schreck ließ Finja den Schokoriegel fallen.

»Alles okay?«, rief sie. Ihre Stimme zitterte.
»HANNAH?«, wiederholte Max lauter, und Finja stürmte aus der Küche, die Treppe nach oben Richtung Badezimmer. Sie vergaß ihre Angst, stolperte hinein. Direkt vor den Spiegel. Eisblumen zogen sich über die Oberfläche. Feine, blausilberne Linien.
Sie waren wunderschön. Und sie jagten Finja eine Scheißangst ein.
Erschrocken wich sie zurück, folgte Max, der bereits in Hannahs Zimmer stand und weiter nach ihrer Tochter rief.
»Wo ist sie?«, fragte Finja. »Hannah?«
Keine Antwort. Max riss die Decke vom Bett, sah darunter. Öffnete den Kleiderschrank. Rannte zurück ins Bad, Finja hinterher. Er stellte sich auf Zehenspitzen und sah aus dem kleinen Fenster, das knapp unterhalb der Decke warmes Sonnenlicht hereinließ. Die Eisblumen am Spiegel schmolzen.
Dann rannte er nach draußen, Finja stolperte ihm hinterher. Sie sahen im Garten nach, unter Büschen, rannten die Straße entlang. Einige Nachbarn warfen ihnen irritierte Blicke zu, während Finja in die eine Richtung lief und Max in die andere.
Schließlich kehrte sie um, ging zurück in den Hausflur, in dem Max bereits auf sie wartete.
»Du hättest besser auf sie aufpassen müssen«, herrschte er sie an. »Wegen deiner absurden Angst vor Spiegeln hast du sie allein Zähne putzen lassen.«
Fassungslos starrte Finja ihn an. Sie stand einfach nur da. Still. Hannah. Sie war nicht mehr da.
»Sie versteckt sich bestimmt irgendwo, weil sie nicht in die Schule will«, sagte Finja. Ihre Stimme klang so brüchig wie Glas. »Hannah, komm jetzt raus, wir machen uns Sorgen!«
Sie ließ Max allein im Flur stehen, durchsuchte ihr Schlafzimmer, das Arbeitszimmer, führte die Suche unten fort. Wohnzimmer, Küche, Speisekammer, Gästeklo. Hannah blieb stumm. Unauffindbar.
Mit zitternden Knien sank Finja aufs Sofa. Ihr war schlecht, sie war überfordert. Die Panikattacke schlug mit voller Wucht zu.
Drei Dinge, die sie sah: keine bunten Haarspangen. Keinen unsicheren Blick. Keine Hannah.

Drei Dinge, die sie hörte: keine sanfte Stimme. Kein leises Weinen. Keine Hannah.
Drei Dinge, die sie spürte: keine kleinen Hände. Keine Umarmung. Keine Hannah.
Sie übergab sich auf den Fußboden, direkt vor ein paar Füße. Max stand vor ihr.
»Du Psychotante«, flüsterte er. »Was bist du nur für eine schlechte Mutter.«
Damit bestätigte er alles, was Finja von sich selbst dachte, seit Mika gestorben war. Der Platz, den sie Max in ihrem Herzen eingeräumt hatte, wurde dunkel und leer.
»Geh«, spuckte Finja aus. Sie hob den Kopf, zitterte am ganzen Körper. »Verschwinde.«
»Finja …«, sagte Max und hob abwehrend die Hände. »Es tut mir leid, dass ich das gerade gesagt habe. Ich werde das wieder hinkriegen. Ich werde euch retten.«
»Geh«, wiederholte sie. Sie sahen einander in die Augen, und plötzlich fand sie keine Liebe mehr in Max' Blick. Finja schlang die Arme um ihren Oberkörper. »Sofort.«
»Aber …«
»SOFORT!«
Sie stand auf, schob ihn mit aller Kraft zur Tür. Er wehrte sich kaum, schien zu verdutzt über ihre heftige Reaktion. Mit voller Kraft schlug sie die Haustür zu. Dann griff sie zum Handy und rief die Polizei.
»Ja, hallo? Meine Hannah, meine Tochter, sie …« Finja weinte, während der Polizist am anderen Ende beruhigend auf sie einredete.
»Was ist geschehen? Wo sind Sie?«
»Sie ist verschwunden«, brachte Finja schließlich hervor und nannte ihre Adresse.
»Wir kommen sofort«, sagte der Polizist. »Bewahren Sie Ruhe.«
Den letzten Satz nahm Finja kaum wahr. Sie brach auf dem Boden zusammen.

21

Deine Nachricht, 12. August

Heute

Als Mika gestorben war, hatte Finja ihr Glück verloren. Mit Hannah verschwand die Freude. Ohne Elisa würde Finja ihre Kindheit verlieren. Ihre beste Freundin. Ihren Anker.

Vorsichtig streckte Finja die nackten Beine über die Bettkante, berührte mit den Füßen den Teppichboden. Sie glaubte, dass die Dunkelheit unter dem Bett dichter war als im restlichen Raum, und so lief sie schnell zur Tür, um ihrem Griff auszuweichen.

Die Deckenlampe leuchtete grell auf, dicht gefolgt von der Glühbirne im Flur, die Elisa nicht genutzt hatte. Draußen starrte die Badezimmertür Finja an, helles Holz mit einem rosafarbenen Schild, auf das Hannah mit Filzstiften Blumen neben den Schriftzug WC gemalt hatte.

Finja blieb stehen, schlang die Arme um ihren Oberkörper, trat einen Schritt zurück Richtung Schlafzimmer. Sicher ging es Elisa gut. Die Klospülung ertönte, Finja seufzte und ließ die Arme sinken. Elisa war nur schnell aufs Klo gegangen. Das Badezimmer war kein böser Ort, ganz gleich, was Finjas innere Dämonen daraus machten.

»Fuck.« Elisas Stimme war so laut wie ihre Persönlichkeit. Finja sprintete los, griff nach der Badezimmertür, riss an der Klinke. Das helle Holz blieb unnachgiebig, unbeugsam.

»Elisa?« Finjas Stimme klang seltsam schrill in ihren Ohren. Ein Klacken. Die Klinke entglitt Finjas Griff, die Tür schwang auf.

Elisa stand leicht gebeugt, in Finjas T-Shirt, die Lippen zusammengepresst, die Stirn gerunzelt. Sie rieb sich das rechte Knie.

»Scheißschrank.« Sie deutete auf einen niedrigen Beistellschrank, in dem Hannahs Sachen standen. Er war extra niedrig, damit sie ohne Hilfe an Zahnpasta, Bürste und Haargummis kam. Die bunten Haarspangen lagen teilweise auf dem Boden verstreut. »Knie gestoßen. Tut verdammt weh. Ich sollte echt ins Bett.«

Elisa gähnte, und Finja schlang die Arme um ihre beste Freundin. »Ich hab mir Sorgen gemacht.«

Warme Finger auf Finjas Rücken. Sanft strich Elisa über ihre Haut. »Ich … Das wollte ich nicht.« Sie schob Finja in den Flur, drehte sich noch einmal um, hob die Hand zum Lichtschalter. »Ich räum das noch schnell auf«, sagte sie und deutete auf das Haarspangen-Chaos. Bunte Clips mit Comicmotiven. »Aber lass bitte drüben das Licht an, damit ich nicht wieder irgendwo gegenlaufe.«

Der Gedanke an die undurchdringliche Finsternis unter ihrem Bett ließ Finja folgende Worte sagen: »Ich helfe dir.«

»Oh.« Elisa blinzelte überrascht. »Du kannst auch einfach vor dem Badezimmer warten. Tut mir leid, ich hätte einfach unten aufs Klo gehen sollen. Ich habe nicht nachgedacht.«

»Ist ja nur ein Badezimmer«, erwiderte Finja und machte den ersten Schritt hinein. Ihre nackten Sohlen auf den kalten Fliesen. Aus dem Augenwinkel nahm sie den Spiegel wahr.

Eine glatt polierte Fläche, in der sich das Licht der Badezimmerlampe spiegelte. Und ihre Bewegungen. Finja bückte sich, klaubte eine Haarspange nach der anderen auf, ebenso wie Elisa. Pink, blau. Mulan, Merida, die Eiskönigin. Bunte Zeichnungen auf ebenso buntem Plastik. Die Erinnerung daran, wie sie diese Spangen in Hannahs weichem Haar befestigt hatte, überrannten sie, aber sie machte weiter, getragen von dem Stolz, dass sie es in dieses Zimmer geschafft hatte.

Kurz schielte Finja zu Elisa, war wieder mal dankbar dafür, dass sie hier war und ihr dabei half, sich dem scheinbar Unmöglichen zu stellen. Ihre Lippen teilten sich, aber Finja schluckte die Worte wieder herunter, die in ihrem Kopf zwar schön klangen, in der Realität aber zu kitschig gewesen wären. Immerhin waren sie bloß in einem Badezimmer und sammelten Haarspangen ein.

Sie waren schnell fertig, und Finja atmete auf, als sie sich aufrichtete, um endlich ins Bett zu gehen. Der Stolz ließ sie das Kinn etwas höher tragen als sonst.

»Danke«, sagte sie zu Elisa und meinte damit mehr, als ein Wort jemals zu transportieren vermochte. Trotzdem lächelte Elisa wissend und nickte. Sie setzte zu einer Antwort an.

»Mama.«

Elisas Mund stand leicht offen, und kurz dachte Finja, dass sie es gewesen war, die mit Hannahs Stimme gesprochen hatte. »Es ist so kalt hier.«

Die feinen Härchen auf Finjas Armen stellten sich auf. Die Glühbirne leuchtete unbeirrt grell, das weiße Licht verstärkt durch die ebenso weißen Fliesen, die Badewanne, den Spiegel.

»Es ist so kalt hier, Mama.«

Es war eindeutig Hannahs Stimme. Finja verharrte bewegungslos, lauschte, zitterte. Sie drehte den Kopf zum Spiegel. Schneebedeckte Tannen, erleuchtet vom Vollmond an einem wolkenlosen Himmel. Dahinter ein Berg, überzogen von Eis. Zwischen all dem Weiß strahlendes Blau: Ein Schloss, gebaut aus Eis, thronte auf einer Klippe. Die Zinnen funkelten im Sternenlicht.

Finja wich einen Schritt zurück, stolperte gegen Elisa.

»Scheiße«, sagte die. »Was ist das?«

Daraufhin krallten sich Finjas Finger in Elisas Unterarm. »Du siehst es auch?«

»Ich sehe und höre es und …«

»Der Dachboden«, ertönte die Stimme. »Sie sagt, du sollst auf den Dachboden. Du warst schon so nah, Mama.«

Finja sah ihr eigenes blasses Gesicht im Spiegel. Der Wald, die Nacht, das Schloss waren verschwunden. Neben ihr war Elisa ebenso erschüttert. Sie schüttelte heftig den Kopf.

»Was zur …?«, stieß sie hervor und stolperte aus dem Bad, nahm

Finja mit sich. Schwer atmend zog sie die Tür zu und lehnte sich dagegen. »Was war das?«
»Hannah«, flüsterte Finja. »Sie lebt. Sie lebt wirklich.«
»Da war ein Wald in deinem Spiegel.«
»Du hast es auch gesehen.« Das änderte für Finja alles. Endlich hatte sie eine Zeugin. Jemanden, der bestätigen konnte, dass sie sich das alles nicht einbildete. Jemanden, der Hannahs Stimme gehört hatte und bezeugen könnte, dass sie noch lebte. Endlich. Sie flüsterte erneut: »Du hast es auch gesehen.«
»Und gehört«, fügte Elisa hinzu. Ihre Augen waren weit aufgerissen, und Finja erkannte die Angst, die sie seit diesen Träumen mit sich trug, darin. »Okay. Scheiße. Lass uns heute beide unten auf dem Sofa schlafen. Oder noch besser: zu mir fahren.«
»Das war echt«, sagte Finja und dachte an die Silhouette, die sie neulich Nacht im Wohnzimmer gesehen hatte. An die glühenden Augen. »Dann war das Monster es auch.«
»Monster?«
»In meinem Wohnzimmer …« Finja gestikulierte in der Luft herum, suchte nach Worten. Wenn Hannahs Stimme im Spiegel echt war, mussten es auch all die anderen Dinge gewesen sein. Das war für sie die einzig logische Schlussfolgerung. »Da war ein Monster in der Fensterscheibe.« Sie fröstelte. »Mit rot glühenden Augen.«
»Okay, das reicht«, unterbrach Elisa sie hektisch. »Wir schlafen heute definitiv bei mir. Ich bleibe hier keine Sekunde länger.«
Finja hatte hingegen zum ersten Mal in ihrem Leben den dringenden Wunsch, in einen Spiegel zu sehen. Sie griff nach der Türklinke, aber Elisa hielt sie zurück.
»Du kannst da nicht wieder rein.«
»Das war Hannah!«, erklärte Finja ungerührt. Kein Monster der Welt würde sie davon abhalten, ihre Tochter zu finden. Sie drängte Elisa zur Seite und öffnete die Tür. Mit klopfendem Herzen näherte sie sich dem Spiegel. Eisblumen zogen sich über seine glatte Oberfläche. Finja streckte die Hand nach ihnen aus, obwohl ihr ganzer Körper vor Panik schrie. Ihre Liebe zu Hannah war stärker als jede Angst.

Als ihre Fingerspitzen die glatte Oberfläche berührten,

geschah

nichts.

Enttäuscht blickte Finja ihr eigenes Spiegelbild an. Tiefe Ringe lagen unter ihren Augen. Ihre Tochter blieb verschwunden. Die Tatsache, dass sie so nah gewesen war und jetzt wieder unerreichbar schien, zerriss erneut ihr Herz. Tränen liefen über ihre Wangen. Da nahm Elisa sie in den Arm, drückte sie eng an sich.
»Der Dachboden«, flüsterte Finja. »Hannah hat gesagt, wir sollen auf den Dachboden. Sie meint damit den Dachboden meiner Eltern.«
Aufgeregt befreite sie sich aus Elisas Umarmung. Sie hatte ein neues Ziel.
»Es ist mitten in der Nacht«, gab Elisa zu bedenken. »Wir sollten erst schlafen und dann morgen …« Sie schluckte. »Das ist doch alles vollkommen absurd.«
»Hannah lebt«, wiederholte Finja aufgeregt. Ein Geschenk des Schicksals. Dennoch blieb die Angst vor dem Monster im Fenster.
»Wir sollten bei mir schlafen«, entschied Elisa. »Dort fühle ich mich einfach sicherer.«
Finja widersprach nicht. Sie war froh, ihrem Haus und den dort haftenden Erinnerungen zu entkommen. Außerdem hatte sie ein neues Ziel: den Dachboden ihrer Eltern. Sie würde direkt morgen dorthin fahren und so Hannah näher kommen.
Auf der Fahrt zu Elisa erzählte Finja von ihrem Erlebnis, von ihrer Panik, von ihren Albträumen, dem Schneesturm, der Kälte.
»Ich bin wirklich fertig«, murmelte Elisa, als sie die Tür zu ihrer Wohnung aufschloss. Es war aufgeräumt, die Möbel waren geradlinig und hell. Plastikpflanzen standen auf den Regalen neben Gruppenfotos, auf denen Elisa strahlte. Das Schlafzimmer war ähnlich eingerichtet, ein großes helles Bett, ein Kleiderschrank mit einem gigantischen Spiegel.
Sie blieben an der Türschwelle stehen.
»Sind wir hier wirklich sicher?«, flüsterte Elisa.
»Ich denke schon«, log Finja. Sie verschwieg ihr Erlebnis mit dem Autospiegel.
»Was war das für eine Welt im Spiegel?«, fragte Elisa und sah Finja mit großen Augen an. »Der Schnee, das Eis, dieses Schloss … Wie ist Hannah dorthin gekommen? Meinst du, sie … sie ist im Spiegel?«

»Seit ich ein Kind bin«, begann Finja nachdenklich, »habe ich Angst vor Spiegeln. Vielleicht war sie nie grundlos. Vielleicht hat genau das, wovor ich mich immer gefürchtet habe, jetzt meine Tochter entführt.«

»Nachdem ich Hannah durch einen Spiegel gehört habe, halte ich alles für möglich.« Elisa rieb sich über die Oberarme. »Ich bin verdammt froh, wenn wir morgen den Dachboden deiner Eltern durchsucht haben. Das alles ist einfach …« Sie schüttelte den Kopf.

»Ich weiß.« Finja nickte. »Mir geht es genauso.«

Unsicher standen sie dort, starrten auf den Spiegel, der im Schein der Deckenlampe glänzte. Es war Elisa, die die Stille durchbrach: »Ich will mich einfach nur ins Bett legen und schlafen.« Sie warf sich ins Bett, zog sich die Decke bis zum Scheitel.

»Kann ich im Wohnzimmer schlafen?«, fragte Finja.

»Was mein ist, ist dein«, erwiderte Elisa und lugte unter der Decke hervor. »Aber willst du wirklich lieber allein im Wohnzimmer sein? Nach allem, was du mir erzählt hast?«

Das erinnerte Finja an ihre Träume aus Schnee und Eis. Nachdem Hannah durch den Spiegel mit ihr gesprochen hatte, würde sie vielleicht auch in den Träumen kommunizieren können.

»Ich will dich nicht stören«, sagte sie und wandte sich ab.

»Du störst mich doch nicht.«

»Aber es würde sich so anfühlen, und dann schlafe ich noch schlechter«, erwiderte Finja. Sie warf Lisa ein dankbares Lächeln zu. »Schlaf gut.«

»Hey.« Elisa deutete auf die Decke neben sich. »Nimm wenigstens Decke und Kopfkissen mit.«

Als Finja sich nicht bewegte, stand Elisa mit einem Seufzen auf und brachte ihr beides zur Tür. »Bitte ruf, wenn irgendetwas passiert, okay? Und lass die Türen offen.«

»Mache ich.« Die Bettwäsche war angenehm warm, und die Vorstellung, im Traum wieder Hannah zu begegnen, trieb Finja eilig ins Wohnzimmer. Elisa wohnte im dritten Stock, die breite Fensterfront öffnete sich zu einem kleinen Balkon. Finja zog die Vorhänge zu, vermied den Blick ins Glas und legte sich dann auf das Sofa, kuschelte sich unter die Decke. In diesem Zimmer gab es keine Spiegel, nur einen großen Fernseher, in dem sich matt die Digitaluhr vom Regal gegenüber als kleiner grüner Punkt spiegelte. Es reichte, um Finja die ganze Nacht wach zu halten. Sie starrte auf den Lichtpunkt, wartete auf eine Silhouette und zählte die Sekunden.

Morgen. Morgen würde sie wieder nach Hannah suchen, und jetzt hatte sie endlich einen Anhaltspunkt. Der Dachboden ihrer Eltern. Sie war sich sicher, dass dort der Schlüssel lag, um Hannah aus der Kälte zu retten.

22

Kindheitserinnerungen, 13. August

Heute

Willst du deinen Eltern nicht einfach die Wahrheit sagen?« Elisa trommelte mit den Fingern auf das Lenkrad, während sie den Wagen durch den Verkehr navigierte. Dunkle Schatten lagen unter ihren Augen, und sie gähnte häufiger, als es Finja im Anbetracht der Verkehrssicherheit lieb war. In Finjas Schoß ruhte das Fotoalbum, das sie gemeinsam mit Elisa aus ihrem Haus geholt hatten. Eigentlich wollte Finja es noch nicht zurückbringen, aber es war ihr einziger Vorwand, um erneut bei ihren Eltern aufzutauchen.

»Und dann? Als ob sie mir das glauben«, erwiderte Finja und strich über den Einband des Albums. Sie hatte darin keine Antworten gefunden.

»Ich kann sagen, dass ich es auch gesehen habe.«

»Nichts für ungut, aber das wird kaum etwas bringen.«

»Deine Eltern *lieben* mich.« Elisa warf die Haare zurück, als wäre sie ein Superstar.

»Und sie hassen die Vorstellung, dass ich vollkommen durchdrehe.« Finja seufzte. »Schneebedeckte Wälder in einem Spiegel zu sehen, fällt definitiv in diese Kategorie. Wir bleiben bei meinem Plan. Du lenkst sie ab, ich gehe auf den Dachboden.«

»Ablenken kann ich. Weißt du noch das eine Mal, als ich deiner Mutter einen einstündigen Vortrag über das Paarungsverhalten von Pinguinen gehalten habe, damit du dich mit … Wie hieß er noch gleich?«
»Ole.«
»Ah ja, Ole. Der Kerl, der furchtbar nach Zigaretten stank.«
»Er konnte Tricks auf seinem Skateboard.«
»Er hat dich dazu gebracht, dich aus der Hintertür zu schleichen und deine beste Freundin als Unterhaltungsprogramm für deine Eltern zurückzulassen, damit ihr knutschen könnt!«
»Du sagst das, als hättest du mich damals nicht unterstützt.« Finja schmunzelte. »Dabei war es deine Idee!«
»Weil ich deinen sehnsuchtsvollen Gesichtsausdruck nicht mehr ertragen habe«, stellte Elisa klar. »Wenn ich das damals nicht gemacht hätte, wärst du mir den restlichen Abend mit Geschichten über Ole auf die Nerven gegangen. Augen zu und durch, lautete die Devise.«
»Das ist auch der Plan für heute«, sagte Finja, als ihr Elternhaus in Sicht kam. Frische Farbe auf einer makellosen Fassade. Zu groß für drei Menschen. Genügend Platz, um sich aus dem Weg zu gehen.
»Dann mal los.« Sie stieg aus dem Auto, das Fotoalbum fest an ihre Brust gedrückt. Sie hatte darauf verzichtet, es in Stoff einzuschlagen, wie ihr Vater es getan hatte. Irgendwie war es ihr albern erschienen, aber jetzt, da sie vor dem gepflegten Eingang ihrer Eltern stand, fragte sie sich, ob Tero deshalb wütend sein würde.
Sie wischte mit ihrem Oberteil über den Einband, um die Abdrücke ihrer Finger zu beseitigen. Vergebens. Dann legte sie den Kopf in den Nacken, sah zum Hausgiebel empor. Dort saß ein rundes Fenster, das Glas blickte Finja trüb entgegen. In diesem Moment wunderte sie sich, warum es ihr noch nie zuvor aufgefallen war. Alles am Haus ihrer Eltern wirkte, als wäre es die Illustration in einem Kinderbuch. Nur dieses Fenster sah aus wie aus einem Horrorfilm. Die Farbe am Fensterrahmen blätterte ab, das Glas war milchig von Staub und Dreck.
Gerade wollte sie Elisa darauf aufmerksam machen, da klingelte ihre Freundin bereits. Ihr Vater öffnete die Tür, ein perfektes Lächeln auf den perfekten Lippen.

»Elisa«, sagte er. »Finja.« Er trat einen Schritt nach vorne, versperrte ihnen den Weg ins Haus. »Was macht ihr denn hier? Bist du schon fertig mit dem Fotoalbum?«

»Fast«, schaltete sich Elisa ein. »Wir haben gestern zusammen in Erinnerungen geschwelgt, und dann kam mir die Idee, dass wir das ja auch alle gemeinsam machen könnten. Sicher kannst du uns noch die ein oder andere Geschichte zu den Fotos erzählen, oder? Das ist doch viel spannender, als einfach nur Bilder anzuschauen!« Elisa drängte sich an ihm vorbei in den Flur und plapperte einfach weiter: »Wir kennen uns ja jetzt schon so lange, und du hast uns in den wirklich schlimmen Phasen erlebt. Erinnerst du dich noch an die Phase, in der ich einen Pony hatte? Wieso hast du mich damals nicht davon abgehalten? Ja, du bist nicht mein Vater, *aber* du bist ein Mann mit Geschmack.«

Tero starrte Elisa hinterher, die bereits auf dem Weg ins Wohnzimmer war, während Finja sich ebenfalls an ihm vorbeidrückte.

»Hey, Papa«, sagte sie. »Tut mir leid, ich konnte sie nicht aufhalten.« Sie grinste möglichst unschuldig.

»Das ist nichts Neues.« Tero seufzte. »Deine Mutter ist heute am See.«

»Ah«, antwortete Finja. »Das ist ebenfalls nichts Neues.«

»In letzter Zeit war sie nicht mehr so oft dort«, erzählte Tero, während sie gemeinsam ins Wohnzimmer liefen. Finja hielt den Blick starr geradeaus, wollte keine Aufmerksamkeit auf die Treppe lenken, die sie nachher emporschleichen musste. »Sie war mehr im Wald. Am See sind ihr mittlerweile zu viele Menschen.«

Sie betraten das Wohnzimmer, in dem Elisa schon auf dem Sofa saß und Tero anstrahlte, als wäre ihr Geburtstag.

»Wir haben uns schon lange nicht mehr gesehen, Tero.« Sie beugte sich nach vorne, stützte die Ellbogen auf die Knie und bettete ihr Kinn auf ihre Hände. »Erzähl, was gibt es Neues? Oh, wobei: Könnten wir erst ein Glas Wasser haben? Ich habe wirklich großen Durst.«

»Natürlich.« Die Antwort war so glatt und makellos wie Teros Hemd. »Macht es euch schon einmal bequem.«

Finja kam der Aufforderung nach, setzte sich neben Elisa und legte das Fotoalbum auf den kleinen Tisch. Sobald Tero das Zimmer verlassen hatte, flüsterte Elisa: »Okay, du gehst aufs Klo«, sie malte Anführungszeichen in die Luft, »ich lenke ihn ab. Du hast maximal zehn Minuten, bevor er misstrauisch wird.«

»Eher fünf«, erwiderte Finja und seufzte. »Elisa, er ist mein Vater. Er mag es ruhig. Bitte. Wenn er genervt ist, wird er viel früher nach mir suchen.«

»Ich ignoriere jetzt mal, dass du mich als nervig bezeichnet hast«, Elisa blies sich eine Haarsträhne aus dem Gesicht, »weil ich weiß, dass dieses Empfinden nur auf deinen Vater zutrifft, weil er einen Stock im Arsch hat.«

»Er ist mein Vater«, wiederholte Finja und bemühte sich um ein Lächeln. Sie schätzte es, dass Elisa versuchte, ihre Anspannung zu vertreiben. »Aber der Stock in seinem Arsch kommt mir manchmal auch gigantisch vor.«

Als Tero mit Wasser zurückkam und sie die ersten Fotos durchschauten, knetete Finja nervös die Finger im Schoß. Sie stürzte das Wasser so schnell hinunter, dass sie nach kurzer Zeit wirklich das Gefühl hatte, auf die Toilette zu müssen.

»Entschuldigt mich kurz«, sagte sie, wobei weder Elisa noch Tero sie wirklich wahrnahmen.

Tero war vollkommen in seinem Element: Er erzählte eine Geschichte nach der anderen, mal lustig, mal dramatisch, aber immer war er der Held.

»… und deshalb durfte Finja nie wieder einen Rock tragen, wenn wir Achterbahn gefahren sind«, beendete er gerade eine Geschichte, und Elisa lachte laut.

»Das erklärt einiges«, antwortete sie, während Finja in den Flur trat und zur Treppe eilte. Das Erdgeschoss hatte zwar eine Gästetoilette, aber Finja hatte sie noch nicht einmal in ihrem Leben verwendet.

Es erschien ihr seltsam, in ihrem Elternhaus etwas zu nutzen, das für Gäste vorgesehen war. Immerhin war das hier lange Zeit ihr Zuhause gewesen. Also eilte sie die Treppe in der Gewissheit nach oben, dass ihr Vater zumindest das nicht seltsam finden würde.

Zielgerichtet ging sie durch den Flur, stand schließlich vor der alten

Tür. Und da war es wieder: dieses seltsame Gefühl, hier unerwünscht zu sein. Etwas drückte sie weg, ihr Körper weigerte sich, die Hand zu heben und nach der Klinke zu greifen. Sie holte tief Luft, dachte an Hannah. Dann öffnete sie die Tür, hinter der sie sich Antworten erhoffte.

23

Was ich vergaß, 13. August

Heute

Es wunderte Finja, dass es hier oben überhaupt Farbe gab. Alles an der Einrichtung schrie nach einem Schwarz-Weiß-Film. Das alte Bettgestell, die Decke mit Blumenmuster, der große Schrank, der viel zu wuchtig für das kleine Dachzimmer war. Eine seiner Türen war verglast, aber der Spiegel klebte in Scherben auf dem Holz. Finja sah sich selbst darin, tausendfach ihr ängstliches Gesicht.

Es erschien ihr seltsam, dass Hannah sie ausgerechnet hierhergeschickt hatte, um Antworten zu finden. Was hatte der Dachboden ihres Elternhauses mit dem Verschwinden ihrer Tochter zu tun? Zweifel stiegen in ihr auf. Was sollte sie hier schon finden? Selbst wenn es hier einen Hinweis gab, so blieb immer noch die ungeklärte Frage, wie Hannah hinter die Spiegel gekommen war. Hinter diese glänzende Oberfläche, die Finja seit ihrer Kindheit fürchtete. Das war kein Zufall.

Schnell wandte sich Finja ab, trat zu einer kleinen Kommode. Als sie eine Schublade öffnete, hustete sie, der aufgewirbelte Staub kroch ihr in die Nase und ließ sie niesen. Schnell schlug sie sich die Hand vors Gesicht, wandte sich zur Treppe und lauschte.

Niemand kam. Erleichtert drehte sie sich wieder zur Schublade. Stoff, zerschlissen von der Zeit. Finja holte ein Stück hervor, hielt es vor sich in die Luft. Ein rosafarbenes Kinderkleid mit grellgelbem Blumenaufdruck. Irritiert runzelte Finja die Stirn.

Weshalb hatte ihre Mutter Kinderkleidung aufgehoben? Sie erinnerte sich daran, wie sie Maileen nach Hannahs Geburt nach alten Dingen gefragt hatte, die sie übernehmen konnte. Daraufhin hatte Maileen ihr einen langen Vortrag darüber gehalten, dass sie nicht so arm wären, dass ihre Enkelin Secondhandklamotten tragen müsste, und sie mit Freude jedes Jahr neue Kleidung für sie kaufen würden. Tero hatte hinzugefügt, dass sie keinen Platz für alten Krempel verschwendeten.

Und doch stand Finja jetzt hier, auf einem Dachboden, der aussah wie ein Museum. Ganz eindeutig verwendeten ihre Eltern diesen Raum nicht.

Nicht mehr.

Auf der Kommode stand ein altes Foto in einem Holzrahmen. Finja nahm es hoch und wischte den Staub vom Glas. Darunter kamen ihre Eltern zum Vorschein. Sie waren deutlich jünger und deutlich glücklicher, Maileen lag in Teros Armen und trug ein strahlendes Lächeln. Obwohl Finja erst gestern das Fotoalbum durchgeschaut hatte, war ihr dieses Foto fremd. Sie hatte ihre Eltern nie so zusammen gesehen. Und noch etwas irritierte Finja: Ihre Mutter war auf dem Bild eindeutig schwanger. Ihr Bauch wölbte sich unter dem leichten Sommerkleid.

Finja hob das Foto etwas höher, betrachtete es genauer. Noch immer zitternd löste sie das Foto aus dem Rahmen, faltete es und steckte es in ihre Hosentasche, um es später Elisa zu zeigen.

Dann drehte sie sich langsam im Kreis, suchte nach einer Eingebung. Hannah hatte ihr gesagt, dass sie auf dem Dachboden Ausschau halten sollte. Aber wonach?

Aus dem Augenwinkel sah sie das Licht in dem zerbrochenen Schrankspiegel aufblitzen. Sie wollte sich ihm nicht nähern, nicht einmal ein bisschen.

Aber dann dachte sie an Hannah und daran, dass sie durch einen Spiegel mit ihr gesprochen hatte. Ihre Angst war absurd, aber Hannah war real. Also holte Finja tief Luft und ging auf den Schrank zu.

Die Risse wirkten, als hätte jemand den Spiegel mit Gewalt zerbrochen, als wäre eine Faust in seiner Mitte gelandet. Wie ein Spinnennetz zogen sich die Linien nach außen.

Mit einem Blick über die Schulter vergewisserte sich Finja, dass sie immer noch allein war. Dann nahm sie all ihren Mut zusammen, sah ihrem Spiegelbild in die Augen und fragte: »Hannah?«

Das Bild verschwamm. Finja hielt den Atem an. Zuerst sah sie nichts. Nur verschmierte Linien, schmutzige Farben. Dann klarte das Bild wieder auf, aber es war nicht Hannah, die ihr entgegensah.

Es war ihr eigenes Gesicht. Und auch wieder nicht. Die Augen im Spiegel schienen zu glühen. Finja runzelte die Stirn, das Spiegelbild tat es ihr gleich. Dann hob es die Hand, streckte sie dem Glas entgegen, während Finja regungslos vor dem Schrank stand und voller Grauen ihrem Albtraum entgegensah.

Mama, erinnerte Finja sich an Hannahs Worte. *Sie sagt, du sollst auf den Dachboden. Du warst schon so nah, Mama.*

Sie sagt. Sie.

Wie war Finja dieses kleine Wort bloß entgangen? Jemand war bei Hannah. Hatte sie entführt, hielt sie gefangen. Gab ihr Hinweise.

Ein Geist? Ein Dämon?

Was auch immer dort im Spiegel war, es war kein normales Spiegelbild. Und es kam auf sie zu. Da stolperte Finja einen Schritt zurück, hob abwehrend die Hände. »Nein«, flüsterte sie, gefolgt von: »Wo ist Hannah?«

»Bei mir«, antwortete das Spiegelbild, das keins war. Hinter ihm erhoben sich schneebedeckte Tannen aus dem Nichts, fügten sich zu einem Wald. Ein Schloss, thronend auf einem Berg, glitzernd im Mondlicht. »In Sicherheit.«

Erleichterung durchflutete Finja. Hannah ging es gut.

»Sie ist meine Tochter«, erwiderte Finja. »Gib sie mir zurück.«

»Du musst dich an mich erinnern.« Etwas glänzte im Augenwinkel des Spiegelbilds. Eine Träne.

Finja fasste sich ins Gesicht, und ihre Finger berührten nasse Wangen. »Wer bist du?«, fragte sie. Sie fühlte sich weder bedroht noch in Gefahr. Alles, was in ihr tobte, war eine unbändige Trauer.

»Du musst dich an mich erinnern«, wiederholte das Spiegelbild. »Ich bin echt. Ich war echt. Ich war Teil deines Lebens und dann …« Die fremde Frau, die Finja so ähnlich sah, keuchte, fasste sich an den Hals, schluckte. »Mehr kann ich dir nicht sagen. Nicht hier. Nicht jetzt. Noch nicht. Aber der Schlüssel ist hier. Und du kannst ihn finden.« Ihr Blick glitt durch den Raum. »Das hast du schon getan.« Sie lächelte. »Gut.«

Schwarz-weiße Erinnerungen, 13. August

Heute

Finjas Finger strichen über die Hosentasche, in der sie das gestohlene Foto verbarg. Tero und Elisa saßen noch immer im Wohnzimmer, er gab gerade eine weitere Geschichte zum Besten. Mit wackeligen Beinen trat Finja zu ihnen, ließ sich auf dem Sofa nieder.
»… das war einer der wenigen Tage, an denen Finja freiwillig ihren Salat aufgegessen hat«, endete Tero gerade, und Elisa lachte.
»Mittlerweile liebt sie Salat«, sagte Elisa und stieß Finja mit der Schulter in die Seite. »Nicht wahr? Wir waren mal auf einer Grillparty, und Finja hat eine komplette Schüssel allein gegessen.«
Tero hob die perfekt geschwungenen Augenbrauen, sein rechter Mundwinkel zuckte leicht nach oben. »Es ist erstaunlich, wie Menschen sich verändern, nicht wahr? Da könnte ich ja fast glauben, dass ich meine Finja gar nicht mehr richtig kenne.«
»Ach, so sehr hat sie sich jetzt auch nicht verändert«, plapperte Elisa weiter, während Finja dem prüfenden Blick ihres Vaters standhielt. Sie glaubte, dass das Foto in ihrer Tasche verräterisch flüsterte, dass er ihren Herzschlag hören müsste, dass er die Angst und Schuld in ihrem Gesicht las.
»Sie mag immer noch dunkle Schokolade und lacht aus Höflichkeit

über meine schlechten Witze. Dabei sind die wirklich übel. Kennst du zum Beispiel schon …«
Finja warf einen Blick auf die Uhr. »Wir sollten gehen.«
»Aber mein Witz!«
»Ich glaube nicht, dass Papa böse ist, wenn er ihn nicht hört«, antwortete Finja, und Tero zwinkerte ihr dankbar zu. »Schlechte Witze sind nicht so sein Ding.«
»Ihr seid Banausen«, murmelte Elisa. »Allesamt.«
»Aber ihr seid doch gerade erst gekommen.« Tero strich mit seinen langen Fingern über ein Foto im Album. Es zeigte Finja an ihrem vierten Lebensjahr, wie sie sich ängstlich hinter den Beinen ihres Vaters versteckte. Tero lächelte darauf so perfekt wie immer.
»Mir geht es nicht so gut«, log Finja. »Ich sollte mich etwas hinlegen. Eigentlich dachte ich, dass es hilft, in die Vergangenheit abzutauchen, aber …« Sie kniff die Lippen zusammen.
»Ich verstehe.« Tero stand auf, strich sein Hemd glatt. »Du musst tun, was für dich am besten ist. Ich will, dass es dir gut geht.«
»Danke, Papa«, sagte Finja und erhob sich ebenfalls.
Tero umrundete den Tisch, drückte Finja kurz an sich, dann geleitete er die beiden nach draußen.
»Melde dich, wenn du noch einmal meine Hilfe brauchst.«
»Danke«, wiederholte Finja.
»Auf Wiedersehen«, flötete Elisa, und Finja glaubte, ein *Bitte nicht* auf den Lippen ihres Vaters zu lesen.
Die Mittagshitze ließ die Luft über den Asphalt flirren, und als sie die Autotür öffneten, schlug ihnen heiße Luft entgegen.
»Wir sollten es erst etwas auskühlen lassen«, sagte Elisa. »Die Klimaanlage funktioniert irgendwie nicht mehr so gut.«
Und so standen sie dort, schweigend vor dem Haus ihrer Eltern, während Finja immer wieder in ihre Hosentasche griff und prüfte, ob es wirklich noch da war. Das Foto. Dieses seltsame Foto. Mehrmals war sie kurz davor, es herauszuholen, zog schon an einer Ecke, dann fiel ihr Blick auf das Haus mit den großen Fenstern, und sie ließ es bleiben.
Wie Augen starrten die Glasscheiben auf sie herab, tiefblau, so blau

wie der Himmel, der sich in ihnen spiegelte. So blau wie die Augen ihres Vaters.

Als sie schließlich endlich im Auto saßen und auf dem Weg zu Finjas Wohnung waren, schwieg Finja noch immer, während Elisa ihr all die Geschichten erzählte, die Tero mit ihr geteilt hatte.

Bis ihre beste Freundin die Neugier nicht mehr aushielt. »Und, was war auf dem Dachboden?«, fragte sie. »Eine Sammlung von Zeitungsausdrucken, an die Wand gepinnt und mit merkwürdigen Anmerkungen versehen? Ein Durchgang in eine andere Welt?« Sie senkte die Stimme. »Oder Fleischerhaken, um Leichen aufzuhängen? Hast du Leichen gefunden?«

»Das hier ist kein Scherz, Elisa.« Finja sah aus dem Fenster, beobachtete die Menschen auf dem Gehsteig. Eine Frau und ein Mann standen dort, beugten sich über einen Kinderwagen, lächelten. Finja kannte dieses Lächeln, hatte es damals oft bei Mika gesehen.

Es war bedingungslose Liebe.

»Du hast es doch gestern auch erlebt. Hannah hat durch meinen Spiegel mit uns geredet, und du tust so, als würden wir hier wie früher Detektiv spielen.«

Stille breitete sich zwischen ihnen aus, durchbrochen vom Brummen des Motors und dem Sirren der Klimaanlage, wobei kaum kalte Luft aus den Schlitzen kam. Schließlich wandte sich Finja ihrer besten Freundin zu, aber als sie gerade den Mund öffnete, schoss es aus Elisa heraus: »Es tut mir leid. Ich wollte nur … Keine Ahnung. Dumme Scherze machen. Verdammt, das ist wirklich alles ziemlich gruselig, und ich hab mir gestern fast in die Hose gemacht, okay? Ich meine, ja, ich war diejenige, die dich zu einer Hexe geschickt hat, aber ich hab doch nicht wirklich daran geglaubt, dass so etwas wie Magie existiert. Ich dachte halt, sie hätte eine enorm gute Menschenkenntnis oder so. Du weißt schon. Mentale Tricks, wie Bühnenzauberer sie eben anwenden. Und dann dachte ich halt auch lange, dass du dir das alles einbildest, weil … das alles mit Hannah passiert ist. Aber Finja, der Spiegel hat wirklich mit uns gesprochen!«

»Gestern hast du noch ziemlich besonnen reagiert«, erwiderte Finja

kalt. »Bist einfach schlafen gegangen und hast mich damit allein gelassen.«
»Ich stand unter Schock, okay?« Elisa schlug gegen das Lenkrad. »Es tut mir echt leid, dass du dich damit seit Wochen herumschlägst, aber ich hab das gestern zum ersten Mal erlebt. Wie hätte ich denn reagieren sollen?«
Finja schloss die Augen, seufzte. »Für mich hat sich gestern auch alles geändert.«
»Wie meinst du das?«
»Ich dachte doch selbst immer, ich wäre verrückt. Würde mir das alles einbilden. Hatte Angst vor meinem Unterbewusstsein. Aber du hast das gestern auch gesehen, und das bedeutet, dass dieser dunkle Schatten vor meinem Fenster real war. Dass das Eis an meinem Rückspiegel wirklich dort war. Dass Hannah …« Sie verstummte.
»… wirklich aus dem Badezimmer verschwunden ist und nichts als Eis zurückgelassen hat«, vollendete Elisa den Satz. »Was für eine gruselige Scheiße.«
»Es wird noch gruseliger«, sagte Finja.
Elisa starrte sie entsetzt an. Sie rasten auf eine Ampel zu, die gerade auf Rot schaltete, das Auto vor ihnen bremste. »Schau auf die Straße!«
»Ah.« Im letzten Moment kam der Wagen zum Stehen. »Scheiße.« Elisa stieß einen Schwall Luft aus.
»Ich erzähl dir davon, sobald wir bei mir sind«, sagte Finja. »Erscheint mir sicherer.«
Elisa brummte und trat aufs Gaspedal, sobald die Ampel auf Grün schaltete. Generell lenkte sie den Wagen jetzt schneller und sicherer durch den Stadtverkehr, und als sie vor Finjas kleinem Haus parkten und aus dem Wagen stiegen, dauerte es nicht lange, bis sie Finja auffordernd ansah.
»Also? Was hast du da oben gefunden?«
Finja schloss die Tür auf, ging in die Küche, nahm sich ein Glas Wasser und stellte auch Elisa eines vor die Nase.
»Jetzt mach es nicht so spannend.« Elisa blieb stehen, verschränkte die Arme vor der Brust.
Da zog Finja das Foto aus der Hosentasche. Unschlüssig sah sie es an.

Es waren definitiv ihre Eltern darauf, daran bestand kein Zweifel, auch wenn Finja sie noch nie so glücklich miteinander gesehen hatte.
»Ein Foto«, stellte Elisa fest. »Das ist alles? Das findest du gruselig?«
»Dort oben waren alte Möbel und Kinderkleidung, die ich noch nie zuvor gesehen habe«, erzählte Finja. »Auch ein großer Schrank mit einem zerbrochenen Spiegel.«
»Ein Spiegel«, echote Elisa. Jetzt setzte sie sich doch hin, nahm Finja das Foto ab, musterte es. »Bitte sag mir, dass niemand mit dir geredet hat.«
»Ich habe jemanden in dem Spiegel gesehen.«
»Scheiße.« Elisa schluckte, ihre Augen weiteten sich. »Okay. Ja. Erzähl weiter. Jemand im Spiegel.«
»Sie sah aus wie ich, aber irgendwie … anders. Älter. Trauriger. Und sie hat mit mir gesprochen. Hat mir erzählt, dass Hannah bei ihr ist. In Sicherheit. Und dass ich den Schlüssel schon gefunden habe.« Finja deutete auf das Foto. »Das ist alles, was ich mitgenommen habe. Fällt dir daran irgendwas auf?«
»Sie sind glücklich?«, mutmaßte Elisa. »Schon ziemlich ungewöhnlich für deine Eltern.«
»Sie sind jung«, erklärte Finja. »Als ich auf die Welt kam, war meine Mutter 32.«
»Auf diesem Foto sieht sie aus wie Anfang 20.« Elisa runzelte die Stirn. »Und sie ist schwanger.«
»Vielleicht schätze ich ihr Alter auf dem Bild auch falsch ein«, gab Finja zu. »Aber irgendwie …«
»Diese Hexe sprach von deiner Schwester«, murmelte Elisa. »Du solltest noch mal mit ihr reden.«
»Ich habe beim letzten Mal vergessen, ihr Geld zu geben«, erinnerte Finja sie. »Es ist sehr unwahrscheinlich, dass sie mir noch einmal irgendetwas sagen wird.«
»Eine Hexe hat dir von einer Schwester erzählt, Spiegel haben mit uns geredet, und jetzt hast du ein Foto deiner schwangeren Mutter gefunden, das 10 Jahre vor deiner Geburt aufgenommen wurde. Ich würde sagen, dass diese Hexe aktuell unser einzig wirklich guter Anhaltspunkt ist. Oder möchtest du dich so lange vor Spiegel stellen, bis wie-

der Geister mit dir reden? Oder Dämonen? Oder was auch immer dort lauert und deine Tochter gefangen hält?«

»Ich glaube nicht, dass sie Hannah gefangen halten.« Finja sah aus dem Fenster, die Sonne hatte ihren Zenit überschritten. Sie erinnerte sich an die Trauer, die der Anblick des zerbrochenen Spiegels in ihr ausgelöst hatte. An die Erleichterung darüber, dass Hannah in Sicherheit war. »Gestern dachte ich das noch, weil wir nur Hannah gehört haben, aber ... Nein, sie halten Hannah nicht gefangen. Sonst hätte dieses Wesen heute nicht mit mir geredet, sondern würde sich verstecken. Aber sie will gefunden werden, und sie gibt mir Hinweise.«

»Sie?«

»Ich glaube ...« Finja holte tief Luft. »Was, wenn das heute im Spiegel meine Schwester gewesen ist?«

Die Frage stand zwischen ihnen im Raum, Elisa klappte der Mund auf. Sie gab uneindeutige Laute von sich.

»Was, wenn sie Hannah entführt hat?«

»Warum sollte deine im Spiegel eingesperrte Schwester deine Tochter entführen?« Elisa runzelte die Stirn.

»Ich weiß es nicht. Sie redete davon, dass Hannah bei ihr in Sicherheit ist.«

»Das klingt absurd.« Elisa schüttelte den Kopf. »Aber ich habe ja die Sache mit dem Badezimmerspiegel selbst erlebt, also ...«

»Der Badezimmerspiegel.« Finja sprang auf, schlug mit einer Hand auf den Tisch. »Natürlich.«

Sie stürmte los, aber Elisa packte sie am Handgelenk, hielt sie fest.

»Willst du gerade wirklich freiwillig in einen Spiegel schauen? DU? Und dann auch noch im Badezimmer?«

»Ich muss mit Hannah reden.« Finja riss sich los, aber ihr Gesicht war blass. »Wieso bin ich gestern abgehauen? Meine Tochter hat mit mir geredet, und ich bin geflüchtet. Wie dumm ich war.«

»Das war klug«, widersprach Elisa. »Finja, ich ...« Sie zögerte, seufzte. »Ich sage es nur ungern, weil ich weiß, dass du Hoffnung hast, aber ich mache mir Sorgen um dich, also muss ich es dir sagen: Es könnte sein, dass du von einem Dämon oder so etwas verfolgt wirst und er

Hannah als Köder benutzt. Wenn er einen Wald in deinem Spiegel auftauchen lassen kann, kann er sicher auch Hannah nachahmen und …« Sie verstummte, kniff die Lippen zusammen.
Finjas Knie gaben nach, sie schwankte, hielt sich an Elisas Schultern fest. »Was?«
Elisa senkte den Kopf, wich Finjas Blick aus. Dann sagte sie: »Je länger ich darüber nachdenke, desto weniger glaube ich, dass das gestern wirklich Hannah war.«

25

Ich sehe dich, 14. August

Heute

Finja stand am Fenster ihres Wohnzimmers, starrte hinaus auf die Straße. Die Laternen warfen ihr graues Licht auf den Asphalt, die anderen Häuser waren bereits dunkel, ihre Bewohner schon längst alle im Bett.

Elisa lag auf dem Sofa und schnarchte leise, aber Finja war noch immer wach und es erschien unmöglich, Schlaf zu finden. Sie dachte über Elisas Worte nach und sah immer wieder zu der Treppe, die sie all die Monate zu vor gemieden hatte. Zu den Stufen, die ihr immer noch Angst einjagten und gleichzeitig so verlockend darauf warteten, von ihr erklommen zu werden. Hinauf ins Badezimmer, wo sie Hannah nah sein konnte. Vielleicht wieder ihre Stimme hörte.

Aber die Panik vor Spiegeln saß tief, und Elisas Worte hatten die uralten Ängste in Finja wieder zum Leben erweckt.

In den Spiegeln lauert der Tod.

Sie fragte sich, wo dieser Satz seinen Ursprung hatte. Welche Geschichte es gewesen war, die diese Angst in ihr gesät hatte. Schon immer fürchtete sie sich vor Spiegeln, vor ihrer glatten Oberfläche, der anderen Welt dahinter.

Ganz leicht verlagerte sie das Gewicht, woraufhin ihr Blick auf die dunkle Spiegelung im Fenster fiel.
Spiegeln wohnt ein böser Zauber inne, flüsterten ihre Gedanken. Sie schlang die Arme um ihren Oberkörper, fröstelte, warf einen Blick zu Elisa, dann erneut zur Treppe. Seufzte. Wandte sich wieder zum Fenster, wollte die Vorhänge zuziehen.
Und dann sah

sie

diese

Augen.
Rot glühend in einem schwarzen Schatten. Finja erstarrte.
Stand
ganz
still.
Und der Schatten

kam

näher.
Wurde größer.

Schlug zu.

Finjas Wange brannte, sie stolperte zurück, stürzte zu Elisa, rüttelte sie wach. Ihre Freundin stöhnte, drehte sich weg, aber Finja gab nicht nach, packte sie an der Schulter. Sie wollte etwas sagen, aber kein Laut kam ihr über die Lippen, Panik schnürte ihre Kehle zu.
Die Augen im Fenster leuchteten wie Teufelsfeuer.
»Elisa«, brach es auf Finja hervor.
Da schrak ihre Freundin endlich hoch, sah sich verschlafen um. Finja deutete zum Fenster, und als Elisa ihrem Fingerzeig folgte, schrie sie.
Laut hallte der Schrei in der stillen Nacht wider.

Ohrenbetäubend grell.
Pure Angst.
Und

die

Augen

verschwanden.
Einfach so erlosch das Glühen, und im Fenster blieben die gelbgrauen Lichter der Straßenlaternen.
»Was war das?« Elisa schrie noch immer, jedes Wort hallte in Finjas Kopf wider.
»Das Monster«, erklärte Finja mit schwacher Stimme. »Mein Monster.«

26

Zurück, 14. August

Heute

Die Ereignisse der Nacht hatten Finja die Hoffnung geraubt. Sie glaubte nicht mehr, dass Hannah irgendwo auf sie wartete oder dass ihre Schwester ihre Tochter entführt hatte. Auf ihrer Wange prangte ein blutverkrusteter Schnitt, den Elisa gerade erneut begutachtete.

»Ob das Desinfektionsmittel überhaupt irgendwas geholfen hat?«, fragte sie. Ihr Gesicht war blass, die Augen glasig.

»Es hat mich angegriffen«, flüsterte Finja. »Und ich wollte wirklich ins Bad gehen, als du geschlafen hast. Aber du hast recht. Irgendetwas Böses verfolgt mich, und es kann durch Spiegel in unsere Welt.«

»Du solltest dich also von Spiegeln fernhalten.«

»Ach was«, zischte Finja, dann fuhr sie sich mit einer Hand durch das Gesicht und zuckte zusammen, als sie die Verletzung berührte. »Tut mir leid. Ich wollte dich nicht anmaulen. Es ist nur …«

»Ich weiß«, unterbrach Elisa sie und legte eine Hand auf ihren Unterarm. Sie saßen in der Küche, die Vorhänge verdeckten das Fenster, obwohl es mittlerweile langsam dämmerte.

Vor ihnen dampfte Kräutertee, den Elisa ihnen zubereitet hatte. Keine der beiden rührte die Tassen an. Sie saßen einfach da, die Gesichter blass, der Herzschlag schnell.

»Ich muss zu Agathe«, sagte Finja schließlich, und Elisa nickte bedächtig.

»Sie scheint die Einzige zu sein, die uns hier helfen kann«, gestand sie ein. »Auch wenn ich es noch immer seltsam finde, dass wir jetzt wirklich eine Hexe um Hilfe bitten, aber …« Sie deutete auf Finjas Wange. »Dich hat heute Nacht ein Schatten aus den Spiegeln angegriffen. Wenn das den Glauben an Magie nicht rechtfertigt, dann weiß ich auch nicht.«

Das Lächeln auf Finjas Gesicht saß schief, sie kratzte sich an der Stirn, die seltsam kribbelte. »Ich habe Angst.«

»Ich auch.«

»Begleitest du mich?«, fragte Finja leise.

»Was für eine Frage«, entgegnete Elisa. »Natürlich.«

Bevor sie das Haus verließen, schnappte sich Elisa ihren Stoffbeutel, und als Finja sah, dass sie damit die Spiegel des Autos verhängte, traten Tränen der Dankbarkeit in ihre Augen.

Bei der Fahrt blieb Finja aufmerksam und sagte Elisa an, sobald sie einen Fahrradfahrer oder andere Gefahren sah. Der Schlafmangel und die verhängten Spiegel machten sie beide unaufmerksam, und Finja atmete erleichtert auf, als sie parkten und der Motor verstummte.

»Spiegel sind echt nützlich«, murmelte Elisa. »Wenn du mich gefragt hättest, hätte ich gesagt, dass ich die Dinger kaum benutze, aber … uff, habe ich heute oft deine hässlichen Stoffbeutel angeschaut.«

Auch der Spaziergang zu Agathes Laden verlief schweigend. Es war, als hätte der Schreck ihnen die Worte geraubt, und es beunruhigte Finja, wie wenig Elisa redete. Normalerweise war sie ein Sonnenschein, aber jetzt hing sie stumm ihren Gedanken nach, zuckte bei jedem Geräusch zusammen und vermied ebenso wie Finja den Blick in die Schaufenster, an denen sie vorbeiliefen. Sie war froh, als sie endlich vor der großen Holztür standen. Das schlichte Schild mit

Agathes Namen darauf war unverändert, der Pfeil lotste sie noch immer in den Innenhof.
Den Weg zum Eingang fand sie schnell, und sie zog an der Schnur der kleinen goldenen Glocke. Wie bei ihrem ersten Besuch sprang die Tür einen Spalt auf. Elisa stieß einen erschrockenen Laut aus, aber Finja griff nach der Klinke und trat ein.
Alles war beim Alten. Braun getrübte Gläser in dunklen Holzregalen. Frisch geputzte Fenster. Warmes Sommerlicht, bunte Teller, der Geruch nach Kräutern, die bündelweise von der Decke hingen. Das Windspiel drehte sich leicht hin und her.
»Du.« Agathes helle Haut und ihre weißen Haare erinnerten Finja an die schneebedeckten Tannen, die sie im Spiegel gesehen hatte. »Hast du deine Schwester gefunden?«
Elisa drückte sich an Finja vorbei. »Wir wurden von einem Dämon angegriffen und brauchen deine Hilfe.«
Agathe erhob sich, durchquerte den Raum. Elisa wollte sich ihr in den Weg stellen, aber Agathe drückte sie mühelos zur Seite.
»Das Böse hat dich berührt.« Die Hexe fuhr mit ihren kühlen Fingern über Finjas Wange. »Warum?«
»Ich …« Finja verstummte.
»Das wollten wir von dir wissen«, schaltete sich Elisa ein und kassierte einen mahnenden Blick von Finja. »Also … wenn du Zeit hast. Und deine Weisheit mit uns teilen würdest.« Finja riss warnend die Augen auf. Sie wollte nicht, dass Agathe sich von Elisas Wortwahl brüskiert fühlte, also fügte sie hinzu: »Wir sitzen in der Scheiße und brauchen deine Hilfe.«
»Ah«, erwiderte Agathe und musterte Finjas Wange. »Ich habe viel über dich nachgedacht. Du bist eine Gefallene.«
»Gefallene«, echote Finja und hob die Hand, um Elisas erneutem Redeschwall Einhalt zu gebieten. »Was meinst du damit?«
»Ich glaube, du solltest dich setzen, Schwester«, sagte Agathe und deutete auf einen der Stühle im umgebauten Badezimmer. »Denn das, was ich dir gleich erzähle, wird deine Welt ins Wanken bringen.«
Als Elisa ebenfalls zum Badezimmer lief, räusperte sich Agathe. »Das ist eine Angelegenheit, die wir unter vier Augen klären müssen.«

»Bitte?« Elisa verschränkte die Arme vor der Brust. »Ich bin ihre beste Freundin.«
»Und doch ist nicht alles für deine Ohren bestimmt«, sagte Agathe. »Ich bitte dich. Bleib hier. Warte auf deine Freundin, und sei dann für sie da, denn sie wird dich brauchen.«
Daraufhin gab Elisa ein Brummen von sich, trat an den Tisch in der Raummitte und nahm eine der dort ausgestellten Seifen zur Hand. »Wollte eh noch neues Lavendelshampoo aussuchen.« Sie verzog das Gesicht zu etwas, das wohl ein Lächeln sein sollte.
Finja flüsterte ihr einen Dank zu, als sie hinter Agathe in das Nebenzimmer lief. Fast zeitgleich sanken sie auf die Stühle, das Holz knarzte. Es stand der gleiche Kram herum wie bei ihrem letzten Besuch: das Kartenset, die Porzellantasse, die Glaskugel und die goldene Kerze, in deren Rauch Finjas Vergangenheit aufgetaucht war. Der Anblick löste den altbekannten Schmerz hinter Finjas Stirn aus, ein heißes Glühen. Sie rieb sich über die Haut, aber der Schmerz saß dahinter, tief im Schädel, verankert in ihren Gedanken.
»Ich hätte es beim ersten Mal sehen müssen.« Agathes Hand legte sich auf Finjas Stirn, löschte den Schmerz.
»Was wolltest du mir erzählen?«, fragte Finja und sah in Agathes helle Augen, die sie sosehr an den Winterhimmel erinnerten.
»Ich wollte dir etwas zeigen.« Agathe zog die Hand weg, und der Schmerz kehrte zurück, ließ Finja zusammenzucken. Die Hexe deutete auf die Glaskugel, in deren Oberfläche sich ein verzerrtes Bild des Raums spiegelte.
Finja wandte den Blick ab. »Ich habe mit Spiegeln keine gute Erfahrung gemacht«, erklärte sie und erzählte von der Frau im Spiegel auf dem Dachboden und von dem Monster, deutete auf ihre Wange.
Agathe lauschte aufmerksam und unbeweglich. Als Finja endete, nickte sie und seufzte.
»Ich möchte dir wirklich gern etwas zeigen«, wiederholte sie und deutete erneut auf die Glaskugel. »Und ich verspreche dir, dass du dich vor dieser Spiegelwelt nicht fürchten musst. Die Kugel ist aus Bergkristall.«

Als ob das Erklärung genug wäre, sah Finja tatsächlich hin. Fasziniert betrachtete sie die Bilder in der Kugel. Ihr Ebenbild stand dort auf dem Kopf, die Rundungen der Oberfläche krümmten ihr Gesicht. Sie erkannte sich kaum selbst.

»Fass sie an«, sagte Agathe.

»Bitte?« Finja runzelte die Stirn, betrachtete weiterhin den glatten, polierten Stein. »Ich soll …?« Sie hob die Hand, ihre Fingerspitzen schwebten knapp über der Oberfläche. Wenige Millimeter trennten sie nur, aber irgendetwas schien in Finjas Körper zu vibrieren. Ihr Arm zitterte. Sie berührte die Kugel.

Helles

Licht.

Strahlend weiß war es, überblendete die Spiegelungen. Es war, als wäre die Glaskugel zu einem Stern geworden.
Erschrocken zog Finja die Hand zurück. Der Schrei erstarb auf ihren Lippen, ihr ganzer Körper bebte. Schließlich stieß sie ein Wort hervor: »Was?«
Agathe hingegen saß ruhig da, sie wirkte weder überrascht noch aufgeregt. Ihr linker Mundwinkel zuckte leicht nach oben. »Das war es.« Als Finja nicht antwortete, fügte sie hinzu: »Was ich dir zeigen wollte. Deine Magie.«
Rote Augen in einer schwarzen Silhouette. Ein bewegtes Bild im Spiegel. Die Stimme ihrer Tochter im Badezimmer. Das Leuchten einer Kugel. Magie.
Der Schmerz in Finjas Kopf wurde so stark, dass sie zusammensackte und die Hände in die Haare krallte.
Hannah mit pinken Zopfgummis im Haar. Ihr Kinderlachen. Der Geruch nach zu Hause.
Tränen liefen in Strömen über Finjas Wangen, tropften auf ihre nackten Knie. Der Schmerz war Eis, und er war Feuer, und er war überall.
Dann stand Finja wieder auf dem Dachboden. Die Möbel wirkten riesig. Sie saßen auf dem Boden, ihre Schwester und sie, und in ihrer Mitte stand die goldene Kerze, die ihre Mutter ihrer Schwester zum dreizehnten Geburtstag geschenkt hatte. Finja war gerade einmal acht Jahre alt.
Fasziniert starrte Finja das Wachs an. Es glänzte wie die Goldkette ihrer Mutter. »Und das soll Magie sein?«, fragte sie skeptisch. »Sieht doch aus wie die anderen Kerzen unten im Regal, und die zündet Mama einfach so an.«
»Diese hier ist besonders«, erwiderte Amelie. Ihre Haare waren Schnee, ihre Haut war Eis. »Hat Mama gesagt. Und ich darf sie jetzt auch ausprobieren, wenn ich will.«
»Und wenn du vorsichtig bist«, fügte Finja streng hinzu und hob den Zeigefinger, wie sie es so oft bei ihrer Mutter gesehen hatte. »Magie ist kein Spielzeug.« Dann flüsterte sie: »Aber ich glaube ja, dass man damit wirklich ganz lustige Sachen machen kann. Lass uns irgendwas Lustiges machen, okay?« Sie kicherte.

»Kehr zurück.«
Eine Stimme wie eine Fliege an ihrem Ohr. Finja wischte sie weg. Sie wollte hierbleiben. Bei Amelie, bei der Magie.
»Finja.«
Ein penetrantes Brummen. Ein Ziehen in ihrer Brust. Die Luft wurde knapp. Sie griff sich ans Herz, keuchte. Atmete ein. Hob den Kopf und sah in Agathes neugieriges Gesicht.
»Willkommen zurück«, flüsterte Agathe. »Ich habe nicht damit gerechnet, dass du direkt beim ersten Versuch eine Gedankenreise wagst.«
»Das war keine Absicht.«
»Das dachte ich mir.« Agathe griff nach der Glaskugel, zog sie näher an sich heran. »Magst du über die Dinge sprechen, die du gesehen hast?«
»Amelie.« Allein der Name war reiner Schmerz. »Ich habe sie gesehen. Ich … habe eine Schwester. Wie konnte ich das nur vergessen?«

27

Geheimnisse, 14. August

Heute

Ich … kann nicht darüber reden.«

»Dein Ernst?« Elisa riss die Hände in die Luft. »Ich bin vor Neugier fast gestorben, und jetzt sagst du mir, dass du mir nicht erzählen willst, was die Hexe dadrin mit dir gemacht hat?« Sie legte eine Hand auf Finjas Stirn. »Du bist kreidebleich, und deine Haut ist eiskalt.«

»Hm.« Finja seufzte, warf einen Blick zurück zu der Ladentür.

»Wirst du noch mal herkommen?«, fragte Elisa, und Finja nickte langsam.

»Agathe meinte, dass ich das alles erst einmal … verarbeiten soll. Dass meine Gedanken die zurückgewonnene Vergangenheit akzeptieren müssen, bevor sie mir meine Zukunft offenbaren kann. Und dass sie mit ihren Schwestern über meinen Fall beraten wird.«

»Klingt esoterisch.« Elisa blies sich eine störrische Haarsträhne aus dem Gesicht. »Ja. Nein. Entschuldige. Das war ein dummer Kommentar. Nach allem, was passiert ist, sollte ich nicht so … Aber. Scheiße. Wir reden hier über echte Magie, Finja! Hat Agathe dir gesagt, wie du mit … Spiegeln umgehen sollst?«

Die Frage ließ Finja innehalten. Sie standen auf der Straße, direkt neben einem Schaufenster, in dem bereits der große Sommerausverkauf

für Bademode angekündigt wurde. Rot-weiße Flyer tapezierten die Scheibe, machten eine Spiegelung unmöglich.
Amelie, echte Magie, Hannah. So viele Gedanken in ihrem Kopf, aber die Spiegel waren plötzlich kein Teil mehr davon gewesen. Finja fluchte, drehte um und stürmte zurück.
Hinter ihr dröhnten Elisas Schritte auf dem warmen Asphalt.
»Das nehme ich als Nein«, keuchte sie, gefolgt von einem deftigen Fluch. »Muss ja heftige Scheiße gewesen sein, was sie dir da erzählt hat, wenn du sogar das vergisst und …«
Ihre Worte wurden leiser, je mehr Finja den Abstand vergrößerte. Sie zog an der Glocke, die Tür sprang auf, und Finja hetzte in den Laden. Schweiß rann ihr den Nacken hinab, sie atmete schwer.
Der Geruch nach frischen Kräutern hing in der Luft, die Sonne tauchte alles in warmes Sommerlicht. Aber Agathe war nirgendwo zu sehen.
»Hallo?« Ihre Stimme klang so atemlos, wie sie sich fühlte. Mit dem Handrücken wischte sie sich den Schweiß von der Stirn und trat zur Theke. »Agathe?«
Stille antwortete ihr, unterbrochen vom Läuten der Glocke, als Elisa eintrat.
»Du bist verdammt schnell, weißt du das?« Sie stöhnte, lehnte sich gegen die Wand. »Scheiße, ich hab Seitenstechen.«
Finja trat zum Vorhang, blieb unschlüssig stehen. »Agathe?«
Als es ruhig blieb, drückte Finja die Klinke nach unten, betrat das Nebenzimmer. Umgekippte Möbel. Scherben. Tarotkarten auf dem Boden verstreut. Rote Spritzer an der Wand. Blut. Es roch nach Gewitter.
Mit zitternden Schritten trat Finja ein.
»Was zur …?« Elisa folgte dicht hinter ihr, ging in die Hocke, besah die Splitter. Dann streckte sie die Hand aus, hob etwas auf, hielt es in die Luft. Ein goldener, leerer Rahmen. »Das scheinen … Spiegelscherben zu sein?«
Ihre Finger schwebten über einem der Splitter, unschlüssig.
»Fass ihn nicht an«, sagte Finja. In einer Ecke erkannte sie die Glaskugel. Sie bückte sich, hob sie auf, presste sie, einer Eingebung folgend, an ihre Brust.

»Wir sollten von hier verschwinden.« Sie drehte sich zu Elisa um, ignorierte die reflektierenden Scherben auf dem Boden, obwohl sie so eindringlich flüsterten. »Sofort.«

»Nicht lieber die Polizei informieren, oder …?«

»Ich muss hier raus.« Finja drängte sich an Elisa vorbei, nach vorne in den Verkaufsraum, wo es keine Spiegel gab. In Sicherheit.

»Ich ruf die Polizei an.« Elisa kam ihr hinterher, das Handy bereits in der Hand.

»Nein«, erwiderte Finja.

»Nein?« Elisa zog die Augenbrauen nach oben. »Wenn du mich fragst, klebt dadrinnen Blut an der Wand.« Sie deutete mit dem Daumen nach hinten.

»Ja«, sagte Finja. Die Kugel in ihren Händen war schwer und warm. Ihr erster Kontakt mit ihrer eigenen Magie. Sie würde diese Kugel nicht loslassen. »Wahrscheinlich sogar Agathes Blut. Aber was willst du der Polizei sagen? Dass ich von einem Monster im Spiegel verfolgt werde, wir Agathe um Hilfe gefragt haben und jetzt nur noch Spiegelscherben und Blut gefunden haben?« Finja schüttelte den Kopf. »Nachdem ich in Therapie bin und mich sowieso schon alle für …« *Verrückt halten.* Sie brachte das Wort nicht über die Lippen. »Die Polizei sucht ja nicht einmal wirklich nach Hannah. Nein, sie werden uns nicht helfen. Niemand wird das. Wir sind auf uns allein gestellt. Wie schon die ganze Zeit.«

»Du musst aber auch zugeben, dass du an der Stelle der Polizei auch kein Wort über zugefrorene Spiegel glauben würdest.«

»Denkst du, das weiß ich nicht?« Finja presste die Glaskugel enger an ihre Brust, vergrößerte den Abstand zum Hinterzimmer, in dem die Scherben noch immer leise raunten. »Mir ist doch selbst klar, wie absurd alles klingt, was ich seit Hannahs Verschwinden von mir gebe, okay? Ich weiß das, Elisa. Aber was hätte ich machen sollen? Nicht die Wahrheit sagen? Ich hatte gehofft, dass die Therapie mir dabei hilft, diese ganzen Dinge zu verarbeiten, und die Ursache für all die Träume und das Monster und meine Angst vor Spiegeln findet, sodass ich endlich wie alle anderen Eltern, die ihre Kinder verloren haben, einfach meine Trauer verarbeiten kann. Ohne diesen ganzen Scheiß, für den ich meine Vorstellungskraft verantwortlich gemacht habe.« Sie atmete schwer. »Hast du eine Ahnung, wie gruselig es ist, zu wissen, dass dein Gehirn dir Dinge zeigen kann, die gar nicht da sind? Dass deine ganze Wahrnehmung falsch sein kann, wenn ein paar Synapsen schief funken?« Vorsichtig strich sie über die Kugel, spürte ihre Wärme. »Ich bin fast froh, dass das alles echt ist, denn jetzt kann ich wenigstens gegen etwas kämpfen. Gegen etwas, das nicht in mir ist. Gegen etwas *Reales.*« Sie sah Elisa fest in die Augen. »Ich werde dieses Monster finden. Selbst wenn es Hannah …« Sie hielt kurz inne, spürte heiße Tränen in den Augen. »Selbst wenn Hannah nicht mehr da ist, werde ich dieses Monster finden und dafür sorgen, dass es nie wieder jemandem etwas antut.« Die Kugel fing an zu leuchten. Ganz sanft war das Licht nur, kaum mehr als ein Glimmen, aber es reichte aus, um Elisa ein erschrockenes Keuchen zu entlocken.

»Was …?«

»Wirst du mir dabei helfen?«, fragte Finja.

»Natürlich«, antwortete Elisa, denn das war die Antwort, die sie schon immer auf diese Frage gegeben hatte.

»Danke.« Finja atmete tief durch, ließ den Blick durch den Raum schweifen, der so ruhig dalag. Die Seifen lagen ordentlich gestapelt, die Kräuter hingen von den Seilen an der Decke, das Windspiel drehte sich langsam. »Wir sollten verschwinden.«

»Oder den Tatort untersuchen?«, schlug Elisa mit einem schiefen Lächeln vor. Sie deutete mit dem Daumen auf den Nebenraum. »Ich dort, du hier? Vielleicht finden wir irgendetwas, das uns weiterhilft. Oder wie möchtest du nach dem Monster suchen? Dich vor den nächsten Spiegel stellen und selbst abmurksen lassen halte ich für keine …« Elisa verstummte. Rote Flecken tauchten auf ihrer Haut auf. »Ich … So habe ich das nicht gemeint. Tut mir leid, die Wortwahl war …«

»Schon okay«, erwiderte Finja. Ein dunkler Schatten, der aus dem Spiegel stieg und ein Messer in Hannahs Brust rammte. Aber im Bad war kein Blut gewesen, oder? Nein, die Polizei hätte es mit Sicherheit gefunden. »Die Scherben«, sagte sie, »sie waren nicht vereist, oder? Damals bei Hannah … war überall Eis.«

Sofort eilte Elisa in das Nebenzimmer, untersuchte den Boden und die Überreste des Spiegels.
»Unmöglich zu sagen«, rief sie schließlich. »Es ist superheiß. Wenn hier mal Eis war, ist es vielleicht geschmolzen, bevor wir zurückgekommen sind. Kann dir nicht einmal sagen, ob hier irgendetwas nass ist. Sogar mein Schweiß verdampft, sobald er aus meinen Poren tritt.«
Finja trat hinter den Tresen, auf dem eine altmodische Kasse aus schwarzem Eisen stand. Die Zahlen auf den runden Tasten waren verblichen, und unter dem nach vorne mit einer Holzplatte abgedichteten Tresen waren mehrere Schubladen. Vorsichtig legte Finja die Kugel auf der Holzplatte ab, keilte sie zwischen zwei kleinen Holz-Amuletten fest, damit sie nicht wegrollte.
Ihre Finger schwebten nur kurz über dem Griff, zurückgehalten von dem Gefühl des Verbotenen, bis Finja eine der Schubladen aufzog. Der Geruch nach Räucherwerk schlug ihr entgegen. Stifte, ein Notizbuch mit Ledereinband.
»Du kannst doch nicht …«, sagte Elisa gerade, als Finja das Buch aufschlug.
»Es war dein Vorschlag, den Tatort zu untersuchen«, erklärte Finja und blätterte durch die Seiten, die mit einer geschwungenen Handschrift gefüllt waren. Das Papier raschelte verheißungsvoll.
»Aber doch nicht ihre privaten Sachen.« Elisa schüttelte den Kopf. »Findest du nicht, dass das zu weit geht?«
»Agathe ist verschwunden«, erwiderte Finja und suchte zwischen den Buchstaben nach einer Antwort. »Ich denke, dass es in ihrem Sinne ist, wenn wir entsprechenden Hinweisen nachgehen, um ihr zu helfen.«
»Sie wird sich wohl kaum in diesem Buch verstecken«, murmelte Elisa und trat unsicher auf der Stelle. »Wollen wir nicht lieber nach Hause gehen und im Internet recherchieren?«
Finja ließ das Buch sinken und sah Elisa mit hochgezogenen Augenbrauen an. »Und wonach willst du suchen? Geister im Spiegel? Damit du tausend Einträge über Bloody Marys Hintergrundgeschichte durchforstest? Oder Internetforen, in denen selbst ernannte Hexen mit angeblichen Fähigkeiten prahlen?« Sie deutete auf das Neben-

zimmer. »Agathe ist eine echte Hexe, und sie hat von Schwestern gesprochen, mit denen sie über mich reden wollte.«

»Und diese Schwestern willst du jetzt suchen?«

»Ich will sie finden«, stellte Finja klar.

Schließlich riss Elisa die Arme in die Luft.

»Na schön«, stieß sie aus. »Fein. Ich kann dich unmöglich allein lassen, und wenn ich weglaufe, geht dieser ganze Magie-Kram ja auch nicht weg, oder? Scheiße, Finja. Ich habe, glaube ich, noch nie so viel geflucht wie in den letzten 24 Stunden. Wie schaffst du es, so ruhig zu bleiben?«

»Ruhig?« Nächte voller Monster und Schneestürme. Tage ohne Hannah. Therapiestunde um Therapiestunde, Tablette um Tablette. »Ich bin alles andere als ruhig. Die letzten Wochen waren die Hölle für mich. Aber wie ich bereits sagte: Jetzt, da wir etwas unternehmen können, werde ich das auch tun. Es ist kein Kampf mehr gegen erfundene Dämonen in meinem Kopf, und dadurch bin ich … frei.«

Ihr Handy vibrierte, und nach einem Blick auf das Display stieß sie einen Fluch aus. Die Kalenderfunktion erinnerte sie an ihre bevorstehende Verpflichtung. »Zu Frau Halla muss ich aber wohl trotzdem.« Sie steckte das Notizbuch in die Handtasche und griff wieder nach der Kristallkugel. Unsicher sah sie sich in dem Raum um. »Du solltest hier lieber nicht länger bleiben. Nicht dass dir …« Finja verstummte. Die Vorstellung, dass Elisa etwas zustoßen könnte, schnürte ihr die Kehle zu.

Elisa nickte. »Ich fahre dich zur Therapie. In Bussen gibt es Spiegel, dieses Risiko gehe ich nicht ein.« Als Finja den Mund öffnete, fuhr sie lauter fort: »Keine Widerworte. Ich liebe dich, und ich passe auf dich auf. Ob es dir gefällt oder nicht. Das war unser Deal, und ich werde mich daran halten, bis ich tot umfalle.«

28

Eine alte Hoffnung, 14. August

Heute

Am Abend beschloss Finja, joggen zu gehen. Leichtfüßig schlüpfte sie in ihre Sportklamotten und Turnschuhe. Die In-Ear-Kopfhörer lagen in der kleinen Schale, in der Finja sie neben den Autoschlüsseln zurückgelassen hatte. Die weiße Oberfläche war leicht verstaubt, und Finja wischte sie an ihrem Oberteil sauber, bevor sie sie sich in die Ohren steckte.

Dann öffnete sie zum ersten Mal seit langer Zeit die Musik-App auf ihrem Handy, suchte ihre Work-out-Playlist. Als die ersten Töne durch ihr Trommelfell hämmerten, atmete sie einmal tief durch, dann griff sie nach der Türklinke, riss die Tür auf und lief los. Einfach so.

Ihre Füße fanden den regelmäßigen Tritt, ihr Atem den gleichmäßigen Rhythmus. Im Takt der Musik lief sie die Straße entlang, der untergehenden Sonne entgegen, während die Nachbarschaft im goldenen Licht versank.

Sie ignorierte die Spiegelungen in den Autoscheiben, konzentrierte sich ganz auf den noch sonnenheißen Asphalt und den Geruch nach Sonnencreme, gemischt mit Schweiß und Sommer.

Wenn sie an Nachbarn vorbeilief, nickte sie freundlich, obwohl ihre Gesichter voller Überraschung und Mitleid waren.

Sie wissen es nicht, sagte sie zu sich selbst. *Sie wissen nicht, dass ich Hannah wiederfinden werde.*
Dieser Gedanke trug sie weiter, als sie ihrem untrainierten Körper zugetraut hatte. Als sie schließlich schwer atmend langsamer wurde, sich den Schweiß von der Stirn wischte und einen Schluck aus der Plastikflasche an ihrem Gürtel trank, zitterten ihre Beine vor Erschöpfung, und das Viertel versank im dunklen Blau der Nacht. Die Straßenlaternen flackerten, und eine nach der anderen leuchtete auf, tauchte alles in weißes Licht.
Finja stand vornübergebeugt, die Hände auf den Knien, sah sich um, orientierte sich. Schließlich fand sie die Straßenschilder, weißes Blech mit pechschwarzen Buchstaben.
»Ah, hier bin ich«, sagte Finja, aber die Musik in ihren Ohren übertönte ihre eigenen Worte, also regelte sie die Lautstärke nach unten, bis nicht mehr als ein leiser Bass übrig blieb.
Zielsicher lief sie los, zurück nach Hause. Die Spiegelungen der Autoscheiben wirkten im Zwielicht prägnanter, und Finja wich ihnen aus, lief über akkurat gemähte Vorgärten, um Abstand zu halten. Zwischen die rhythmischen Bassspuren drängte sich das Flüstern der Spiegel. Finja lief schneller, verfiel wieder ins Joggen, obwohl ihre Beine schmerzten und sie immer wieder strauchelte.
Als schließlich ihr Haus in Sicht kam, nestelte sie bereits an der Bauchtasche herum, suchte nach dem kühlen Metall des Schlüssels, zog ihn hervor.
Er fiel klappernd auf den Asphalt. Finja fluchte, bückte sich. Als sie sich wieder aufrichtete, sah sie eine Gestalt auf den Stufen vor ihrem Eingang. Ihr Körper erstarrte, der Schlüssel fiel ihr erneut aus der Hand.
Dieses Mal kam es ihr viel lauter vor, verräterisch klirrend wie ein zerspringender Spiegel. Aber der Besucher hatte sie noch nicht bemerkt, und deshalb ging sie in die Hocke, tat so, als wäre sie eine Passantin, die sich die Schuhe band.
Dann richtete sie sich auf und ging langsam auf das Nachbarhaus zu, schlich auf der Rückseite vorbei in den Garten. Dort gab es eine niedrige Mauer, über die sie früher Essen und Tratsch ausgetauscht hat-

ten. Heute kletterte Finja darüber, landete sanft im hohen Gras ihres Gartens und ging dann zur Hintertür. Ihr Schlüssel glitt geräuschlos ins Schloss, und ebenso leise betrat sie das Haus, stahl sich an die Vordertür und lauschte.

Stille. Durch das milchige Glas sah sie, dass die Person noch immer dort wartete, aber Finja wusste nicht, wer sie so spät noch besuchen wollte. Nur eines war sicher: Elisa war es nicht, denn mit ihr hatte sie noch telefoniert, bevor sie losgelaufen war. Elisa war bei der Spätschicht und würde nicht vor Mitternacht fertig sein.

Finja nahm die Kopfhörer heraus, holte das Handy aus der Tasche und wollte die Musik ausschalten, da sah sie die vierzehn verpassten Anrufe. Alle von derselben Nummer.

Sie legte die Kopfhörer zurück in die Schale, ließ den Schlüssel folgen. Überlegte kurz. Holte tief Luft. Wischte sich die Hände an ihrem Oberteil trocken. *Ich werde Hannah wiederfinden*, dachte sie. *All die Dinge, die ich gesehen habe, waren echt. Ich kenne meine Realität.*

Dann knipste sie das Licht im Flur an und zog die Haustür auf. »Max«, grüßte sie und legte die Missbilligung in ihre Stimme, die sie verspürte.

»Finja!« Er sprang auf. Im herausfallenden Licht der hellen Flurlampe sah sie das leuchtende Rot seiner Haare. Die hellen Sommersprossen auf weißer Haut. Die Unsicherheit in seinen blauen Augen. Das Gesicht, das sie früher einmal geliebt hatte. »Ich … dachte nicht, dass du da bist.«

»Bin über die Hintertür rein«, sagte sie ehrlich. »War gerade joggen, und als ich jemanden vor meiner Haustür sitzen sah … na ja. Ziemlich gruselig, weißt du?«

»Tut mir leid.« Er klang ehrlich. Wie immer, wenn er diese Worte sagte.

»Was willst du hier?«

»Reden. Du hast mich das letzte Mal …«

»Rausgeschmissen«, fiel Finja ihm ins Wort und verlagerte das Gewicht auf ihr anderes Bein, verschränkte die Arme vor der Brust. »Was bringt dich also auf den Gedanken, dass das anders sein wird,

wenn du um …« Sie warf einen Blick auf ihre Handyuhr. »… halb elf hier auftauchst?«
»Ich sitze seit halb zehn hier.«
Finja runzelte die Stirn. »Worüber willst du reden, Max?«
»Uns.« Die Antwort kam so schnell, so laut, so eindringlich, dass Finja zusammenzuckte. »Finja, ich kann nicht akzeptieren, dass du mich in einer so schweren Zeit einfach von dir stößt. Liebe heißt, dass man auch schwere Zeiten miteinander durchsteht. Dass man füreinander da ist, egal, was passiert. Dass man miteinander kämpft. Ich bin hier, weil ich dir dabei helfen will, Hannah zu finden. Ich will unsere Familie zurück.«
»Familie«, wiederholte Finja tonlos, und Max nickte eifrig, seine Augen glänzten.
»Wir waren so glücklich zusammen«, sagte er. »Erinnerst du dich nicht?«
Finjas Grinsen, wenn sie in Max' Armen lag. Max' Geschenke. Die frischen Blumen auf dem Küchentisch. Max, der die lachende Hannah durch das Haus jagte. Hannahs Weinen im Zoo.
»Nein«, erwiderte Finja kalt. Dann etwas sanfter: »Ach Max, natürlich erinnere ich mich. Auch an die schönen Tage.« Sie seufzte. »Aber meine Tochter ist verschwunden, und ich habe keine Kraft, das mit uns zu klären.«
»Keine Kraft?« Max klang verbittert. »Ich verstehe. Ich habe einfach keine Priorität in deinem Leben. Das ist in Ordnung. Ich verzeihe dir. Wir können Hannah suchen, und sobald sie zurück ist, klären wir das mit uns.«
»Max …«
»Ich will sie wieder in den Arm nehmen«, sagte er. Tränen liefen ihm über die Wangen. »Hannah ist … sie ist …« Seine Stimme brach, er senkte den Kopf. »Ich habe sie geliebt wie meine eigene Tochter. Ich habe dich geliebt wie noch niemanden sonst. Ich will diese Familie, Finja. Dich und Hannah und alles, was dazugehört. Gerade hast du nicht die Kraft, um für uns zu kämpfen, aber ich habe genug für uns beide. Bitte lass mich stark für dich sein. Für uns. Für Hannah.«
Die Nacht kühlte die erhitzten Straßen, der Mond erklomm langsam

den Himmel. Max' Augen strahlten im künstlichen Licht der Flurlampe, seine nassen Wangen glänzten. Finja erinnerte sich daran, wie sie diese Wangen einst geküsst, wie sie seine Tränen weggewischt hatte. Ihre Hand wanderte nach oben, hielt auf halbem Weg inne. Max gab ihr die Schuld an Hannahs Verschwinden. So oft hatte er sie für die schlimmen Dinge in ihrem und seinem Leben verantwortlich gemacht.

»Du bist kaputt«, sagte Max, griff nach ihrer Hand und drückte sie fest. »Aber ich bin bereit, dich zu reparieren. Ich kann deinen Schmerz tragen, Finja.«

Du bist kaputt. So laut hallten die Worte in ihrem Kopf wider. So eindringlich war Max' Blick. In ihm war keine Trauer mehr, nur noch Liebe. Er starrte sie an, als wäre sie das Universum. Sein Universum.

Ruckartig entzog sie sich ihm, trat einen Schritt zurück.

»Niemand kann meinen Schmerz tragen«, sagte sie. »Er ist mein Schmerz, und ich lerne, damit umzugehen.« Dunkle Monster vor Fenstern. Leuchtend rote Augen. Schneestürme. Hannahs Stimme im Spiegel. Es war alles echt. Sie war nicht kaputt, und sie würde ihre Tochter finden.

»Das kannst du nicht«, sagte Max. »Dafür bist du zu schwach.«

Sie trat zurück in ihre Wohnung und schloss die Tür. Sanft. Langsam. Aber entgegen ihrer Erwartungen schob Max weder einen Fuß in den Spalt, noch erhob er seine Stimme. Das Schloss klickte, Stille dröhnte in ihren Ohren. Durch das milchige Glas sah sie, wie Max reglos dastand.

Das Ticken der Uhr im Wohnzimmer zählte die Sekunden.

Er kam näher, trat an die Tür heran. Legte erst eine Hand gegen das Glas, dann seine Stirn. Finjas Finger wanderten zur Klinke, aber sie hielt inne, wartete. Überlegte.

Max könnte eine Hilfe sein, flüsterte ein Teil von ihr. *Im Kampf gegen … was auch immer hinter den Spiegeln auf dich wartet.*

Er wird dir nicht glauben, sagte ein anderer Teil in ihr, und Finja erinnerte sich an die Gespräche nach Hannahs Verschwinden, in denen Max sie als *durchgedrehte Psychotante* bezeichnet hatte. Als unfähige Mutter.

Da trat er plötzlich mit voller Wucht gegen die Tür. »Scheiße, ich will doch nur helfen.« Es lag keine Liebe mehr in seiner Stimme. Nur Wut. Hass. Er schlug mit der flachen Hand gegen das Holz, brüllte erneut.

Finja stand wie angewurzelt, das kühle Metall der Klinke presste sich an ihre Finger. Wenn sie nachgab, würde er aufhören, sagte sie sich. Wenn sie ihm öffnete, wäre er wieder der Mann mit den Tränen auf den Wangen. Er hatte sie nie verletzt. Nicht körperlich. Es gab keinen Grund für die Furcht, die über ihren Nacken kroch, sagte sich Finja. Trotzdem nahm sie die Hand von der Klinke. Schlang die Arme um ihren Oberkörper. Schloss die Augen. Sie wollte Ruhe, Zeit, eine Antwort auf Hannahs Verschwinden. Sie wollte Agathes Schwestern finden und das Monster hinter den Spiegeln töten. Dieses Ungeheuer, das ihre Tochter entführt hatte.

Der Wunsch nach Ruhe wurde ihr erfüllt. Auf einmal stoppte das Trommeln, verstummten Max' Rufe. Finja öffnete die Augen, sah unsicher durch das trübe Glas. Max stand noch immer reglos dort.

»Max«, formte Finja tonlos mit den Lippen. Der Name fühlte sich fremd an.

»Ich komme wieder«, sagte er. Es klang beinahe liebevoll. »Ich lasse dich damit nicht allein, Finja. Du brauchst mich, und das weißt du auch.«

29

Kassiopeia Sternenglanz, 15. August

Heute

Als Elisa am nächsten Morgen klingelte, wusste Finja noch immer nicht, ob sie ihr von Max' Besuch erzählen sollte. Elisa nahm ihr die Entscheidung ab, indem sie hereinstürmte, Finja in ihre Arme zog und stolz verkündete, dass sie sofort aufbrechen müssten, weil sie eine echte Hexe gefunden habe.

Die Autofahrt war lang, führte hinaus aus der Stadt, durch einen Wald und entlang eines Feldwegs, bis sie vor einem alten Holztor anhielten.

»Ein Bauernhof?« Finja hob die Augenbrauen, lehnte sich nach draußen, um die brüchige Mauer zu begutachten, die den Hof umgab.

»Ein Gutshof«, korrigierte Elisa.

»Und du hast diese Hexe einfach so im Internet gefunden?«

»Wie ich bereits sagte: Auf ihrer Webseite ist Agathe als Mitglied ihres Zirkels aufgeführt.«

»Auf ihrer Webseite«, wiederholte Finja tonlos. »Das ist absurd.«

»Das ist das 21. Jahrhundert!«, rief Elisa freudig und stieg aus dem Auto, um das Tor zu öffnen. Sie stemmte sich mit ganzer Kraft dagegen, und es schabte langsam über den Boden, gab den Blick auf das Innere frei.

Vier Gebäude, eines davon zweistöckig, eines eine Scheune mit offenen Toren. Finja erkannte einen Traktor, Heugabeln, alte Reifen, Metallschrott.

»Eine Hexe mit einem Traktor«, stellte Finja fest, als Elisa wieder einstieg. »Du willst mich doch verarschen.«

Aber Elisa grinste breit und startete erneut den Motor. »Nachdem ich bis vor wenigen Tagen noch nicht einmal an Hexen geglaubt habe, überrascht der Traktor mich eigentlich am wenigsten.« Sie lenkte den Wagen vor den Eingang des zweistöckigen Gebäudes und zog die Handbremse. »Los geht's!«

Eine kleine Treppe führte zur Eingangstür, in steinernen Blumenkübeln wuchsen Kräuter.

»Das ist eine schlechte Idee«, murmelte Finja, als Elisa gerade den Klingelknopf drückte.

Kassiopeia Sternenglanz – Wahrsagerin

»Sternenglanz«, fuhr Finja fort. »Das … Elisa, lass uns wieder gehen.« Sie drückte die Kristallkugel eng an ihre Brust. »Die Frau wohnt auf einem Bauernhof und nennt sich Kassiopeia Sternenglanz. Klingt das für dich nach einer echten Hexe?«

»Sie hatte Agathe als Zirkelschwester aufgeführt«, wiederholte Elisa eindrücklich.

In diesem Moment schwang die Tür auf. Die Frau dahinter war groß. Alles an ihr erschien Finja gigantisch. Sie war einen Kopf größer, hatte einen ausladenden Busen, volle Hüften und eine volle, rot gefärbte Lockenmähne.

»Die Sterne grüßen euch«, flötete sie und öffnete die Arme, um Elisa an sich zu drücken. Kurz darauf lag auch Finja auf ihrer warmen Haut, atmete den schweren Duft nach Patschuli. »Sie sagten mir, dass ihr heute den beschwerlichen Weg auf euch nehmen werdet, um mich um Hilfe zu bitten.« Als Elisa den Mund öffnete, hob sie einen Finger. »Halt.«

Elisa gehorchte, und Finja wusste nicht, wen von ihnen das mehr überraschte.

Kassiopeia fuhr fort: »Die Last, die ihr mit euch tragt, ist schwer. Aber der Mond hat euch zu mir geführt, und das Universum ist bereit, euch zu befreien. Tretet nur ein, ihr habt Glück, denn ich habe erst heute Mittag einen Termin.«

Sie lief voran durch den Flur mit dem hohen, tiefroten Teppich und den abstrakten Gemälden an den Wänden.

»Wenn sie doch wusste, dass wir kommen, hätte sie mögliche Termine auch absagen können«, flüsterte Finja und kassierte dafür von Elisa einen sanften Faustschlag gegen den Oberarm. Trotzdem fügte Finja hinzu: »Na ja, wenn die Sterne uns schon angekündigt haben …«

Das Zimmer, das sie betraten, war … weich. Ein anderer Ausdruck fiel Finja für die unzähligen Sitzkissen auf dem Boden, die mit Stoffbahnen verhängten Wände und den gepolsterten Sessel nicht ein. Dieser Raum sah aus, als wäre er eine der Kissenburgen, die sie mit Hannah so gern baute.

Hannah.

Allein der Gedanke an ihre Tochter sorgte dafür, dass Finja Kassiopeias Aufforderung folgte und sich auf einem der Kissen neben Elisa niederließ, während die angebliche Hexe in den rot gepolsterten Sessel sank.

Ihr Blick fiel auf die Kristallkugel in Finjas Hand. Sie hatte erstaunlich grüne Augen, fand Finja, und wie alles an ihr waren sie enorm groß. Als Kassiopeia sich nach vorne beugte, schwangen die riesigen Federn an ihren Ohren sanft.

»Eine Kristallkugel?«, fragte sie.

»Agathe ist entführt worden.« Elisa preschte voran, obwohl Kassiopeia die Stirn runzelte. »Wir waren bei ihr, um sie um Hilfe zu bitten. Wegen des Dämons in Finjas Spiegel, der ihre Tochter entführt hat. Wir müssen durch den Spiegel und Hannah retten. Natürlich auch Agathe, das ist klar. Wir lassen sie nicht im Stich, nachdem sie uns geholfen hat. Auch wenn ich noch immer nicht weiß, was sie Finja eigentlich gesagt hat. Na ja. Spielt auch keine Rolle, ich helfe ihr. Ganz egal, was Agathe ihr für gruseliges Zeug enthüllt hat.« Sie sah Kassiopeia erwartungsvoll an.

Die Hexe starrte zurück. »Was?«, brachte sie schließlich hervor. Dann schüttelte sie sich kurz, hob das Kinn, lächelte. »Ich verstehe. Ihr seid also Schwestern.«
»Ich nicht«, erwiderte Elisa schnell.
Finja wagte es nicht, Elisa anzusehen. Elisa, ihre beste Freundin, ihre schlaue beste Freundin, die natürlich das Leuchten der Kristallkugel und das Monster und die Geheimniskrämerei nach Agathes Besuch zusammengefügt hatte.
Für Hannah, erinnerte sich Finja. Sie hatte bereits alles verloren, also gab es keinen Grund, sich zurückzuhalten.
Als Antwort legte sie die Fingerspitzen auf die Kristallkugel, konzentrierte sich, hoffte auf das sanfte Glühen, auch wenn sie noch nicht so recht verstand, was die Magie auslöste, geschweige denn, wie sie funktionierte. Dann dachte sie an Hannah. An das Loch in ihrer Brust. Den Schmerz. Die Hoffnung, bald wieder über ihre weichen Haare zu streicheln.
Die glatte Oberfläche leuchtete auf, und Finja riss die Hand zurück, bevor sie erneut in einen Strudel aus Erinnerungen gezogen wurde. *Gedankenreise*, hatte Agathe es genannt.
Dieses Mal blieb Kassiopeias Miene undurchdringlich. »Wie hast du das gemacht?«
»Magie«, erwiderte Finja und presste die warme Kugel enger an sich. »Agathe hat mir meine Magie gezeigt. Sie … hat mich eine *Gefallene* genannt. Was bedeutet das?« Voller Hoffnung sah sie zu Kassiopeia auf.
Blankes Entsetzen starrte zurück. Große grüne Augen. Dann ein Lachen. »Okay. Netter Scherz. Wer hat euch geschickt? Die Jugendlichen aus dem Dorf? Mein Ex-Mann?« Kassiopeia erhob sich, scheuchte die beiden aus den Kissen. »Ich habe keine Zeit für solche Spielchen. Ich bringe hier interessierte Menschen auf ihren richtigen Schicksalsweg. Das ist harte Arbeit, wisst ihr?«
»Agathe«, versuchte Finja es erneut.
»Sie war auf deiner Webseite als Teil deines Zirkels aufgeführt«, fügte Elisa hinzu. »Und sie braucht wirklich Hilfe. Nach unserem Besuch ist sie verschwunden, und wir glauben, der Spiegel-Dämon hat sie geholt.«

»Ihr redet Unsinn«, erklärte Kassiopeia entschieden. »Ich arbeite nicht mit Dämonen, Lichteffekten und solchem Hokuspokus. Bei mir gibt es echte Hilfe in schwierigen Lebenslagen.«
»Aber Agathe …« Elisa blieb standhaft.
»Okay, vielleicht ist meine Webseite nicht ganz akkurat.« Kassiopeia wedelte wild durch die Luft. »Ein wenig geschönt, wenn euch das ein Begriff ist. Agathe hat online gute Bewertungen, also habe ich sie in die Liste gepackt.«
»Du hast betrogen«, stellte Elisa fest, und es brach Finja das Herz, wie ehrlich schockiert ihre beste Freundin klang. »Das hier ist alles gelogen.«
»Das ist doch kein Betrug«, erwiderte Kassiopeia energisch, »immerhin sind alle Hexen Teil eines großen Zirkels. Sagt meinem Ex, dass seine Versuche, mein Unternehmen zu zerstören, wirklich lächerlich sind. Zwei Journalistinnen vorbeizuschicken …« Sie grummelte vor sich hin, während sie Elisa und Finja weiter nach draußen schob. Allein ihre Präsenz reichte aus, um die beiden voranzutreiben.
»Wir sind keine Journalistinnen«, beharrte Finja.
»Ich bin eine echte Hexe, und die Sterne lassen nicht zu, dass ich von Rachelügen verletzt werde.« Kassiopeia schnaubte. »Ihr zwei könnt gern wiederkommen, falls ihr etwas über euer Schicksal erfahren wollt. Aber so viel kann ich euch sagen – ganz kostenlos, weil ich so nett bin –, den Rachegelüsten eines verdorbenen Mannes zu dienen, wird euch nicht voranbringen. Habt noch einen schönen Tag.«
Damit fiel die Tür ins Schloss. Die beiden Freundinnen sahen einander an. Gingen tonlos zum Auto. Stiegen ein. Elisa startete den Motor. Er dröhnte laut im sonst stillen Gutshof.
»Du bist also eine Hexe«, stellte Elisa fest.
»Ich … musste mich nach dem Besuch bei Agathe erst einmal sortieren«, erklärte Finja. Plötzlich war es ihr peinlich, dass sie nicht sofort die ganze Wahrheit erzählt hatte.
Elisa sah sie mit zusammengekniffenen Augen an und seufzte. »Das verstehe ich«, sagte sie schließlich. »Ist ja auch ein ziemlicher Schock, wenn man hört, dass man eine Hexe ist.«
»Meine Schwester hieß Amelie«, legte Finja auch das letzte Geheim-

nis offen. »Ich habe sie gesehen. Bei Agathe. Also nicht richtig, aber … Ich bin mithilfe der Magie in meine Vergangenheit gereist oder so. Keine Ahnung. Es war wie ein Traum, aber eine reale Erinnerung, und auf einmal war da so viel in meinem Kopf, was vorher nicht da war.«

»Amelie«, wiederholte Elisa und kratzte sich an der Stirn. »Und was ist mit ihr passiert?«

»Das weiß ich nicht.«

»Dann ist es wohl an der Zeit, das herauszufinden.«

»Wie meinst du das?« Finja ahnte Übles, und Elisas nächste Worte bestätigten ihre Befürchtungen.

»Ich fahre dich zu deinen Eltern, und du fragst sie nach Amelie und dem Foto, das du auf dem Dachboden gefunden hast. Nimm am besten direkt die Kristallkugel mit, und erzähl ihnen von deiner Magie und all dem anderen Kram. Für mich klingt das so, als hätten sie die Erinnerungen an eine Tochter verloren. Ziemlich harter Scheiß.«

»Ich glaube nicht, dass sie sich nicht erinnern.« Finja presste die Lippen zusammen. »Der Dachboden war abgeschlossen, und mein Vater wollte nicht, dass ich dort hochgehe. Nein. Sie wissen Bescheid. Sie haben das alles vor mir verheimlicht.«

»Oder sie stehen unter einem Fluch und erinnern sich nicht mehr an den Dachboden, sobald sie ihn verlassen. Ich hab in Horrorfilmen schon so krasse Dinge gesehen …«

»Das hier ist kein Horrorfilm«, unterbrach Finja sie energisch, aber Hoffnung flatterte in ihrer Brust. Es wäre eine Möglichkeit. Eine Erklärung für die Einsamkeit ihrer Mutter. Finja wollte sich nicht ausmalen, was von ihr übrig bliebe, wenn ihr jemand die Erinnerungen an Hannah nahm.

»Du solltest ihnen die Möglichkeit geben, zu beweisen, dass sie auf deiner Seite sind.« Elisa trommelte mit einem Finger auf das Lenkrad. »Das ist alles, was ich meine. Vielleicht sind sie ebenso Opfer dieses Spiegel-Dämons wie du.«

Euer Schweigen, 15. August

Heute

Dieses Mal nutzte Finja die neue Klingel. Entsprechend überrascht öffnete Tero die Tür.

»Finja«, sagte er. »Du … Schon wieder?« Sie war allein ausgestiegen, Elisa saß im Wagen, winkte kurz, als Teros Blick auf sie fiel. »Ich freue mich natürlich, dich zu sehen.«

Zu gern hätte Finja diese Freundlichkeit erwidert, aber sie stürmte voran, direkt ins Wohnzimmer. Tero folgte ihr.

»Was ist denn in dich gefahren?«, rief er, überholte sie, stellte sich ihr in den Weg. »Finja!«

»Wir müssen reden«, sagte sie. Ihr Atem ging schwer, sie presste die Kristallkugel an ihre Brust. »Über die Wahrheit.«

Tero riss die Augen auf. Nur für den Bruchteil einer Sekunde. Nicht länger als ein Wimpernschlag. Es war das erste Mal, dass Finja ihren Vater die Kontrolle über seine Mimik verlieren sah. Dann war da wieder sein unbegreiflich charmantes Lächeln mit den unbegreiflich weißen Zähnen.

Finja lief ins Wohnzimmer, von wo aus sie ihre Mutter im Wintergarten entdeckte. Als sich ihre Blicke begegneten, legte Maileen die Schere weg und trat ins Wohnzimmer.

»Dein Vater meinte, dass du neulich erst mit Elisa zu Besuch warst.« Keine Begrüßung. Kein Vorwurf in der Stimme. Nur Neugier. Dann hielt sie inne. Ihr Blick heftete auf der Kristallkugel in Finjas Hand. Finja setzte sich aufs Sofa, bettete die Kugel in ihren Schoß und sah ihre Eltern aufmerksam an.

»Ich war auf dem Dachboden«, begann sie. »Das letzte Mal, als Elisa und ich zu Besuch waren. Ich habe das hier gefunden.« Sie zog mit der freien Hand das mittlerweile zerknitterte Foto aus ihrer Hosentasche. »Mama ist darauf schwanger. Und das ist, lange bevor ich geboren wurde.«

Ihre Eltern starrten das Bild an, und Finja hoffte, dass sie gemeinsam diesem Geheimnis auf die Spur kommen und Hannah retten würden. Herausfanden, was mit Amelie geschehen war. Vielleicht war es auch der Fluch, der ihre Eltern gegeneinander ausgespielt hatte. Wenn sie ihn lösten, hätten sie Amelie und Hannah zurück und könnten wieder eine glückliche Familie sein. Mit ausgedehnten Frühstücksbesuchen an Sonntagen, mit Schwimmbadbesuchen, Lichterketten und selbst gebackenen Keksen an Weihnachten. Hannah hätte eine Tante und Finja eine Schwester, mit der sie all die Zeit aufholen konnte, die sie durch dieses Monster verloren hatten.

Falls sie noch lebte. Finja hoffte es so sehr. Sie hoffte so sehr, dass sie alle noch da waren. Agathe, Amelie, Hannah. In dieser kalten Welt hinter den Spiegeln mit dem Eisschloss und den schneebedeckten Tannen.

»Papa«, sagte Finja mit Nachdruck. »Erinnerst du dich an Amelie? Sie war … Sie ist meine Schwester. Wir haben auf dem Dachboden gespielt. Mit Magie. Ich weiß, wie seltsam das alles klingt, aber …« Zur Erklärung hob sie die Kristallkugel leicht an, und dieses Mal leuchtete sie sofort auf, ohne dass Finja sich groß konzentrieren musste. »Ich bin wirklich eine Hexe.«

»Amelie.« Aus Teros Mund klang der Name seltsam vertraut.

Sämtliche Farbe wich aus Maileens Gesicht, sie seufzte, sank in einen der Sessel.

»Ich hätte nicht gedacht, dass dieser Tag jemals kommen wird«, sagte Tero.

Finjas Hoffnung, dass die beiden ebenfalls Opfer eines Fluchs waren, starb. Ihre Finger krampften sich um die Kugel. »Ihr wusstet Bescheid«, stellte sie fest, und es schockierte sie, dass sie nicht einmal sonderlich überrascht war. »Die ganze Zeit. Aber ihr habt mich belogen. Warum? Wieso habt ihr mir verschwiegen, dass ich eine Schwester habe?« Dann ein weiterer Gedanke. »Bist du auch eine Hexe?« Sie musterte Maileen, diese Frau, die so viel Zeit mit ihren Pflanzen verbrachte und so oft so einsam wirkte.

»Ich …« Maileen schloss die Augen. Auf einmal wirkte sie klein und zerbrechlich und viel älter, als sie eigentlich war. Die Falten im Gesicht ihrer Mutter waren Finja noch nie so tief erschienen.

Tero trat hinter seine Frau, legte eine Hand auf ihre Schulter. »Amelie hat Hannah entführt. Sie ist gefährlich. Wir mussten dich schützen.«

»Wie meint ihr das?« Finja lehnte sich vor. Sie war der Wahrheit so nah. Der Rettung. »Wie komme ich zu ihr?«

Als Antwort stieß Tero ein freudloses Lachen aus. »Amelie ist …« Seine Hände krallten sich in die Schultern seiner Frau. »Eine Hexe, die ihre Magie missbraucht. Seit Jahren verwische ich ihre Spuren.« Die Verbitterung färbte Teros Stimme dunkel. »Immer wenn sie ein Kind entführt, reise ich zur Familie und lösche die Magie aus ihren Gedanken. Nur bei dir …« Er kniff die Lippen zusammen.

»Bei … mir?« Finja riss die Augen auf. Das Eis im Badezimmer. Die Tannen im Spiegel.

»Es ging nicht«, mischte sich Maileen ein. »Wir haben dich schon einmal Magie vergessen lassen. Ein zweiter Vergessenszauber hätte dich zerstört. Deshalb haben wir es nicht einmal versucht, und deine Erinnerungen an das Eis sind geblieben.«

Ich bin doch schon kaputt, wollte Finja antworten. Stattdessen sagte sie: »Ihr habt mich angelogen. Die ganze Zeit.«

»Wir haben dich beschützt.« Tero schlug mit der flachen Hand auf die Sessellehne. »Verstehst du das nicht? Amelie ist böse. Sie tötet ohne Skrupel. Es verschwinden nicht nur Kinder – es sterben auch Menschen, Finja. Weil deine Schwester der schwarzen Magie verfallen ist.«

»Weil niemand sie aufgehalten hat«, fügte Maileen hinzu. »Wir hätten sie damals aufhalten sollen. Bevor sie verschwunden ist und sich ein Reich hinter den Spiegeln erschaffen hat.«

Es gab also keine Dämonen, und es war wahrhaftig ihre Schwester, die Hannah entführt hatte. Finja wurde schwindelig. »Deshalb habt ihr mir so gruselige Geschichten über Spiegel erzählt.« Sie kniff die Lippen zusammen. »Um mich von ihnen fernzuhalten.«

»Wir mussten dir diese Angst einflößen, um dich zu beschützen«, sagte Tero. »Denn wenn Amelie dich in ihre Finger bekommen hätte …«

»Sie hätte ihr nichts getan.« Maileens Worte kamen unvermittelt, schnell. Ihr Blick war auf Finja geheftet. »Dich hätte sie niemals verletzt. Sie hat dich geliebt. Du bist ihre Schwester. Ihr zwei … ihr hattet eine tolle Kindheit zusammen. So viel Lachen. In diesem Haus gab es früher so viel Lachen.«

Finja erinnerte sich nicht daran. Ihre Kindheit bestand aus einsamen Abenden mit ihren Plastikautos im Kinderzimmer, ihr Spiel untermalt vom Gezänk ihrer Eltern. Sie erinnerte sich an Schwimmbadbesuche mit Elisas Eltern. An Eis und Pommes und zu kaltes Wasser. An stille Abendessen in der Küche, untermauert vom Schweigen ihrer Eltern.

»Maileen, das haben wir schon so oft diskutiert.« Tero schüttelte langsam den Kopf. »Sie ist unberechenbar. Wir konnten nicht riskieren, dass Finja etwas passiert. Können wir immer noch nicht.«

»Ihr habt das alles vor mir verheimlicht, und deshalb habe ich Hannah nicht beschützen können!« Energisch sprang Finja auf, die Kristallkugel drückte sie so eng an ihre Brust, als wäre sie ihr Kind. »Wenn ich gewusst hätte … wenn ich das alles gewusst hätte … Ich hätte diesen Spiegel im Badezimmer niemals zugelassen.« Ihr wütender Blick galt ihrer Mutter. »Du sagst, sie hätte mich niemals verletzt. Aber das hat sie. Sie hat mir mein Kind genommen. Was hätte sie mir schon Schlimmeres antun können als das?« Schwer atmend stand sie da, im Wohnzimmer ihrer Eltern, die ihre Erinnerungen an den Großteil ihrer Kindheit gestohlen hatten. »Ihr habt meine Erinnerung gelöscht.« Es war die Verzweiflung, die ihre Wut entzündete. »Und die

Erinnerungen der anderen Eltern, die ihre Kinder verloren haben. Wie viele?« Sie wartete auf eine Antwort.

Tero und Maileen blickten einander an. Schwiegen.

Nachdrücklich wiederholte Finja: »Wie viele?« Dann flüsterte sie: »Und wieso habt ihr keines der Kinder zurückgeholt?«

»Weil es unmöglich ist«, sagte Tero.

31

Zuflucht, 15. August

Heute

»Was haben sie erzählt?«, fragte Elisa, als Finja die Beifahrertür öffnete und zu ihr in den Wagen stieg. Es war stickig, Schweiß stand auf Elisas Stirn.

»Wieso hast du denn nicht die Klimaanlage laufen lassen?«, fragte Finja.

»Weil ich nicht zwei Stunden lang Benzin verbrauche, um in der Gegend rumzustehen. Also: Was hast du erfahren?« Sie startete den Wagen, und sofort strömte ihnen angenehm kühle Luft entgegen.

»Ich hatte eine Schwester.« Finja lehnte sich gegen den warmen Stoff des Sitzes. »Sie ist der schwarzen Magie verfallen und entführt Kinder. Meine Eltern vertuschen das, indem sie die Leute mit Vergessenszaubern belegen.«

»Was?« Elisa würgte den Motor ab, bevor sie die Einfahrt verlassen hatten.

»Genau.« Das imposante Haus ihrer Kindheit ragte vor Finja auf. Eine makellose Fassade mit frischer Farbe. Nur das kleine runde Fenster unter dem Dach wirkte fehl am Platz, und jetzt wusste Finja auch endlich, wieso. Es war Teil einer Kindheit, die ihre Eltern ihr geraubt hatten. »Was ist, wenn sie mir auch andere Erinnerungen genommen haben?« Sie knetete die Hände, während Elisa ihre um das Lenkrad krallte. »Vielleicht haben sie ihre Macht ausgenutzt, um mich Dinge vergessen zu lassen, die ihnen peinlich waren. Wenn sie sich gestritten haben. Oder ich sie im Bett erwischt habe. Oder …«

»Finja«, unterbrach Elisa sie sanft. Das Dröhnen des Motors war im Vergleich zu ihrer Stimme auf einmal unfassbar laut. »Ich bringe dich jetzt nach Hause, hänge den Spiegel in deinem Bad ab, und dann machen wir einen Plan, wie wir Hannah befreien, okay? Es muss einen Weg geben.«

Schweigen. Kurz schwelgte Finja in dieser Hoffnung, teilte Elisas unerschütterlichen Glauben an ein Happy End. Dann brach es aus ihr hervor: »Mein Vater sagte, dass es unmöglich ist.«

»Nichts ist unmöglich.«

»Er sagte, sie hätten keines der entführten Kinder zurückgeholt, weil es schlicht und ergreifend nicht geht.« Hannah würde nicht zurückkommen. Sie war gefangen in einer Welt aus Eis und Kälte, bewacht von Amelie, Finjas Schwester. Ihrer verlorenen, verdorbenen Schwester. Tränen traten in ihre Augen. »Du hättest seine Verzweiflung sehen müssen, Elisa. Das war keine Lüge. Sie wollten diese Kinder wirklich befreien.«

»Deine Eltern sind also Hexen.« Die Klimaanlage rauschte, sie standen an einer roten Ampel, die gerade einige Fußgänger überquerten. Ein Mann sah Finja direkt in die Augen. Faltig war sein Gesicht, ehrlich sein Lächeln.

»Das haben sie so nicht gesagt«, gab Finja zu. »Aber … sie haben Vergessenszauber gewirkt. Das klingt für mich schon nach Hexen, oder?«

Die Ampel sprang auf Grün, und das Auto setzte sich wieder in Bewegung.

»Ich hätte sie fragen sollen.«

»Du hattest andere Dinge im Kopf.« Elisa schnalzte mit der Zunge. »Ich bin ja kein Profi, was Magie angeht, aber ich kann mir nicht vorstellen, dass sie überall gleich ist. Dementsprechend muss es Hexen geben, die in diese Welt hinter den Spiegeln reisen können. Falls das so wäre, wären deine Eltern sowieso zu stolz, um sie um Hilfe zu bitten.«

»Es geht um Kinderleben.« Finjas Stimme bebte. »Mein Vater mag stolz sein, aber …«

»Er hat seiner eigenen Tochter die Kindheit gestohlen und die Wahrheit vorenthalten, weil er zu stolz war, um zuzugeben, dass seine älteste Tochter dunkle Magie wirkt.«

»Aber das war zu meinem Schutz. Zu meinem Besten. Er wollte doch nicht …«

»Er hat dadurch Hannah in Gefahr gebracht, und jetzt ist sie verschwunden. Wenn er dir von Anfang an die Wahrheit gesagt und dich in die Magie eingewiesen hätte, wäre das alles nicht passiert.«

»Es ist nicht so einfach.«

»Ist es nicht?« Elisa schlug mit der flachen Hand gegen das Lenkrad. »Doch, verdammt, es ist so einfach. Er hat dich angelogen, Finja. Tero und deine Mutter. Weil sie so verdammt stolz waren. Ich glaube Agathe mehr als ihnen. Du nicht auch?«

Ihr Leben lang hatte Finja ihre Eltern vor anderen verteidigt. Auch wenn sie selbst so viele Probleme mit ihnen hatte, sie wollte nie jemandem das Recht geben, schlecht über sie zu sprechen. Nur mit Mika war es anders gewesen. Aber jetzt sagte sie: »Du hast recht.«

Überrascht sah Elisa sie an, öffnete den Mund, um etwas zu sagen, aber Finja kam ihr zuvor: »Ja. Ja. Du hast es schon immer gesagt. Wir haben uns schon oft gestritten, weil ich meine Eltern verteidigt habe. Jetzt habe ich endlich genug.«

»Du nimmst mir die Worte aus dem Mund.«

Das Rauschen des Verkehrs. Erinnerungen an ihre frühe Kindheit. Elisa mit ihr im Kinderzimmer. Im Garten ihrer Eltern. Sie beide in Prinzessinnen-Pyjamas bei einer Übernachtungsparty.

»Scheiße«, sagte Elisa.

»Richtig große Scheiße«, erwiderte Finja.

»Was meinst du … Wie viel … haben sie mir …?« Elisa lenkte den Wagen in eine Seitenstraße, stellte den Motor aus. Das Absolutes-Halteverbot-Schild ignorierten sie.

»Ich weiß es nicht.« Finja raufte sich die Haare. Es war viel los in die-

ser Seitenstraße, Passanten liefen an ihnen vorbei, einige schüttelten missbilligend den Kopf. An der Straßenecke standen mehrere Tische mit großen Schirmen, unter denen Leute Eisbecher genossen.
»Wir fahren zurück.« Elisa griff nach dem Schlüssel im Zündschloss, aber Finja hielt ihre Hand fest.
»Das können wir nicht.«
»Wieso?« Elisas Gesicht war blass, ihre Finger zitterten. »Finja, ich muss wissen, welche Erinnerungen deine Freak-Eltern mir gestohlen haben!«
Eine Frau im elegant geschnittenen Kostüm, die gerade an ihnen vorbeilief, zuckte zusammen und beschleunigte nach einem kurzen Blick in den Wagen ihren Schritt.
»Wenn sie wissen, dass ich dir alles erzählt habe …«
»Dann was? Verwandeln sie mich in eine Kröte?« Elisas Stimme überschlug sich, dann stieß sie ein freudloses Lachen aus. »Das wird doch immer absurder. Erst das Monster in deinem Badezimmer, dann Agathe, das Blut, die Scherben, diese seltsame Kassiopeia, und jetzt sind deine Eltern Hexen.«
»Sie können Vergessenszauber«, korrigierte Finja sie. »Das ist ein Unterschied.«
Ohne Klimaanlage heizte sich der Wagen in der späten Nachmittagssonne schnell auf. Schweiß bildete sich in Finjas Nacken, lief ihren Rücken hinab. Sie sah zu den Menschen unter den Sonnenschirmen, zu dem cremigen Eis und der Normalität. »Vorschlag: Ich lade dich auf ein Eis ein, und währenddessen schmieden wir einen Plan, ja? Du hast recht: Es muss einen Weg geben, Hannah zu retten. Auch ohne meine Eltern.«
»Oder du fragst sie noch mal …«
»Nein«, erwiderte Finja entschieden und öffnete die Beifahrertür.
»Ich sollte umparken«, rief Elisa ihr hinterher.
»Mach das, und ich suche uns schon einmal einen guten Tisch.« Sie knallte die Tür lauter zu als beabsichtigt. Aber da war so viel Wut in ihr. Heiß war sie, so heiß wie der Asphalt, der sich den ganzen Tag mit Sommer vollgesogen hatte und auch bis in die tiefe Nacht noch Wärme abstrahlen würde. Der Außenbereich war voll besetzt, und

Finja betrat das Café mit braunen Ledermöbeln und einer sirrenden Klimaanlage. Hinter dem Tresen stand eine junge Frau, die eifrig die Kaffeemaschine bediente.
»Einen Moment bitte.« Ihre Stimme wurde übertönt vom Krachen der Kaffeemühle. Dann: »Was kann ich für Sie tun?«
»Ein Tisch für zwei, bitte«, sagte Finja und lächelte freundlich. Da sah sie ihr eigenes Gesicht hinter der Bedienung. Der Bereich zwischen den Regalbrettern war verspiegelt. Schnell wich Finja zurück, hob die Hände, senkte den Blick. »Aber ich kann auch draußen warten, bis etwas frei wird. Kein Problem.«
»Setzen Sie sich doch gern einfach so lange hierher und trinken einen Espresso aufs Haus«, schlug die Frau vor. »Heute ist wirklich viel los. Wochenende. Das Wetter.«
Das Raunen des Spiegels war laut, so laut. Eindringlich. Es befahl Finja, aufzusehen. Die Wahrheit zu erkennen. Ein kurzer Blick nur, der würde reichen.
Eine Sekunde, um das Leben deiner Tochter zu retten, versprach die Stimme. Finja dachte an das Blut auf den Scherben in Agathes Laden.
»Das ist sehr nett, aber ich warte lieber draußen.« Als sie sich umdrehte und in einige verwirrte Gesichter blickte, erkannte sie, dass sie geschrien hatte. Mit hochroten Wangen verließ sie das Café, stellte sich in den Schatten des Eingangs, lehnte sich gegen die warme Wand, holte tief Luft.
Da legte sich eine Hand auf ihre Schulter. »Finja?«
Elisa stand vor ihr, den Blick voll Sorge.
»Dadrinnen ist ein Spiegel«, sagte Finja nur. Ihre Stimme zitterte ebenso wie ihre Knie. »Er ruft noch immer nach mir. Sie. Ich weiß nicht. Die Stimme aus dem Spiegel ist viel lauter als sonst.«
Direkt neben ihnen saßen zwei Frauen mit einem Kind, dessen Gesicht voller Schokoladeneis war.
»Es wohnt jemand im Spiegel?«, fragte das kleine Mädchen. »Stimmt das, Mami?«
»Aber nein«, sagte sie leise, während die andere Frau Finja einen bösen Blick zuwarf. »Die Frau spielt nur ein Spiel mit ihrer Freundin.«
»Wie geht das Spiel?« Das Mädchen sah Finja ehrlich interessiert an.

»Mir ist langweilig, weil meine Mamis so lange brauchen. Darf ich mitmachen?«
So viele Kinder waren bereits entführt worden, lebten jetzt bei Amelie in ihrer Welt. Und auch wenn Finja nicht wusste, wie es dort war, so boten ihre Träume von Schneestürmen und Angst doch genügend Anhaltspunkte, um dieses fremde Kind ernst anzusehen und zu sagen: »Halte dich von Spiegeln fern. Sie sind gefährlich.«
Die Eltern des Kinds rissen empört die Augen auf.
»Das ist nicht lustig«, sagte die eine.
»Hör nicht auf diese komische Frau«, fügte die andere hinzu.
Dann zog Elisa Finja mit sich zu einem Tisch, der gerade frei wurde.
»Was war das denn?«, fragte Elisa und drückte Finja auf einen Platz. Der Stuhl war noch warm vom vorherigen Besucher.
»Die Wahrheit.«
»Du kannst doch nicht einem fremden Kind sagen, dass es Angst vor Spiegeln haben soll.«
»Hannah ist nicht die Einzige, die entführt wurde«, rief Finja ihr in Erinnerung. »Also doch, das kann ich. Je mehr Kinder ich warne, desto besser.«
Die Bedienung, die Finja so nett im Café begrüßt hatte, trat unsicher an ihren Tisch, wischte die Platte sauber. »Darf ich schon einmal etwas zu trinken bringen?«
»Einen Schokomilchshake«, erwiderte Finja und vermied es, die Frau anzusehen.
»Für mich einen Kaffee und zwei Kugeln Vanilleeis.«
»Kommt sofort.« Sie schlängelte sich durch die Tische, und alles, was Finja sah, waren die Kinder, die dort saßen. In bunten Kleidern, bedruckt mit den Motiven ihrer liebsten Serien und Filme. Eisbecher vor ihnen, verschmierte Münder, breites Grinsen.
»Sie müssen alle Bescheid wissen«, sagte sie und stemmte sich nach oben, aber Elisa hielt sie entschieden fest, zog sie zurück auf den Stuhl.
»Durchatmen«, befahl sie. »Sofort. Du wirst nicht in einem Café durch die Gegend rennen und Kindern erzählen, dass ein Monster in den Spiegeln wohnt. Und auch nicht, dass dieses Monster deine

Schwester ist.« Sie sprach leise und eindringlich. »Mir ist klar, dass du jetzt etwas tun willst, aber *das* ist garantiert nicht das Richtige. Du willst Hannah retten und nicht von der Polizei wegen Erregung öffentlichen Ärgernisses oder Ruhestörung oder was auch immer verhaftet werden.«

»Aber diese Kinder …« Hilflos deutete Finja auf das Mädchen direkt neben der Eingangstür, das sich den Hals verrenkte, um einen Blick in das Innere des Cafés zu erhaschen, in dem es das Spiegelspiel vermutete. Eine ihrer Mütter bezahlte gerade.

»Ich weiß.« Elisa griff nach ihren Händen, drückte sie. »Du willst ihnen helfen. Und das werden wir auch tun, indem wir Hannah retten und deine Schwester ausschalten.«

»Aber wie?«

»Das überlegen wir uns jetzt. Ganz in Ruhe. Also: Was wissen wir?« Sie hob einen Finger nach oben. »Wie hat Agathe dich genannt? Eine *Verfallene*?«

»*Gefallene*«, korrigierte Finja.

»Wenn wir das googeln, werden wir wohl kaum Antworten finden«, murmelte Elisa und hob einen zweiten Finger. »Deine Eltern haben einen Vergessenszauber angewandt, damit du Magie vergisst.« Ein weiterer Finger. »Deine Schwester ist dunkler Magie verfallen:« Der vierte Finger. »Du besitzt Magie oder hast sie zumindest bei Agathe genutzt, um deine eigene Vergangenheit zu finden.«

Finja nickte. Atmete tief ein. Konzentrierte sich auf die Wasserflecke vor ihr auf dem Tisch. Auf die Holzmusterung. Die glatte Oberfläche. »Die Kugel«, sagte sie. »Sie ist im Auto. Damit habe ich mich an Amelie erinnert. Ich könnte mit ihr mehr über meine vergessenen Erinnerungen herausfinden. Vielleicht finden wir so einen Weg, zu Amelie zu gelangen.«

»Und du könntest mit ihr auch meine Erinnerungen zurückholen.«

»Vielleicht.« Finja zog ihre Hände zurück, holte tief Luft. »Ich weiß nicht, wie ich Magie kontrollieren kann.«

»Du hast die Kugel leuchten lassen«, erinnerte Elisa sie. »Ich bin mir ziemlich sicher, dass du auch den Rest hinbekommst, wenn du dich konzentrierst.«

Die Bedienung brachte ihnen ihre Bestellung, aber während Elisa sich sofort über das Eis hermachte, starrte Finja ihren Schokoladenmilchshake appetitlos an.
»Ich habe Angst«, flüsterte sie. »Und weiß nicht einmal so recht, wovor ich mich am meisten fürchte.«
»Wie meinst du das?« Elisa legte den Löffel zur Seite.
»Entweder finden wir Amelie oder nicht«, erwiderte Finja. »Also reisen wir in die Welt hinter den Spiegeln, und ich begegne meiner Schwester, oder meine Tochter ist für immer verloren. Und gerade weiß ich nicht, welche Zukunft mir mehr Angst macht.«
Das Monster im Spiegel, die rot glühenden Augen, das ständige Raunen. Agathes Blut an den Scherben und das Eis am Rückspiegel des Autos. Amelies eindringlicher Blick.
Erneut sah Finja sich um, bemerkte einen kleinen Jungen am Nachbartisch, der gerade ein Spielzeugauto über die Tischplatte rasen ließ. Sie dachte an Hannah, an das zahnlose Lächeln und Haarspangen.
»Hier mein Vorschlag«, sagte sie schließlich und griff nach ihrem Schokoladenmilchshake. »Nach diesem leckeren Eis werde ich versuchen, mit der Kugel weitere Erinnerungen an Amelie zu finden. In meinem Kopf.« Sie zögerte kurz. »Und in deinem. Auch wenn ich sagen muss, dass ich wirklich Angst davor habe, dich zu verletzen.«
»Das Risiko gehe ich ein«, sagte Elisa sofort. »Ich möchte meine Erinnerungen wirklich gern zurückhaben. Dafür sage ich sogar den Cocktailabend mit meinen liebsten Arbeitskolleginnen ab.«
»Du nutzt mich als Ausrede, um dem Lästerabend zu entgehen?«, versuchte Finja sich an einem Scherz.
»Möglich«, erwiderte Elisa. »Aber wie gesagt: Vor allem will ich diese Erinnerungen zurück, und dafür ist mir jedes Risiko recht. Außerdem vertraue ich dir.«
Finja lachte freudlos. »Da bist du die Einzige.«

32

Spuren der Erinnerung, 16. August

Heute

Sie fuhren in ein nahe gelegenes Waldstück. Unter dem rauschenden Blätterdach war es angenehm kühl, und je weiter sie sich vom Auto entfernten, desto entspannter wurde Finja.

»Keine Spiegel«, sagte Elisa, als sie bei einer Bank neben einem kleinen Tümpel ankamen. Das Wasser war zu trüb, um irgendetwas zu reflektieren. Es roch abgestanden, Fliegen schwirrten umher.

»Lass uns noch ein Stück gehen«, erwiderte Finja mit einem misstrauischen Blick auf den Tümpel. »Stinkt ganz schön hier.«

Sie folgten einem Trampelpfad, genossen das Zwitschern der Vögel. Ein grellgelber Schmetterling kreuzte ihren Weg, flatterte scheinbar ziellos umher, setzte sich immer wieder auf Gräser, bevor die nächste Brise ihn weitertrieb. Es roch nach warmer Erde und Gras.

Schließlich fand Finja eine weitere Bank, halb überdeckt von tief hängenden Ästen. Sie schob sie leicht zur Seite, klemmte sie hinter die Lehne und setzte sich auf das raue Holz. Es roch nach Harz, an den Füßen hingen klebrige Klumpen.

Die Kristallkugel lag schwer in ihrer Hand, ein kühles Versprechen auf Hoffnung.

»Es ist komisch«, sagte Finja, als Elisa sich neben sie setzte, »dass mir die Spiegelung in dieser Kugel überhaupt keine Angst macht, oder?«

»Jetzt, da du es ansprichst …« Elisa nickte. »Ich dachte mir das von Anfang an, wollte aber nichts sagen, weil ich dachte, du wüsstest schon, was du tust, und ich wollte dir keine Angst machen, aber ja, irgendwie schon seltsam. Andererseits ist das die Kristallkugel einer echten Hexe, vielleicht ist sie mit einem Zauber geschützt oder so. Keine Ahnung. Scheiße, alles, was ich im Internet zu Hexen gefunden habe, waren Kräutertees und Tarotkarten, aber niemand redet von Monstern in Spiegeln. Alles, was ich da finden konnte, war die Legende von Bloody Mary. Wusstest du, dass diese Mary wirklich gelebt hat? In Massachusetts. Sie soll ein entstelltes Gesicht gehabt haben und deshalb von den Kindern gehänselt worden sein, und als sie als Hexe verbrannt wurde …«

»Stopp«, unterbrach Finja sie. »Ich glaube, das will ich gar nicht hören.«

»Ist doch nur eine Legende«, erwiderte Elisa. »Eine amerikanische noch dazu. Du weißt doch, die übertreiben total. Sogar das Ouija-Bord hat sich einer von denen patentieren lassen, dabei stammen die ersten bekannten Bretter dieser Art aus der Song-Dynastie-Zeit in China. Also so um 1100 …«

»Elisa«, unterbrach Finja sie. »Wie intensiv hast du das Internet bitte durchsucht?«

»Ich pflege, meine Recherche umfassend zu gestalten«, erklärte Elisa. »Gerade bei so wichtigen Themen. Und es gibt online wirklich viel zum Thema Hexen. Sogar ein paar Kurse, die dir das Grundhandwerk beibringen, aber ich glaube, das ist alles Scam. Also las sich zumindest so. Und war unfassbar teuer. Ich kann mir nicht vorstellen, dass *echte* Hexen so was im Internet anbieten. Andererseits gehen sie vielleicht auch mit der Zeit und …«

»Bitte«, unterbrach Finja sie erneut. »Dein Redeschwall hilft mir gerade nicht bei meiner Nervosität. Im Gegenteil.«

»Oh. Entschuldige. Ich dachte, ich könnte dich ablenken.«

»Funktioniert nicht.« Finja zog einen Mundwinkel nach oben. »Aber danke für den Versuch.«

»Jederzeit.« Danach schwieg Elisa, strich über die Stofffalten ihres Rocks. Wartete.

Finja glaubte, ihre beste Freundin noch nie so geduldig erlebt zu haben, während sie mit den Fingerspitzen die Oberfläche der Kugel entlangfuhr und die Angst in sich niederkämpfte. Es war ein stummer Kampf. Aufkeimende Gedankenfetzen an Träume aus Eis, an Silhouetten vor ihrem Fenster. *In* ihrem Fenster. Sie verdrängte sie mit Erinnerungen an Hannah, mit dem stummen Versprechen an ihre Tochter, sie zurückzuholen.

Als sie an ihre Tochter dachte, stieg sanftes Licht von der Kugel aus. Sie verwandelte sich erneut in einen Stern, in gleißendes kühles Licht. Elisa stieß beeindruckt einen Schwall Luft aus.

»Ich glaube, ich bin bereit«, flüsterte Finja und unterbrach den Kontakt zur Kugel. Unscheinbar lag sie da, war nicht mehr als ein Stück polierter, durchsichtiger Stein.

»Zuerst deine Erinnerungen, oder?«, fragte Elisa und sah Finja fest in die Augen. »Du packst das.«

Ihre Zuversicht ließ Finja lächeln. »Danke.«

»Nicht dafür. Gibt es irgendetwas, das ich tun kann? Soll ich auf etwas Bestimmtes achten? Muss ich dir irgendwann eine reinhauen, damit du zurückkehrst?«

Über diese Möglichkeit hatte Finja bereits nachgedacht. Die Vorstellung, in ihren eigenen Erinnerungen gefangen zu sein, ließ ihren Nacken kribbeln. »Agathe holte mich mit ihrer Stimme zurück«, erklärte sie langsam. »Sie sagte *Kehr zurück* oder so etwas Ähnliches. Aber woher sie den richtigen Zeitpunkt kannte … Uff. Keine Ahnung.«

»Also schreie ich dich einfach irgendwann an.« Elisa nickte. »Klingt logisch. Kann ich machen.«

»Juhu?« Ein letztes Mal holte Finja tief Luft, dann schloss sie die Augen, legte die Finger auf die Kristallkugel, konzentrierte sich auf Hannah. Auf Amelie. Auf das Loch in ihrem Herzen. Durch ihre geschlossenen Augenlider sah sie das gleißende Licht. Sie hörte ein hohes Summen, die Welt schien zu vibrieren.

Alles war

weiß.

Warm war es. Warm und hell und sicher. Weiß überall. In ihren Poren, in ihrem Herzen. Warmes, kühles, allumfassendes Licht.
»Finja!«
Elisas Stimme war dunkelgrün. Ein dunkelgrüner Schatten im hellen Licht. Sie störte.
»FINJA!«
Dunkler wurde der Schatten, immer dichter. Er griff nach Finjas Füßen, obwohl sie keine Füße mehr hatte. Zog sie zurück nach unten. Zurück in die Hitze eines Spätsommernachmittags. Zurück unter das rauschende Blätterdach, auf die Bank.
Finja holte tief Luft, riss die Augen auf.
»Was hast du gesehen?«, fragte Elisa. Golden war ihr Gesicht. Alles lag in einem tiefgoldenen Licht, eingefärbt von der untergehenden Sonne.
»Wie lange war ich weg?«, fragte Finja.
»Eine halbe Stunde.«
»Niemals.« Finja schüttelte den Kopf. »Das waren höchstens zwei Minuten.«
Besorgt runzelte Elisa die Stirn. »Hast du in deiner Erinnerung etwas gefunden?«
»Da war keine Erinnerung.« Es war ihr unmöglich, die Enttäuschung in ihrer Stimme zu verbergen. »Nur weißes Licht.« Sie legte die Kugel ab, stand auf, lief umher, einen Kreis in den staubigen Boden. »Ich dachte wirklich, ich könnte es, aber ohne Agathe fehlt mir der Zugang.« In einer hektischen Geste strich sie sich die Haare aus dem Gesicht. »Ich kann es nicht. Und fast …« Sie atmete tief ein. »Fast wäre ich nicht zurückgekommen. Ohne dich …« Fest schlang sie sich die Arme um den Oberkörper. »Ohne dich wäre ich dort gefangen gewesen, Elisa. Keine Chance, dass ich dich dorthin schicke. Das alles war eine absolut beschissene Idee. Lass uns nach Hause gehen.«
Die Baumkronen rauschten, irgendwo in der Ferne bellte ein Hund. Finja sehnte sich nach der Sicherheit ihrer Küche, frischen Klamotten und einer kühlen Limonade.
»Nein.« Elisa stand ebenfalls auf und bückte sich, um die Kristallku-

gel aufzuheben. Entschlossen hielt sie sie Finja entgegen. »Du versuchst es noch einmal. Es ist nichts Schlimmes passiert, oder?«
Das grelle, warme, kalte Weiß. Die Sicherheit. Der Wunsch, dortzubleiben und alles andere zu vergessen. Finja leckte sich über die Lippen. Der Drang, dorthin zurückzukehren, ließ sie die Finger ausstrecken, dann wich sie zurück, schüttelte heftig den Kopf.
»Wenn ich dort noch einmal hingehe, kehre ich nicht zurück«, erklärte sie. »Da bin ich mir sicher.«
»Ich werde dich zurückholen«, erklärte Elisa ernst. »Ganz egal, wo dich diese Kristallkugel hinführt: Ich finde einen Weg, um dich zurückzubringen. Es hat doch gerade eben auch geklappt. Vertrau mir.« Sie trat auf Finja zu, legte ihr die schwere Kugel in die Hand. »Ich will meine Erinnerungen zurück, Finja.«
»Du weißt nicht mal, ob meine Eltern dir welche gestohlen haben«, wandte Finja ein und starrte auf den polierten Kristall. »Das Risiko ist zu hoch.«
»Das ist es mir wert«, erklärte Elisa.
»Du hast keine Ahnung, was dich dort erwartet.« Finja schluckte.
»Tu es für mich.«
Damals hatte Elisa für Finja gelogen. Sie hatte ihre Eltern angelogen, damit sie auf eine Party gehen konnte. Sie hatte Kleidung für Finja besorgt, die für Teros Geschmack zu punkig gewesen waren, sie bei sich zu Hause versteckt und mitgebracht, damit Finja sich vor der Schule umziehen konnte. Elisa hatte Jungs zu Partys eingeladen, auf die Finja stand, weil Finja zu schüchtern war, es selbst zu tun. Und Elisa hatte so getan, als müsste sie schon nach Hause gehen, obwohl es eigentlich Finja war, die sich vor dem Ärger ihrer Eltern fürchtete – und alles nur, damit Finja vor Klaus aus der neunten Klasse nicht wie eine Spießerin aussah.
»Okay«, sagte Finja. »Aber bei dir versuche ich es erst, wenn ich meine eigenen Erinnerungen gefunden habe.«
Elisa hob den Zeigefinger. »Finja, ich …«
»Nein.« Finja reckte energisch das Kinn. »Ich werde dich nicht in Gefahr bringen. Du bedeutest mir alles, Elisa. Ich werde nicht zulassen, dass dir irgendetwas geschieht.«

Also ging Finja wieder zur Bank, setzte sich und schloss erneut die Augen. Konzentrierte sich zum zweiten Mal in diesem Wald auf das Loch in ihrem Herzen.

Das grelle Licht antwortete. Und dieses Mal schickte es Finja nicht ins Nichts. Sie sah Frauen. Hochgewachsene, kleine, schmale und welche mit breiten Hüften und ausladenden Busen. Sie bemerkte einen runden Tisch und Kerzen darauf, und sie saß in der Mitte dieses Tisches, sah verblüfft in ebenso überraschte Gesichter.

»Du bist nicht Agathe«, sagte eine von ihnen. Stimmengewirr erhob sich.

»Etwas muss schiefgelaufen sein.«

»Ist sie ein Dämon?«

»So etwas habe ich noch nie erlebt.«

»Das ist ungeheuerlich.«

Finja versuchte, in der Finsternis des Raums etwas anderes auszumachen als die von tanzenden Kerzenflammen erhellten Gesichter, aber sie sah nur schemenhafte Umrisse von Bildern und Regalen.

»Wer seid ihr?«, fragte Finja. Ihre Stimme klang seltsam leblos.

»Bist du ein Geist?«, fragte jemand.

»Nein«, erwiderte Finja und wollte sich durch die Haare streichen. Versuchte es zumindest. Ihr Körper gehorchte ihr nicht, es war, als wäre sie an die Tischplatte gefesselt, als läge eine schwere Decke auf ihrer Schulter. »Ich bin Finja.«

»Finja?«, wiederholte die Frau, die sie zuerst angesprochen hatte. Sie war hochgewachsen, hatte goldenes Haar, und ihr spitzes Gesicht mit dem erhobenen Kinn erinnerte Finja an eine Elbin. »Die Hexe, die unsere Agathe entführt hat?«

»Nein.« Finja wollte abwehrend die Hände heben, aber die Kraft, die sie nach unten drückte, wurde noch stärker, hielt sie fest. »Ich bin die Gefallene und ebenfalls auf der Suche nach ihr.«

Ihre Worte standen kurz in undurchdringlicher Stille. Dann ließ der Druck auf ihren Schultern nach, und sie vermochte, die Hände zu heben. Als sie hinabsah, erkannte sie, dass sie durchsichtig waren wie Kristall.

»Wo bin ich?«, fragte Finja.

»Ja, wo ist dein Körper?« Die blonde Frau neigte sich interessiert nach vorne. »Wir müssen mit dir sprechen.«
Etwas zog an Finjas Hinterkopf. Es war, als würde ihr jemand an den Haaren zerren. Die Haarwurzeln klammerten sich an der Kopfhaut fest, Finja schrie.
Atemlos stieß sie ihre Adresse hervor. Der Schmerz wurde zu stark. Dann saß sie in einem dunklen Wald. Elisa kniete schwer atmend neben ihr.
»Scheiße«, murmelte sie und hob die Hand, in der sich ein Büschel von Finjas Haaren befand. »Das war verdammt gruselig.«
Instinktiv fasste Finja an die Stelle, an der die Kopfhaut brannte. Das Haar dort war lichter. »Hast du mir ernsthaft Haare ausgerissen?«
»Ich habe über eine Stunde versucht, dich zurückzuholen«, erklärte Elisa atemlos und deutete in den Himmel. »Es ist stockdunkel, ich habe nur mein Handylicht, der Akku ist fast leer, und wir müssen noch zurück zum Auto, bevor uns Wölfe überfallen. Oder Bären. Keine Ahnung, was hier eben so rumläuft.«
»Hier gibt es weder Wölfe noch Bären«, erklärte Finja ruhig. »Ich war über eine Stunde weg?«
»Zwei Stunden«, korrigierte Elisa. »Aber so nach fünfzig Minuten habe ich angefangen, an dir zu rütteln, weil du so komisch … gezuckt hast. Deine Augen waren aufgerissen und ganz weiß. Scheiße, das war gruseliger als jeder beschissene Horrorfilm, den ich jemals gesehen habe. Mach das ja nie wieder.«
»Ich habe Agathes Zirkel gefunden.« Die Finsternis des Walds verschluckte ihre Worte. Eine Eule schrie. »Ich war bei ihnen. Auf ihrem Tisch. Ich habe mit ihnen geredet.«
»Was haben sie gesagt?«
»Ich habe ihnen meine Adresse verraten. Es ging alles so schnell.«
»Du warst zwei Stunden weg!«
»Und höchstens zehn Minuten davon bei ihnen.«
»Was hast du sonst noch gesehen?«, fragte Elisa eindringlich. »Irgendeine Erinnerung? Du warst zwei Stunden komplett weggetreten, Finja!«
»Nichts.« Finja schluckte. Die Zeit schien verschwunden. Von hun-

dertzwanzig Minuten waren ihr zehn geblieben. Sie bereute es mehr als jeden Filmriss, denn niemand würde ihr erzählen können, was in dieser Zeit geschehen war. »Vielleicht habe ich es einfach nur vergessen?«

»Dann versuch, dich zu erinnern.« Elisa trat auf sie zu. Ein trockener Ast zerbrach krachend unter ihrem Schuh. Die Kälte der Nacht kroch an Finjas nackten Beinen empor wie Nebel. Wie der Nebel in ihren Gedanken.

»Da ist nichts«, flüsterte sie. »Gar nichts. Ich war wirklich nur kurz bei dem Zirkel und sonst … nirgendwo. Wir sollten nach Hause.«

Sie holte ihr Handy hervor, schaltete die Taschenlampe an. Das Licht vermochte kaum etwas gegen die Dunkelheit auszurichten, aber trotzdem fanden sie schweigend den Weg zurück vorbei an dem Tümpel, in dem laut die Frösche quakten, direkt zum Auto.

Ebenso schweigend stiegen sie ein, Elisa startete den Motor und fuhr Finja nach Hause.

»Ich sollte nach Hause gehen« war das Erste, was Elisa dann sagte. »Morgen ist ein wichtiger Termin im Büro, und es ist schon spät.«

»Danke, dass du heute bei mir warst«, sagte Finja. »Es tut mir leid, dass …«

»Vergiss es«, winkte Elisa etwas zu hastig ab. Sie drehte den Kopf zur Seite, sah die Straße entlang. »Wir werden sicher noch einen Weg finden, meine Erinnerungen zurückzuholen.« Dann drückte sie Finja ganz kurz an sich, kehrte ihr den Rücken zu, ging einige Schritte, um dann doch noch einmal innezuhalten. »Es ist ein komisches Gefühl, wenn man weiß, dass ein Teil der eigenen Vergangenheit fehlt.«

»Es ist wie ein Loch im Herzen«, stimmte Finja zu.

Elisa verlagerte ihr Gewicht. Die Straßenlaternen spendeten tröstendes Licht, hüllten ihren Körper ein. »Ich habe dieses Loch schon lange«, sagte Elisa schließlich. »Als ich heute erfahren habe, dass deine Eltern deine Erinnerungen gelöscht haben … hatte ich das Gefühl, als könnte ich das Loch in meiner Brust endlich benennen. Als wüsste ich plötzlich, womit ich es füllen kann.«

»Das wusste ich gar nicht«, flüsterte Finja und hob die Hand, aber die Entfernung zwischen ihnen war bereits zu groß, und Finja hatte nicht mehr die Kraft, einen Schritt nach vorne zu gehen. »Du hast mir nie etwas davon erzählt.« Sie ließ die Hand wieder sinken.

»Weil es merkwürdig klingt«, erklärte Elisa. »Oder nicht? Wer möchte schon darüber reden, dass er etwas vermisst? Hätte ich erzählen sollen, dass ich das Gefühl habe, etwas wirklich Wichtiges verloren zu haben? Einen Teil meines Selbst? Komm, das klingt, als würde ich nach der großen Liebe suchen.« Sie lachte freudlos. »Und so oft dachte ich, dass die große Liebe auch die Lösung wäre. Um dann mit meinen Freunden Schluss zu machen, weil sie das Loch nicht gefüllt haben.« Ihre Stimme nahm einen bitteren Ton an. »Dabei ging es nie darum. Es ging nie um Liebe oder so einen Scheiß, wie uns die ganzen Filme und Bücher und Serien glauben machen wollen. Mir fehlt kein Mensch in meinem Leben, sondern wirklich ein Teil meiner Vergangenheit. Wegen deiner Eltern.«

Die letzten Worte klangen wie ein Vorwurf. Finja stolperte einen Schritt zurück. »Es tut mir leid«, sagte sie, obwohl sie nicht einmal wusste, wofür sie sich entschuldigte. »Ich … Mir fehlen die Erinnerungen doch ebenso wie dir.«

»Ich weiß.« Elisa seufzte. »So war das nicht gemeint. Ich sollte jetzt wirklich schlafen gehen. Morgen ist ein wichtiger Tag, und ich will mich darauf vorbereiten. Falls ich heute Nacht überhaupt schlafen kann, nach allem, was passiert ist.«

»Danke, dass du heute dabei warst«, wiederholte Finja. »Das meine ich ehrlich, Elisa.«

»Ich weiß.«

Und obwohl Elisas Worte ihr schlechtes Gewissen beruhigen sollten, fühlte sich Finja, als hätte sie ihre beste Freundin im Stich gelassen.

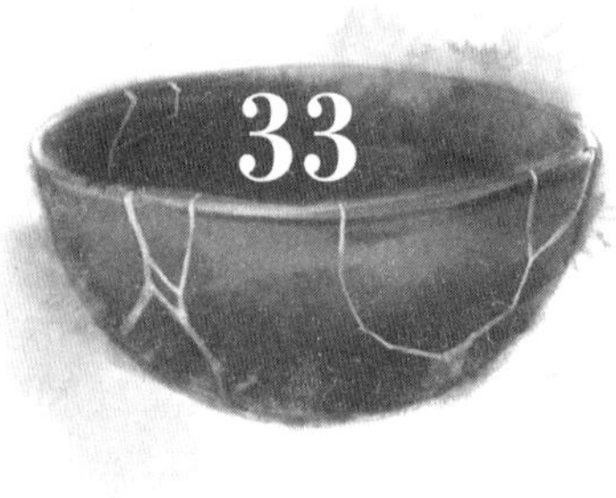

33

17. Juni

Vor Hannahs Verschwinden

»Das hat er nicht wirklich gesagt!« Elisa knallte die Tasse auf den Tisch des Cafés. Die zwei Männer am Nachbartisch sahen sich zu ihr um, einer hob die Augenbrauen.

Finja flüsterte: »Aber … er hat eben keine Erfahrung mit Kindern. Und normalerweise rennt Hannah ja wirklich nicht einfach davon. Da hat er recht. Er wollte sich ja nur um mich kümmern, weil ich zusammengebrochen bin. Mal wieder. Ich bin ein Wrack.«

»Alter. Finja. Nee.« Elisa schüttelte vehement den Kopf. »Was ist das denn bitte für eine toxische Scheiße, die du da von dir gibst? Hörst du dir selbst auch zu?« Sie hob den Zeigefinger. »Erstens: Du bist kein Wrack, du trauerst. Das ist auch nach vier Jahren vollkommen normal und in Ordnung, egal, was Max dir da einreden will.« Ihr Mittelfinger schoss in die Höhe. »Zweitens: Auch wenn er es gut gemeint hat, ist es 'ne richtige Arschlochaktion, die Schuld auf dich allein abzuwälzen.« Finja wollte etwas erwidern, aber Elisa riss den dritten Finger nach oben. »Drittens«, fuhr sie unnachgiebig fort, »hätte er die Sache mit dem ›*Dein Vater sucht nach dir*‹-Ausrufen echt verhindern können, wenn er ordentlich kommuniziert hätte. Was aber so allgemein gar nicht seine Stärke zu sein scheint.«

»Er war in dem Moment in Panik«, rechtfertigte Finja. »Wie ich auch. Ist ziemlich gruselig, wenn dein Kind in einem Zoo voller fremder Menschen plötzlich weg ist.«

»Das will ich ja gar nicht bestreiten«, erwiderte Elisa. »Aber ich kann seine ganze ›*Ich liebe euch so sehr und bin euer Held*‹-Scheiße nicht mehr hören. Seit du mit ihm zusammen bist, geht es dir viel schlechter.«

»Mir geht es schlechter, seit Mika …« Finja ließ den Satz unvollendet, und Elisa schüttelte erneut wild den Kopf.

»Nee, Finja. Echt nicht. Also ja, natürlich geht es dir seitdem scheiße, aber du hast dich nie so kleingemacht, wie du es tust, sobald *Mister Perfect* im Raum ist und allen erzählt, wie ehrenhaft es doch ist, dass er sich deiner angenommen hat. Der erzählt dir, dass du kaputt bist, weil er sich dann selbst geiler fühlt. Aber du bist nicht kaputt. Egal, wie oft der Scheißkerl das noch sagt, es stimmt einfach nicht.«

Max' warme Hand auf ihrem Rücken. Die Liebe in seinem Blick. »Er ist für mich da«, erwiderte Finja. »Und das brauche ich gerade mehr als alles andere.«

Als Elisa gerade zu einer neuen Schimpftirade ansetzte, zog Finja ihren Geldbeutel hervor und legte einige Scheine auf den Tisch. »Ich kann diese Diskussion gerade nicht führen«, flüsterte sie. »Du meinst es sicher gut, Elisa, aber … ich möchte jetzt wirklich zurück zu Hannah.«

»Ich fasse es immer noch nicht, dass du sie mit Max allein gelassen hast.« Elisa schnaubte. »Vor allem nach gestern.«

»Max hatte recht, als er meinte, dass die beiden Zeit zu zweit brauchen, um sich besser kennenzulernen. Außerdem wollte ich dich sehen und mit dir über alles reden.« Sie steckte den Geldbeutel zurück. »Ich brauchte ein offenes Ohr wegen Hannahs Verschwinden und meiner Panikattacke und keine Ratschläge für meine Beziehung.«

»Es tut mir leid«, sagte Elisa und griff nach Finjas Hand, als diese aufstand. »Wollen wir nicht noch einen Kaffee trinken und über etwas anderes reden?«

Die Hoffnung in ihren Augen. In ihrem vorsichtigen Lächeln. Der Gedanke an Hannahs zerbrechliche Arme. An ihre Tränen. Finja schüttelte den Kopf. »Ich bin nicht böse auf dich, okay? Aber ich will jetzt wirklich zurück zu meiner Kleinen.«

34

Prioritäten der Freundschaft, 16. August

Heute

Die Nacht war so ruhelos gewesen, wie Finja befürchtet hatte. Aber auch die Stunden bei hellem Tageslicht zermürbten sie. Ruhelos tigerte sie durch die Wohnung, räumte Dinge umher, putzte.

Dabei streifte ihr Blick immer wieder die Kristallkugel, die auf dem Wohnzimmertisch lag. Die polierte Oberfläche glänzte verheißungsvoll, aber immer wenn Finja sich ihr näherte, wurden ihre Knie schwach, und sie erinnerte sich an die Panik in Elisas Augen, als sie im Wald wieder aufgewacht war.

Immer wieder fragte sie sich, ob das Nennen ihrer Adresse klug gewesen war. Als es schließlich an der Tür klopfte, glaubte sie, auf eine Konfrontation vorbereitet zu sein, dennoch zitterten ihre Hände, als sie nach der Klinke griff und sie aufzog.

Elisa stand vor ihr, den Kopf eingezogen, die Schultern gesenkt. »Ich muss verreisen«, sagte sie ohne Umschweife und ohne Freude. »Für fünf Tage. Geschäftsreise. Habe es heute Mittag erst erfahren, springe für eine kranke Kollegin ein. Der Flug geht heute Abend.«

»Ich verstehe«, flüsterte Finja tonlos.

»Ich muss … Wenn es anders ginge, würde ich … aber …« Elisa riss die Arme in die Luft. »Scheiße. Es tut mir so leid, Finja. Wenn ich nicht fahre, verliere ich meinen Job.«

»Wir reden hier davon, dass meine kleine Tochter von einer Hexe in einer Spiegelwelt gefangen gehalten wird, und du machst dir Sorgen um deinen Job?«

»Ich mache mir Sorgen um mein Leben«, erwiderte Elisa scharf. »Du weißt genau, wie lange ich damals nach diesem Job gesucht habe. Ja, er ist nicht der beste, und ich bin nicht superglücklich, aber immerhin zahlt er meine Miete. Wir haben nicht alle reiche Eltern, auf die wir im Notfall …« Sie verstummte.

»Ich verstehe.« Finja schlang sich die Arme um den Oberkörper.

Kurz öffnete Elisa den Mund, aber es kam kein Wort über ihre Lippen. Sie hielt den Blick noch immer gesenkt. Schließlich nickte sie. »Bis nächste Woche.« Damit drehte sie sich um und ging. Einfach so.

Erstarrt schaute Finja ihr nach, bis Elisas Auto am Ende der Straße um die Ecke bog. Erst dann zog sie sich in das Haus zurück und schloss die Tür.

Sie griff sich das Staubtuch und wischte über das Sideboard im Flur. Noch bevor sie fertig war, klopfte es erneut.

Eilig drückte sie die Klinke nach unten. »Es tut mir so leid, dass …«, stieß sie hervor, aber statt in Elisas Gesicht sah sie auf eine schmale Brust. Finja hob den Kopf. Goldenes Haar, ein spitzes Gesicht. »Was?«

»Sei gegrüßt.« Es war die Hexe, die Finja bei ihrer Reise letzte Nacht getroffen hatte. Jene mit dem spitzen Kinn, die sie so sehr an eine Elbin erinnert hatte. »Mein Name ist Caro. Darf ich reinkommen?«

»Caro?«, echote Finja. Das klang für sie weder nach Elbin noch nach Hexe. »Ich … Klar.«

Finja trat beiseite, um sie einzulassen. Als Caro an ihr vorbeiging, schnappte sie den Duft nach Sandelholz auf. Die große Frau mit ihren eleganten Schritten erinnerte sie für einen kurzen Augenblick an ihre Mutter. Das bodenlange grüne Kleid schwang im Takt ihrer Schritte.

»Ich habe gerade geputzt«, sagte sie, während sie Caro ins Wohnzimmer führte. Caros Schmunzeln machte klar, wie wirr diese Aussage wirkte, und sie fügte hastig hinzu: »Setz dich.«

Geschmeidig sank Caro auf das Sofa, schlug ein Bein über das andere und betrachtete die Kristallkugel. »Sie ist von Agathe, nicht wahr?«
Finja nickte. »Ich habe sie mitgenommen, als …« Die Erinnerung an den Vorfall brachte sie ins Stocken.
»Was genau ist mit ihr geschehen?« Caros Stimme erinnerte Finja an eine Katze. Sie rollte das R, als wollte sie es nicht von ihrer Zungenspitze springen lassen.
»Du bist ihre Freundin, oder?«
»Das fragst du, nachdem du bereits einmal mit deinem Geist zu uns gereist bist?« Caro schnalzte mit der Zunge. »Wie hast du das eigentlich angestellt?«
»Kann ich dir vertrauen?«
»Ich bin Agathes Freundin«, erwiderte Caro. »Das ist alles, was ich dir versprechen kann. Ob du mir vertrauen kannst oder nicht, hängt davon ab, was mit ihr geschehen ist und ob du die Schuld daran trägst.«
Finja ließ sich in dem Sessel nieder, zog die Beine an und umklammerte sie mit ihren Armen. »Klingt fair.«
Also fasste Finja den Vorfall zusammen und versuchte dabei, möglichst viele Details zu erwähnen. Ihre eigene Reise in die Vergangenheit. Das Blut an den Scherben. Agathes plötzliches Verschwinden. Die Kristallkugel. Den Wald. Ihre Sicht auf den Besuch bei dem Hexenzirkel.
Caro hörte sich die Geschichte mit unbewegter Miene an. Als Finja schließlich endete, stand die Stille eine ganze Weile zwischen ihnen im Raum, bis Caro einen Schwall Luft ausstieß.
»Und ich dachte, von dir ginge Gefahr aus.«
Die Direktheit, mit der sie das sagte, ließ Finja zusammenzucken. »Wie meinst du das?«
»Als dein Geist zu uns gereist ist, waren die meisten in unserem Zirkel … eingeschüchtert. Es ist gar nicht mal so leicht, uns zu finden, weißt du? Aber es scheint mir, als wollte Agathe, dass du genau das tust.« Sie kniff die Augen zusammen und musterte Finja eindringlich. »Was mich zu einer weiteren Frage führt: Wusste Agathe, was mit ihr geschehen wird?«

Kurz dachte Finja darüber nach, erinnerte sich an die Wärme in Agathes Blick. An ihre Zuversicht. »Ich glaube nicht. Es schien mir eher so, als ginge sie davon aus, dass wir uns noch mal treffen. Sie wollte mir wirklich helfen.«
»Das hat sie ja, indem sie uns miteinander verknüpft hat.«
»Sie wollte mir persönlich helfen«, fügte Finja hinzu und richtete den Blick nach draußen, wo die heiße Mittagssonne auf den Asphalt brannte. »Mit euch über meinen Fall beraten. Sie meinte, dass ich zu ihr zurückkommen soll, sobald ich meine Gedanken sortiert habe. Das hätte sie nicht gesagt, wenn sie davon ausgegangen wäre, dass sie verschwindet.« Finja zog die Knie noch enger an sich heran. »Außerdem konnte sie nicht davon ausgehen, dass wir direkt umdrehen, um noch einmal mit ihr zu reden. Nein. Agathe wusste nicht, was passieren würde.«
»Also hat sie einfach vorgesorgt.« Der Anflug eines Lächelns zog Caros Mundwinkel nach oben. »Wie immer.«
»Kanntet ihr euch gut?«
»Sie war meine Schwester.« Erneut schnalzte Caro mit der Zunge. »Sie *ist* meine Schwester. Ich würde dich bitten, nicht in der Vergangenheitsform von ihr zu reden. Wir werden sie wiederfinden. Mit deiner Hilfe.«
»Meiner Hilfe?« Finja ließ ihre Knie los, hob den Kopf. »Ich schaffe es ja nicht einmal, meine eigene Tochter zu finden. Deshalb habe ich euch gesucht. Damit ihr mich zu ihr führen könnt.«
»Deine Tochter?«
Also erzählte Finja, was mit Hannah geschehen war. Oder was sie glaubte, das mit ihr geschehen sein musste. Sie erzählte von ihrer Angst vor Spiegeln. Von ihrer Familie. Tonlos waren ihre Worte, schon zu oft war sie die Sache im Kopf durchgegangen, ohne eine Antwort zu finden. »Sie wird von meiner Schwester hinter den Spiegeln gefangen gehalten.«
»Wir helfen dir.«
Die Unterstützung kam so schnell, dass Finja sich aufrichtete und die Beine auf den Boden stellte. Hoffnung keimte in ihr auf. »Wirklich?«
»Agathe hat deinen Geist zu uns geführt«, erklärte Caro. »Ich weiß

nicht, wie sie das gemacht hat, aber ich bin mir sehr sicher, dass sie diese Unterstützung von uns erwartet.« Kurz hielt sie inne, schloss die Augen. Atmete ein. »Außerdem werden wir Agathe dort finden. Ich fürchte, deine Schwester hat auch sie entführt.«
»Warum sollte sie das tun?«
»Das werden wir herausfinden.« Caro reckte entschlossen das Kinn. »Du solltest die anderen Schwestern kennenlernen.«

Wenig später saß Finja in einem vollgestellten Wohnzimmer. Die dunklen Holzmöbel erinnerten sie an die Horrorfilme, die sie früher an Halloween geschaut hatte, weil alle anderen es ebenfalls taten. Auch hier roch es nach Sandelholz, Kristalle lagen zwischen schwarzen Buchrücken in den Regalen.
»Thriller?«, fragte Finja überrascht, als sie einen der Titel las.
»Ich mag spannende Geschichten«, erwiderte Caro und schenkte Finja ein Glas Zitronenwasser ein. »Und alles, was keine Magie beinhaltet, wirkt auf mich seltsam beruhigend. Fast harmlos.«
»Natürlich.« Finja kannte einige der Bücher. Sie handelten von Mördern, Vergewaltigern, Stalking. Keine dieser Geschichten hatte je eine *beruhigende* Wirkung auf sie gehabt. Aber jetzt, da sie dem Monster hinter den Spiegeln begegnet war, musste sie zugeben, dass menschliche Abgründe beinahe banal schienen. Menschen waren besiegbar. Sie wusste nicht, ob das auch auf ihre Schwester zutraf. »Wann kommen die anderen?«
Caro warf einen Blick auf ihr Handy. »Das dauert noch eine Weile. Sie müssen arbeiten.«
»Verstehe«, sagte Finja und nippte an dem Zitronenwasser. Das Glas war trotz der Sommerhitze kühl. »Ich habe eine Frage.«
»Nur eine?«
Das entlockte Finja ein trockenes Lachen. »Genau genommen viele. Aber diese eine hat nicht unbedingt etwas mit Agathe oder meiner Tochter zu tun.«
Caro hob die Augenbrauen.
»Als ich euch … besucht habe. Es kam mir vor wie wenige Minuten, aber meine Freundin sagte mir später, dass es einige Stunden waren.«

Die Hexe schnalzte mit der Zunge, ihre Mundwinkel hoben sich. »Solche Beschwörungen kosten Zeit«, erklärte sie. »Und damit meine ich nicht das Erlernen und Üben und Durchführen. Nein. Wenn du mit dem Geist durch den Raum reist, fordert die Zeit ihren Tribut. So ist es schon immer gewesen.«
»Ich zahle mit Zeit?«
»Was denkst du, woher Magie ihre Macht nimmt? Alles auf der Welt hat einen Preis, und bei uns … ist es Zeit.«
»Das klingt unglaublich.«
»Du hast noch viel zu lernen.« Caro strich sich über das bodenlange grüne Kleid, obwohl es ebenso faltenlos war wie ihr Gesicht. »Aber leider haben wir dafür gerade – wie ironisch – keine Zeit. Agathes Verschwinden beunruhigt unseren Zirkel über alle Maßen. Sie war die Erfahrenste unter uns.«
»Wie groß ist euer Zirkel?«
»Du wirst nicht alle kennenlernen«, erklärte Caro. »Viele von uns leben nicht einmal hier in der Stadt. Ein Zirkel ist Familie, und wie in jeder Familie gibt es auch jene Verwandte, von denen wir nicht mehr haben als einen Namen und eine vage Erinnerung.«
Finja rutschte auf dem Sofa umher. So viele Fragen rauschten durch ihren Geist, aber sie wusste nicht, wo sie beginnen sollte. Bei ihrer Familie? Ihrer Mutter? Ihrer Schwester? Hannah? Bei ihrer eigenen Magie? Bei Agathe? Der Spiegelwelt?
Es gab so viel, was sie nicht wusste, und sie war sich sicher, dass sie zu einigen Antworten, die sie dringend brauchte, noch nicht einmal die richtigen Fragen kannte. Panik kroch über ihren Nacken, bohrte ihre spitzen Krallen in ihren Hals.
Drei Dinge, die sie sah: den kleinen Leberfleck an Caros Hals. Einen Rosenquarz auf dem niedrigen Wohnzimmertisch. Eine blütenförmige Kerze.
Finja schloss die Augen.
Drei Dinge, die sie hörte: das Ticken der Uhr an der Wand. Caros gleichmäßigen Atem. Jemand in der Nachbarschaft spielte Klavier.
Sie atmete tief ein.
Drei Dinge, die sie spürte: den Stoff des Sofas an ihren nackten Wa-

den. Den Anhänger ihrer Kette auf ihrer Haut. Caros warme Hand auf ihrer.

Erschrocken sah sie auf. Caro kniete vor ihr, strich mit dem Daumen über Finjas Finger.

»Es wird alles gut«, sagte sie. »Wir werden Agathe finden.«

»Und meine Tochter?«

Daraufhin ließ Caro ihre Hand los und ging zurück zu ihrem Platz. »Deine Familienangelegenheit ist … eine größere Sache, als du vermutlich denkst.«

»Meine *Familienangelegenheit*«, Finja malte Anführungszeichen in die Luft, »ist für mich so ziemlich die größte Sache, die ich mir vorstellen kann. Ich bin eine Hexe. Meine Eltern haben mir meine Erinnerungen gestohlen. Und zwar Erinnerungen an eine Schwester, die seit Jahren in einer Spiegelwelt wohnt und Kinder entführt.« Sie rieb sich mit einer Hand über das Gesicht. »Das klingt alles vollkommen absurd. Und wenn ich ehrlich bin, kümmert mich davon nur eine Sache.« Kurz machte sie eine Pause, sah Caro direkt in die Augen. »Ich will meine Tochter zurück.«

Mitleid trat in Caros Blick und erweichte ihre kantigen Gesichtszüge. »Das verstehe ich. Dennoch führt der Weg zu deiner Tochter über Agathe.«

»Oder andersherum«, sagte Finja, woraufhin Caro die Augen zusammenkniff und leicht das Kinn hob. Schnell hob Finja die Hände. »Also … nicht dass ich überhaupt Ahnung von irgendetwas hätte. Ich meine nur … weil …« Sie ließ die Arme wieder sinken. »Wenn Agathe in der Spiegelwelt ist, werden wir sie wohl gleichzeitig finden, nicht wahr? Oder vielleicht auch Hannah zuerst …«

»Sollte das der Fall sein ...«, erwiderte Caro scharf, »... werden wir trotzdem weiterhin nach Agathe suchen. Wir kehren erst zurück, wenn wir sie gefunden haben.« Etwas milder fügte sie hinzu: »Und zwar beide.«

»Wir werden in die Spiegelwelt gehen?« Finjas Nackenhaare stellten sich auf. Ja, sie war auf der Suche nach dem Zirkel gewesen, um sie genau darum zu bitten, aber ein Teil von ihr hatte nicht daran geglaubt, dass es wirklich möglich war. Das wurde ihr bewusst, als die vage Idee plötzlich eine echte Option wurde.

Caro nickte. »Das werden wir.«

In diesem Moment klingelte es. Ihre Gastgeberin entschuldigte sich und kehrte kurz darauf mit drei weiteren Frauen zurück.

»Veronika«, stellte sich die kleinste von ihnen vor. Sie hatte feuerrote Haare und ein sommersprossiges blasses Gesicht. Sie schenkte Finja ein Lächeln, so strahlend wie ihr gelbes Sommerkleid. Einer ihrer Schneidezähne war leicht schief. Alles an ihr erinnerte Finja an Sonnenblumen.

»Ich bin Yen.« Eine große Frau trat auf Finja zu und griff nach ihren Händen. Ihr Gesichtsausdruck war freundlich, beinahe überschwänglich. »Es freut mich so, dich kennenzulernen. Ich hoffe, du fühlst dich wohl bei uns.«

»Und ich hoffe, dass wir dir helfen können«, sagte die letzte Frau. Sie stand etwas abseits. Ihre Haut war ebenso dunkel wie ihre Kleidung und Augen. Finja glaubte, der Nacht persönlich gegenüberzustehen. »Mein Name ist Zoe.«

»Zoe ist unser Sonnenschein«, neckte Yen, wofür sie einen wütenden Blick kassierte. Als Antwort zwinkerte sie ihr zu.

»Finja.« Mehr brachte sie nicht hervor. Die pure Anwesenheit dieser Frauen überwältigte sie. Jede von ihnen war herausragend. Beeindruckend. Einschüchternd.

35

Der Hexenzirkel, 16. August

Heute

Die Hexen diskutierten viel, wobei Finja kaum etwas dazu beitrug. Die meiste Zeit lauschte sie, während die anderen über Dinge sprachen, die sie nicht mal im Ansatz verstand. Hin und wieder wurde ihr eine Frage gestellt, die sie nach bestem Gewissen beantwortete.

»Der Vollmond würde uns leiten«, sagte Veronika gerade.

»Und der Neumond uns verbergen«, erwiderte Zoe ungerührt.

Die beiden diskutierten seit mehreren Minuten darüber, welche Mondphase die geeignetste zum Übertritt sei, während Yen und Caro schweigend danebensaßen. Finja hingegen verstand weder etwas von der Spiegelwelt noch von Mondphasen, und ihr schwirrte der Kopf von all den Argumenten, die die beiden in Sekundenschnelle austauschten. Es war, als hätten sie diese Diskussion schon häufiger geführt.

Die Situation überforderte Finja dermaßen, dass sie sich ruckartig erhob. »Wo ist denn das Badezimmer?«

»Den Flur entlang, letzte Tür rechts«, erwiderte Caro, ohne den Blick von Zoe abzuwenden.

Finja folgte der Anweisung und betrat den großzügig bemessenen Raum mit Eckbadewanne und Glasperlenspiel an der Decke.

Die Tür schloss sich mit einem befriedigenden Klicken hinter ihr und sperrte die Stimmen der Hexen aus. Angenehme Ruhe senkte sich über sie, und sie atmete tief ein, um das Zittern ihrer Beine zu beruhigen.

»Ich bin bald bei dir, Hannah«, murmelte sie und trat zum Waschbecken, um sich mit etwas Wasser das erhitzte Gesicht zu kühlen.

Sie bemerkte ihren Fehler erst, als sie den Blick hob. Der Spiegel in Caros Bad war makellos. Eine blank polierte Scheibe, umrahmt von gusseisernen Ornamenten.

Obwohl sie ihr Leben lang Angst vor Spiegeln gehabt hatte, hatte sie sich abtrainiert, vor ihnen zu flüchten. Immerhin waren Spiegel überall, und irgendwann war der Zeitpunkt gekommen, an dem es unmöglich gewesen war, fremde Toiletten, Aufzüge und Einkaufszentren zu meiden.

Jetzt wünschte sie sich, sie hätte die ihr eingebläute Vorsicht ihrer Kindheit nicht über Jahre hinweg unterdrückt. Ihr eigenes Spiegelbild sah ihr entgegen. Blass, dunkle Augenringe, Panik im Blick. Sie wich zurück, stolperte zur Tür.

Das Flüstern setzte ein. Dunkel war es und rau und stürmisch. Finja griff nach der Klinke, stolperte nach draußen, schlug die Tür zu. Zitternd sank sie an der gegenüberliegenden Wand zu Boden, lauschte auf das Raunen des Spiegels, aber sie hörte nur die aufgebrachten Stimmen der Hexen.

Veronika und Zoe diskutierten noch immer. Finjas Puls normalisierte sich. Die Hexen waren da. Sie saßen im Wohnzimmer, und Finja rappelte sich auf, ging zu ihnen.

Es war Yen, die ihren Zustand als Erste bemerkte.

»Was ist passiert?«, fragte sie, und sofort verstummten die anderen, wandten ihre Aufmerksamkeit Finja zu. Vier Augenpaare musterten sie eindringlich, versuchten in ihre Seele zu blicken. Finja rutschte auf dem Sofa umher, bis sie schließlich sagte: »Da ist ein Spiegel im Bad.«

»Ach was«, erwiderte Zoe und schmunzelte. »Bahnbrechende Erkenntnis.«

Die Verwirrung in den Gesichtern sprach eine eindeutige Sprache:

Sie wussten nicht, was Spiegel für Finja bedeuteten. Was sie mit ihr machten. Die Erkenntnis erschien ihr wie eine Rettungsleine. Vielleicht würde sie doch etwas zur Rettung ihrer Tochter beitragen können.

»Ich höre das Flüstern der Spiegel«, erklärte sie daher und versuchte, ihre Stimme nicht allzu zittrig klingen zu lassen. »Seit ich ein Kind bin, habe ich mich deshalb vor ihnen gefürchtet.«

»Sie ruft dich.« Zoe runzelte die Stirn, dann stieß sie ein erleichtertes Lachen aus. »Deine verlorene Schwester will dich in ihrer Welt haben.«

»Das ist nicht gut, oder?«, fragte Veronika. »Ich meine … das klingt eigentlich eher ziemlich bedrohlich.«

»Es ist eine Eintrittskarte.« Caro legte die Fingerspitzen aneinander. »Wenn sie dich seit so vielen Jahren ruft, will sie dich wirklich dringend sehen.«

»Ich habe Amelie bereits gesehen«, erwiderte Finja. »Auf dem Dachboden meiner Eltern. Dort war ein alter Schrank mit einem zersprungenen Spiegel und …« Sie strich sich eine Haarsträhne aus der Stirn. »Sie meinte, ich hätte den Schlüssel gefunden.«

»Und das sagst du erst jetzt?« Wieder einmal schnalzte Caro mit der Zunge. So langsam machte dieser Tick Finja nervös. »Du hast einen Schlüssel zur Spiegelwelt und es vergessen?«

»Ich …« Unsicherheit riss an ihrer Hoffnung. »Elisa meinte, dass es eine Falle wäre. Deshalb habe ich nach euch gesucht.«

»Ziemlich klug.« Zoe klang ehrlich überrascht. »Den Dingen aus der Spiegelwelt kann man selten trauen.«

»Nicht einmal der eigenen Schwester«, fügte Veronika nickend hinzu. »Dennoch … wenn wir diesen Schlüssel haben, sollten wir ihn als Möglichkeit in Betracht ziehen. Wo ist er?«

»Nun …« Finja runzelte die Stirn und versuchte sich daran zu erinnern, was Amelie auf dem Dachboden gesagt hatte. Der Moment entglitt ihr immer wieder, wie ein Traum nach Sonnenaufgang. »Sie meinte, dass ich auf dem Dachboden den Schlüssel suchen soll und dann … dass ich ihn schon gefunden hätte.«

»Dann zeig mal«, forderte Zoe. »Oder hast du ihn zu Hause liegen

lassen? Was ziemlich dumm wäre, wenn man bedenkt, wer alles hinter ihm her sein könnte.«
»Wer denn?«, fragte Finja.
»Ach«, winkte Zoe ab. »Hexenjäger, andere Zirkel, Schattenmonster, Dämonen …« Sie zuckte mit den Schultern. »Wäre also wirklich ungünstig, wenn du ihn nicht ständig bei dir tragen würdest. Auch wenn du dich damit zur Zielscheibe machst, aber …«
»Das reicht«, zischte Veronika. »Du erschreckst sie mit deinen Horrormärchen noch zu Tode!«
»Ich will doch nur, dass sie weiß, was sie erwartet«, rechtfertigte Zoe sich. »Außerdem erschreckt sie das nach allem, was passiert ist, doch nicht mehr, habe ich recht?«
Finja wollte nicht zugeben, dass Veronika recht hatte, also nickte sie. Zoe grinste triumphierend. »Siehst du!«
»Der Schlüssel«, erinnerte Yen sie. »Hast du ihn wirklich zu Hause liegen lassen?«
Die erwartungsvollen Gesichter der anderen ließ Finja zögern. Sie war so kurz davor gewesen, etwas Wichtiges beizutragen. Wollte sie diese Hoffnung wirklich zerstören? Doch dann entschied sie sich für die Wahrheit: »Ich weiß es nicht.«
»Du weißt es nicht?«, echote Zoe ungläubig. »Wie kann man so etwas Wichtiges nicht wissen?«
»Ich weiß nicht, was der Schlüssel ist«, gab Finja leise zu.
»Wie viel Zeug hast du auf dem Dachboden denn mitgenommen?« Zoe schüttelte den Kopf. »Das glaub ich jetzt nicht.«
»Nur ein Foto.« Finja griff in die Tasche ihrer Shorts, zog das Bild ihrer Eltern hervor. Tatsächlich trug sie es seit ihrem Fund mit sich herum. Irgendwie fühlte es sich richtig an. Nur den Anblick ertrug sie nicht, also hielt sie es mit der Rückseite nach oben, sodass die anderen es sahen. »Das sind meine Eltern. Ich glaube, dass meine Mutter damals mit Amelie schwanger war. Zumindest würde es vom Zeitpunkt her passen.«
»Sie sehen glücklich aus«, bemerkte Yen.
»So kenne ich sie gar nicht«, flüsterte Finja. Dann räusperte sie sich, sprach mit fester Stimme weiter: »Zumindest nicht, soweit ich mich

an sie erinnere. Vielleicht waren sie vor Amelies …« Sie zögerte, unsicher, wie sie es beschreiben wollte.

Zoe legte den Kopf leicht zur Seite.

»… Weggang glücklicher. Aber an diese Zeit erinnere ich mich dank ihnen nicht.«

»Natürlich macht es eine Hexe unglücklich, wenn ihre Tochter in die Spiegelwelt verschwindet und sie der anderen deshalb die Erinnerung an Magie nimmt«, sagte Caro, woraufhin Yen heftig den Kopf schüttelte.

»Ich würde das meinen Kindern niemals antun. Ihnen Erinnerungen zu stehlen … Ganz egal, was passiert. Nein, das könnte ich nicht.«

»Es war zu meinem Schutz«, erwiderte Finja, aber sie wusste, wie schwach diese Ausrede klang. »Sie haben mir Horrorgeschichten über Spiegel erzählt, damit ich mich von ihnen fernhalte. Wenn ich gewusst hätte, dass Amelie dort ist, hätte ich sicher nach ihr gesucht.«

»Die Magie hätten sie dir lassen können.« Yen verschränkte die Arme vor der Brust.

»Und dann hätte ich mit ihrer Hilfe meine verlorene Schwester gesucht. Nein, meine Mutter meinte, dass sie sämtliche Erinnerungen an Magie löschen mussten, damit mein Gehirn keinen Schaden nimmt.« Die Stille, die ihr entgegenschlug, verunsicherte sie ebenso sehr wie die Blicke, die sich die Hexen gegenseitig zuwarfen. »Hat sie gelogen?«

Die anderen sahen weg. Veronika nestelte an ihrem sonnengelben Kleid, während Yen den Kopf in den Nacken legte. Zoe seufzte, und schließlich war es Caro, die antwortete: »Es ist unnötig, die kompletten Erinnerungen an Magie zu löschen, um ein einzelnes Ereignis zu extrahieren.«

Verwirrt sah Finja sie an. Musterte ihre elbenhaften Gesichtszüge. Sie versuchte erneut, sich daran zu erinnern, was ihre Eltern ihr gestohlen hatten – wie viel ihr wirklich fehlte. War diese Lücke rund um ihren siebten Geburtstag die Art von Vergessen, wie sie jeder Erwachsene kannte – oder hatten ihre Eltern ihr hier wichtige Momente genommen, weil Magie eine Rolle spielte? Es gab so wenig, an das sie sich erinnerte, und sie hatte immer geglaubt, dass das normal wäre. Dass sie verdrängte, weil ihre Eltern schon früher so viel gestritten hatten.

»Aber es war kein einzelnes Ereignis«, widersprach Finja schließlich. »Meine ganze Kindheit bestand aus Magie und meiner Schwester. Sicher ist das komplexer und …«

Du tust es schon wieder, flüsterte Mikas Stimme in ihr Ohr. *Du verteidigst sie.*

Allein die Erinnerung an ihn schmerzte. Gekoppelt mit der Erkenntnis, dass ihre Eltern nicht vertrauenswürdig waren, brannte sich das Loch des Verlusts noch tiefer in ihr Herz. Sie schluckte, bevor sie fortfuhr: »… na gut. Sie könnten mich angelogen haben. Aber warum?«

»Das wissen wir nicht«, erwiderte Caro.

»Vielleicht haben sie auch nicht so viel Ahnung von Magie«, warf Yen ein. »Wenn sie nicht Teil eines Zirkels sind oder so. Nur weil wir es könnten, heißt es ja nicht, dass ihnen diese Methoden ebenso geläufig sind.«

»Dein Optimismus ist anstrengend«, erwiderte Zoe.

»Ich finde ihn erfrischend«, widersprach Veronika, und wieder einmal kam es Finja vor, als würden sie dieses Gespräch häufiger führen. Zoe grinste verbissen.

»Du bist es«, sagte Caro so abrupt, dass Finja zusammenzuckte. Ihr langer Finger deutete direkt auf ihre Brust.

»Was?« Finja wich zurück.

»Der Schlüssel«, konkretisierte Caro. »Deine Erinnerungen werden uns die Tür in die Spiegelwelt öffnen. Deshalb hörst du auch das Flüstern. Sie rufen nach dir.«

»Sie?«, fragte Finja nach, obwohl sie sich sicher war, die Antwort nicht hören zu wollen.

»Die Bewohner der Spiegelwelt«, erklärte Caro.

Die anderen Hexen nickten bedächtig.

»Klingt logisch«, murmelte Yen.

»Deine Schwester vermisst dich«, fügte Veronika hinzu. »Deshalb hat sie dir eine Möglichkeit gegeben, sie zu besuchen. Sie wollte deine Tochter gar nicht entführen, sie wollte dich einfach wiedersehen!«

»Möglich wäre es«, gab Zoe zu.

Finja starrte sie alle einfach nur an. Sie spürte das Feuer der Wut in sich lodern. Heiß, brennend. »Euer Scheißernst?«, brach es aus ihr hervor. »Wenn meine Schwester mich nur sehen wollen würde, gäbe es bessere Wege, als meine kleine Tochter zu entführen und mich wochenlang im Glauben zu lassen, sie wäre tot.« Ihr ganzer Körper zitterte. »Sie hat mir Monster geschickt. Ungeheuer mit roten Augen, die mich verfolgen. Wenn das Amelies Art ist, nach Jahren Kontakt zu mir aufzubauen, brauche ich sie ganz sicher nicht in meinem Leben.« Sie versuchte, tief Luft zu holen, aber sie zitterte so sehr, dass ihre Atmung sich dem hektischen Rhythmus ihres bebenden Körpers anpasste. »Außerdem hat sie jede Menge anderer Kinder entführt. Es gibt so viele Eltern, die ihre Kinder verloren haben. Die ihnen nie wieder Geschichten vorlesen oder sie morgens verschlafen aus dem Bett holen werden.« Tränen traten in ihre Augen. Ausdruck ihrer Wut, ihrer Trauer, ihrer Hilflosigkeit. Schnell wischte Finja sie weg. »Glaubt ja keine Sekunde, dass Amelie etwas anderes ist als ein Monster.«

Betroffen sahen die Hexen sie an. Veronika kaute auf ihrer Unterlippe, und Tränen liefen über Yens Wangen. Sogar Zoes Augen glänzten verräterisch. Schließlich war es wieder einmal Caro, die das Wort ergriff: »Vergib uns.«

Ihre Stimme klang weich, das R rollte dieses Mal schnell über ihre Lippen. Sie hob eine Hand, als wollte sie nach Finja greifen, entschied sich dann aber doch dagegen und seufzte.

»Wir vermissen seit einigen Stunden unsere Schwester, aber dir fehlt seit vielen Wochen dein Kind. Es war unsensibel von uns, außer Acht zu lassen, wie schmerzhaft so ein Verlust ist.« Kurz hielt sie inne, ihr Kopf wippte leicht hin und her, als wägte sie jedes ihrer nächsten Worte ab: »Dennoch kennen wir nur Bruchstücke der Wahrheit. Diesen Gedanken solltest du im Hinterkopf behalten, wenn du die Spiegelwelt betrittst, denn er könnte dir nützlich sein.«

36

Der Schlüssel

Heute

Ich dachte, sie sollte nicht mitkommen?«, warf Zoe ein. Sie klang dabei weder überrascht noch wütend, nur neugierig. Sie saßen noch immer alle in Caros Wohnung, die Stimmung wurde immer angespannter.

»Ist das nicht unfassbar gefährlich?«

»Sie ist der Schlüssel«, erwiderte Caro und wischte Zoes Zweifel mit einer Geste aus der Luft. »Ohne sie werden wir es nicht schaffen.«

»Du vermutest, dass sie der Schlüssel ist«, korrigierte Zoe. »Dafür haben wir keine Garantie. Noch nicht. Wir sollten es testen.«

»Testen«, echote Finja.

»Willst du nicht deine Erinnerungen wiederhaben?«, fragte Yen.

»Nur wenn sie mich zu Hannah führen«, erwiderte Finja ohne Umschweife. »Meine Erinnerungen … Letzte Woche wusste ich noch nicht mal, dass sie mir fehlen. Ich hatte ein wundervolles Leben ohne sie. Aber Hannah vermisse ich mit jedem Atemzug.« Allein der Gedanke quetschte ihr den Brustkorb zusammen. Sie stockte. »Ich will einfach meine Tochter zurück.«

»Und was ist mit deiner Schwester?«, fragte Veronika.

Dieses Mal zögerte Finja. Sie erinnerte sich an den Moment auf dem

Dachboden. Jene kostbare Erinnerung, die sie dank Agathe wiedergefunden hatte. An ihr gemeinsames Lachen. An Amelie im Spiegel.
»Sie ist ein Monster«, sagte Finja schließlich, ihre Hand wanderte zu dem Schnitt an ihrer Wange.
»Ein Monster, das du bezwingen musst, um deine Tochter zu retten«, erinnerte Caro sie.
»Wie sieht dieser Test aus?« Entschlossen stand Finja auf, trat in die Mitte der Hexen, die rund um sie saßen.
»Der Spiegel«, sagte Zoe sofort und deutete Richtung Badezimmer. »Versuch, hindurchzugehen.«
»Bitte was? Einfach so?« Obwohl Finja entschlossen war, für Hannah alles zu riskieren, wollte sie doch vor allem sichergehen, dass sie beide es lebend zurückschafften. Oder zumindest Hannah.
»Nur einen Finger«, schaltete Caro sich ein. Sie erhob sich und trat zu einem der Regale, um aus einer Schublade einen kleinen Handspiegel hervorzuholen. Er hatte einen billigen Plastikrahmen und wirkte zwischen all den Halbedelsteinen und Hexen seltsam deplatziert. Dennoch hörte Finja sein Wispern, sobald das polierte Glas auf sie zeigte. Es war wie das Raunen, wenn sie nach Mikas Tod einen Raum betreten hatte. Selbst wenn niemand von ihrem Schicksal wusste, kam es ihr doch immer vor, als würden die anderen über sie reden. Darüber, was sie verloren hatte. Es klang nach Mitleid und Sensationslust.
»Hörst du es?«, fragte Caro, und Finja nickte. Bedächtig legte sie den Spiegel auf Finjas Knie.
Der Spiegel reflektierte die helle Decke. Weiß und makellos. Dann sah Finja den Schnee. Hellblau und glitzernd. Rein.
»Den Finger?« Unschlüssig hielt Finja eine Hand hoch. Alles in ihr sträubte sich dagegen, dem Spiegel so nahe zu sein. Die Vorstellung, ihre Haut gegen das kalte Glas zu pressen, ließ ihr Herz schneller schlagen.
»Halt ihn einfach dagegen«, sagte Zoe. »So.« Sie beugte sich zu ihr und drückte ihre schlanken Finger gegen den Spiegel, als wäre er ein Knopf. »Und jetzt du.«
»Das klingt zu leicht«, widersprach Finja.

Zoe zog sich zurück und verschränkte die Arme vor der Brust. »Ich warte.«
»Dräng sie nicht«, schaltete Veronika sich ein.
»Einfach tief einatmen«, schlug Yen vor.
Aber Finja wollte nicht mehr warten oder auf ihre Atmung achten. Sie wollte es hinter sich bringen. Also schloss sie die Augen und berührte den Spiegel. Es war, als würde sie an einem kalten Wintertag das Fenster öffnen. Eisige Luft schlug ihr entgegen, stach in ihrer Lunge, raubte ihr kurz den Atem. Alles war still, als läge die Welt unter einer Schneedecke.
Sie riss die Augen auf und stellte fest, dass sie noch immer in Caros Wohnzimmer saß. Der Spiegel lag nach wie vor in ihrem Schoß.

Helles

weißes

Licht.

Es ergoss sich aus dem Spiegel wie Wasser, sickerte über Finjas Haut. Ihr Arm steckte bis zum Ellbogen im Glas. Erschrocken zog sie sich zurück, und das Licht verschwand. Dafür war das Raunen so laut wie nie zuvor. Finja presste sich die Finger auf die Ohren, um es zum Schweigen zu bringen.
Erst als Caro den Spiegel wegnahm, verstummte es.
»Sie ist also der Schlüssel«, sagte Zoe. »Und wieder einmal hatte Caro recht.«
»Ich weiß auch nicht, warum du jedes Mal wieder an mir zweifelst«, erwiderte Caro.
»Damit ich das eine Mal, wenn du falschliegst, meine Genugtuung auskosten kann?«, schlug Zoe grinsend vor.
Das Geplänkel der beiden vermochte Finjas rasenden Herzschlag nicht zu beruhigen. »Ich habe durch den Spiegel gefasst.«
»Deine Erinnerungen sind der Schlüssel«, wiederholte Caro. Sie räumte den Spiegel zurück in den Schrank, während Yen sich neben Finja kniete und eine Hand auf ihre Stirn legte.
»Du bist ganz kalt«, sagte sie. Erst jetzt bemerkte Finja, dass sie fror. Sogar ihre Zähne klapperten, so heftig bibberte sie. Zoe griff nach einer Decke, die als Zierde über einen der Sessel geworfen war, und legte sie um Finjas Schultern.
»Wird schon wieder«, stieß Finja hervor, aber zwischen jeder Silbe klackerten ihre Zähne aufeinander. »Keine Ahnung, was das war.«
Die Hand, die sie gegen – nein, *in* – den Spiegel gedrückt hatte, war seltsam taub. Finja massierte sie mit der anderen, hoffte, dass das Gefühl schnellstmöglich zurückkehrte.
»Was hast du gesehen?« Yen strich ihr beruhigend über den Kopf, wie Finja es immer bei Hannah getan hatte, wenn sie Angst hatte.
»Schnee«, erwiderte Finja. »Kälte. Ich fühle mich wie nach einem langen Spaziergang an einem eisigen Dezembertag.« Sie überlegte kurz, dann fügte sie hinzu: »Ohne Handschuhe.«
Ihr Lachen ging in ein ersticktes Husten über.
»Also brauchen wir Schutz«, sinnierte Caro, einen Finger an die Lippen gelegt.
»Das war zu erwarten«, warf Zoe ein. »Wir sollten uns auf jeden Fall

warm anziehen, und der eine oder andere Zauber kann auch nicht schaden.«
Sie alle versanken in ihren Gedanken. Finja dachte daran, dass sie bald durch die eisige Landschaft aus ihren Albträumen wandern würde, um ihre vergessene Schwester und ihre verlorene Tochter zu suchen. Und Agathe. Ein Teil von ihr fragte sich, ob sie überhaupt nützlich sein würde, nachdem sie dort waren. Sie war nur der Schlüssel, keine Hexe. Auch wenn sie Magie gewirkt hatte.
»Übermorgen ist Neumond«, sagte Caro. Ihre Entschlossenheit ließ keine Widerworte zu. »Dann werden wir die Spiegelwelt betreten. Bleibt wachsam, Schwestern. Ich bin mir sicher, dass die dunklen Mächte alles daransetzen werden, um uns aufzuhalten.« Ihr Blick ruhte auf Finjas Wange.

37

Eine Entschuldigung, 17. August

Heute

Die Nacht nach dem Treffen mit den Hexen war die unruhigste seit Ewigkeiten, und bei Finja wollte das schon etwas heißen. Als die Sonne aufging, lag sie wach auf dem Sofa und beobachtete das Wandern der Schattenmuster.

Als es klingelte, glaubte sie zu träumen.

Als Max' Gesicht vor dem Wohnzimmerfenster auftauchte, glaubte sie, dass die Monster doch gekommen waren.

Es dauerte einige Sekunden, bis sie verstand, dass es wirklich Max war, der dort vor ihr stand und mit flehendem Gesicht um ein Gespräch bat. Fast wünschte sie sich, es wäre doch ein Dämon gewesen.

»Ich habe doch gesagt, dass ich nicht mit dir reden will.« Sie trat zur Fensterscheibe, die Decke eng um ihren Körper geschlungen.

»Und ich habe gesagt, dass ich wiederkomme«, erinnerte er sie. »Ich gebe uns nicht auf, Finja. Ich weiß, dass ich dich glücklich machen kann.«

Ihre Gedanken kreisten um Eis, Spiegelwelten und Amelie. Und um Hannah. Aber im Gegensatz zu den letzten Wochen, in denen die Gedanken an Hannah das Loch in ihrer Brust aufrissen, glaubte sie jetzt, so etwas wie Hoffnung zu spüren.

»Ich habe gerade keine Zeit dafür«, erwiderte sie ruhig.
»Du hast keine Zeit, um glücklich zu werden?« Max riss die Augen auf. Sein sommersprossiges Gesicht wurde eine Spur blasser.
»Ich habe keine Zeit, um mich jetzt mit uns zu beschäftigen.« Sie bemühte sich um Fassung, obwohl der alte Mann aus dem Haus gegenüber bereits die Vorhänge seiner Küche beiseiteschob, um einen Blick auf die Straße zu erhaschen.
Max brüllte fürchterlich laut. »Bitte, Finja. Du musst dich nicht damit beschäftigen. Ich kümmere mich um alles. Du musst nur glücklich werden.«
»Bitte schrei nicht so«, sagte sie und griff nach dem Fenster, um es zu kippen. »Max, ich … ich habe gerade sehr wichtige Dinge zu erledigen.«
Auch wenn ihr ganzer Tag heute daraus bestehen würde, auf die große Reise am nächsten Morgen zu warten. Sie wollte in diesen Stunden mit sich und ihren Gedanken allein sein. Vielleicht doch noch etwas schlafen. Die Hoffnung genießen, bevor sie morgen durch eine magische Eiswüste wandern und sehr wahrscheinlich versagen würde. Sie brauchte diesen Tag der Ruhe. Diese wenigen Stunden Licht.
»Glücklich sein ist das Wichtigste im Leben«, konterte Max. Obwohl das Fenster offen war, schrie er noch genauso laut wie zuvor. »Und ich kann dich glücklich machen. Ich werde Hannah finden. Das verspreche ich dir.«
»Das kannst du nicht versprechen.« Jetzt war sie es, die schrie. Seine Dreistigkeit, seine Lügen, all das machte sie so wütend. »Du weißt ja nicht mal, wo sie ist.«
»Deshalb werde ich sie ja finden«, versicherte er. »Hannah und ich hatten eine besondere Verbindung. Ich bin mir sicher, dass ich … sie finden kann. Bitte, Finja. Sie bedeutet mir ebenso viel wie dir.«
Ihr erster Impuls war, das zu bezweifeln. Dann ermahnte sie sich selbst, dass das nicht fair sei. Gefühle waren nicht vergleichbar, und auch wenn Max den Vergleich gerade gezogen hatte, lag es nicht an ihr, ihn darauf aufmerksam zu machen, wie sinnlos derartige Wettbewerbe waren. Klar war, dass ihm wirklich etwas an Hannah lag.

»Ich vermisse sie jeden Tag. Ich vermisse uns. Dich. Es tut mir leid, was geschehen ist.«
Sein Blick verriet ihr, dass er es ernst meinte, und auf einmal fühlte sie sich schäbig, dass sie ihn mit seiner Trauer so lange allein gelassen hatte. Aber ihr Streit stand noch immer zwischen ihnen, und Finja war nicht bereit, ihm seine harten Worte zu verzeihen, auch wenn er sie damals aus Schmerz gesagt haben mochte.
Manche Verletzungen heilten niemals.
»Ich gehe erst, wenn du mit mir redest«, sagte Max mit Nachdruck. »Es ist zu deinem Besten, kleines Mäuschen.«
Sie sahen einander an, und Finja erkannte nicht mehr den Mann, der sie angeschrien und verletzt hatte, sondern den liebevollen Menschen, der sie während ihrer Panikattacken im Arm gehalten und sich um sie gekümmert hatte. Den Menschen, der für Hannah einen Ausflug im Zoo organisiert hatte, um ihr eine Freude zu machen.
Dann dachte sie an den morgigen Tag, an die Aufgabe, die vor ihr lag, und daran, dass sie vielleicht nicht lebend zurückkehren würde. Sie erinnerte sich an Mika, an ihren letzten Streit. Daran, dass die Schuldgefühle sie noch heute zerfraßen.
Konnte sie Max einen solchen Abschied zumuten?
»Komm rein«, sagte sie und ging zur Haustür.
Sobald er im Flur stand, zog er sie in seine Arme, hielt sie. Fest und sicher. Sie drückte ihre Wange gegen seine Brust, wie sie es vor Hannahs Verschwinden so oft getan hatte.
»Kleines Mäuschen«, flüsterte er. Sein Atem kitzelte sanft ihr Ohr. »Du hast mir gefehlt.«
»Du mir auch«, sagte sie und meinte es auch so. Dieser Max hatte ihr gefehlt. Der Max, der lieb zu ihr war, der ihr Sicherheit und Verständnis schenkte.
Eine Zeit lang hielten sie einander fest, seine Hand strich über ihren Rücken, sie lauschte seinem rhythmischen Herzschlag. Wenn Finja die Augen schloss, konnte sie sich fast vorstellen, dass Hannah gerade oben in ihrem Bett lag und Max sich gleich von ihr lösen würde, um ihrem kleinen Mädchen eine gute Nacht zu wünschen. Vielleicht sogar ein Buch vorzulesen. Das hatte er so oft getan.

Aber es war nicht dunkel draußen, die Sonne stieg gerade erst empor, und Hannah war nicht oben in ihrem Zimmer, sondern eingesperrt in einer magischen Welt hinter den Spiegeln.
Vorsichtig löste sich Finja aus der Umarmung. Sie hatte sich mit Max versöhnt. Jetzt musste er gehen.
»Was bedeutet das alles?«, fragte Max. Sanft legte er eine Hand auf ihre Wange, strich mit dem Daumen über ihre Schläfe.
»Wovon sprichst du?«
»Für uns, meine ich.« Max' Hand wanderte zu ihrem Hals, strich über ihr Schlüsselbein. Früher hatte diese Berührung Begierde in ihr geweckt. Heute spürte Finja nichts.
Sie trat einen Schritt zurück und überlegte. Sie wollte ihn nicht anlügen, aber noch viel weniger wollte sie, dass sie sich stritten. Max sollte nicht durchmachen, was sie nach Mikas Tod durchlebt hatte. Niemand sollte das. »Gib uns Zeit«, wich sie deshalb aus und hielt dabei seinem eindringlichen Blick stand. »Ich muss heilen, Max.«
Vielleicht würde es zwischen ihnen doch noch gut werden. Falls sie überlebte. Aber darüber konnte sie sich erst Gedanken machen, wenn es so weit war.
»Darf ich wiederkommen?«, fragte er.
Sie nickte ohne Umschweife, denn sie wusste, dass Ablehnung ihn nur wütend machen würde. Außerdem würde sie ohnehin nicht hier sein.
Sein Lächeln zauberte das Grübchen auf seine Wange, das sie früher so sehr geliebt hatte. »Bis bald, Finja.«
Dann küsste er sie. Es kam so überraschend, dass Finja sich nicht wehrte. Sie stand einfach nur da und ließ es geschehen. Selbst als Max das Haus bereits lange verlassen hatte und die Tür hinter ihm zugeschlagen war, spürte sie seine Zunge noch in ihrem Mund.
Und statt Begierde brannte in ihren Eingeweiden altbekannte Schuld. Sie hatte einen Mann geküsst, während es ihrer kleinen Tochter schlecht ging. Schon wieder.

38

Die Reise, 17. August

Heute

Der Tag verging zu langsam. Die Nacht kam zu schnell. Zu viele Stunden hatte Finja damit verbracht, am Fenster zu stehen und auf die Straße zu blicken. Sie hatte Elisa eine kurze Nachricht geschickt und gefragt, ob sie gut angekommen war. Der harsche Abschied und die darauffolgende Stille bereiteten ihr fast ebenso große Sorgen wie ihre anstehende Reise in die Spiegelwelt.

Auf dem Sofa lag der dicke Wintermantel, den sie aus dem Schrank befreit hatte. Ebenso wie ihre Skiunterwäsche, gefütterte Stiefel, ein Schal, zwei Mützen und vier paar Handschuhe. Nur zu gut erinnerte sie sich an das taube Gefühl, nachdem ihre Hand den Spiegel durchstoßen hatte.

Allein der Gedanke ließ sie wieder zittern, und sie klammerte sich an die heiße Tasse Kakao in ihrer Hand. Die kleinen Marshmallows verklebten ihren Mund und schmeckten zu süß, aber Hannah hatte sie geliebt, und deshalb gab es für Finja keinen Kakao ohne Marshmallows mehr. Sie gehörten einfach dazu, ebenso wie Hannah zu ihr gehörte.

Die Kristallkugel auf dem Wohnzimmertisch leuchtete verheißungsvoll, aber Caros Warnung hallte in ihrem Kopf wider und hinderte sie daran, etwas mit Magie zu versuchen.

Sie würde kein Risiko eingehen. Nicht vor morgen.
Aber sobald sie durch den Spiegel getreten war, würde sie mutig sein, sagte sie sich. Alles tun, um Hannah zu retten. Das war sie ihrer Tochter schuldig, die nur wegen ihrer Mutter in diese Lage geraten war.
Wenn sie Hannah vor den Spiegeln gewarnt hätte, wäre das alles nie passiert. Wenn sie keine Schwester hätte, wäre ihre Tochter noch hier.
Finja wischte sich eine Träne aus dem Augenwinkel, aber es kam direkt die nächste. Unaufhaltsam.
Mit einer anderen Mutter wäre Hannah glücklicher geworden.
Dieser verbotene Gedanke überkam sie nicht erst, seit Hannah verschwunden war. Schon nach Mikas Tod war Finja der festen Überzeugung gewesen, dass Hannah woanders glücklicher gewesen wäre. Wenn sie in eine andere Familie geboren worden wäre, in der die Großeltern sie für das liebten, was sie war, und in der ihr Vater keinen Autounfall baute und starb. Ja, Hannah hatte Besseres verdient.
Auch vor Mikas Tod hatte sie das oft gedacht. Hatte oft geglaubt, keine gute Mutter zu sein. Nicht genug. Mika hatte es ihr ausgeredet. Wieder und wieder hatte er ihr gesagt, wie großartig sie war. Wie glücklich Hannah lächelte, wenn sie in den Armen ihrer Mutter lag.
Die Straßenlaternen gingen an, und das plötzliche Flackern riss Finja aus ihren dunklen Gedanken. Sie sah ihren eigenen Umriss in der Fensterscheibe, ein dunkles Spiegelbild vor der finsteren Straße, nicht mehr als eine Silhouette. Ganz schwach sah sie auch die Inneneinrichtung, das Sofa, den großen Schrank. Und einen weiteren Umriss, direkt neben ihrem. Sie fragte sich, welches Möbelstück in der Fensterscheibe so verzerrt wirkte. Warum alles andere fast perfekt gespiegelt war und nur dieser eine Gegenstand aussah, als betrachtete sie seine Umrisse durch Wasser.
Dann wurden die Konturen schärfer. Rote Augen blitzten auf. Finja stolperte zurück. Ihre Tasse fiel zu Boden, der Kakao sickerte in den hellen Teppich, die Marshmallows bildeten eine klebrige Masse.
»Nein.« Finja vergrößerte den Abstand zum Fenster. Morgen würde sie in die Spiegelwelt reisen und Hannah finden. Es war nicht fair, dass das Monster gerade jetzt auftauchte.

So kurz vor ihrem Ziel.
Sie stieß gegen die Sofakante, geriet ins Straucheln, landete auf dem Klamottenberg, den sie dort vorbereitet hatte.
So nah.
Das Monster schälte sich aus dem Spiegel wie ein Schmetterling aus seinem Kokon. Quälend langsam stieg es empor, eine dunkle Schattenmasse, verzerrt und zitternd, als würde es frieren.
»Nein«, wiederholte Finja, dieses Mal lauter. Ihre Hände fanden die Kristallkugel. Hannah war so nah. Sie musste nur diese Nacht überleben, nur wenige Stunden, dann würden die Hexen sie in die Spiegelwelt begleiten, und alles würde wieder gut werden. Die Erinnerung an Hannahs leichten Körper in ihren Armen. An ihr Gähnen auf der Rückbank nach einer langen Autofahrt. An ihr Lachen auf dem Riesenrad. An ihr zuckerwatteverklebtes Gesicht.
Die Kugel fing an zu leuchten. Helles Licht ergoss sich über das Wohnzimmer, wärmte Finjas Gesicht, auf dem ein stolzes Lächeln lag. Sie war eine Hexe, und sie konnte dieses Monster besiegen. Nichts würde sie davon abhalten, ihre Tochter zu finden. Ihr Blick wanderte von dem Kristall zur Fensterscheibe, vor der die wabernde Schattenmasse stand. Siegessicher hielt Finja die Kugel höher, erwartete, dass die sich windenden Tentakel zurückzucken würden. Wie schwarze Äste in einem Sturm peitschten sie durch die Luft.
Finja trat einen Schritt auf es zu, das Kinn erhoben, die Kristallkugel und ihr Licht vor sich wie ein Schutzschild.
Ihre Magie war stärker als dieses Schattenwesen. Ihre Liebe zu Hannah stärker als alles andere. Die Kugel leuchtete heller, Finjas Lächeln wurde breiter.
Das Monster ließ sich davon nicht beirren. Es streckte seine langen Tentakel aus und zog Finja durch das Fenster in seine Welt.

39

In der Finsternis

Heute

Es war, als würde sie durch Scherben fallen. Tausende Stiche an ihren Armen, an den Beinen. Ihre Haut brannte, und Finja schrie. Sie barg das Gesicht in den Händen, versuchte, sich zu schützen. Dann war der Schmerz vorbei, und als sie den Kopf hob, stand sie in einer Wüste aus schwarzem Sand, über ihr ein violetter Himmel mit drei riesigen Monden. Sie waren keine hellen Scheiben am Himmel, sondern gigantische Steine, die immer näher zu kommen schienen. Sie drehten sich um sich selbst, ganz langsam, beinahe gemächlich, und sie waren nicht rund, ihre Oberfläche von tiefen Kratern zerrissen. Ihre Größe gab Finja das Gefühl, als würden sie gleich auf die Erde stürzen, und ihr Herzschlag beschleunigte sich. Dann fiel ihr ein, dass sie gar nicht mehr auf der Erde war, und ihr Puls wurde noch schneller.

Sie begutachtete ihre Hände, aber ihr Körper war unversehrt. Keine Schnitte, keine Wunden. Das Monster war verschwunden.

Unsicher stand sie in dieser dunklen Weite und wagte kaum zu atmen. In ihren Träumen war die Spiegelwelt aus Eis und Schnee geformt, mit hohen Tannen und glatten Seen. Hier gab es nichts als schwarzen Sand, der das schimmernde Licht der Monde schluckte.

Drei Dinge, die sie sah: schwarzen Sand. Drei riesige Monde. Den leeren Horizont.
Drei Dinge, die sie hörte: ihren eigenen Atem. Ihren eigenen Herzschlag. Stille.
Drei Dinge, die sie fühlte: den Sand unter ihren nackten Zehen. Ihre Panik. Sonst nichts.
Finjas Knie wurden weich, aber sie hielt sich aufrecht, fürchtete sich vor dem fremdartigen körnigen Untergrund, der sich in ihre Fußsohlen bohrte.
Der Horizont in der Ferne flimmerte wie Asphalt in der Sommermittagshitze, und über allem lag ein lila Schleier, als hätte jemand Tinte ausgegossen.
Die Kristallkugel war verschwunden. Finja wusste nicht, wann sie das magische Artefakt losgelassen hatte, aber sie wünschte, sie hätte es nicht getan. Ihre Finger flatterten durch die Luft und umklammerten schließlich ihre Schultern.
In der Ferne schrie jemand. Oder etwas. Ein hoher, schriller Laut, der Finja an den einen Tag erinnerte, als sie mit ihrer Mutter zum Tierarzt gefahren war, um ihr damaliges Kaninchen kastrieren zu lassen. Es hatte vor Todesangst geschrien, als die Spritze sein Fell durchstoßen hatte, während Finja danebenstand und ihm sanft über den Kopf streichelte.
Damals hatte sie sich ebenso hilflos gefühlt wie jetzt. Der Schrei erklang erneut. Lauter. Oder näher?
Gänsehaut kroch über Finjas Arme, hinauf bis zum Nacken. Sie schüttelte sich, und der Sand unter ihren Füßen knirschte. Es klang wie gegeneinanderreibende Haut.
Sie wollte nicht hier warten, bis etwas geschah, aber es gab auch kein Ziel, das sie ins Auge fassen konnte. Nichts, was ihr den Weg wies. Vor und hinter ihr war nichts als schwarzer Sand und ein flimmernder Horizont.
Oder? Finja kniff die Augen zusammen, sah genauer hin. Die Linie vor ihr … wirkte anders. Während der Horizont hinter ihr in purpurner Finsternis waberte, glänzten vorne helle Punkte wie weit entfernte Sterne.

Als wäre dort eine Küstenstadt und sie auf hoher See. Der dritte Schrei bohrte sich in ihr Trommelfell und kam eindeutig aus der Richtung ohne Lichter. Damit war Finjas Entschluss besiegelt. Sie lief los. Rannte.

Der Sand gab unter ihrem Gewicht nach, jeder Schritt erschien ihr schwieriger. Sie erinnerte sich an einen Urlaub, in dem sie mit Mika gemeinsam frühmorgens am Strand gejoggt war. Sie hatten dort nicht einmal die Hälfte ihrer normalen Strecke geschafft, so kräftezehrend war der weiche Untergrund gewesen.

Das hier war noch schlimmer. Über ihr drehten sich die drei Monde, und immer wenn Finja zu ihnen emporsah, glaubte sie, sie wären näher gekommen. Aber vielleicht war das auch nur eine Illusion, da sie jedes Mal aufs Neue von ihrer puren Präsenz erschlagen wurde.

Es gab keinen Anhaltspunkt, wie viel Strecke sie bereits hinter sich gelassen hatte, und keinen, wie viel noch vor ihr lag. Das Einzige, was ihr eine Orientierung gab, waren die regelmäßigen Schreie. Was auch immer sie ausstieß – es kam näher.

Und wurde hungriger. Mittlerweile klang es nicht mehr wie ihr flauschiges Kaninchen, das sie zum Tierarzt gebracht hatte. Jetzt erinnerte es sie an das Brüllen des Löwen aus der Tiershow in dem Zoo, in dem sie so gern hatte arbeiten wollen.

Schweiß lief ihr über das Gesicht, mischte sich mit ihren Tränen. Aber Finja dachte an Hannah, an ihre kleine Tochter in der Eiswüste, und setzte einen Fuß vor den anderen. Ihr Herz pumpte so laut und stark, dass ihr übel wurde, und ihre Kehle lechzte nach Wasser.

Jetzt war das Brüllen so nah, dass Finja sogar glaubte, heißen Atem in ihrem Nacken zu spüren. Ruckartig wirbelte sie herum, verlor das Gleichgewicht, fiel in den Sand. Die kleinen Körner rieben über ihre Haut.

Hinter ihr war nichts als Wüste und finstere Nacht. Als sie sich wieder aufrappelte, schienen die Lichter vor ihr zum ersten Mal größer. Sie glaubte sogar, Umrisse zu erkennen.

Die Silhouette einer Stadt. Mauern, Zinnen. Leuchttürme. Unzählige Leuchttürme.

Ihre hellen Spitzen waren Finjas Polarstern. Doch der große Unterschied war, dass sie die Leuchttürme erreichen konnte. Erreichte.
Je näher sie kam, desto größer wurden die Mauern, streckten sich empor, bis sie sogar die Monde am Himmel verdeckten. Pechschwarze Steine, perfekte Rechtecke, dazwischen kaum sichtbare Fugen. Oben auf den Zinnen tanzten Laternen in einem Windzug, den Finja unten nicht spürte.
Dafür hörte sie das Brüllen. Als sie sich dieses Mal umdrehte, erstarrte sie vor Angst. Der dunkle Horizont war nah – und er lebte. Es war keine finstere Linie, die den Sand vom Himmel trennte, sondern ein Haufen schattenschwarzer Tentakel, die sich gierig nach Finja ausstreckten.
Die Mauer war ihre letzte Hoffnung. Sie rannte daran entlang, suchte nach einem Tor. Sie fand schwarzen Stein auf schwarzen Stein und Lichtkegel, die von oben auf sie herabfielen. Kein Holz, kein Eingang. Dann knirschte etwas. Eine Hand legte sich um ihren Oberarm und zog sie zur Seite. Schwärze. Der Geruch nach nasser Erde. Dann

Licht.

Sie wurde direkt angeleuchtet. Blinzelnd hob sie eine Hand vor die Augen und gewöhnte sich an die neue Umgebung. Hinter ihr war die undurchdringliche schwarze Mauer, vor ihr erstreckte sich eine Stadt. Die Gebäude waren schmal und aus dunklem Stein gebaut, ihre Dächer waren schwarze Schieferplatten, und an ihren Fassaden hingen Laternen.

Der Anblick löste ein Kribbeln hinter Finjas Stirn aus, und sie kratzte sich, blinzelte verwirrt.

Jedes Haus trug ein Licht, und es schien, als würden sie Finja freudig damit zuwinken. In vier Richtungen zweigten Straßen ab, und alle sahen gleich aus: dieselben schmalen Gebäude mit identischen Lampen. Ansonsten war es still; nicht einmal hinter den Fenstern brannte Licht.

Die Monde schwebten über der Stadt, als freuten sie sich darauf, die Häuser zu zermalmen.

»Wer hat mich gerettet?«, fragte Finja. Ihre Stimme klang dünn und atemlos, noch immer schlug das Herz von dem Sprint schmerzhaft schnell gegen ihren Brustkorb. Sie schöpfte Atem und wiederholte die Frage. »Hallo?«

Das Brüllen hinter der Mauer antwortete ihr. Vor Schreck lief sie los, hinein in eine der Straßen, die nicht mehr waren als einzelne große Steine, eingesetzt in den Sand.

Haus an Haus reihte sich auf, als hätte ein Comic-Künstler den Hintergrund für seine Geschichte nur einmal gezeichnet und dann kopiert. Wieder und wieder.

Finja blieb erst stehen, als das Brüllen erneut ertönte und weiter weg klang als zuvor. Da erlaubte sie sich auch, schwer atmend auf den Boden zu sinken und nach Luft zu schnappen. Mittlerweile sah sie die Mauer über den Dächern einiger Häuser emporragen, aber ansonsten waren da nur Straßen und Schieferdächer und im Wind tanzende Laternen.

Die Türme auf der Mauer ließen ihr helles Licht über die Stadt erstrahlen und vertrieben somit ein wenig den Eindruck des Tintenschleiers, der über diesem Ort lag. Allerdings nicht ganz.

»Wo bin ich?«, fragte sie in die Leere der Stadt hinein.

»Außerhalb der Zeit«, erklang die Antwort.
Finja drehte sich erschrocken um.
Zwei helle Augen starrten sie an. Sie waren so hell wie die Monde am Himmel und saßen in einem ihr bekannten Gesicht, das sich interessiert über Finja beugte. »Hab keine Angst, ich habe dich gerettet.«
Finja stand sich selbst gegenüber. Und auch wieder nicht. Der Mensch, der vor ihr stand, sah ihr so ähnlich, aber ihre komplett weißen Augen und das seltsam verzerrte Grinsen veränderten doch alles.
Die andere Finja legte leicht den Kopf schief und zog einen Mundwinkel höher, was den Eindruck einer grotesken Fratze verstärkte.
»Wer bist du?«, fragte Finja und stand langsam auf, ohne diese Erscheinung aus den Augen zu lassen.
»Die Frage sollte wohl eher lauten: Wieso bist du hier?«, entgegnete die andere Finja und näherte sich ihr. »Ich wusste gar nicht, dass ihr leben könnt. Spannend.«
Instinktiv wich Finja zurück, hob die Hände zur Abwehr. Es war seltsam, diese andere Finja sprechen zu hören. Als hörte sie eine ihrer eigenen Sprachnachrichten ab. Ihre Stimme schien ihr so vertraut und gleichzeitig so fremd. Es war eindeutig ihr lebendiges Spiegelbild.
Die Spiegel-Finja schnalzte mit der Zunge. »Ich habe doch gesagt, dass du keine Angst haben musst. Immerhin habe ich dich gerettet. Warum die Panik?«
Finja wusste nicht, womit sie beginnen sollte. Damit, dass alles hier vollkommen fremdartig und sie in einer anderen Welt gefangen war, deren Horizont sie jagte? Oder dass sie einer verzerrten Version ihrer selbst begegnete, deren weiße Augen und schiefes Lächeln ihr einen Schauer über den Rücken jagten? Sie entschied sich für nichts davon und sagte: »Wie heißt du?«
Die Spiegel-Finja überlegte kurz, ehe sie sagte: »Namen sind für Lebewesen, die gerufen werden. Mich ruft man nicht. Ich bin der Schatten der Schatten. Niemand kennt mich.«
Irgendwie erleichterte Finja das, denn wenn diese Spiegel-Finja ihren Namen genannt hätte, wäre sie ihr nur ähnlicher geworden. So hatte

dieses Wesen gerade bestätigt, dass sie nicht ganz sie selbst war. »Und wie soll ich dich nennen?«
Das sorgte für einen kurzen Moment der Stille, in der sich die Monde über ihnen weiterdrehten. Die Lampen der Häuser schwankten weiter in einem Wind, den Finja nicht spürte, und der Sand knirschte unter ihren Füßen, als sie leicht das Gewicht verlagerte.
Die Konturen der Spiegel-Finja verschwammen, als würde eine Spiegelscheibe beschlagen. Schließlich flüsterte sie: »Ich weiß es nicht.«
So langsam verließ Finja das Adrenalin der Flucht, und ihre kratzige Kehle erinnerte sie vehement an ihren großen Durst. Finja hustete. »Du hast nicht zufällig etwas Wasser?«
Die Spiegel-Finja musterte sie sehr intensiv. Einen Wimpernschlag später schwebte ein Glas vor ihr in der Luft.
»Das hier?«, fragte sie.
»Wie hast du …?« Skeptisch betrachtete Finja die Flüssigkeit.
»Nimm ruhig«, sagte die Spiegel-Finja. »Es ist kein Gift.«
»Als ob du mir die Wahrheit sagen würdest, wenn du mich vergiften wolltest«, konterte Finja, griff aber trotzdem danach.
»Wenn ich dich töten wollte, wärst du schon tot«, erwiderte die andere geduldig, und wie zur Bestätigung brüllte das Monster in der Ferne.
Also trank Finja in gierigen Zügen und stieß dann ein erleichtertes Seufzen aus.
»Siehst du.« Die Spiegel-Finja trat einen Schritt näher. »Kein Gift.«
»Was willst du von mir?« Finja hielt ihrem prüfenden Blick mit erhobenem Kinn stand. »Und was ist das alles hier?«
»Diese Stadt habe ich gebaut, um dich zu beschützen.« Die andere drehte sich im Kreis, deutete auf die Häuser. »Damit du bei mir bleibst.«
»Ich muss meine Tochter finden«, sagte Finja. »Ich kann unmöglich hierbleiben.«
Erneut sah die Spiegel-Finja sie auf diese seltsame Art an. Lange dieses Mal. So lange, dass Finja fast glaubte, sie sähe wirklich bloß in einen Spiegel. Nur die hellen Augen verrieten sie. Dann klammerten sich auf einmal kleine Hände an Finjas Hose.

»Mama.« Eine vertraute Stimme.
Wie versteinert stand Finja da und traute sich nicht, den Blick zu senken. Zu atmen.
Drei Dinge, die sie hörte: Hannahs Stimme. Hannahs Stimme. Hannahs Stimme.
»Mama, wo sind wir?«, fragte Hannah.
Jetzt sah Finja zu ihr hinab. Große Augen. Sommersprossen. »Ich hab Angst. Bitte bleib bei mir.«
Finja fiel auf die Knie und drückte ihre Tochter fest an sich. Tränen liefen über ihre Wangen, und sie vergrub das Gesicht in den weichen Haaren mit den bunten Plastikspangen.
»Ich lasse dich nie wieder allein«, flüsterte Finja. Jede Silbe zitterte. »Nie, nie wieder. Versprochen.«

40

Verlorenes Glück, 20. Dezember

Vier Jahre zuvor

Finja steckte die Lichterkette ein und wartete auf Mikas Rückkehr, der den ganzen Tag mit Aina Businesspläne durchgegangen war. Es freute sie, dass die beiden so gut miteinander auskamen. Mika wollte unbedingt noch dieses Jahr kündigen, auch wenn er eine Konkurrenzklausel bekam. Aina hatte versprochen, Mika jederzeit aufzunehmen. Selbst wenn sie ein Jahr darauf warten mussten.

Und obwohl Mika sich zunächst gesträubt hatte, war Finjas Drängen erfolgreich gewesen. Sie würden sich nicht von ihrem Vater ihr Leben diktieren lassen. Nicht so. Nicht mit Erpressung.

Auf dem Rückweg wollte Mika trotz Urlaub noch in seiner Firma vorbeifahren und die Kündigung auf Holgers Tisch legen. Damit sie gemeinsam entspannt Weihnachten verbringen konnten.

Der Streit nach dem Abendessen bei ihren Eltern war heftig gewesen, aber Finja war fest entschlossen, dass sie das alles nach dem heutigen Tag aus dem Weg räumen würden. »Heute beginnen wir ein neues Leben«, murmelte Finja und lächelte. Die Lichterkette verströmte ihr warmes Licht, es roch nach frisch gebackenen Keksen, und Hannah schlummerte friedlich in ihrem Bett.

Auf dem Sofatisch stand eine Weinflasche neben zwei Gläsern bereit, der Weihnachtsbaum war aufgestellt, aber noch nicht geschmückt, denn das würden Hannah und Mika an Heiligabend gemeinsam tun. Ja, nach dem Abendessen bei ihren Eltern hatten Mika und sie einander viele fiese Dinge an den Kopf geworfen, aber schließlich hatte Mika zugegeben, dass er Tero nicht nachgeben sollte. Auch wenn beim Abschied die Stimmung zwischen ihnen noch etwas unterkühlt gewesen war, so glaubte Finja fest daran, dass alles in Ordnung kam, sobald er mit einem neuen Job und der Aussicht auf eine neue Zukunft durch die Haustür trat.

Als es klingelte, verzog Finja den Mund. Das hier war ihr Abend, sie erwartete keinen Besuch, wollte nicht gestört werden.

Sie ging zur Tür, erkannte zwei Gestalten durch das milchige Glas. Vielleicht Kinder, die Kekse verkauften oder Geld für wohltätige Zwecke sammelten. Automatisch griff sie nach dem Kleingeld, das für Trinkgelder auf dem Sideboard bereitstand.

Die Münzen lagen kalt in ihrer Hand.

»Hallo?«, fragte sie und öffnete die Tür.

»Frau Dahl?« Uniformen. Alles, was Finja sah, waren Uniformen und das Polizeiauto in der Einfahrt. Sie blinzelte. Zog die Strickjacke enger um ihren Körper.

»Ja?«

Die Uniformen rückten näher. »Wir haben schlechte Nachrichten. Es geht um Ihren Mann.«

»Die Kündigung ist sein gutes Recht«, sagte Finja.

»Er hatte einen Unfall.« Die Uniform klang viel zu sanft. »Können wir bitte drinnen reden?«

Finja schüttelte den Kopf. »Nein.« Sie trat zur Seite. »Ja. Kommen Sie rein.«

Sie zeigte den Uniformen den Weg ins Wohnzimmer, wo Lichterketten und Wein warteten. Auf Mika warteten. Mika mit dem glücklichen Lächeln und der neuen Zukunft.

»Setzen Sie sich.« Die Uniform deutete auf das Sofa, als wäre es ihr Zuhause.

»Wo ist Mika?«, fragte Finja und sah zum ersten Mal in das Gesicht der Polizistin. Sie sah das Bedauern in den dunklen Augen. Das Mitgefühl. Sie wollte nichts davon. Sie wollte Mika, ihre Zukunft, sein Lächeln.

Die nächsten Worte der Polizistin nahmen ihr all das unwiderruflich weg: »Es tut uns sehr leid, aber Herr Dahl starb noch am Unfallort.«

Finja nahm einen der Kekse, die sie gemeinsam mit Hannah gebacken und in einer Schüssel auf den Tisch gestellt hatte. Sie drehte das sternförmige Gebäck umher, weigerte sich, zu begreifen, was die Polizistin gesagt hatte. »Er ist ein guter Fahrer. Das muss ein Missverständnis sein.«

»Ein LKW-Fahrer hat ihn übersehen«, sprach die Polizistin ruhig weiter, als würden genügend Details der Geschichte Überzeugungskraft verleihen.

»Nein«, murmelte Finja. Der Keks zerbröselte zwischen ihren Fingern. »Kann ich bitte mit Mika sprechen?« Ihre Unterlippe bebte, und erst als der Polizist ihr ein Taschentuch reichte, bemerkte Finja, dass sie weinte. Er war ein junger Mann, etwa in Mikas Alter. Sein Gesicht war so weiß wie der Schnee vor dem Haus.

»Frau Dahl, Ihr Mann ist tödlich verunglückt«, wiederholte die Polizistin, und Finja hasste sie dafür. Hasste es, dass sie mit so wenigen Worten eine ganze Zukunft zerstörte. »Haben Sie jemanden, den Sie anrufen können?«

»Mika ist bald zu Hause.« Die Brösel rieselten von Finjas Fingern auf die Tischplatte.

»Mama?« Hannahs Stimme. Finja hob den Kopf und sah ihre kleine Tochter in ihrem kuscheligen Schlafanzug auf sie zutapsen. Als Hannah die Polizisten bemerkte, hielt sie wie versteinert inne.

Finja überlegte nicht lange. Sie stand auf und schloss ihre Tochter fest in die Arme, hielt sich an ihr fest und weinte bitterlich. Das Mädchen stand einfach da und sah mit großen Augen die Polizisten an, die im Schein der Lichterketten in ihrem Wohnzimmer saßen. Plätzchen auf dem kleinen Tisch, leere Weingläser, Krümel verteilt auf dem polierten Holz.

»Wo ist Papa?«, flüsterte Hannah, und Finja klammerte sich noch fester an sie.

41

Über den Tod hinaus

Heute

Die Spiegel-Finja führte sie in eines der Häuser, die von innen genauso aussahen wie Finjas Heimat. Sogar die Schüssel mit dem Sprung, den Mika geklebt hatte, stand an ihrem angestammten Ort auf dem Sideboard. Die Bilder hingen dort, wo sie hängen sollten, und alles roch nach zu Hause.

Hannah hing an Finjas Hand, drückte sich eng an sie.

»Wir sind daheim«, sagte Finja zu ihr und strich sanft über ihren Kopf. Die andere Finja ging hinter ihnen, ihre hellen glänzenden Augen starrten sie an. Als sie sich zu ihr umwandte und *Danke* hauchte, verzog sich ihr Gesicht erneut zu diesem grotesken Grinsen.

»Gefällt es dir?«, fragte sie.

»Es ist alles, was ich jemals wollte«, sagte Finja.

Fast, flüsterten ihre Gedanken. Die Andere musterte sie eindringlich.

Es klopfte. Ängstlich drängte Hannah sich enger an sie.

»Du musst keine Angst haben.« Finja ging in die Hocke und legte eine Hand auf ihre Wange. »Ich bin doch bei dir. Es ist alles gut.«

In diesem Moment war es ihr egal, wer in dieser fremden Welt an ihre Tür klopfte. Die Spiegel-Finja war bei ihr. Ein Wesen, das mächtig genug war, um eine ganze Stadt zu kreieren und ihre Tochter inner-

halb eines Wimpernschlags zu retten. Und alles, was es als Dank wollte, war Gesellschaft. Finja war mehr als bereit, diesen Preis zu zahlen.
»Wer ist das?«, fragte sie an die Andere gewandt, als es erneut klopfte. Ihr Lächeln wurde noch breiter. »Sieh nach.« Sie machte den Weg frei. »Es wird dir gefallen. Versprochen.«
Finja zog Hannah mit sich, weil sie nie wieder die Hand ihrer Tochter loslassen wollte. Das Mädchen ging brav neben ihr her, aber als Finja die Tür aufzog, wand sie sich aus ihrem Griff und stürmte auf den hochgewachsenen Mann mit dem Grübchen am Kinn zu.
»PAPA!« Der Freudenschrei ihrer Tochter hallte in Finjas Herzen wider.
Fassungslos stand sie da und starrte Mika an. Das Lächeln in seinem Gesicht. Das Grübchen an seinem Kinn.
»Du bist hier«, stieß sie hervor. Er wirkte ebenso überrascht wie sie, sah auf Hannah hinab und runzelte die Stirn.
»Das bin ich«, erwiderte er. Seine Finger krallten sich in den Stoff von Hannahs dünnem Kleid. »Du bist aber groß geworden.« Er ging in die Hocke, drückte sie an sich, hob sie hoch. Hannah quietschte vor Freude.
»Hab dich vermisst«, erklärte Hannah und vergrub das Gesicht an seinem Hals. »Ganz arg.«
»Wie ist das möglich?«, fragte Mika, an Finja gewandt.
Ihre Unterlippe bebte. Ihre Welt zitterte. In ihrem Augenwinkel sah sie die Spiegel-Finja zufrieden nicken.
»Der Tod ist kein Hindernis für mich«, erklärte sie leichthin. »Denn wenn er es wäre, würde ich in dieser Welt nicht überleben.«
Mika trat über die Türschwelle und stand im Flur. Ein Anblick, der Finja so lange verfolgt, den sie sich so lange gewünscht hatte. Auf dem Arm hielt er ihre gemeinsame Tochter, sein Blick verhakte sich mit Finjas.
»Sie hat uns gerettet«, erklärte Finja. Es beunruhigte sie, dass er keine Notiz von ihrem anderen Ich nahm. Aber als sie an die Stelle deutete, an der eben noch ihr lebendiges Spiegelbild gestanden hatte, war dort nichts.

Sie ließ die Hand wieder sinken. Schluckte.
»Du hast mir gefehlt«, sagte sie. Der Abstand zwischen ihnen kam ihr vor wie ein Abgrund. Sie wusste nicht, wie sie ihn überqueren sollte.
Mika nahm ihr die Entscheidung ab. Er trat auf sie zu und nahm sie in die Arme. Einfach so. Nach all den Jahren. Finja weinte. Tränen liefen ihr in Strömen über die Wangen, tränkten den feinen Stoff von Mikas Hemd.
Er hielt sie. Genauso wie er es früher getan hatte. Hannah war ganz still in seinen Armen, und gerade als Finja fürchtete, dass sie wieder verschwunden war, schlang sie ihre dünnen Arme um den Hals ihrer Mutter.
»Alles gut«, sagte sie voller Zuversicht. Es brach Finja das Herz, dass ihre kleine Tochter das Bedürfnis hatte, sie zu trösten.
»Alles gut«, wiederholte Finja. Ihre Stimme war rau vom Weinen. »Jetzt ist endlich wieder alles gut.«
Sie hob den Kopf, um Mika anzusehen. Seine vertrauten Gesichtszüge. Das Grübchen an seinem Kinn.
Etwas anderes erregte Finjas Aufmerksamkeit. Das Schwanken der Laterne. Ihr tanzendes Licht auf pechschwarzem Sand. Langsam löste Finja sich aus der Umarmung und schloss die Tür.

42

Wiederfinden

Heute

Die Spiegel-Finja blieb verschwunden. Es vergingen Stunden, in denen Finja von den letzten Jahren erzählte. Von dem Sommertag, an dem Hannah sich im Schwimmbad einen Milchzahn am Beckenrand ausschlug. Von dem Winter, in dem sie gemeinsam auf dem zugefrorenen See in der Nähe ihres Hauses Schlittschuhlaufen waren. Finja redete und redete, während Mika zuhörte und Hannah lachte.
Sie saßen auf dem Sofa, die Beine ineinander verschlungen, ihre Tochter zwischen ihnen. Vor dem Fenster tanzten weiterhin die Schatten der Laternen über pechschwarzen Sand.
Irgendwann löste Finja sich von ihrer Familie, stand auf und zog die Vorhänge zu. Mit einem strahlenden Lächeln drehte sie sich zu ihnen um.
»Habt ihr Hunger?«, fragte sie, obwohl sie selbst keinen Appetit verspürte. »Ich könnte uns etwas kochen.«
»Lass mich das machen«, erwiderte Mika und erhob sich mit dem Lächeln, das er auch früher immer getragen hatte. Finja wurde warm ums Herz, und sie schmunzelte.
Der Tod hatte ihn kein bisschen verändert.
Es war seltsam, mit welcher Selbstverständlichkeit Finja das feststell-

te. Wie einfach es war, ihm nach all den Jahren genauso zu vertrauen wie früher. Als wäre er nie weg gewesen. Als wäre all das danach nie passiert.

Nur ganz kurz dachte sie an Max. An das Eis auf dem Badezimmerspiegel. Ihren Streit. Elisa.

Dann nahm Mika sie in den Arm und hauchte ihr einen Kuss auf die Stirn. »Ich bin stolz auf dich.«

Seine vertraute Tonlage jagte ihr einen Schauer über den Rücken. »Wieso?«

Darauf erwiderte er nichts. Die Stille dehnte sich zu einer Ewigkeit, bis Finja sich schließlich von ihm löste, den Kopf in den Nacken legte und ihre Frage wiederholte. »Wieso bist du stolz auf mich?«

Mika blinzelte. Lächelte. Dieses verdammte geliebte Lächeln.

»Ich koche uns jetzt etwas Leckeres«, sagte er.

»Lasagne!«, rief Hannah und hüpfte begeistert auf dem Sofa auf und ab. Plötzlich war sie nicht mehr drei Jahre alt, sondern sieben.

Als Finja hektisch blinzelte, saß Hannah ruhig auf dem Sofa und grinste vor sich hin. »Ich muss mich hinlegen«, sagte Finja. »Irgendwie bin ich schrecklich müde.«

»Mach das«, rief Mika auf dem Weg in die Küche. »Ich kümmere mich um alles.«

Wie früher ging Finja hoch in das Schlafzimmer. Auch hier sah alles aus, wie sie es von zu Hause kannte. Ein großes Bett mit weicher Bettwäsche, der wandfüllende Schrank.

Die drei Monde leuchteten hell am Himmel. Finja schloss die Vorhänge, zog sich ein von Mika getragenes Shirt an und schlüpfte unter die Decke. Alles roch nach ihm.

Sie schloss die Augen, ihre Gedanken rasten.

Die Spiegel-Finja hatte Hannah gefunden und Mika zurückgeholt. Dieses Wesen war mächtig, hatte ihr alles gegeben, was sie wollte. Einfach damit sie hierblieb. Sie hatte sich ihr ganzes Leben lang geirrt: Die Spiegelwelt war nicht gefährlich. Sie war ihr persönlicher Himmel.

Ob sie Elisa hierherbringen sollte? Könnte die Andere das ermöglichen?

Finja wälzte sich auf die andere Seite. Natürlich könnte sie das. Sie hatte aus dem Nichts eine Stadt gebaut. Sie hatte Hannah zurückgebracht. Mika von den Toten auferstehen lassen.
In ihren Gedanken wohnte Elisa in dem Haus auf der anderen Straßenseite … und dann? Hier endete Finjas Vorstellungskraft. Essensdüfte zogen zu ihr nach oben. Die Lasagne roch genau wie in ihren Erinnerungen, und ihr Magen grummelte vor Freude.
»LASAGNE!«, rief Mika kurz darauf, und Finja schlug die Decke zurück. Sie lief in Mikas schwarzem Bandshirt nach unten, tapste barfuß über die kalten Fliesen der Küche. Hannah saß in ihrem Hochstuhl. Finja blinzelte.
Nein, sie saß auf ihrem Platz, ihre Zöpfe wippten im Takt der Melodie, die sie vor sich hin summte, während sie mit Stiften auf ein Papier kritzelte. Die Zeichnungen waren bunte Striche ohne Form, wie damals, als Hannah gerade erst gelernt hatte, einen Stift zu halten.
Mika grinste Finja stolz an, während er das Essen aus dem Ofen holte. »Ich hoffe, du hast Hunger mitgebracht!«
Der geschmolzene Käse brutzelte vor sich hin, und er balancierte die Auflaufform vorsichtig zum Untersetzer auf dem Tisch.
»Nicht müde«, sagte Hannah und deutete auf den gezeichneten Weihnachtsbaum. Déjà-vu.
Die Lampen der anderen Häuser warfen bizarre Schatten in den Raum. Finja trat an Hannah vorbei und zog die Vorhänge zu.
»Hier, bitte.« Mika hielt ihr einen vollen Teller Lasagne hin, und Finja setzte sich. Als sie den ersten Bissen nahm, erinnerte er sie an eine glücklichere Zeit.
Nachdem sie fertig gegessen hatten, übernahm Finja den Abwasch, während Mika Hannah ins Bett brachte. Die digitale Uhr auf dem Herd zeigte vier Kreuze.
»Hier gibt es keine Zeit«, erklärte die Spiegel-Finja. Erschrocken ließ Finja die Auflaufform fallen. Sie landete unversehrt zwei Schritte weiter auf der Anrichte. Die Andere trat zu ihr heran, betrachtete die Auflaufform. »Es tut mir leid, aber ich kann nicht alles kreieren. Zeit liegt außerhalb meiner Reichweite. Ich hoffe, das stört dich nicht allzu sehr.«

»Nein«, erwiderte Finja beinahe automatisch. Die warme Lasagne in ihrem Magen und Hannahs Lachen aus dem Obergeschoss dämpften ihre Angst. »Wird es für immer so bleiben?«

»Wenn du mich nicht verlässt«, antwortete die Andere, »kann ich dir geben, was auch immer du dir wünschst.«

»Aber warum?«, fragte Finja.

»Weil ich mächtig bin.«

»Ich meinte, warum du willst, dass ich bleibe.«

»Weil ich mächtig bin«, wiederholte die Andere.

Wortlos starrte Finja in diese hellen Augen ohne Seele. In der Ferne brüllte das Monster. Zum ersten Mal, seit Hannahs Finger sich in Finjas Hand geschoben hatten. Die Welt drehte sich, und Finja stützte sich auf dem Küchentisch ab, um nicht das Gleichgewicht zu verlieren.

»Ich beschütze dich«, sagte die Spiegel-Finja.

»Uns?«, fragte Finja schwach. »Mika darf nichts geschehen. Und Hannah. Sie sind das Wichtigste. Versprich mir, dass es ihnen gut gehen wird.«

»Sie werden nicht leiden.« Ihr Gesicht drehte sich zum Fenster, einer der Vorhänge ruckte zur Seite und gab den Blick nach draußen frei. Auf der anderen Straßenseite reihte sich ein schwarzes Haus an das nächste. Die Lampen über ihren Eingangstüren waren massive Käfige für das flackernde Feuer. »Ich habe all das für dich erschaffen. Möchtest du es nicht erforschen?«

»Eigentlich …« Finja sah zur Treppe. Oben war es seltsam still. »Ich würde gern noch ein wenig die Zeit mit meiner Familie genießen.«

»Die Zeit genießen?«, echote die Andere. »Ich sagte doch bereits: Hier gibt es keine Zeit. Du kannst bedenkenlos gehen, ohne dass dir etwas fehlt.«

»Sie würden mir fehlen«, erwiderte Finja und ging zu den Stufen. Immer schneller wurden ihre Schritte. »Hannah? Mika?« Ihre Stimme überschlug sich vor Panik. »Alles gut?«

»Alles bestens, mein Engel«, rief Mika. Kurz darauf tauchte er am oberen Ende der Treppe auf und sah mit gerunzelter Stirn zu Finja herab. »Ist was passiert?«

»Nein«, sagte Finja hastig. Sie stieg zu ihm nach oben, schlang ihre Arme um seinen Bauch und schmiegte ihre Wange an seine Brust. Er roch nach zu Hause.
»Hannah schläft«, flüsterte er und zog sie noch näher an sich. Wärme breitete sich in ihr aus. Seine Hände wanderten über ihren Rücken, weiter nach unten. »Ist das in Ordnung?«
Kurz horchte Finja in sich hinein. Dann nickte sie.
Mika hob sie hoch, sie schlang ihre Beine um seine Hüfte. Sie kannten einander und das Haus so gut, dass sie ihren leidenschaftlichen Kuss nicht unterbrechen mussten, bis Mika sie sanft auf das Bett gleiten ließ.

43

Lügen

Heute

Es war das Brüllen des Ungeheuers, das Finja aus dem Schlaf riss. Mit klopfendem Herzen setzte sie sich auf. Mika lag neben ihr, sein Atem ging ruhig und gleichmäßig. Um ihn nicht zu wecken, griff Finja sich im Dunkeln einige Kleidungsstücke und schlich aus dem Schlafzimmer.

Hannahs Zimmertür war angelehnt, dahinter lauerte Finsternis. Vorsichtig trat Finja heran und lauschte hinein. Hannah schlief ebenso unbekümmert wie ihr Vater.

Finja stieß einen leichten Seufzer aus, der von einem lauten Brüllen übertönt wurde. Kurz sah sie zurück zum Schlafzimmer, überlegte, Mika zu wecken. Sie entschied sich dagegen und ging die Treppe nach unten.

Die Andere erwartete sie bereits. Regungslos stand sie da, die hellen Augen auf Finja gerichtet, den Kopf leicht schief gelegt.

»Es kommt näher«, sagte Finja und schlang die Arme um ihren Oberkörper. »Kannst du es wirklich aufhalten?«

»Es kommt so nah, wie ich es zulasse.« Ihr Grinsen war eine Fratze. »Wieso willst du nicht die Welt erkunden, die ich für dich geschaffen habe?«

»Ich war gerade auf dem Weg«, sagte Finja schnell und schlüpfte in ihre Turnschuhe. Mika und Hannah schliefen sicher in ihren Betten. In einem Haus, das die Andere geschaffen hatte. Es wäre unklug, sich ihr zu widersetzen, fand Finja.

»Du lügst«, sagte die Spiegel-Finja. Das Grinsen verließ ihr Gesicht, Wut verzerrte ihre Miene. »Ich bin die Meisterin der Illusion, also erspar mir deine Tricks. Sie werden bei mir nicht funktionieren.«

»Entschuldige.« Finja wich zurück, stieß mit der Hüfte gegen die Kommode. »Ich wollte nicht lügen.« Das Brüllen klang so nah. »Ich hatte einfach Angst.«

Sobald die letzte Silbe ihre Lippen verließ, verließ die Wut das Gesicht der Anderen. Bedauern trübte ihre Augen. »Du musst dich doch nicht vor mir fürchten«, flüsterte sie.

»Deswegen kann ich trotzdem Angst vor der Welt da draußen haben.« Finja ging in die Hocke, um ihre Schuhe zu binden. »Aber ich werde sie erforschen. Deinetwegen. Geschenke soll man nicht ablehnen, oder?« Den letzten Satz sagte sie mit Schalk in der Stimme, obwohl ihr Magen einen Salto schlug und sie am liebsten zurück zu Mika unter die Decke gekrochen wäre.

»Denk einfach an mich, wenn du etwas brauchst«, sagte die Spiegel-Finja und verschwand so schnell, als hätte sie niemals existiert.

Finja atmete tief durch, die Hand auf der Türklinke. Dann ging sie nach draußen.

Ihr erster Instinkt war es, den Kopf in den Nacken zu legen. Die drei Monde wirkten unverändert, und Finja atmete erleichtert aus. Dann fiel ihr Blick auf die schwankende Laterne. Das dunkle Eisen war kunstvoll geschwungen, das Feuer tanzte hinter milchigen Scheiben. Etwas in Finjas Verstand regte sich. Eine ferne Erinnerung, verwaschen von Magie. Der altbekannte Kopfschmerz setzte ein, Finja zuckte zusammen, strich über ihre Schläfe.

Sie konzentrierte sich auf den dunklen Sand vor ihren Füßen, und die Stiche hinter ihrer Stirn wurden schwächer.

Doch das Wissen, dass es die Magie ihrer eigenen Mutter war, die sie von ihrer Vergangenheit fernhielt, war Schmerz genug. Die feinen Körner knirschten unter ihren Schuhsohlen, während Finja sich

langsam im Kreis drehte und überlegte, welches der identischen Häuser sie zuerst betreten sollte.
Sogar ihre Lampen schwangen im Gleichtakt.
Schließlich entschied sie sich für das Haus direkt gegenüber. Es war ihrem neuen Zuhause am nächsten. Ein letzter sehnsuchtsvoller Blick über die Schulter, dann überquerte Finja die Straße, stieg die niedrigen Stufen nach oben und stieß die Tür auf.
Grau. Weiß. Schwarz. Sie starrte auf das Störsignal eines Fernsehers. Die Welt brummte. Farben mischten sich in die Monotonie, ein Bild entstand. Finja erkannte sich selbst im Kindesalter. Sie rannte eine Straße entlang, direkt zu einem Haus, das den Gebäuden dieser Welt glich. Sogar die Laterne wippte im Wind, auch wenn das Licht in ihr erloschen war und eine goldene Sonne am strahlend blauen Himmel über der Szenerie thronte.
Auf den Stufen des Hauses saß ein Mädchen, das Finja seltsam vertraut vorkam. Lange dunkle Haare, ein freudiges Lächeln im Gesicht. Amelie. Ihr schmaler Körper steckte in einem Blumenkleid.
»Ich nehm das obere Bett!«, trällerte ihre große Schwester. Glühender Schmerz bohrte sich in ihr rechtes Auge, als hätte sie einen Metallnagel im Augapfel. Finja stöhnte, presste die Hand auf das Gesicht. Sie spürte eine Flüssigkeit an den Wangen, hob die Finger und war erleichtert, als sie kein Blut, sondern Tränen sah.
Der Schmerz wurde stärker, aber Finja konnte sich nicht von dem Anblick hinter dieser Tür lösen. Von ihrem jungen Ich, das gemeinsam mit Amelie auf der Straße Fangen spielte. Erinnerungen prasselten auf sie ein.
Amelie an ihrem Geburtstag. Zuckergussbekleckert.
Amelie nachts an ihrem Bett. Ein Buch in der Hand, die leise Stimme in ihrem Ohr. Amelie. Ihre Schwester. Ihre geliebte große Schwester.
Finja erinnerte sich. Tränen liefen über ihre Wangen.
Gerade als der Schmerz zu stark wurde, um ihn weiter zu ertragen, erlosch er plötzlich, und es war, als wäre Finja frei. Als wäre eine uralte Wunde, der sie gar keine Beachtung mehr geschenkt hatte, endgültig verheilt.
Das Bild vor ihr verschwamm erneut, und Finja fragte sich, welchen

Teil ihrer Kindheit sie jetzt erleben würde. Stattdessen kehrte der Schmerz mit voller Wucht zurück, und sie starrte auf undurchdringliches Grau.

Finja stolperte zurück, verfehlte die Stufe, fiel. Stieß gegen etwas Weiches.

»Oh.« Die Stimme der Anderen direkt an ihrem Ohr. Finjas Herz raste. Ein Windstoß. Die Tür fiel ins Schloss. »Das ist jetzt äußerst unangenehm.« Ihre weißen Augen zerflossen wie die Uhren auf Salvador Dalís berühmtem Gemälde. »Du bist nicht komplett.«

»Was?« Finjas Frage war kaum mehr als ein Hauch.

»Was dir fehlt, kann ich nicht erschaffen.« Ihre Stimme klang ebenso verzerrt wie ihr Gesicht.

Finja rannte los. Zurück zu Hannah. Sie musste ihre Tochter retten und von hier verschwinden. Mika. Sie würde ihn mitnehmen. Zusammen. Endlich. Ihre ganze Familie.

Familie.

Familie.

Familie.

Das Wummern in ihrem Kopf kehrte gemeinsam mit den Nadelstichen zurück.

»Ich nehm das obere Bett!«, trällerte Amelie.

Glühend heiß waren ihre Worte, bohrten sich in Finjas Innerstes. Ihre Knie gaben nach, aber sie lief weiter, gebeugt, die Welt bestand aus schwarzlila Flecken. Sie schleppte sich die Stufen nach oben, die Tür war weg, der Flur nicht mehr als ein leerer Raum.

»Hannah!« Finjas Stimme hallte in dem leeren Haus wider. »MIKA!« Die Realität kippte, schleuderte Finja gegen eine Wand. Sie stöhnte, drückte sich ab, kämpfte sich zur Treppe, die ins Obergeschoss führte. Die Andere tauchte vor ihr auf, blockierte den Weg. Ihre Augen waren grellweiße Flecken in dieser dunklen Welt. »Du hast mich angelogen.«

»Nein.« Finja stemmte sich weiter.

»Du bist nicht komplett«, wiederholte die Andere. »Und deshalb ist alles zerstört. Ich habe diese Festung auf deinen Erinnerungen gebaut, aber das Fundament war löchrig.«

Finja drückte sich an ihr vorbei, zog sich am Geländer nach oben. Ihre Schritte führten sie zuerst in das Kinderzimmer. Es war leer. Kein Schrank. Kein Bett. Keine Kuscheltiere. Keine Hannah.
»Nein. Ich erinnere mich.« Die Panik trieb sie voran, direkt ins Schlafzimmer. Wo sie vor wenigen Minuten noch in Mikas Armen gelegen hatte, war jetzt nichts als grauer Beton. Das Fenster zeigte eine schwarze Sandwüste. Keine Häuser. Der Horizont lebte.
Finja taumelte zum Fenster, umklammerte den Griff.
»Nein.« Noch nie kam ihr ein Wort machtloser vor.
»Ich kann dich retten, wenn du hierbleibst.« Die Andere drängte sich in ihr Blickfeld. »Wenn du mir deine Erinnerungen schenkst. Und zwar dieses Mal ganz. Einfach diese letzte magische Barriere in deinem Kopf lösen. Versprich es mir, und ich gebe dir alles zurück.«
Tränen rannen über Finjas Wangen. Der Boden bebte, kippte. Sie landete im Sand, der sich in ihre Haut bohrte.
»Ich erinnere mich doch«, flüsterte Finja. »Ich erinnere mich.«
Stille. Auf einmal war alles ruhig.
»Du lügst nicht«, stellte die Spiegel-Finja fest. Überraschung wärmte ihre Stimme. »Oh. Verzeih mir. Ich dachte, du würdest … Es wäre Absicht. Immerhin habe ich es erst so spät bemerkt. Das ist ungewöhnlich und hat mich wütend gemacht.«
Plötzlich stand Finja wieder in ihrem Flur. Die Schüssel mit dem geklebten Sprung auf der Kommode. Hannahs kleine Schuhe neben dem Eingang. Mikas Lachen aus dem Obergeschoss.
Finja zitterte so stark, dass sie auf den Boden sank.

44

Abschied nehmen

Heute

Als Mika sie dieses Mal in den Arm nahm, erschien es Finja falsch. Sanft strich er über ihren Kopf, aber es gab ihr keine Sicherheit. Im Gegenteil: Heftig löste sie sich von ihm, stolperte zurück. Studierte sein Gesicht. Dieses Grübchen an seinem Kinn, das Finja so oft geküsst hatte.

»Mama?« Hannah kam die Treppen nach unten gehüpft. Ihr Zopf tanzte auf ihrer Schulter und ihr Kleid flatterte bei jeder Bewegung.

Tränen verschleierten Finjas Sicht. Sie kannte Hilflosigkeit. Das bedeutete nicht, dass der Umgang damit leichter wurde. Ihre Vermutung war furchtbar, aber sie musste sichergehen und hoffte so sehr, dass sie sich irrte. Nie in ihrem Leben wäre sie glücklicher darüber gewesen, im Unrecht zu sein.

Sie straffte die Schultern.

»Warum liebst du mich?«

»Weil du wundervoll bist«, erwiderte Mika genau das, was Finja von ihm hören wollte.

Hannah hatte sie immer wieder überrascht. Mika mehr als einmal verblüfft. Die Erkenntnis war ein Stich in ihr zerschundenes Herz.

»Du bist nicht Mika.« Finja schluckte. »Und du bist nicht Hannah.

Ihr seid die Versionen der beiden, die ich von ihnen im Kopf hatte. Aber ihr … seid nicht echt.«

Ein Teil von ihr hoffte, dass die beiden sich wehren würden. Vielleicht sogar lachen, weil ihr Vorwurf so unsinnig war. Stattdessen tauchte die Andere auf. Sie seufzte ungeduldig.

»Wieso tust du uns das an? Du könntest einfach nehmen, was ich dir gebe, und glücklich sein.«

Finja konzentrierte sich ganz auf sie, ignorierte Mikas ratloses Gesicht und Hannah, die sich eng an ihren Vater drückte. »Ich liebe an ihnen, dass sie meine Sicht auf die Welt verändern.« Finja holte tief Luft. »Dass sie mir neue Dinge beibringen. Aber wenn ich mit diesen beiden Illusionen hierbleibe, werde ich nie wieder etwas Neues lernen. Es ist, als wäre ich mit mir selbst gefangen.«

»Es ist bedauerlich, dass du das so siehst.« Die Stimme der Spiegel-Finja war kaum mehr als ein Raunen. Wie das Wispern des Winds an einem stürmischen Herbsttag. »Denn das bedeutet, dass wir keine Freunde mehr sind.«

»Wir waren nie Freunde«, sagte Finja ruhig. »Du hast mich belogen. Die ganze Zeit.«

»Ich habe dich beschützt, und meine Illusionen haben dich glücklich gemacht. Oder nicht?«

Mika trat einen Schritt nach vorne, drängte sich an Spiegel-Finja vorbei. »Ich liebe dich«, sagte er und hielt ihr eine Hand entgegen. Diese zarten Finger, die Finja so gut kannte.

»Mama«, fügte Hannah hinzu, den flehenden Ausdruck im Gesicht, den sie sonst nutzte, um eine Extrakugel Eis zu ergattern.

Die beiden waren alles, was Finja sich je gewünscht hatte. Ihre Familie. Ihr Zuhause. Aber auch eine andere Sicht auf die Welt. Ihr Ausgleich. Mika zeigte ihr Dinge, die sie selbst noch nicht über sich wusste, und Hannah betrachtete das Universum als Abenteuer.

Diese beiden Kopien enthielten zwar ihre Erinnerungen, aber sie vermochten es nicht, Finja die Zukunft zu schenken, nach der sie sich so sehnte. Wenn das hier nicht Hannah war, musste ihre Hannah – die *echte* Hannah – noch irgendwo sein.

Also ging Finja einen Schritt zurück. Noch einen. Je weiter sie den

Abstand vergrößerte, desto undeutlicher wurde die Welt. Von Mika und Hannah blieben bloß verschwommene Konturen. Die Spiegel-Finja verblasste, bis nur noch ihre hellweißen Augen vor Finja leuchteten.

Die drei Monde an dem lilafarbenen Himmel glühten bläulich. Hinter ihr brüllte der Horizont. Finja wandte sich um und sah die schwarzen Tentakel auf sich zurasen. Eine lebendige Wand, die den Tod brachte.

Sie umfasste den gesamten Horizont, und so blieb Finja nichts anderes, als in die andere Richtung zu fliehen. Dorthin, wo vor Kurzem noch die Andere und Mika und Hannah und ein mögliches Zuhause gestanden hatten. Geblieben waren die unendliche Wüste und der Abschiedsschmerz. Ein weiterer Riss in ihrem Herzen. Eine Wunde, die für immer bleiben würde.

Der Gedanke an Hannah trieb sie nach vorne. Immerhin war sie eine Hexe, verdammt. Auch wenn sie nicht als solche erzogen wurde, ihre Magie war da. Sie hatte sie schon gespürt. Genutzt.

Abrupt blieb sie stehen. Drehte sich zu der wogenden Masse um. Tentakel peitschten in den dunklen Himmel. Finja atmete tief ein. Sie konnte das wieder tun.

Also konzentrierte sie sich. Rief sich das Gefühl ins Gedächtnis, als die Magie sie durchströmt und in ihre Erinnerung geschickt hatte. Den Moment, in dem sie mit Elisa im Wald gewesen war und durch die Kristallkugel zum Hexenzirkel gereist war.

Die dunkle Masse kam näher, ein sich windendes Knäuel aus schwarzen Schlangen. Finja streckte den Rücken durch. Atmete ein.

Einer der Tentakel schoss auf sie zu. Mit einem lauten Schrei sprang sie zur Seite, rollte über den Sand. Sofort war sie wieder auf den Beinen, bereit für den nächsten Angriff. Er kam.

Schnell schlug die Masse erneut nach ihr, wogte vor ihr auf wie ein Tsunami. Aber Finja kümmerte sich nicht um diese unüberwindliche Mauer, sie wich einfach jenen Armen aus, die nach ihr griffen. Wieder und wieder.

Links.

Rechts.

Links.

Nach hinten.

Sie sprang über den Sand, rollte sich darin herum. Er brannte in ihren Augen, knirschte zwischen den Zähnen, aber sie gab nicht auf, entkam dem Monster wieder und wieder.

Das Adrenalin trübte ihre Gedanken, aber sie fragte sich, warum das Ungeheuer sie nicht einfach überrollte, sondern so kämpfte, dass sie eine Chance hatte.

Beim nächsten Sprung wurde ihr klar, dass sie nur noch lebte, weil das Ungetüm es so wollte. Weil es eine Katze war und sie seine Beute. Die Erkenntnis irritierte sie einen Moment zu lang. Sie sah den Tentakel zu spät kommen, wurde von ihm getroffen. Hart und kalt schlug er in ihre Seite. Das Monster brüllte auf, und in Finjas Ohren klang es fast wie Enttäuschung. Sie keuchte, hielt sich die Stelle, an der sie getroffen worden war. Ihre Rippen schmerzten.

Jetzt griff das Ding sie nicht mehr an. Wie Farn ragten die Auswüchse in die Höhe, schwankten leicht hin und her. Lauernd. Finja wischte sich den Sand aus dem Gesicht. Sie hatte bereits die Spiegel-Finja durchschaut und die richtige Entscheidung getroffen. Verlieren war keine Option, denn ihre Tochter wartete irgendwo in dieser Spiegelwelt auf sie.

Wenn nicht, dann hatte dieses Monster sie getötet. Tränen standen in ihren Augenwinkeln. War Hannah so gestorben? Gejagt von diesem Ding? In die Enge getrieben? Saß sie auf dem Sand und flehte um Gnade? Rief sie nach ihrer Mutter?

Finja ballte die Hände zu Fäusten. Sagte sich, dass Hannah noch lebte. Wenn das nicht der Fall wäre, hätte sie es gespürt, ganz sicher.

»Hannah!« Die Verzweiflung trug Finjas Stimme weit über die Wüste. »Wo bist du?«

Das Ungeheuer antwortete. Ein weiterer Tentakel schoss auf sie zu. Schneller als die Male davor, zu schnell, um auszuweichen. Er traf Finja am Kopf, und ihr wurde kurz schwarz vor Augen. Der Aufprall auf dem Boden presste ihr die Luft aus den Lungen. Sie keuchte. Hustete. Rappelte sich auf.

»Das ist alles?«, rief sie dem Monster entgegen. Ihre Hannah war

noch dort draußen, und niemand würde sie davon abhalten, sie zu finden. Vor allem keine seelenlose Kreatur.
Das Lachen der Anderen rollte über sie hinweg.
»Das ist erst der Anfang.« Ihr Grinsen tauchte vor ihr in der Luft auf, gefolgt vom verzerrten Rest ihres Körpers. Die Augen funkelten hell wie zwei Monde, ihre Konturen verschwammen.
»Du.« Finja verbarg ihre Verblüffung nicht. »Aber du … hast gesagt, dass du mich vor diesem Ding beschützt.«
»Das habe ich ja auch«, erwiderte die Andere. »Und dann wolltest du mich verlassen, und ich kann niemanden halten, der nicht bleiben will.«
»Hilf mir«, sagte Finja. »Bitte. Ich muss meine Tochter finden. Die echte Hannah. Sie muss hier irgendwo sein.«
»Ich kenne diese Welt. Ich *bin* diese Welt. Hier ist niemand außer uns.«
Da wusste Finja, dass die Andere log. Amelie lebte seit Jahren in der Welt hinter den Spiegeln. Es sei denn …
»Bist du … Amelie?« Die Frage kaum mehr als ein Wispern. Hatte die Einsamkeit das aus ihrer Schwester gemacht? Finja schluckte.
»Amelie?«, äffte die Andere sie nach. Ihr Blick bohrte sich in ihren Geist. Das Grinsen wurde breiter. »Ich kann niemanden an mich binden, der nicht bleiben will. Aber ich kann auch niemanden beschützen, der sich nicht an mich bindet.« Das Ungeheuer brüllte. »Also: Bleibst du bei mir?«
Finja starrte sie an. »Du kontrollierst dieses Monster.«
Als Antwort erhielt sie ein Kichern. Hoch klang es. So spitz und grausam wie ihr Grinsen.
»Du hast mir damit Angst gemacht, damit ich bei dir bleibe«, fuhr Finja fort. Ihre Stimme brach. Sie hätte es früher sehen können. Müssen. »Ich war bei dir nie in Sicherheit.«
»Natürlich warst du das«, erklärte die Spiegel-Finja. »Denn solange du bei mir bleibst, verletze ich dich nicht. Wenn du das allerdings nicht tust …« Ihr groteskes Grinsen wurde noch breiter.
»Ich habe keine Angst vor dir.« Das Zittern ihrer Worte strafte sie Lügen, aber das war Finja egal. Sie begegnete ihrem Blick, baute sich größer auf. Hob das Kinn.

»Das ist unklug«, kommentierte die Andere. »Denn ich habe nicht gelogen. Ich bin diese Welt. Dieses Monster. Alles. Ich könnte dich zerquetschen, wenn ich wollte. Es reicht ein Gedanke, und du bist nicht mehr als Wüstensand.«

Wie um ihre Worte zu unterstreichen, wirbelte der Sand unter ihren Füßen in einer feinen Spirale nach oben, wand sich um sie.

Finja schluckte. »Dieser Sand … Sind das alles …?« *Menschen?* Das Wort kam nicht über ihre Lippen.

Die Andere zog die Mundwinkel noch höher. »Junge, alte. Manche haben geschrien, manche geweint. Manche gefleht. Einige sind auch geblieben. Ich beschütze sie.« Ihr Blick wanderte zu den schwarzen Tentakeln. »Und sie helfen mir.«

»Das sind auch Menschen?«, fragte Finja atemlos.

»Jene, die bleiben, werden Teil dieser Welt, und die anderen … Nun ja.« Der Sandwirbel drehte sich schneller.

»Warum hast du das getan?«, flüsterte Finja. »Warum, Amelie?«

Der Sand fiel zu Boden, die Andere kam näher. Nun hatte sie kaum noch Ähnlichkeit mit ihr. Ihre Gesichtszüge waren wie eine fleischgewordene Karikatur. »Ich bin nicht Amelie.«

»Du bist meine Schwester«, versuchte Finja es weiter. »Ich verstehe nicht, warum du so etwas Grausames tust.«

»Deine Schwester?« Das Lachen klang beinahe echt, und Finja wurde klar, dass sie wahrhaftig einem Monster gegenüberstand. Die Frau im Spiegel war ein Trick gewesen. Die geliebte große Schwester verloren. Die gespielte Nettigkeit eine Falle. Amelie war das pure Böse. Sie schnalzte mit der Zunge. Die Tentakel brüllten, hoben sich in die Luft und brachen wie eine Welle.

Finja sah ihr entgegen. Dachte an Hannah. An das warme Gefühl der Magie. Daran, dass sie überleben musste, um ihre Tochter zu finden. Sie durfte nicht Teil dieses Seelensands werden. Dieser verlorenen Menschen, die für immer hier gefangen blieben, ohne Chance darauf, ihre Geliebten wiederzusehen. Nein, sie musste zu Hannah. Einfach zurück. Der Sand knirschte unter Finjas Füßen.

Licht.

Die gleißende Wärme strömte aus ihren Fingerkuppen direkt in die Dunkelheit. Grub sich durch die pechschwarze Masse. Das Wesen brüllte, und seine Stimme erschütterte die Welt.
Sie brach wie ein Spiegel, und Finja fiel hindurch, landete stolpernd in ihrem Wohnzimmer. Hektisch blinzelnd sah Finja sich um. Der Morgen graute. Die Sommersonne tauchte den Raum und die Winterkleidung auf dem Sofa in warmes Licht. Ein feiner Riss zog sich durch die Fensterscheibe.
Draußen fuhr ein Auto vorbei. Der Motor dröhnte unnatürlich laut in Finjas Ohren. Der Geruch nach Zuhause wirkte nach ihrer Erfahrung seltsam abstoßend.
»Hannah?« Ihr zögerlicher Ruf hallte durch das leere Haus. Niemand antwortete. Sie war wirklich zurück. Dies hier war keine Illusion, sondern ihr Zuhause. Ohne Hannah. Ohne Mika.
»Nein.«
Das durfte nicht sein. Sie musste zurück, um Hannah zu finden. Sofort.
Ihr Handy auf dem Sofatisch vibrierte, das Display leuchtete grell. Finja warf einen kurzen Blick darauf, las Elisas Namen, ignorierte die Nachricht. Sie stürmte die Treppe nach oben, direkt ins Badezimmer.
Ihr blasses Gesicht starrte ihr entgegen, die Augen rot geweint, schwarzer Sand hing ihr in den wirren Haaren. Das Flüstern setzte sofort ein. Raunte ihren Namen. Rief nach ihr. Kurz überlegte sie, ob sie auf den Hexenzirkel warten sollte. Dann erinnerte sie sich an die Tentakel. An Hannah, die noch immer in dieser Welt gefangen war. Ihr Spiegelbild verschwamm, etwas zog sie nach vorne.
Ein Drängen, das nach ihrem Herzen griff. Die Hoffnung, ihre Tochter wiederzusehen, gemischt mit etwas Neuem. Finja fürchtete sich nicht mehr vor dem Spiegel. Sie war nun dahinter gewesen, wusste, was sie erwartete und dass sie gewinnen konnte. Sie musste Hannah retten.
Also hob sie einen Arm, erwartete, eine glatte Oberfläche zu spüren. Stattdessen stieß ihre Hand hindurch, hinein in einen eiskalten

Windzug. Sie zögerte nicht, spürte nichts als Entschlossenheit. Etwas zog an ihr, als würden Tentakel nach ihr greifen. Aber das Monster war geschlagen, und Finja würde es wieder mit ihm aufnehmen, wenn sie musste. Also wehrte sie sich nicht, sondern ließ sich von dem Sog mitreißen.

45

Hinter den Spiegeln

Heute

Es war nicht die Wüste, die sie erwartet hatte. Nicht die Welt, aus der sie gerade gekommen war. Ein gigantisches Bergmassiv streckte sich in einen hellblauen Himmel. Schneebedeckte Tannen säumten die Hänge und wogten in einem sachten Wind, der unter Finjas Kleider kroch.

Sie fror sofort und verfluchte sich dafür, die Winterkleidung auf dem Sofa liegen gelassen zu haben. Das hier war genau der Ort, auf den sie bei ihrem ersten Ausflug in die Spiegelwelt vorbereitet gewesen war.

Orientierungslos drehte sie sich im Kreis, sog das beeindruckende Panorama in sich auf. Ein Schloss erregte ihre Aufmerksamkeit. Es thronte im Sonnenlicht glitzernd an einem Abhang und kam ihr bekannt vor. Hannah.

Die Hoffnung verdrängte die Kälte und ihre Verwirrung über die fehlende Wüste. Sie stapfte durch den Schnee voran, der in ihre Turnschuhe drang und ihre Socken durchweichte.

Es kümmerte sie nicht. Sie fixierte die strahlend weißen Türme, während sie sich einen Pfad durch den Schnee schlug. Obwohl der Wind an ihr zerrte und Schmelzwasser ihre Kleidung durchdrang, hielt sie

keine Sekunde inne. Hannah. Sie war dort oben, da war Finja sich sicher.
Ein dichter Tannenwald erstreckte sich zu ihrer Linken. Fußspuren im tiefen Schnee.
Zu ihrer rechten Seite tauchte ein zugefrorener See auf. Das Eis reflektierte die Sonne, blendete Finja. Sie kniff die Augen zusammen.
Lachen. Hell und klar und fröhlich. Es raste auf sie zu. Instinktiv sprang Finja zur Seite, schmiss sich in den Schnee.
»Oh!« Ein Freudenschrei. Noch mehr Lachen. Finja rappelte sich auf.
»Wer ist das?«
»Keine Ahnung!«
»Kennst du sie?«
»Nein!«
Die Stimmen gehörten zu drei Kindern. Sie trugen dicke Mützen und Mäntel, ihre Hände steckten in Fäustlingen. Ein kleiner Junge saß auf einem Schlitten, die Wangen gerötet von der Kälte. Er war wohlgenährt und wirkte rundum glücklich. Sein Lächeln war so breit, dass Finjas Mundwinkel ebenfalls nach oben zuckten.
»Wer bist du?«, fragte ein Mädchen. Die Art, wie sie die Nase krauszog, erinnerte Finja schmerzhaft an Hannah. Ansonsten hatte sie nicht viel mit ihrer Tochter gemeinsam. Sie wirkte verbissener als Hannah, irgendwie genervter. In ihren hellen Augen stand ein Ausdruck, der Finja das leichte Lächeln vom Gesicht wischte.
»Eine Erwachsene.« Ein recht großer Junge, beinahe schon ein Teenager, stand neben dem Mädchen und musterte Finja argwöhnisch. Er hatte ein sehr schmales Gesicht und dunkle Locken. An seinem Kinn deutete sich bereits der Schatten eines Barts an.
»Ich suche meine Tochter«, erklärte Finja und erschrak darüber, wie undeutlich sie klang. Die Kälte ließ sie so stark zittern, dass ihre Zähne aufeinanderschlugen.
»Was hat sie gesagt?«, fragte der Teenager. »Wir sollten sie reinbringen. Sie sieht ganz durchgefroren aus.«
»Auf gar keinen Fall.« Das Mädchen verschränkte die Arme vor der Brust. »Sie ist eine *Erwachsene*, und Amelie hat gesagt, dass wir denen nicht vertrauen dürfen.«

»Schwester«, stieß Finja hervor.
»Ach du Scheiße.« Das Mädchen riss die Augen auf.
»Nicht vor Frederik«, zischte der Teenager.
»Das sagt man nicht, Ju«, bestätigte der Junge auf dem Schlitten. »Scheiße ist ein böses Wort.«
»Das war keine Absicht«, verteidigte sich Ju. »Lenk jetzt nicht ab: Da ist eine Erwachsene, die behauptet, die Schwester von Amelie zu sein, und falls das stimmt …«
»Warum sollte sie lügen?« Der Teenager musterte Finja ausgiebig. »Lasst sie uns reinbringen, bevor sie erfriert. Komm.« Er zog seine Jacke aus. Darunter kam ein schlaksiger Körper in einem viel zu großen Pullover zum Vorschein. Schnell legte er Finja die Jacke um die Schultern und bugsierte sie zum Schlitten. Sie kam ohne Widerworte mit. Der warme Stoff war eine willkommene Erleichterung, und sie vergrub ihre blauen Fingerspitzen in den vorgewärmten Taschen. Vielleicht wussten die drei, wo sich ihre Tochter aufhielt. Mehr noch: Möglicherweise war Hannah sogar bei ihnen und gar nicht direkt in Amelies Gewalt. Vielleicht war diese ganze Welt ein Käfig, und Finja hatte das große Glück, ihre Tochter gleich in die Arme schließen und daraus befreien zu dürfen.
Frederik machte ihr Platz auf dem Schlitten, sodass Finja bequem sitzen konnte.
Die anderen beiden nahmen die Schnur des Schlittens und zogen sie den Berg hinab. Nach einer Weile tauchten hinter einer Baumgruppe mehrere kleine Häuser auf. Schwere Holzbalken, rote Ziegel. Verlockender Rauch stieg aus den Schornsteinen. Kinder liefen umher. Kleine bunte Gestalten im weißen Schnee.
»Das wird uns echt Ärger bringen«, sagte Ju.
»Sei nicht immer so negativ.«
»Ich bin *realistisch*.«
Sie stritten sich weiter, bis sie bei den Häusern angekommen waren und Ju sofort mit hochrotem Gesicht in einem verschwand. Die Tür schlug lautstark ins Schloss.
»Sie meint es nicht so«, sagte Frederik. »Gerry ist nur echt immer so fies zu ihr, obwohl sie so oft recht hat.«

»Hat sie gar nicht«, widersprach Gerry sofort. Seine Lippen waren schon leicht blau, und Finja tat es leid, dass sie seine Jacke so egoistisch angenommen hatte.
Aber sie jetzt zurückzugeben, entbehrte auch jeder Logik, immerhin lotste Gerry sie direkt in eines der Häuser. Die Kinder, die Finja aus der Ferne gesehen hatte, betrachteten sie mit großen Augen. Finja glaubte, ein seltsames Schimmern in ihnen zu erkennen. Sie flüsterten miteinander, schüttelten ungläubig die Köpfe. Ein kleines Mädchen trat auf Finja zu, aber ein Junge stellte sich ihr in den Weg und bedeutete ihr, in eines der Häuser zu gehen. Murrend folgte das Kind der Anweisung. Weiter hinten hörte Finja eine Schneeballschlacht und glückliches Gelächter.
Gerry lotste sie direkt in eines der Häuser und ignorierte sämtliche fragenden Blicke.
Als er die Tür öffnete, schlug Finja der Geruch nach Lagerfeuer entgegen. Die plötzliche Wärme stach schmerzhaft in ihre durchgefrorene Haut. Finja biss die Zähne zusammen und rieb ihre Hände aneinander, um sich von dem Schmerz abzulenken.
Die Tür fiel hinter ihnen ins Schloss und sperrte die Kälte aus. Gerry und Frederik verteilten sich direkt in dem gemütlichen Zimmer. Der ältere Junge ging zur Feuerstelle und hängte einen Kessel über die Flammen, während sich Frederik seiner Kleidung entledigte und in eines der zwei Betten schlüpfte.
»Habt ihr das Feuer die ganze Zeit brennen lassen?«, fragte Finja. Glücklicherweise brachte sie dieses Mal einen verständlichen Satz hervor, und Gerry nickte.
»Klar. Sonst ist es ja kalt, wenn wir zurückkommen.«
»Aber … wenn das Haus abgebrannt wäre?«
Gerry sah sie an, als hätte er sich über diese Möglichkeit noch gar keine Gedanken gemacht. »Oh. Stimmt.«
»Das Haus kann abbrennen?«, fragte Frederik, und seine Augen wurden groß. »Das wäre ja schlimm.«
»Wo sind denn eure Eltern?« Sie rieb ihre schmerzenden Finger aneinander, trat näher an das Feuer und spürte die Wärme wie Stiche auf ihrer Haut. »Und die der anderen Kinder?«

»Pssst«, zischte Gerry. »Wir reden hier nicht über … Eltern.« Das letzte Wort spuckte er aus wie einen Fluch.
»Sie sind nicht hier«, antwortete Frederik so ungezwungen, als hätte er Gerry nicht gehört.
Trotz des Feuers fror Finja noch immer, und sie wusste nicht, ob es an den leeren Blicken der Kinder oder an ihrem Gang durch die Schneelandschaft lag. Gerry drückte ihr einen Tonbecher mit einer dampfenden Flüssigkeit in die Hand.
»Trink das«, befahl er und mied dabei ihren Blick. »Das hilft gegen die Kälte.«
Während Finja den viel zu süßen Kräutertee trank, beobachtete sie Gerry über den Rand des Tonbechers hinweg.
Er setzte sich neben dem Feuer auf den Boden und bearbeitete ein Stück Holz mit einem Messer. Vorsichtig, beinahe liebevoll, schnitt er kleine Stücke heraus.
»Was wird das?« Finja ließ sich neben ihm nieder. Sie beugte sich leicht nach vorne, und Gerry hielt ihr das Holz entgegen.
»Ein Bär«, erklärte er und deutete mit dem Messer zu Frederik, der auf seinem Bett saß und mit einigen Holzfiguren spielte.
»Verstehe.« Finja nippte an dem Getränk. Das Kratzen des Messers auf dem Holz, Frederiks gemurmelte Selbstgespräche, der Wind, der an den Fensterscheiben rüttelte. »Lebt ihr schon immer hier?«
»Nein«, sagte Gerry sofort. Er hob den Blick und starrte Finja an. In seinem rechten Auge funkelte es verräterisch, und Finja glaubte, dort eine Träne zu sehen.
»Ich schon«, lautete Frederiks Antwort.
Es wunderte Finja nicht, dass er sie belauschte, während er so tat, als wäre er in seiner Welt versunken. Hannah hatte ebenfalls viel mehr gehört, als Finja je für möglich gehalten hatte.
»Auch du nicht«, widersprach Gerry. »Du warst nur einfach noch sehr klein, als Amelie dich gefunden hat.«
Finja versteifte. »Amelie?«
»Sie ist deine Schwester, oder?« Gerry stellte die halb fertige Figur zwischen sie auf den Boden.
Finja runzelte die Stirn und überlegte, ob sie die Wahrheit sagen soll-

te. Ju hatte lauthals geflucht, als sie Amelies Namen gehört hatte, und Finja erinnerte sich nur zu gut an die Macht, die Amelie besaß. Mit welcher Leichtigkeit sie eine ganze Welt regierte. Die Stadt war Finjas Gefängnis gewesen, und diese Schneelandschaft schien der Kerker dieser Kinder zu sein. Dann wurde Finja klar, dass die Stille zu lange andauerte, um noch lügen zu können. »Ja«, gab sie deshalb zu und trank erneut. »Ihr kennt sie also.«

»Ja« war alles, was Gerry dazu sagte, während er mit gerunzelter Stirn in die Flammen starrte. Nicht einmal Frederik meldete sich bei dem Thema zu Wort.

Dennoch bohrte Finja weiter, wollte herausfinden, wie Amelie sich ihnen gegenüber verhielt: »Wie ist sie so? Ich habe sie lange nicht gesehen.«

»Sie ist eine wunderschöne Prinzessin.« Frederik stellte seine Figuren auf. Ein Hund. Ein Vogel. Zwei Menschen. Zumindest vermutete Finja, dass es das darstellen sollte. Die Schnitzereien waren nicht gerade hohe Handwerkskunst. »Und wir sind ihre Schützlinge.«

Finjas Finger schlossen sich enger um den Becher. Diese Kinder waren also wirklich Geiseln ihrer Schwester. Auch wenn sie den Kindern ein Märchen erzählte, war sie keine Prinzessin.

Gerry stand abrupt auf und warf ein weiteres Scheit ins Feuer. »Wieso bist du hier?«

»Ich suche meine Tochter«, wiederholte Finja die Worte, die zuvor die Kälte gestohlen hatte. Dieses Mal kamen sie ihr mühelos über die Lippen. Auch ihren restlichen Körper spürte sie wieder, und sie war froh, dass das Brennen und Ziehen immer schwächer wurde. Hoffnungsvoll sah sie zu Frederik empor. »Hannah. Kennt ihr sie?«

»Hannah.« Gerry schürzte die schmalen Lippen. »Ja, der Name sagt mir was.«

»Sie lebt bei Amelie im Schloss«, mischte Frederik sich ein. »Weil sie auch eine Prinzessin ist.«

Obwohl ihr Körper wieder aufgetaut war, wurde Finja schlagartig von einer neuen Kältewelle erfasst. Sie begriff nicht, welches Spiel ihre Schwester spielte. Von draußen drangen weitere Kinderstimmen herein, aber niemand öffnete die Tür.

»Ihr lebt nicht allein hier«, stellte Finja fest.
»Es gibt viele Kinder wie uns«, erklärte Gerry schulterzuckend. »Amelie passt auf uns alle auf.«
Sie hält euch gefangen, dachte Finja, sagte aber: »Das ist aber nett von ihr.«
»Sie ist eben eine echte Prinzessin.« Gerrys Blick wurde seltsam leer, es blieb bloß dieses Funkeln in seinem rechten Auge.
»Ich gehe zum Schloss.« Finja stellte den Tonbecher neben die Holzfigur auf den Boden. »Danke für eure Hilfe. Ab hier komme ich allein klar.«
»Tut mir leid.« Zielstrebig ging Gerry zur Tür und baute sich dort mit verschränkten Armen auf. »Das kann ich nicht zulassen.«
»Warum?«
»Du bist gerade fast gestorben. In der Kälte überlebst du keinen ganzen Tag allein. Oder kennst du dich hier so gut aus wie wir?« Siegessicher zog er einen Mundwinkel hoch. »Wohl kaum.«
»Ich bin in diese Welt gereist, um meine Tochter zu retten«, erklärte Finja und trat ungerührt auf ihn zu.
In diesem Moment ging die Tür auf und traf mit voller Wucht Gerrys Rücken. Er stöhnte auf und stolperte nach vorne.
»Sorry.« Ju trat ein, drehte sich zu ihnen um. Da erkannte Finja auch in ihrem rechten Auge ein Funkeln, und sie war sich sicher, dass es keine Träne war. »Ich wollte nur nach euch sehen.«
Finja wandte sich zu Frederik um, fand auch in seinem rechten Auge dieses verräterische Glitzern. Angst krallte sich in Finjas Brust. Vielleicht waren diese Kinder gar nicht echt, sondern weitere Trugbilder ihrer Schwester. Sie schluckte, trat einen Schritt Richtung Tür und rechnete damit, dass Ju sich in ein Monster verwandelte.
Nichts dergleichen geschah.
Stattdessen fragte Ju: »Willst du schon gehen?«
Finja nickte, und das Mädchen trat wortlos zur Seite.
Gerry mischte sich ein. »Sie erfriert doch da draußen!«
»Sie ist eine Erwachsene«, entgegnete Ju ungerührt und öffnete die Tür.
»Ich danke euch.« Finja stolperte erleichtert auf den Ausgang zu. »Von Herzen. Vielen, vielen Dank.«

Nach wenigen Schritten spürte sie einen dumpfen Schlag an der Schulter. Verwirrt drehte sie sich um, da kam bereits der nächste Schneeball auf sie zugeflogen und traf sie im Gesicht.
Die Kinder lachten und bemerkten nicht einmal, dass sie Finja getroffen hatten. Sie hatten sich hinter selbst gebauten Schneemauern verschanzt, die Finja gerade mal bis zum Knie reichten, aber die Kinder drückten sich so eng an den Boden, dass die behelfsmäßigen Schutzwälle vollkommen genügten. Schneebälle flogen hin und her, trafen die Wände der Häuser und nur ganz selten ihr Ziel.
»Ich krieg dich!«
»Niemals!«
»Achtung!«
»Erwischt!« Ein Mädchen lachte besonders freudig auf, als ihr Schneeball einen größeren Jungen mit voller Wucht im Gesicht erwischte.
»Das war unfair!«, rief er und verließ die Deckung seiner Schneewand, woraufhin ihn ein zweiter Schneeball an der Brust traf. »Ehrlich jetzt?« Er schnaubte, dann brach er in lautes Gelächter aus. »Ihr seid so was von dran.« Er bückte sich, holte Schnee und formte ein extragroßes Wurfgeschoss.
Finja betrachtete die Szene mit einer Mischung aus Verständnislosigkeit, Freude und Verlangen. Sie wünschte, Hannah wäre jetzt ebenfalls hier, und gleichzeitig fragte sie sich, wie diese entführten Kinder derart glücklich sein konnten.
»Hallo!« Eins der Mädchen kam auf sie zu. Sie trug eine dicke Winterjacke und flauschige Ohrwärmer in Dunkelblau. Ihre langen pechschwarzen Haare waren leicht nass vom Schnee. »Du bist neu hier, oder?«
Die anderen Kinder ließen ebenfalls die Schneebälle sinken und widmeten ihre Aufmerksamkeit Finja, was der gar nicht recht war. Sie wollte unbedingt wieder auf die Suche nach Hannah gehen. Trotzdem brachte sie es nicht über sich, diese neugierigen Kinder einfach zu ignorieren, also sagte sie: »Ich war nur kurz zu Besuch.«
»Besuch?«, rief ein Junge, dem der Rotz aus der Nase lief. »Niemand kommt hier zu Besuch.« Er schniefte. »Die Kinder kommen, und sie

bleiben.« Seine Augen wurden rund. »Und du bist schon eine Erwachsene. Wir hatten noch nie eine Erwachsene.«
Finja schluckte und warf einen kurzen Blick zum Haus, prüfte, ob Gerry sie hörte. Dann ging sie in die Hocke und fragte ganz leise: »Wo sind denn eure Eltern?«
»Wir reden nicht über Eltern«, erwiderte ein Mädchen sofort. Sie hatte ein Lächeln auf den Lippen und einen Schneeball in der Hand. Auch die anderen Kinder lächelten.
»Aber vermisst ihr sie nicht?«, bohrte Finja nach. Die Kälte kroch ihr in die Glieder.
»Wir …«, setzte ein Junge an, aber das Mädchen neben ihm rammte ihm den Ellbogen in die Seite. Schweigen schlug Finja entgegen.
»Ich verstehe«, sagte sie schließlich. Der Reihe nach sah sie den Kindern ins Gesicht, aber keines von ihnen erwiderte ihren Blick. Dennoch erkannte Finja dieses Funkeln in jedem rechten Augenwinkel. Ein Glitzern wie Eis. Was auch immer es war, Finja hatte nicht die Zeit, dieses Rätsel zu lösen, sie musste ihre Tochter finden.
Also lief sie los. Zurück in die weiße Landschaft. Zurück auf die Suche nach Hannah.

46

Gefangen im Eis

Heute

Finja folgte einem unscheinbaren Trampelpfad. Kurze Zeit später kam sie komplett durchgefroren am nächsten Haus vorbei. Eine kleine Hütte mit spitzem Dach, umgeben von riesigen schneebedeckten Tannen, die Sonne brach sich glitzernd in der weißen Welt. Das Dach war so schräg, dass kein Schnee darauf hielt, und die schwarzen Schindeln boten einen starken Kontrast. Es war ganz still, nur unterbrochen vom leisen Tröpfeln des Schmelzwassers. Rauch stieg aus dem Schornstein, schraubte sich in den wolkenlosen Himmel. Jemand war hier, und wer auch immer es war, er oder sie hatte Feuer und Wärme.
Finja überlegte nicht lange, bevor sie an der rustikalen Tür klopfte. Sie brauchte einen kurzen Moment Erholung, einen warmen Tee, nur bis ihre Kleidung wieder trocken war. Ganz egal, wer dort wohnte, hier draußen erwartete Finja der sichere Tod, und sie war bereit, das Risiko auf eine Begegnung mit der Spiegel-Finja einzugehen, wenn sie dafür nur ihre Finger wieder fühlte.
Am Fenster neben der Tür erschien ein Gesicht. Zu kurz, damit Finja es erkannte, sie sah lediglich eine schnelle Bewegung aus dem Augenwinkel. Dann erklang das Schaben von Holz, und kurz darauf schwang die Tür auf.

»Agathe?« Erleichterung durchströmte sie. Die Hexe stand vor ihr und schien vollkommen wohlauf zu sein. Ihr weißes Haar und die helle Haut fügten sich nahtlos in die Schneelandschaft ein.
»Finja!« Agathe trat zur Seite. »Komm herein. Du siehst ganz durchgefroren aus.«
Agathes Hütte war etwas kleiner als die der Kinder. Überall auf dem Boden lagen kleine Haufen aus Blättern, Zweigen, Steinen. Eine riesige Eisscherbe lehnte an einer Wand, und Finja fragte sich, warum sie bei der angenehmen Wärme im Raum nicht schmolz. Dann erinnerte sie sich daran, dass Agathe eine Hexe war.
»Du lebst«, stellte Finja erleichtert fest, während Agathe ihr bereits einen Pelz um die Schultern hängte und einen Tonkrug in die Hand drückte. Mittlerweile war Finja an das Stechen auf ihrer unterkühlten Haut gewöhnt und hieß es willkommen, brachte es ihr immerhin angenehme Wärme.
»In der Tat.« Agathes Stimme ließ keine Rückschlüsse auf ihre Gefühlslage zu.
»Geht es dir gut?« Finja musterte die Hexe.
»Ich habe ein Haus und bin versorgt.« Um ihre Worte zu untermalen, deutete sie auf die Möbel im Raum: ein Bett, ein Tisch, zwei Stühle, eine kleine Truhe.
»Wie kam es dazu?«
»Es war einfach da. Nach wenigen Stunden Wanderung sah ich Rauch über den Baumwipfeln und folgte ihm. Ich habe geklopft, aber niemand antwortete, und die Tür ließ sich problemlos öffnen. Drinnen lag warme Kleidung, perfekt für mich geschneidert.«
»Wie ein Geschenk«, flüsterte Finja und fuhr mit den Fingern über das weiche Fell. »Aber warum?«
Agathe führte sie zu den zwei Stühlen, und sie setzten sich. Auf dem Tisch lagen mehrere kleine Stein-Anhäufungen, offensichtlich nach Größen sortiert. Dazwischen Zweige und Tannenzapfen.
»Ich habe sie noch nicht getroffen«, sagte Agathe. »Aber um die Wahrheit zu sagen, habe ich auch nicht nach ihr gesucht. Ich wollte einfach nur zurück.«
»Dein Zirkel sucht nach dir.« Das Feuer prasselte leise im Kamin.

»Eigentlich wollten wir gemeinsam hierherreisen, aber ich wurde in die Spiegelwelt entführt und bin dem Monster entkommen, also beschloss ich, dass ich auch allein zurückkehren kann und …« Ihre Ohren glühten.

Agathe schmunzelte. »Ich habe dich also nicht unterschätzt. Gut.« Ihre Stirn legte sich in Falten. »Aber von welchem Monster sprichst du? Hier ist es eiskalt, aber Dämonen oder Ähnliches habe ich noch nicht gesehen. Mich hat niemand angegriffen oder gar bedroht.«

Finja lächelte dankbar, weil Agathe nicht auf ihren Verrat gegenüber dem Hexenzirkel einging. Dann erzählte sie. Von der Wüste und den Monden, von der Spiegel-Finja und der falschen Hannah. Von den Tentakeln und ihrem Kampf mit der Magie. Als sie geendet hatte, starrte Agathe eine Weile vor sich hin. Der Wind rauschte durch die Bäume vor dem Fenster, aufgewirbelte Schneeflocken tanzten durch die Luft. Finja war mittlerweile behaglich warm, das Fell lag als Decke über ihrem Schoß, in der Hand hielt sie die dritte Tasse Kräutertee.

»Das war nicht die Spiegelwelt«, sagte Agathe schließlich. Sie nickte, als müsste sie sich selbst zustimmen. »Dieser Platz liegt hinter jenen Orten, die unsere Welt verzerrt zeigen.«

»Verzerrt?«

»Fenster. Autoscheiben. Dunkle Displays.« Agathe schloss kurz die Augen. »Dort lebt das wahre Böse. Die dunklen Gedanken der Menschen sammeln sich an diesem Ort, rufen nach ihnen.«

»Also war es nicht meine Schwester?« Finja zog überrascht die Augenbrauen hoch.

»Nein, war es nicht«, erklärte Agathe zuversichtlich.

»Aber … was war es dann?«

»Das vermag ich nicht zu sagen.« Agathe legte den Kopf schief, sie spielte mit einem der Steine auf dem Tisch, rollte ihn in einem gleichmäßigen Rhythmus umher. »Vielleicht war es nur eine Ausgeburt deiner Finsternis. Vielleicht ist es aber auch das Wesen, das diesen Ort geschaffen hat und auch noch dort sein wird, wenn die Erde lange verglüht ist. Wir werden es niemals erfahren, denn ich habe nicht vor, jemals auch nur einen Fuß dorthin zu setzen.«

»Aber du bist hierhergekommen«, stellte Finja fest. »Wieso?«
»Ein glücklicher Unfall. Ich wollte nur einen Blick erhaschen, um zu wissen, was uns erwartet. Aber ich habe Amelies Macht unterschätzt und wurde vollständig aufgesogen. Seitdem komme ich nicht mehr zurück.«
»Du bist gefangen?«
»Wenn du es aussprichst, fühle ich mich noch hilfloser.« Agathe lächelte zaghaft und ließ den Stein los. »Ja, ich suche verzweifelt nach einem Ausweg. Bisher erfolglos.« Sie deutete auf die polierte Eisscherbe.
Erst jetzt fiel Finja auf, dass sich nichts darin spiegelte.
»Wer auch immer über diesen Ort herrscht, ist mächtig. Sie will mich nicht gehen lassen.«
»Kann ich dir helfen?« Jetzt begriff Finja, wofür Agathes Sammlung war. »Du hast versucht, Zauber zu wirken, aber es hat nicht funktioniert.«
»Die Gegenstände hier beinhalten keine Energie«, erklärte Agathe und seufzte. »In unserer Welt ist jedes Sandkorn und jede Tannennadel Teil eines riesigen Kreislaufs, den wir uns mit Magie zunutze machen können. Ich dachte, dass ich ein Portal erschaffen könnte, aber … Die Dinge hier sind alle leer. Nicht einmal die Bäume sprechen mit mir. Es ist, als lebte ich auf einem makabren Friedhof. Selbst wenn du eine ausgebildete Hexe wärst, würden unsere vereinten Kräfte nicht ausreichen. Wir können nicht aus dem Nichts etwas erschaffen. Magie fordert immer einen Preis.«
Finja erinnerte sich an die Zeit, die sie geopfert hatte, um zum Hexenzirkel zu reisen. »Hier gibt es also keine Zeit?«
»Doch, die gibt es«, widersprach Agathe. »Nur ist es mir nicht möglich, sie als Energiequelle zu nutzen. Das können bloß wenige Hexen. Und zwar jene, die der Zeit bereits einmal Erinnerungen geopfert haben.«
Finjas vergessene Kindheit. Deshalb war es ihr also möglich, auf die Zeit zuzugreifen. »Also nehmt ihr die Energie aus anderen Dingen?«
»So ist es«, erklärte Agathe.

»Aber … als ich gegen dieses Wesen gekämpft habe … An einem Ort ohne Zeit … Wie habe ich … dort …?«
»Darüber kann ich nur mutmaßen«, antwortete Agathe. »Wenn diese dunkle Spiegel-Version deiner selbst die Wahrheit gesagt hat und die Seelen dort gefangen sind …«
Als Finja erbleichte, verstummte sie. Der Gedanke, dass sie die Energie dieser verlorenen Seelen als Quelle genutzt hatte, um zu entfliehen, erschien ihr grausam.
Agathe fuhr fort: »Nun. Wir wissen es nicht, und Spekulationen führen zu keinem Ziel. Was hast du vor? Jetzt, da du hier bist?«
»Ich werde meine Schwester finden und ihr befehlen, dich freizulassen«, sagte Finja, woraufhin Agathe mit der Zunge schnalzte.
»Hexen erteilen anderen Hexen keine Befehle. Wir bitten um Gefallen.«
»Dann werde ich sie bitten, dich freizulassen. So oder so sorge ich dafür, dass du zurück zu deinen Schwestern kommst.«
»Sie wären wirklich mit dir in die Spiegelwelt gereist, um mich zu finden, oder?« Ihre Stimme war eine seltsame Mischung aus Belustigung und Wehmut. »Auch wenn ich nicht gutheißen kann, dass du dein Versprechen gebrochen hast, so bin ich froh, dass sie nicht hier sind. Sie wären ebenso gefangen wie ich. Ohne nutzbare Energie, um uns zu befreien.«
»Ich fürchte, sie werden ziemlich wütend auf mich sein. Ohne mich öffnet sich der Durchgang für sie nicht. Ich war ihr Schlüssel. Amelie ruft mich seit vielen Jahren, deshalb ist es mir gelungen, hierherzukommen.«
»Zoe wird dich wahrscheinlich umbringen.« Agathe lachte. »Ich liebe sie. Sie alle. Die Zeit mit meinen Schwestern ist das wertvollste Geschenk, das ich je vom Universum erhalten habe.«
Das erinnerte Finja an die Menschen, die ihr Leben so wertvoll gemacht hatten. An Mika, Hannah. Elisa. Die meisten davon waren ihr wieder genommen worden. Hoffnungsvoll musterte Finja die Hexe, die ihr eine Vergangenheit gezeigt und Magie offenbart hatte. »Wirst du mir helfen?«
»Ich wünschte, ich könnte.« Erneut deutete Agathe auf ihre Samm-

lung. »Aber wie ich bereits sagte: Ich bin zum Nichtstun verdammt.« Sie senkte den Kopf. »Ohne meine Kräfte bin ich niemand. Es gibt wirklich nichts, was ich für dich tun kann, außer dir einen Schlafplatz und etwas Essen anzubieten. Auch wenn du hier mithilfe der Zeit Magie wirken kannst, so besitzt du nicht die Erfahrung, um deine Schwester in einem Kampf zu besiegen. Erst recht nicht, wenn du so erschöpft bist. Du solltest dich ausruhen, bevor du dich deiner Schwester stellst.«

Die Erschöpfung in Finjas Muskeln gab Agathe recht. Durch das Fell und das Feuer wurden ihre Lider immer schwerer.

»Aber Hannah …«

»Du hilfst ihr nicht, wenn du auf dem Weg umfällst«, stellte Agathe klar und klang in diesem Moment so sehr wie Elisa, dass Finja einfach nickte. »Leg dich hin. Nur so lange, bis du erholt genug bist. Dann kannst du deine Tochter finden.«

Also legte Finja sich in das Bett mit der Strohmatratze, vergrub sich zwischen den Fellen, und es dauerte nicht lange, bis sie einschlief, begleitet von Agathes leisem Gesang am Feuer.

47

Unerwartete Hilfe

Heute

Das Brot war trocken, der Käse seltsam geschmacklos. Trotzdem kaute Finja alles gut durch, und ihr Magen bedankte sich für die unerwartete Nahrung. Agathe sagte während der Mahlzeit nichts, aber jetzt, da Finja erholter war, merkte sie, wie zerbrechlich Agathe wirkte. Wie aufgesetzt ihr ständiges Lächeln war.

»Ich habe Angst«, durchbrach Finja schließlich die Stille. »Vor Amelie. Davor, dass sie ein größeres Monster ist als die Spiegel-Finja. Davor, dass ich ohne Magie nichts ausrichten kann.« Sie schluckte. »Davor, dass Hannah tot ist.«

»Angst ist gut. Sie macht dich vorsichtig.« Agathe riss ein Stück Brot ab. »Sie darf dich bloß nicht lähmen. Tut sie das?«

Kurz dachte Finja darüber nach, während sie einen Schluck von dem wässrigen Tee nahm. »Ich glaube nicht. Immerhin möchte ich noch immer zum Schloss gehen und Hannah retten.« Sie räusperte sich. »Ich *werde* das tun.« In einer ruckartigen Bewegung stand sie auf. »Bist du sicher, dass du mich nicht begleiten willst?«

»Ich wäre nutzlos«, erwiderte Agathe sofort. »Aber ich werde hierbleiben und weiter nach einem Weg suchen, das Portal zu öffnen. Denn ohne dich wird der Zirkel es nicht hierherschaffen, fürchte ich.«

»Aber du hast es geschafft.«
»Weil deine Schwester es wollte«, erklärte Agathe. »Warum auch immer. Vielleicht, damit ich dir nicht mehr helfe. Wer weiß. Jetzt bin ich hier, bis sie mich gehen lässt.« Daraufhin stand Agathe ebenfalls auf, ging zum Bett und zog aus dem Fellhaufen am Fußende eine dicke Jacke hervor. »Das ist alles, was ich dir geben kann.«
»Das ist mehr als genug«, erwiderte Finja und nahm das Kleidungsstück dankbar entgegen. Sie steckte das Brot, das Agathe ihr hinhielt, in eine der Jackentaschen, atmete tief ein. »Immerhin bist du meinetwegen hier gefangen. Ich bin es, die dir etwas schuldet.«
»Es war meine freie Entscheidung«, widersprach Agathe. »Meine Neugier führte mich hierher. Du hast sie vielleicht geweckt, aber ich habe selbst entschieden, ihr zu folgen.« Sie legte eine Hand auf Finjas Schulter. »Hoffentlich findest du deine Tochter.«
»Danke.«
Dank der Jacke war die Kälte vor der Hütte beinahe erträglich. Kurz orientierte Finja sich, fand das Schloss, das noch immer unbeirrt auf dem Berg thronte, und stapfte los. Der Schnee hier war nicht mehr ganz so hoch, dafür gab es keinen Trampelpfad mehr. Kurz fragte sich Finja, ob Agathe die Kinder getroffen hatte, und sie bereute es, nicht danach gefragt zu haben.
Als sie zwischen den Bäumen einen ausgetretenen Pfad fand, kämpfte sie sich zu ihm vor und beschloss, ihm zu folgen, da er in die richtige Richtung führte. Zumindest fürs Erste. Irgendwann bog er nach links ab, während das Schloss vor Finja lag. Sie beschloss, den Weg zu verlassen, als sie einen Schrei hörte.
Dumpf, leise, aber in der Stille der Eiswelt trotzdem deutlich. Finja hielt inne. Das Schloss starrte auf sie herab. Wenn sie jetzt weiterlief, wäre sie bald bei Hannah und könnte sie endlich wieder in die Arme schließen. Wenn sie es nicht tat, würde sie sich immer fragen, wen sie im Stich gelassen hatte.
Also folgte sie weiter dem Trampelpfad durch den Schnee, duckte sich unter tief hängenden Ästen junger Tannen hindurch und stolperte schließlich auf Baumwipfel zu. Es dauerte eine Weile, bis Finja erkannte, dass sie auf einem Felsvorsprung stand und die Tannen-

spitzen, die sich ihr entgegenreckten, von Bäumen stammten, die mehrere Meter weiter unten Wurzeln schlugen.

Eine plötzliche Böe griff nach ihren Haaren und ihrer Kleidung, zog sie zum Abgrund. Finja trat einen Schritt zurück in den Windschatten der Bäume. Die Spur endete hier. Der Boden vor ihr war nahezu schneefrei, die Flocken fortgetragen vom Wind, der eisig durch das Gebirge pfiff.

»Hallo?« Das Rauschen der Tannen übertönte ihren Ruf.

Nichts auf diesem Felsvorsprung deutete darauf hin, dass jemand hier ihre Hilfe brauchte. Etwas bewegte sich am Abgrund. Behandschuhte Finger, die sich festkrallten. Ein mulmiges Gefühl beschlich Finja, und sie nahm ihren Mut zusammen, lief nach vorne zur Felskante, die Knie leicht gebeugt, die Arme so eng am Körper wie möglich, um keine zusätzliche Angriffsfläche für den Wind zu bieten.

So schnell ihre Beine und die gefährlichen Böen es zuließen, näherte sie sich der Hand, legte sich schließlich auf den Boden und griff danach.

Als Antwort ertönte ein weiterer Schrei. Dann reagierten die Finger, schlangen sich um Finjas. Ein plötzlicher Ruck zog Finja nach vorne, ließ sie über den harten Untergrund schlittern. Ohne Halt rutschte sie immer weiter, hatte keine Gelegenheit, sich irgendwie dagegenzustemmen. Wenn sie nichts tat, würde sie über die Kante in den Tod stürzen.

Panisch versuchte sie, ihre Magie zu rufen, dachte an das helle Leuchten, die Wärme, die Energie.

Aber Agathe behielt recht. Nichts tat sich. Sie war machtlos. Eine einfache Frau, die an einer Klippe hing und sich ans Leben klammerte, während sie versuchte, jemand völlig Unbekanntem zu helfen. Ein schlimmer Gedanke schlich durch ihren Geist wie ein Einbrecher: Sie könnte einfach loslassen. Niemand würde je davon erfahren. Wenn sie jetzt starb, war Hannah verloren und für immer hier gefangen, ebenso wie Agathe. Durfte sie die beiden für einen fremden Menschen im Stich lassen?

Das Gewicht des Körpers zog sie weiter, ihr Kopf näherte sich der Kante, rutschte darüber. Jetzt sah sie direkt in Jus Gesicht. Glasige

Augen, rote Flecken auf der Haut. Die Erkenntnis traf Finja wie ein Schneeball im Nacken. Sie verstärkte den Griff um Jus Hand, zog mit aller Kraft daran. Das Mädchen zappelte wild mit den Beinen, suchte Halt im rauen Felsen. Finja atmete schwer, winkelte die Arme an. Ihr Rücken schmerzte, die Schultern brannten. Auf einmal ließ das Gewicht etwas nach, als Ju ihren Fuß in einer kleinen Felsspalte verkeilte und sich damit nach oben drückte. Finja nutzte die Gelegenheit, um ein Stück zurückzurutschen. Noch einmal zog sie mit aller Kraft. Jus Finger entglitten ihr ein Stück. Das Mädchen schrie.

Schnell rutschte Finja nach vorne, klammerte sich an Ju wie das Mädchen an ihr Leben. »Los!« In Finjas Kopf war ihr Befehl ein Schrei, aber er kam ihr bloß als rauer Hauch über die Lippen, denn ihr Körper beanspruchte sämtlichen Sauerstoff.

Trotzdem schien dieses eindringliche Raunen auszureichen, um etwas in Ju zu bewegen. Sie zappelte nicht mehr, schien hoch konzentriert. Die Belastung auf Finjas Armen ließ nach, und Ju stemmte sich über die Felskante, legte sich flach neben Finja. Selbst durch ihre dicke Kleidung war das hektische Auf und Ab ihres Brustkorbs deutlich erkennbar. Sie zitterte so sehr, dass ihre Zähne klapperten. Aus Angst, vermutete Finja. Oder Kälte. Oder beidem.

Einem Instinkt folgend, zog Finja das Mädchen zu sich heran und schloss sie in ihre Arme, drückte sie eng an sich, strich ihr über das Haar. Sie fühlte sich schäbig, weil sie dieses Mädchen beinahe hatte sterben lassen. Sie wäre einfach gegangen und hätte nie erfahren, dass es die stolze Ju war, deren Leben sie auf dem Gewissen hatte. Es schockierte sie, wie weit sie zu gehen bereit gewesen war, um zu überleben. Dann wurde ihr klar, dass das nicht stimmte. Sie hätte es getan, um Hannah zu retten.

Ihre Suche nach Hannah hatte schon viele Opfer gekostet. Sie dachte an Elisa, die sich in den letzten Wochen komplett für sie aufgeopfert hatte. Elisa, die sie so unfair behandelt hatte, obwohl ihre beste Freundin alles gegeben hatte, um ihr zu helfen. Finja nahm sich fest vor, sich bei Elisa zu entschuldigen, sobald sie zurückkehrte.

Als ihr Körper nicht mehr bebte, rappelte sich Finja auf, zog Ju ebenfalls nach oben und bugsierte sie langsam zu den Bäumen, zurück durch den kleinen Wald, bis das Rauschen des Windes nicht mehr ihre Worte übertönte. Dort ließen sie sich erschöpft in den Schnee fallen. Finjas Schuldgefühle schmeckten bitter. Sie hätte Ju fast sterben lassen.

»Danke« war das Erste, was das Mädchen sagte. Sie schlang die Arme um ihren Oberkörper. »Ich … Das …«

»War knapp«, beendete Finja ihren Satz. »Was hast du dir nur dabei gedacht? Warum bist du so nah an die Klippe? Du hättest sterben können!«

Gab es in dieser Welt den Tod überhaupt? Jus bleiches Gesicht gab ihr die Antwort.

»Ich komme oft hierher«, sagte sie ausweichend. »Es ist mein Lieblingsort, wenn ich allein sein will.«

Der Funken in ihrem rechten Augenwinkel glitzerte. Die Geschichte ihrer ungesagten Worte schrie Finja förmlich an. »Ihr habt euch also gestritten.« Als Ju zusammenzuckte, wusste Finja, dass sie den richtigen Riecher gehabt hatte. Gemeinsam mit ihren Schuldgefühlen wurde die Scham fast unerträglich. »Meinetwegen? Das tut mir leid.«

Ju kniff die leicht blauen Lippen zusammen. »Nein.« Ein Haufen Schnee fiel von einem Tannenzweig und landete direkt neben ihnen. Erschrocken wich Finja zurück, dann lachte sie vor Erleichterung darüber, dass sie keiner ernsten Gefahr gegenüberstanden. Kurz darauf stimmte Ju mit ein.

»Doch«, gestand sie schließlich.

»Dachte ich mir«, sagte Finja nur. Es tat ihr leid, dass sie so vorangeprescht war. Sie hatte noch viel über Teenager zu lernen, bis Hannah im entsprechenden Alter war. Erneutes Schweigen senkte sich über sie wie eine frische Schneedecke. Schließlich stand Finja auf und wandte sich ab. »Ich mache mich wieder auf den Weg.«

Ju sprang auf und griff nach Finjas Ärmel. »Warte.«

»Ja?« Finja drehte sich nicht um, wollte dem Mädchen genug Raum geben, ihre Gedanken zu sortieren, ohne dabei von einer Fremden beobachtet zu werden. Außerdem traute sie sich nicht, Ju ins Gesicht zu sehen. Zu groß war die Angst, dass Ju bemerkte, welche Finsternis dort lauerte.

»Danke, dass du mir das Leben gerettet hast«, flüsterte sie.
Der Dank kam Finja unverdient vor, dennoch erwiderte sie: »Das hätte jede Mutter getan.«
»Nein.« Die Antwort kam schnell und hart. Ju räusperte sich. Erneut so viele ungesagte Dinge, doch mehr denn je glaubte Finja, dass sie nicht die Richtige war, um nachzufragen.
»Deine Tochter kann sich glücklich schätzen.«
Dieses unerwartete und gleichermaßen unverdiente Kompliment trieb Finja die Röte ins Gesicht. Sie hätte Ju beinahe sterben lassen.
»Ich werde sie finden und retten.«
»Retten?«, wiederholte Ju zweifelnd.
Jetzt drehte Finja sich doch zu ihr um. Sie hoffte, dass das Mädchen ihr endlich mehr Informationen über diesen Ort geben würde. Über ihr Leben. Über Amelie. »Ich werde sie hier rausholen«, erklärte Finja fest. »Wenn du möchtest …« Sie ließ das Angebot unausgesprochen.
Angst verzerrte Jus Züge. »Ich bleibe hier«, sagte sie mit fester Stimme. »Das hier ist mein Zuhause. Meine Eltern haben niemals nach mir gesucht. Warum sollte ich also zu ihnen zurückgehen?«
Der kurze Moment der Nähe war verstrichen. Jetzt war Ju wieder das stoische Mädchen mit dem abweisenden Blick. Sie blickte den Weg zurück zu den Häusern. Ihrem Zuhause.
»Ich gehe jetzt. Pass auf dich auf.«
Damit lief sie los. Finja sah ihr nicht lange nach. Sie wandte sich ebenfalls ab und machte sich wieder auf den Weg, die Schuldgefühle im Gepäck. Nie hätte sie geglaubt, dass sie auch nur daran denken könnte, jemanden zu opfern. Allein jetzt erschien ihr der Gedanke wieder lächerlich und boshaft. Und doch … Als sie in der Situation gewesen war, hatte sie anders gedacht. Aber sich nicht anders entschieden, erinnerte sie sich wieder. Sie war geblieben und hatte Ju gerettet. Darauf kam es an, und daran klammerte sie sich fest.
Als sie die Schuldgefühle beiseitegeschoben hatte, drängte sich ein weiterer Gedanke nach vorne: Ihre Magie war wirklich verschwunden, versiegelt, verbraucht. Wie auch immer man es bezeichnete, fest stand, dass Finja in dieser Welt keine Magie zu wirken vermochte. Agathe hatte recht behalten – und das machte Finja quasi nutzlos.

»Du hast mein Leben gerettet«, hatte Ju gesagt. *»Deine Tochter kann sich glücklich schätzen.«*
Wie nützlich war sie, wenn das Zentrum ihrer Kraft versiegt war? Tränen stiegen in Finjas Augen. Sie war auf dem Weg zu Amelie, um ihre Tochter zu retten, aber der einzige Grund, der sie hierhergeführt hatte – ihre magische Begabung, der Sieg über das Tentakelmonster –, war verloren.
Sie fühlte sich klein und wehrlos. Jetzt verstand sie, wieso Agathe aufgegeben hatte. Für sie musste dieser Verlust noch schlimmer sein, war sie immerhin schon seit vielen Jahren eine Hexe und daran gewöhnt, Magie zu nutzen.
Jetzt saß sie in ihrer einsamen Hütte und wartete, was mit ihr geschah. Finja war versucht, zu ihr zu kriechen und es ihr gleichzutun. Gemeinsam dort zu sitzen, bis Amelie sie fand und tat, wofür auch immer sie nach ihr gerufen hatte.
Die Vorstellung, am Feuer zu sitzen und Agathes warmer Stimme zu lauschen, war verlockend. Doch die Angst um Hannah war mächtiger.
Amelie mochte diese Welt beherrschen, aber gerade hatte Finja dieses Mädchen ganz ohne Magie vor dem Absturz bewahrt. Weil sie die richtige Entscheidung getroffen hatte. Ihr Leben lang war sie ohne Magie zurechtgekommen, hatte ein Kind großgezogen und den Tod ihres Mannes verarbeitet. Sie war eine Kämpferin. Schon immer gewesen. Sie erinnerte sich daran, wie oft Mika gesagt hatte, dass er sie genau dafür liebte. Eigentlich dachte sie, dass dieser Teil von ihr gemeinsam mit ihm gestorben war. Aber mit Hannahs Verschwinden war diese alte Seite von ihr wieder erwacht. Sie hatte nach ihrer Tochter gesucht, obwohl alle ihr davon abgeraten hatten. Hatte nie aufgegeben.
Also würde Finja auch jetzt das tun, was sie am besten konnte: weitermachen. Schritt für Schritt. Atemzug für Atemzug.

48

Wer bist du?

Heute

Der Weg zum Palast führte durch hohen Schnee, der Finja bis zur Hüfte ging, sodass sie kaum vorankam. Schmelzwasser drang durch ihre Kleidung, und sie wurde immer langsamer. Das Schloss saß auf einem Felsvorsprung und beobachtete ihre Mühen mit stoischer Gleichgültigkeit. Ob Amelie auf einem der Türme stand und auf sie herabblickte?

Schließlich stolperte Finja aus dem hohen Schnee direkt auf einen platt getretenen Pfad. Wie Soldaten säumten die Tannen den schmalen Weg, der nach oben führte. Direkt zum Schloss.

Finja erkannte Hufabdrücke und Schlittenspuren. Runde Einkerbungen, gerade Linien. Kurz sah Finja sich um, erwartete fast, einen Schlitten hinter einer Kurve auftauchen zu sehen, aber der Wald blieb verlassen, also folgte Finja den Spuren.

Nach wenigen Schritten bemerkte sie bereits, wie sie auftaute. Wie ihre Fingerspitzen kribbelten, ihre Zehen brannten. Keine eisige Luft, die in ihre Lunge stach. Der Schnee glitzerte so harmlos wie Zucker.

Als Finja an sich hinuntersah, war ihre Kleidung trocken. Sie blinzelte verwirrt. Amelie. Es musste ihre Schwester sein, die ihre Magie nutzte, um Finja den Weg angenehmer zu gestalten. Sie wartete also wirklich auf sie.

Die Erkenntnis ließ Finja kurz innehalten. Wenn Amelie auf sie wartete, war sie vorbereitet, und es würde zu einem Kampf kommen. Ohne Magie war Finja machtlos. Sich anzuschleichen, ergab keinen Sinn, jetzt, da Amelie ihr bereits durch die Wärme und den Weg signalisiert hatte, dass sie ihre Ankunft erwartete, also folgte Finja dem ihr vorbestimmten Weg, erinnerte sich daran, dass Amelie nicht die Andere war, und fragte sich, wie ihre Schwester heute war.

Je näher Finja dem Schloss kam, desto imposanter wirkte es. Die Türme waren keine geraden Speere, die in den Himmel ragten, sondern spiralförmige Gewinde, die Finja an Muscheln erinnerten. Kleine Erker durchbrachen die Wände wie Zacken, Verzierungen tanzten in Wellenmustern über die Mauern – und dieses wunderschöne Schloss bestand aus Eis.

Spätestens als Finja vor den Stufen stand, die zu einem riesigen Tor emporführten, war sie sich sicher, dass sie keiner optischen Täuschung unterlag. Das Eis vor ihren Füßen war so durchsichtig, dass sie den Fels darunter erkannte.

Ein Schauer lief über Finjas Rücken. So etwas war definitiv nur mit Magie möglich. Die Zweifel, dass sie Amelie nicht besiegen konnte, wurden lauter, aber sie dachte an Hannah und drückte den Rücken durch. Ihr blieb keine Wahl.

Die Tür öffnete sich. Schnell schwang sie auf und gab den Blick auf das Innere frei. Eine Halle aus Eis, mit einer Treppe, die aus einem Disney-Film stammen konnte. Fast wartete Finja darauf, Belle aus »Die Schöne und das Biest« in einem Wintermantel die Stufen herabsteigen zu sehen. Stattdessen stand ganz oben ein kleines Mädchen in einem weißen Nachthemd.

»Hannah!« Schon nach einem Schritt auf dem glatten Eis fiel Finja der Länge nach hin. Sie glaubte, ein raues Lachen zu hören, tief aus dem Bauch des Bergs kommend. Aber sie ignorierte es, rappelte sich auf. Plötzlich hatte sie Halt unter den Füßen. Sie stürmte die Stufen nach oben und schloss ihr Kind in die Arme. »Du bist es.«

Ganz eng hielt sie ihre Tochter. Schmal war sie, so zerbrechlich. Sie

sagte kein Wort. Schließlich schob Finja sie ein Stück von sich weg, betrachtete ihr Gesicht, die geflochtenen Zöpfe mit der dunkelblauen Spange. Hannah lächelte vorsichtig. Irgendetwas an Hannahs Gesicht wirkte fremd. Anders. Aber Finja wusste nicht, woran genau es lag.
»Mami«, sagte sie. Ihre Lippen waren blau, ihre Haut blass. Ein seltsamer Glanz lag in ihren Augen. »Ich wusste, dass du kommst.«
Finja sah sich um, suchte nach Gefahren. Vor und hinter ihr lagen lange Flure, die in Dunkelheit mündeten. Es war nicht kalt, und obwohl nur wenig Licht durch die kleinen Fenster der Schlossmauern fiel, war es recht hell in der Eingangshalle, da das Eis jeden Strahl tausendfach reflektierte. Die Oberflächen waren glatt polierte, makellose Spiegel.
»Du bist jetzt in Sicherheit.« Finja drückte Hannah an sich. »Versprochen.«
»Danke, Mami.« Hannah schmiegte sich wieder eng an sie. »Können wir gehen?«
Ein Teil von Finja wollte nichts lieber als das. Ein anderer erinnerte sich an das Versprechen, das sie den Hexen gegeben hatte. Auch wenn sie ohne den Zirkel hierhergereist war, so befand sich Agathe noch immer in Gefahr – oder zumindest in Gefangenschaft.
»Ich suche noch eine Freundin«, erklärte Finja und umschloss Hannahs Hand.
»Ich habe niemanden gesehen.« Hannah zog sie Richtung Ausgang. »Lass uns bitte gehen.«
»Was ist mit Amelie?«, flüsterte Finja. Sie war sich sicher, dass ihre Schwester irgendwo hier war und sie beobachtete, immerhin hatte sich die Tür für sie wie von Geisterhand geöffnet.
»Lass uns gehen«, wiederholte Hannah quengelnd. Mit ganzer Kraft zerrte sie an Finjas Hand, den Kopf zum Ausgang gewandt. In ihren Haaren glänzte die dunkelblaue Haarspange. Silberne Schneeflocken tanzten darüber. Der geflochtene Zopf lag über ihrer rechten Schulter.
Die rechte Schulter. Finja hielt inne. Auch die feine Narbe war über dem linken Auge. Ein Spiegelbild.
»Wir müssen jemanden suchen, der mir wichtig ist«, erklärte Finja und räusperte sich, um den Kloß im Hals loszuwerden. Die falsche

Hannah in den Armen des falschen Mika. Es brauchte nicht viel mehr als diesen Zopf und die unscheinbare Narbe, damit Finja verstand, dass sie erneut reingelegt wurde. Sie kannte ihre Tochter, wusste, dass sie den Zopf niemals rechts trug. *Er muss links sein, wie bei Elsa.*

Das hier war eine weitere Illusion, ein Trick der Spiegelwelt. War das alles, was dieser Ort vermochte? Illusionen zu erschaffen? Kopien der Realität?

Ein raues Lachen entrang sich ihrer Kehle. Deshalb erschien ihr Hannahs Gesicht so seltsam. Sie war in einer *Spiegel*welt, natürlich gab es hier andere Versionen ihrer selbst. Spiegelbilder. Lebendig, atmend. Aber nicht real. Finja trat einen Schritt zurück, ließ Hannahs Hand los.

»Mami?« Das Mädchen drehte sich zu ihr um, Tränen standen in ihren Augen. In diesem Gesicht, das Finja so vertraut und gleichzeitig so fremd war. Sie hatte nie wie die anderen Mütter vor Spiegeln gestanden, um ihrer Tochter die Haare zu kämmen. Sie hatte Hannahs Spiegelbild nie gesehen, und wenigstens dafür war sie in diesem Moment ihrer Mutter dankbar. Diese Farce durchschaute sie leichter als die Hannah der Spiegel-Finja, geformt aus Erinnerungen.

»Amelie!« Finja drehte sich von Hannah weg. »Gib mir meine Tochter!«

»Mami!« Kleine Hände griffen nach Finjas Arm, zogen daran. »Ich bin doch hier.«

»Meine echte Tochter!« Finja blieb unnachgiebig, obwohl ihr Tränen über die Wangen liefen. Wenn sie zurück war, sollte sie definitiv Frau Halla aufsuchen, auch wenn die Therapeutin ihr natürlich kein Wort glauben würde. Finja fand ja selbst unbegreiflich, was ihr geschah.

»Mami!« Spiegel-Hannah wurde lauter, weinte. »Ich bin doch hier! MAMI!«

»Gib mir mein Kind zurück!« Sie riss sich von der falschen Hannah los, sah nach links, rechts, überlegte. Lief los, hinein in einen der dunklen Flure. Kinderschritte folgten ihr.

»Mami!« Finja blendete ihr Flehen aus. »MAMI!«

»Mami!«

»Mami!«

»Mami!«

»Mami!«

»Mami!«

Obwohl die Spiegel-Hannah so falsch aussah, klang sie so echt. Wahrscheinlich plante Amelie, sie so zu zermürben, aber ihre Rechnung ging nicht auf, denn Hannahs Stimme erinnerte Finja bloß daran, dass sie ihre Tochter finden musste.
Schon bald umfing sie vollkommene Schwärze, und Finja streckte die Hand aus, um sich nach vorne zu tasten. Sie lief jetzt langsamer, Hannah wimmerte hinter ihr.
»Ich hab Angst, Mami. Wo bist du?«
Finja lief weiter, glitt mit ihren Fingern die glatte Wand entlang. Schritt für Schritt.
»Mami?«
Tief einatmen.
»MAMI?«
Langsam ausatmen.
»MAMI!« Ein spitzer Schrei. Ein stumpfer Aufschlag. Weinen. »Aua.« Schniefen. Finja erinnerte sich an dieses Schniefen, an den Rotz, der aus Hannahs Nase lief, wenn sie sich irgendwo schmerzhaft angestoßen hatte. An die roten Flecken in ihrem Gesicht, an ihre Hilflosigkeit.
Die Erinnerung daran ließ sie schneller laufen. Sie musste die echte Hannah befreien. Ihre Finger tasteten weiter über die Wand. Dann stießen sie auf etwas. Eine Erhebung, gefolgt von einer Einbuchtung. Eine Tür. Finja suchte nach der Klinke, fand sie, drückte sie auf.
Licht schlug ihr entgegen, gleißend hell im Kontrast zu der Finsternis zuvor. Finja kniff die Augen zusammen, blinzelte. Das Wimmern

hinter ihr schwoll an. Also schlug Finja die Tür hinter sich zu, sperrte die Spiegel-Hannah aus und hoffte, sie würde sich in Nichts auflösen.
»Mutig.« Ein leises Lächeln in einer seltsam bekannten Stimme. »Hallo, Schwester.«
»Amelie?« So langsam gewann der Raum an Konturen. Ein längliches Zimmer mit Möbeln aus Eis. Ein Tisch, Stühle. Darüber ein Kronleuchter ohne Kerzen. Die Balkontür stand weit offen, bot einen Blick über den schneebedeckten Wald. Davor stand Amelie. Wunderschön war sie, gehüllt in ein graues Kleid, überzogen von Diamanten, die wie Eis glitzerten. Es war, als würde Finja eine Schneeflocke betrachten.
»Oder bist auch du nur ein Spiegelbild?«, fragte Finja, zog die Augenbrauen hoch, musterte ihre angebliche Schwester genauer, bis ihr klar wurde, dass ihre Erinnerungen zu blass waren, um zu wissen, ob diese Amelie die echte war.
»Du hast es also wirklich durchschaut.« Amelie zog einen Mundwinkel nach oben. »Ich bin beeindruckt.«
»Wo ist meine Tochter?« Finja trat auf sie zu, schob das Kinn nach vorne. Sie hatte keine Angst. Nicht mehr. Diese Hexe erschuf lebende Spiegelbilder und vermochte wohl noch viel stärkere Magie zu wirken, aber sie war auch ihre Schwester, und Finja sah Gutes in ihrem Blick. Etwas in Finja wollte glauben, dass sie nicht die Böse war.
»In Sicherheit«, erwiderte Amelie.
»Du hast sie entführt.«
Amelie seufzte. »Offenbar hast du nicht alles verstanden.«
»Wie meinst du das?«
»Ich habe sie gerettet.«
»So wie die Kinder unten in den Häusern, die Angst vor dir haben?« Finja starrte Amelie fassungslos an. »Du hast sie ihren Familien entrissen und bezeichnest das als *Rettung*?«
Amelie verzog den Mund, wandte sich zum Balkon, als könne sie von dort aus die kleinen Häuser sehen, in denen die Kinder wohnten. Eine zarte Brise wehte herein und spielte mit ihrem Haar.
»Ich habe so viele Fragen.« Erschöpft fuhr sich Finja über das Ge-

sicht. »Aber … eigentlich will ich nur Hannah. Meine Hannah.« Sie deutete auf die Tür. »Was sollte das eigentlich?«
»Du meinst das Spiegelbild?« Amelie drehte sich um, ihr Rock schwang ausladend mit.
»Wieso die falsche Hannah?«
»Ich musste sichergehen.«
»Wie meinst du das?«
»Dass du deine Tochter wirklich liebst.«
»Natürlich liebe ich sie«, entgegnete Finja scharf. »Wie kannst du es nur wagen? Du bist diejenige, die sie entführt hat. Hast sie mir entrissen. Deiner eigenen Schwester! Und diese Kinder dort draußen!« Finja deutete zum Balkon.
»Ich habe sie gerettet«, wiederholte Amelie. »Sie und viele andere, die hier leben.«
»Mit deinem Märchen?«, herrschte Finja sie an. »Nur weil du ihnen erzählst, dass du eine Prinzessin bist …«
»Das tue ich, damit sie sich wohler fühlen«, erklärte Amelie ruhig. »Dieses Schloss hier … Das alles ist für sie da, damit sie in Sicherheit sind.«
»Wovor denn?«, wollte Finja wissen und trat zu ihr.

»Finja.« Der Tonfall weckte alte Erinnerungen. An liebevolle Umarmungen. An eine große Schwester, die sie beschützte, wenn ihr Vater böse auf sie war. Eine große Schwester, die sie liebte. Mit den Erinnerungen kamen auch die Kopfschmerzen, und Finja sank in die Knie.
»Sie hat mir alles genommen«, stieß Finja hervor. »Meine Erinnerungen an dich waren lange verschwunden.«
»Ich weiß.« Amelie kniete sich neben sie, legte ihr eine Hand auf den Rücken. So nah. Vertraut. Die Magie in ihr begann zu leuchten, helles Licht, das aus ihren Fingern strömte. Es brannte, wollte sie verzehren. Finja verlor die Kontrolle. Überforderung. Hilflosigkeit. Panik. Mit einer einzigen Handbewegung wischte Amelie sie weg. Das Licht verschwand ebenso wie der Schmerz hinter ihren Schläfen.
Verblüfft sah Finja ihre Schwester an. »Wie hast du das gemacht?«
»Deine Magie basiert auf den Erinnerungen mit mir«, erklärte Ame-

lie. »Deshalb kann ich sie ebenso kontrollieren wie meine eigene. Zumindest, bis du deine Erinnerungen vollständig zurückhast.«

»Kannst du sie mir zurückgeben?«, fragte Finja leise. Der Boden unter ihr war glattes Eis. Amelies Hand strich über ihren Rücken, langsam die Wirbelsäule nach oben. »Bitte?«

»Finja …«

»Du hast mich zu dir gerufen.«

Amelie zog die Hand zurück. »Ja.«

»Seit vielen Jahren.« Finjas Stimme wurde drängender. »Warum?«

»Weil …« Amelie seufzte. »Lass mich dir etwas zeigen.«

Sie zog Finja auf die Füße und geleitete sie zum Balkon. Die Sonne schien erstaunlich mild auf ihr Gesicht, die Landschaft breitete sich vor ihr aus wie das Innere einer Schneekugel. Puderzuckerschnee auf Bergen und Tannen.

»Ich lebe schon sehr lange hier«, erklärte Amelie. »Das hier ist mein Zuhause. Diese Welt hinter den Spiegeln.« Mit einer ausladenden Handbewegung wischte sie durch die Luft, und vor Finja tauchte ein Bild auf, flackernd wie heißer Asphalt in der Sommerhitze. Maileen, die ihre Orchideen goss. Tero, der mit übereinandergeschlagenen Beinen in einem Sessel saß und ein Buch las.

»Ich habe sie nie vergessen.« Wehmut trübte Amelies Stimme. »Nach allem, was geschehen ist, habe ich sie trotzdem nie vergessen. Das wollte ich nicht. Sie sind der Grund dafür, dass ich hier bin. Der Grund dafür, dass ich auf diese Kinder aufpasse.«

»Aber das tust du nicht«, erklang plötzlich Jus Stimme hinter ihr.

Die beiden Schwestern wirbelten herum.

»Du hättest mich sterben lassen.« Ihre Stimme war schneidend, stolz reckte sie das spitze Kinn nach vorne. Enttäuschung verzog ihren Mund. »Ohne Finja wäre ich von dieser Klippe gefallen und gestorben.«

»Ist das so?« Amelie ließ keine Gefühlsregung erkennen.

»Ich habe sie schreien gehört«, bestätigte Finja. Die Erinnerung ließ sie frösteln. »Beinahe wäre ich zu spät gekommen.« Sie verschwieg, dass sie sogar fast wieder gegangen wäre, ohne einzugreifen. Die Schuld lag ihr schwer im Magen.

»Du hast sie gehört, weil ich das wollte«, sagte Amelie. »Ju, ich hätte niemals zugelassen, dass dir etwas passiert.«
»Du wolltest, dass ich deiner Schwester vertraue«, zischte Ju. Ihre Stimme war so schneidend wie ihr verurteilender Blick. »Du hast mich manipuliert.«
»Ich habe Finja die Möglichkeit gegeben, das Richtige zu tun«, korrigierte Amelie.
Ju war also nie wirklich in Gefahr gewesen, Finjas Schuldgefühle basierten auf Amelies Farce.
»Wie vielen Prüfungen willst du mich noch unterziehen?« Fassungslos starrte Finja ihre Schwester an. »Ju. Die falsche Hannah. Ist Agathe überhaupt echt? Oder hast du mir auch dort ein Spiegelbild vorgesetzt? Warum tust du das alles?«
»Um sicherzugehen«, erwiderte Amelie kühl. Dann wurde ihr Ausdruck milder. »Nein, Agathe ist nicht … Sie ist echt. Und ich kümmere mich um sie, so gut ich es kann. Erwachsene sind nicht meine Stärke.«
»Du hältst sie gefangen«, setzte Finja nach.
»Es geht hier gerade weder um Agathe noch um dich«, mischte Ju sich ein. Tränen liefen über ihre Wangen. »Ich habe dir vertraut.« Sie sah Amelie fest ins Gesicht. »Die ganze Zeit. Aber du hast mich benutzt, um deine Schwester zu prüfen? Hast du eine Ahnung, was für eine Angst ich hatte? Ich fühlte mich im Stich gelassen.« Ihre Lippe bebte. »Schon wieder.«
»Ju …« Amelie hob eine Hand, streckte sie ihr entgegen. Schmerz verzog ihr Gesicht, als begreife sie erst jetzt, was sie da getan hatte. »Es tut mir leid.« Sie schüttelte den Kopf. »Verurteile mich nicht aufgrund eines Fehlers. Bitte.«
»Ein *Fehler*?« Aufgeregt lief Ju im Raum umher, trat gegen einen der Eisstühle und verzog schmerzhaft das Gesicht. »Ich habe mir vor Angst in die Hose gemacht.«
Entschlossen trat Amelie auf Ju zu, nahm ihre Hände. »Komm.«
Das Mädchen ließ sich widerstandslos von Amelie nach draußen führen. Finja blieb allein im Raum zurück. Sie fragte sich, wo die beiden wohl hingingen und was Amelie vorhatte.

Dieses Mal zögerte Finja nicht. Sie lief ihnen hinterher, um Ju zu beschützen. Gerade traute sie Amelie alles zu und glaubte nicht, dass Ju bei ihr in Sicherheit war. Wie weit würde Amelie gehen, um Finja auf ihre Seite zu ziehen?

So, wie sie das Mädchen manipuliert hatte, war ihre Schwester ein unzurechnungsfähiges Monster, das mit den Gefühlen der Menschen spielte, um ihren Willen zu bekommen. Diese Wahrheit ließ Finja frösteln.

Sie trat auf den Flur und bemerkte im Augenwinkel eine Bewegung. Der Gang war nicht mehr der dunkle Platz, an dem Finja vor der falschen Hannah geflohen war. Kleine, runde Fenster ließen helles Tageslicht herein und beleuchteten die Eismosaike, die sich den ganzen Flur entlangzogen. Spiralen und Wellen, ein gefrorenes Meer, geformt aus Splittern.

Mit zügigen Schritten folgte Finja ihrer Schwester. Als sie an die Ecke kam, lief sie langsam, drückte sich eng an die Wand, lauschte. Stille. Sie lugte um die Biegung. Eine Treppe führte nach unten, hinaus in gleißendes Licht. Finja lief hinab, drückte sich in den Türbogen und blinzelte in die Sonne.

Der Innenhof des Schlosses war ein Meer aus Eisblumen. Sie schimmerten im Sonnenlicht, streckten ihre durchscheinenden Blüten der Sonne entgegen. Zwischen ihnen schlängelten sich spiegelglatte Wege, führten zu der Mitte, in der ein gigantischer Springbrunnen stand, die Fontäne ebenso erstarrt wie der Rest des Schlosses.

Ju und Amelie waren nicht weit vom Eingang entfernt. Das Mädchen verschränkte die Arme vor der Brust, während Amelie nachdenklich über eine der Blumen strich.

»Früher warst du so gern hier«, sagte Amelie gerade, woraufhin Ju bloß schnaubte. Amelie seufzte. »Ich verstehe, dass du wütend bist. Wirklich.« Sie zog ihre Finger weg von der Blume, legte sie stattdessen ebenso zärtlich auf Jus Wange. Sofort zuckte das Mädchen zusammen, und Amelie ließ den Arm sinken. »Wahrscheinlich wäre ich es an deiner Stelle ebenso.«

Ju ging einen Schritt rückwärts, schüttelte den Kopf. »Du verstehst nicht, wie es ist, an unserer Stelle zu sein. Zu wissen, dass die eigenen

Eltern sich nicht um einen scheren.« Tränen rannen ihr übers Gesicht, und es schmerzte Finja, Ju so zu sehen. »Wie könntest du auch?«

Ju griff nach einer Eisblume, brach den Stängel. Er klirrte wie zerberstendes Glas. Sie drehte die Blüte sanft hin und her, sodass ihr Lichtspiel über Jus Körper tanzte. »Meine Eltern haben mich einfach weggeworfen.« In einer plötzlichen Bewegung schmetterte Ju die Blume auf den Boden. Sie zerbrach in mehrere Stücke. »Einfach weggeworfen.«

Damit drehte Ju sich um und sprintete davon. Amelie blieb zurück, sank langsam auf die Knie und versuchte, die Blume wieder zusammenzufügen. Ihre Schultern bebten, während sie die Eisstücke aneinanderdrückte. In der Mitte des Hofs, zwischen den ganzen Eisblumen und vor den großen Palastmauern, wirkte Amelie plötzlich ganz klein.

Finja wünschte, sie hätte den Mut, um zu ihrer Schwester zu gehen, ihr eine Hand auf die Schulter zu legen und ihr zu sagen, dass sie für sie da war. Sie wünschte, ihr Herz wäre groß genug. Aber Amelie hatte Hannah entführt und offensichtlich diese anderen Kinder ebenfalls. Außerdem hielt sie Agathe gefangen, und Finja war sich nicht sicher, ob sie Amelie wirklich vertraute.

»Es ist nicht wahr«, rief Amelie, und Finja zuckte zusammen. »Ich habe sie nicht einfach so ihren Familien entrissen. Ehrlich.«

Offensichtlich wusste Amelie von ihrer Anwesenheit, also trat Finja hinter dem Türbogen hervor und in den Innenhof. »Ich hätte nicht lauschen dürfen«, sagte sie, obwohl sie es nicht so meinte.

»Du hättest dich einfach nicht erwischen lassen dürfen, meinst du.« Amelie rappelte sich auf und grinste sie traurig an. »Es ist unwahrscheinlich, dass in diesem Reich irgendetwas passiert, das ich nicht mitkriege.« Die Eisstücke in ihrer Hand leuchteten blau auf. Wärme kroch über Finjas Haut. Dann war die Eisblume wieder vollkommen. Filigrane Blüten, schimmernde Blätter. Vollkommen unberührt.

»Ich wünschte, ich wäre diese Eisblume«, sagte Amelie. »Ich wünschte, Magie könnte mich ebenso spurlos heilen wie sie.« Sie hob den Kopf. »Oder dich.«

»Mich?«, echote Finja. Eigentlich wollte sie fragen, was Amelie meinte, wenn sie sagte, dass sie diese Kinder nicht entführt hatte.
»Egal.« Amelie wischte die Worte mit einer ausladenden Handbewegung aus der Luft. »Du wolltest zu Hannah, nicht wahr?«
Finja durchschaute das Ablenkungsmanöver ihrer Schwester sofort. Dennoch funktionierte es. »Ja.«
»In Ordnung.« Vorsichtig legte Amelie die Glasblume auf den Rand des Brunnens. »Aber lass mich dir vorher noch etwas erklären, ja?«
In diesem Moment hätte Finja allem zugestimmt. Sie wollte nur endlich ihre Tochter zurück.

49

Wahrheiten

Heute

Ich habe diese Welt nicht erschaffen«, erklärte Amelie, während sie und Finja durch den Innenhof flanierten. »Aber ich habe sie geformt.«

Sie hob den rechten Arm, drehte die Handinnenfläche nach oben, und kleine Schneeflocken stoben daraus hervor. Sie tanzten durch die Luft, als wären sie in einem Wirbelsturm gefangen. Schneller und schneller wurden sie, drängten sich aneinander. So dicht, dass sie die Form einer Blume bildeten. Ein greller Lichtstrahl, und Amelie hielt eine kunstvolle Blüte aus Eis in der Hand. Finja riss die Augen auf, als ihre Schwester ihr das Gebilde überreichte.

»Du hast all diese Blumen geschaffen?« Sie deutete auf das wogende Meer um sich herum. Es war eine Sache, dass Amelie gerade diese Eisblume repariert hatte – aber dass dieser ganze Garten von Amelie geschaffen worden war, erschien ihr vollkommen unmöglich.

»Die Blumen und das Schloss. Die Berge und die Seen. Die Häuser der Kinder, ihre Kleidung und ihr Essen.«

Während Amelie sprach, betrachtete Finja die Blume in ihrer Hand, drehte sie ganz langsam. Geschwungene Blüten, abgerundete Kanten. Das Eis so klar und durchsichtig.

»Das Schloss?« Die Wände um sie herum erschienen ihr auf einmal deutlich imposanter. Die gewundenen Türme wie wahr gewordene Prinzessinnenträume.
Wie zur Bestätigung hob Amelie erneut die Hand, und direkt vor ihren Füßen stoben Schneeflocken aus dem Boden. Kurz darauf stand eine Bank vor ihnen.
»Ich kann alles aus Eis formen«, erklärte sie. »Allerdings benötigen manche Dinge sehr viel Zeit und Energie, also verzeih mir, wenn ich nicht spontan einen neuen Flügel anbaue.« Ihr Lächeln wirkte abwesend. Als würde sie über einen Scherz lachen, den außer ihr niemand verstand. Schließlich wurde sie ernst. »Die Magie fordert von mir eine Bezahlung in Schmerz.«
»Aber diese anderen Dinge sind nicht aus Eis«, sagte Finja. »Das Haus der Kinder.« Sie zog an dem Fell, das Agathe ihr mitgegeben hatte. »Oder das hier. Also …« Dann kam ihr ein anderer, deutlich wichtigerer Gedanke. »Warum hältst du sie überhaupt gefangen?«
»Wen?«
»Agathe, die Hexe. Sie lebt in einem kleinen Haus unten am Fuß des Bergs. Du hältst sie genauso gefangen wie die armen Kinder.« Obwohl Finja gesehen hatte, wie liebevoll Amelie mit Ju umgegangen war, so hatte sie dennoch nicht vergessen, dass die Kinder noch immer Opfer waren. Ihren Familien entrissen, lebten sie nun in dieser von Amelie erdachten Welt, und auch wenn ihre Schwester behauptete, gute Absichten zu hegen, so war sie noch immer eine Entführerin.
»Diese Hexe hat mein Reich freiwillig betreten«, erklärte Amelie. »Aber sie hat mich nie gefragt, wie sie es wieder verlassen kann. Wenn sie den Mut gefunden und mich gesucht hätte, hätte ich ihr geholfen. Immerhin habe ich ihr ein Haus und warme Kleidung geschenkt. Ich hätte sie auch sterben lassen können.«
Die Gleichgültigkeit, mit der sie auf ihre Macht hinwies, ließ Finja frösteln. Sie erinnerte sie daran, dass ihre eigene Magie ihr vollständig unterlegen war.
»Also soll sie dankbar dafür sein, dass sie noch am Leben ist?«
»Ich bin kein Monster«, sagte Amelie leise und ließ sich auf die Bank

nieder. »Ich habe diese Welt erschaffen und kümmere mich um alle Lebewesen, die hier sind. Das ist meine Aufgabe. Niemals würde ich zulassen, dass hier ein Unheil geschieht.«

»Du würdest also auch niemanden töten?« Finja schleuderte ihr die Frage entgegen, obwohl sie nicht wirklich Wert auf Amelies Antwort legte. Welche Mörderin würde schon zugeben, dass sie zu so etwas fähig war?

»Natürlich nicht«, erwiderte Amelie entrüstet. »Finja, ich weiß, dass das hier anders aussieht, aber … ich bin nicht deine Feindin.«

»Du hast meine Tochter entführt«, erinnerte Finja sie unerbittlich. Sie hatte das Versteckspiel satt. »Das macht dich ehrlich gesagt schon zu meiner Feindin. Zu meiner größten, um genau zu sein.« Dann seufzte sie. »Amelie, du … bist meine Schwester. Ich glaube dir, dass du nur Gutes im Sinn hattest, aber wie um alles in der Welt hilfst du den Kindern, wenn du sie hier gefangen hältst? Das ist doch … absurd.«

»Setz dich«, flüsterte Amelie und deutete auf den freien Platz neben sich.

Kurz zögerte Finja, dann kam sie der Bitte nach.

»Ich möchte dir wirklich alles erklären«, fuhr Amelie fort. »Es ist nur so, dass … Ich weiß nicht genau, wie. Seit so vielen Jahren versuche ich, mit dir Kontakt aufzunehmen.« Ihr Blick wanderte über Finjas Gesicht, als suchte sie darin nach einem ganz bestimmten Mädchen, das sie einst Schwester genannt hatte. »Ich hab dich vermisst. Du bist meine kleine Schwester. Mein Sonnenschein. Ich habe es gehasst, dass unsere Eltern dich von den Spiegeln fernhielten, damit ich dich nicht mehr sehe. Sie haben mir jede Möglichkeit genommen, mit dir in Kontakt zu treten.« Bitterkeit belegte ihre Stimme. »Und ich ahne auch, warum.«

Dieses Mal hatte Finja nicht den Reflex, ihre Eltern in Schutz zu nehmen. Amelie war Teil der Familie, und im Gegensatz zu Finja erinnerte sie sich an eine Kindheit, in der ihre Eltern vielleicht sogar freundlich gewesen waren.

»Warum haben sie das getan?«, fragte Finja. »Weshalb haben sie uns voneinander ferngehalten?«

»Ich …« Amelies Stimme brach. Sie räusperte sich, setzte erneut an. »Es ist wohl an der Zeit, dass du deine Tochter triffst.«
Ruckartig setzte sich Finja auf. Hoffnung strömte durch ihren Körper, setzte ihn unter Strom. »Wirklich?«
Aber in Amelies Gesicht lag keine Freude. Nur Mitleid.

50

Das wahre Monster

Heute

Amelie führte Finja zurück in das Schloss und durch eine Tür in ein Nebenzimmer. Klein war es und ebenso aus Eis wie der Rest des Schlosses. Auf dem Tisch stand eine Kristallkugel wie jene, die Finja bei Agathe gefunden hatte. Von Hannah war nichts zu sehen.

»Du wirst gleich verstehen«, versprach sie. »Aber ich … möchte, dass du Folgendes weißt: Dich trifft keine Schuld.«

Auf einmal fühlte sich Finjas Mund staubtrocken an. »Woran?«

Wortlos deutete Amelie auf einen der Stühle, und Finja ließ sich nieder.

»Amelie … was soll das? Wo ist Hannah?«

»Du bist vor Kurzem schon einmal in deine Erinnerung gereist, nicht wahr?«

»Ja, mit Agathe. Woher weißt du das?«

»Ich spüre die Reste der Magie an dir«, erwiderte Amelie schlicht. »Was hast du dort gesehen?«

Finja zögerte. »Dich. Mich. Uns … Ich war auf dem Dachboden meiner … unserer Eltern. Und ich glaube, du hast gezaubert.«

»Unsere Mutter hat uns als Kinder nicht von der Magie ferngehal-

ten«, bestätigte Amelie. »Sie hat uns als Hexen erzogen. Ich schätze, dass sie nach meinem … Weggang keine Magie mehr gelehrt hat?«
»Wie gesagt: Sie hat mich alles vergessen lassen. Dich und die Magie.« Finja schluckte. »Sicher wollte sie mich beschützen.«
Seit sie selbst Mutter war, verstand Finja viel besser, warum Maileen manche Dinge getan hatte. Nur weil man ein Kind bekam, wurde man nicht zu einem perfekten Menschen. Ängste und Zweifel waren noch genauso vorhanden, wenn nicht sogar stärker. Das eigene Kind zu beschützen, hatte für Finja immer oberste Priorität gehabt, und wenn sie geglaubt hätte, dass irgendeine Erinnerung Hannah schadete und sie eine Hexe gewesen wäre, hätte sie, ohne mit der Wimper zu zucken, dafür gesorgt, dass sie diese vergaß.
»Sicher wollte sie das«, wiederholte Amelie trocken. »Aber ich möchte ehrlich gesagt nicht mit dir über die Motive unserer Mutter reden. Nicht jetzt, da du noch nicht die ganze Wahrheit kennst.«
»Dann sag sie mir endlich.« Finjas Geduldsfaden riss. »Seit ich hier im Schloss angekommen bin, erzählst du mir eine Halbwahrheit nach der anderen. Warum? Macht dir das Spaß? Oder hast du einfach nur verlernt, wie man mit anderen Menschen kommuniziert?« Wütend schlug Finja mit einer Hand auf den Tisch. »Ich sage es ein letztes Mal: Gib mir meine Tochter zurück.«
»Oder was?«, erwiderte Amelie ungerührt. Die Frostigkeit in ihrem Blick gefror Finjas Wut und verwandelte sie in Angst. »Du hast keine Macht hier.« Dann wurde ihr Blick milder. »Aber ich will dir wirklich nichts tun. Ich … werde dir etwas zeigen, und danach wirst du sicher einen Moment brauchen. Vielleicht Tage. Wochen. Aber ich verspreche dir: Hannah ist in Sicherheit. Ich kümmere mich gut um sie. Sie fragt oft nach dir, aber sie ist glücklich.«
Allein die Erwähnung ihrer Tochter trieb Finja Tränen in die Augen. »Sie ist wirklich hier?«
»Du wirst sie bald sehen.« Amelie griff nach ihren Händen, drückte sie sanft auf die Kugel. »Es tut mir leid, dass du das jetzt erleben wirst, Finja.« Sie klang so ehrlich.
Finja schluckte. »Danach darf ich zu Hannah?«
»Wenn du dich bereit fühlst, ja«, versprach Amelie.

»Dann werde ich alles durchstehen.«
Amelies Blick sagte Finja, dass ihre Schwester daran zweifelte.
»In Ordnung. Schließ die Augen.«
Finja tat wie ihr geheißen. Dunkelheit. Dann Licht. Ihr Flur. Zu Hause, im oberen Stockwerk, direkt vor Hannahs Zimmer.
»Nachos? Bin dabei!« Elisas Stimme kam aus dem Erdgeschoss.
»Extra Käse?«
Es dauerte einen Augenblick, bis Finja verstand, dass es ihre Stimme war, die sie dort hörte. Finja hatte ihre Stimme schon immer gehasst und deshalb peinlich genau darauf geachtet, keine Sprachaufnahmen zu verschicken oder auf Videos den Mund aufzumachen. Die wenigen Gelegenheiten, bei denen sich das nicht vermeiden ließ, hatten sich ihr negativ ins Gedächtnis eingebrannt. Ein Geburtstagsgruß an Mika, bevor sie zusammengekommen waren. Eine wütende Nachricht an ihre Mutter. Ihr Anrufbeantworter.
»Was zur …?«, murmelte Finja. Jetzt, da sie selbst sprach, klang sie wieder vertraut und normal.
»Käse macht alles besser!«, erwiderte Elisa unten und lachte.
»Käse kann die Welt retten!«, rief die andere Finja und stimmte in das Lachen mit ein.
Irgendwie kam Finja dieses Geplänkel bekannt vor. Nicht nur weil sie schon oft mit Elisa Filmabende gemacht und dabei Nachos mit Käse gegessen hatte. Tonlage, Zeitabstände. Der Fluch, den die andere Finja ausstieß.
Finja erinnerte sich noch genau daran, wie sie damals die Käsetüte hatte fallen lassen und sich der gesamte Inhalt über dem Küchenboden verteilt hatte. Wie Amelie versprochen hatte, war Finja in eine Erinnerung gefallen.
Der Filmabend mit Elisa erschien ihr mittlerweile wie aus einem anderen Leben. Es war der erste Abend gewesen, an dem Max im Haus, aber nicht bei ihr gewesen war. Er hatte angeboten, sich um Hannah zu kümmern, damit die beiden Freundinnen einen ruhigen Abend hatten, den Elisa laut eigener Aussage enorm dringend benötigte.
Zunächst hatte Finja gezögert, immerhin war es sonst immer Mika gewesen, der sich im Obergeschoss mit Hannah zurückgezogen hatte,

aber nach einigem Nachdenken hatte sie nachgegeben, denn Max hatte deutlich gesagt, dass er sich von ihr ausgeschlossen fühlte. Er wollte Teil ihres Alltags werden, hatte er gesagt, und dabei so traurig dreingeschaut, dass Finja mit einem mulmigen Schuldgefühl zugestimmt hatte. Aber während sich ihre Erinnerung komplett im Erdgeschoss abspielte, war sie jetzt hier oben. Bei Hannah. In diesem Moment tapste ihre kleine Tochter vom Badezimmer in ihr Kinderzimmer.
»Bist du fertig?«, rief Max aus dem Schlafzimmer und tauchte an der Tür auf. Er bemerkte Finja nicht, natürlich nicht, immerhin war das hier nur eine Erinnerung und sie kein Teil davon. Die echte Finja war unten und verbrachte einen lustigen, wenn auch etwas anstrengenden Abend mit ihrer besten Freundin.
»Ich gehe jetzt schlafen«, erklärte Hannah.
»Bekomme ich keinen Gutenachtkuss?« Max ging in die Hocke und breitete die Hände nach der Kleinen aus.
Unsicher sah Hannah zu ihm, drückte ihr Kuscheltier eng an sich.
Am liebsten wollte Finja dazwischentreten und erklären, dass Hannah überhaupt niemandem einen Kuss schuldig war. Sie zwang Hannah ja nicht einmal, ihre eigene Mutter zu umarmen, wenn sie nicht wollte. Finja war es immer wichtig gewesen, dass ihre Tochter das Gefühl hatte, eigene Grenzen abstecken zu können.
Etwas, das Finja in ihrer Kindheit schmerzlich vermisst hatte. Zu oft hatte sie merkwürdig riechenden alten Menschen einen Kuss auf die Wange drücken müssen, weil sie Finja ja *ach so süß* fanden.
»Komm schon«, sagte Max. »Nur einen ganz kleinen, ja? Das würde Mami sicher freuen.«
Fassungslos starrte Finja ihn an.
»Mit welchem Recht …?« Sie stürmte auf ihn zu, aber Max reagierte nicht. Wie auch, wo das alles hier doch schon geschehen war. Am liebsten hätte sie Max zur Rede gestellt, gleich hier, aber damals war sie mit Elisa unten gewesen und hatte nichts bemerkt.
Elisa und Vergangenheits-Finja lachten laut über irgendeinen Scherz, den Elisa gerissen hatte.
»Aber …« Hannah drückte das Kuscheltier noch enger an sich. »Ich möchte nicht.«

»Hast du mich denn gar nicht gern?«, fragte Max und zog einen Schmollmund. »Nicht mal ein bisschen?«
»Mama hat dich gern«, sagte Hannah und vergrub ihr Gesicht halb im Kuscheltier, sodass ihre nächsten Worte gedämpft klangen. »Ich find dich nicht mehr ganz so doof.«
»Und wenn deine Mama mich gernhat, solltest du das auch«, erwiderte Max und ging in der Hocke auf Hannah zu. »Sonst ist sie traurig.«
Finja schrie. Die Art, wie Max ihre Tochter manipulierte, brachte ihr Blut zum Kochen. »Du Arschloch!«
Ein Teil von ihr war froh, dass sie in einer Erinnerung und damit für Hannah unsichtbar war, denn sie wollte unter keinen Umständen, dass ihre Tochter sah, wie sie dermaßen die Fassung verlor. Aber der größere Teil von ihr wollte Max zur Rede stellen. Sofort.
»Bring mich zurück!«, rief sie zu Amelie. »Ich werde diesem …«
Sie verstummte, als Max sich erhob und auf Hannah zutrat. Sein Körper glitt durch ihren hindurch wie durch Nebel. Vor dem Kind ging er wieder in die Hocke und drückte ihr einen Kuss auf die Wange.
Hannah zuckte zusammen und starrte Max entgeistert an.
»War das schlimm?«, fragte er.
Hannahs Augen waren weit aufgerissen, sie sagte keinen Ton. Ihre Finger bohrten sich tiefer in den Plüsch.
Max küsste sie auf die andere Wange. »Siehst du? Das tut doch gar nicht weh.«
Wie erstarrt stand Finja in der Mitte des Flurs. Elisa erzählte unten lautstark von der letzten Folge ihrer neuen Lieblingsserie. »… und dann hat sich herausgestellt, dass sie gar nicht die Mörderin war, sondern ihre Mutter!«
»Komm, ich bring dich ins Bett«, sagte Max und hielt Hannah eine Hand hin.
Finja wollte sie wegschlagen, aber sie glitt durch seinen Körper wie durch Luft.
»Das kann ich schon allein.« Hannah wich ein Stück zurück und tapste Richtung Kinderzimmer. »Gute Nacht.«
Unbeirrt lief Max ihr hinterher. Finja konnte nicht anders, als es ihm

gleichzutun. Gemeinsam betraten sie das kleine Zimmer, in dem ein Nachtlicht brannte. Hannah schlupfte unter die Bettdecke.
»Lass mich das machen«, bot Max an und griff nach der Decke.
»Nein«, sagte Hannah und klammerte sich daran fest.
»Komm schon. Mami macht das auch immer, oder?«
Zögerlich ließ Hannah die Decke los, und Max schlug sie in hohem Bogen auf. Der heftige Windstoß zerzauste Hannahs Haare und entlockte ihr ein leises Lachen.
»Das magst du?«, fragte Max und wiederholte das Aufschütteln. Hannah kicherte.
»Noch mal!«, rief sie.
Max kam der Bitte nach. Dann setzte er sich auf das Bett und strich die Decke glatt. Hannah zog sie sich bis zum Kinn und lächelte.
»Ich mag deine Mami sehr gern«, erklärte Max. »Das weißt du, oder?«
Zögerlich nickte Hannah.
»Und dich mag ich auch sehr gern«, fuhr er fort, woraufhin Hannah die Stirn runzelte. »Glaubst du mir das nicht?«
Das Kind kuschelte sich tiefer ins Bett. Von unten drangen Elisas und Finjas Stimmen nach oben, aber die Kinderzimmertür war angelehnt, und die Worte waren nicht mehr als ein undeutliches Murmeln. Durch den Türspalt fiel das Licht des Flurs und mischte sich mit dem Orange des Nachtlichts.
»Hannah?«, hakte Max nach und strich ihr sanft eine Strähne aus dem Gesicht. »Wieso glaubst du mir nicht, dass ich dich mag? Zeige ich es dir nicht genug?« Er beugte sich nach vorne, küsste sie auf die Stirn. »Ich weiß, dass du neulich Morgen gesehen hast, was Mama und ich getan haben.«
Wie angewurzelt stand Finja da. Sie erinnerte sich an den Morgen, an dem Max neben ihr aufgewacht war. An den wunderschönen Morgen im Sommersonnenlicht, an dem sie sich geliebt hatten. Und sie erinnerte sich an den Moment, als sie glaubte, die Tür gehört zu haben, und Max sagte, es wäre nichts gewesen, nur ein Windzug.
»Das ist Liebe«, erklärte Max weiter. »Glaubst du mir, dass ich dich

lieb habe, wenn ich …« Er zog die Bettdecke zurück. Strich über Hannahs Arme, in denen sie das Kuscheltier hielt.
Finja stand einfach da. Es war, als wäre sie nicht wirklich in diesem Raum. Ein Albtraum, so schrecklich, dass er nicht wahr sein konnte. Hannah weinte. Max stöhnte. Und von unten drang Finjas Lachen herauf.
Ein helles Licht holte sie in den Eispalast zurück.
»Ich …« Finja verlor die Worte. Wie erstarrt saß sie auf dem Stuhl aus Eis und wünschte sich, eine Statue zu sein. »Das ist nicht wirklich passiert, oder?«
Amelie musterte sie ruhig. »Das waren Hannahs Erinnerungen.«
»Nein.« Ihr Magen rebellierte, und Finja übergab sich. Tränen liefen ihr heiß über das Gesicht, und ihr ganzer Körper zitterte. Wie hatte sie das übersehen können? »Das kann nicht …«
Amelies Hand legte sich sanft auf Finjas Unterarm. Die Berührung drehte Finja erneut den Magen um, und sie erbrach auch den Rest ihres spärlichen Essens auf den glatt polierten Boden. Der saure Geruch stieß Finja zurück. Sie stand auf, stolperte, fiel gegen die Wand des kleinen Raums. Kühl drückte er sich gegen ihren Rücken und ihren Nacken.
»Es tut mir leid«, flüsterte Amelie und kam ihr nach. Ihr mitleidiger Blick verstärkte Finjas Panik.
»Hannah.« Finja schluckte. »Wo ist sie? Ich muss zu ihr, ich …«
Ihre Gedanken überschlugen sich, rasten. Hannah, die nicht bei Max bleiben wollte. Finja, die sie anflehte, ihm eine Chance zu geben. Hannah, die ins Bett machte. Finja, die glaubte, dass ihre Tochter einfach nur Mika vermisste.
Das alles war Finjas Schuld, sie wusste es. Max' Stöhnen vermischte sich mit Finjas Lachen und Hannahs Tränen.
»Sie will mich nicht sehen, oder?«, fragte Finja. »Natürlich. Sie ist wütend, weil ich sie nicht beschützt habe. Ich … Sie …« Finjas Hände wanderten durch die Luft, als könnten sie dort nach einer Antwort greifen.
»Durchatmen«, murmelte Amelie eindringlich. »Ich weiß, dass es schwer ist, aber …«

»Scheiße!« Finja spuckte den Fluch aus wie schlechtes Essen. »Gar nichts weißt du. Wieso hast du mir das gezeigt? Wieso hast du …?« Ihre Vorwürfe verhallten. Ohne Amelie hätte sie vielleicht nie davon erfahren. Wäre das besser gewesen?

Sie schämte sich dafür, dass sie es sich fast wünschte.

Doch noch größer waren die Schuldgefühle, weil sie nichts bemerkt hatte, obwohl die Anzeichen doch so offensichtlich waren.

»Weil du es wissen solltest«, erklärte Amelie ruhig. »Und weil ich sehen musste, ob du wirklich keine Ahnung hattest.«

»Was …?« Die Ungeheuerlichkeit der mitschwingenden Unterstellung traf Finja hart. »Natürlich hatte ich keine Ahnung! Denkst du, dieser Mann hätte auch nur einmal meine Türschwelle übertreten, wenn ich …? Die Polizei. Ich muss die Polizei anrufen!« Ihre Finger wanderten in ihre Hosentasche, als könnte sie dort ihr Handy finden.

»Es tut mir leid, dass du das mit ansehen musstest.« Amelie griff nach ihren Händen, hielt sie fest. »Das war … unnötig brutal von mir. Nahezu unbedacht. Entschuldige.«

»*Unbedacht*?«, echote Finja und lachte schrill. »Du hast wirklich komplett den Bezug zur Menschlichkeit verloren, oder? Während du hier in deinem Eisschloss saßt, hast du komplett verlernt, was Empathie bedeutet. Wie kannst du einer Mutter nur … Ich fasse es nicht.« Finja riss sich frei, wollte weglaufen, aber ihre Beine versagten ihr den Dienst. Nicht dass es einen Zufluchtsort gegeben hätte. Amelie kontrollierte diese Welt. Jeden Winkel. Und ohne ihre Hilfe würden weder Finja noch Hannah jemals hier rauskommen. Dieser Gedanke brachte Finja dazu, tief durchzuatmen. Sie musste Amelie auf ihrer Seite wissen.

Drei Dinge, die sie hörte: ihren eigenen Atem. Amelies Atem. Stille.

Finja atmete tief ein. Aus. »Du hast es nur gut gemeint«, sagte sie schließlich. »Aber … du hättest es mir auch einfach erzählen können, weißt du?«

»Und hättest du mir geglaubt?«, konterte Amelie und schlug die Augen nieder.

Finja zögerte. »Wahrscheinlich nicht«, gab sie zu. »Ich habe Max zwar vorher schon für ein Arschloch gehalten, aber … das … das ist

etwas ganz anderes als die manipulativen Spiele, auf die ich hereingefallen bin. Das hier … Ich …« Sie schüttelte den Kopf, um die Bilder zu vertreiben, aber sie hatten sich zu fest eingebrannt. Hannahs Finger, die sich am Stofftier festkrallten. Max' glücklicher Gesichtsausdruck. »Das hätte ich ihm niemals zugetraut.«
»Wem traut man so etwas schon zu?« Amelies Hände zitterten ebenso wie Finjas. »Und du hast Max geliebt, nicht wahr?«
»Ich habe es jedenfalls lange geglaubt«, wich Finja aus. Nach diesen Bildern wollte sie niemals wieder davon sprechen, dass sie Max gegenüber ehrliche Gefühle gehegt hatte. Dass er der erste Mann gewesen war, mit dem sie seit Mika das Bett und das Leben geteilt hatte.
Finja kratzte sich über die Haut. Sie wollte Max tot sehen. Ihm sein glückseliges Lächeln aus dem Gesicht brennen. Mit Feuer und Messern und Hass.
»Willst du duschen?«, fragte Amelie, als könnte sie spüren, wie schmutzig sich ihre Schwester fühlte.
Als Finja überrascht aufblickte, senkte Amelie den Kopf. »Ich kenne dieses Gefühl. Dafür muss man keine Magie beherrschen.«
Mehr sagte sie nicht dazu, und Finja hatte nicht die Kraft, nachzufragen. Ihre Welt lag in Trümmern. Max hatte ihre Tochter missbraucht. Ihre kleine, unschuldige Hannah. Was auch immer Finja tat, sie würde es niemals wiedergutmachen können.
»Ich will zu meiner Tochter«, erklärte Finja. »Das ist alles, was ich gerade möchte. Sie im Arm halten und mich entschuldigen und …« Sie verstummte.
»Hannah geht es gut.« Amelie strich ihr über den Arm. »Versprochen. Sie erinnert sich an nichts mehr davon.«
Da horchte Finja auf. »Wie meinst du das?«
Amelie seufzte, senkte den Blick, atmete tief durch. Dann reckte sie das Kinn in die Höhe und sah Finja fest in die Augen. »Ich habe sie verzaubert.« Sie tippte mit dem Zeigefinger an ihr rechtes Auge. »Sie vergessen lassen.«
»Du hast …?«
»Ich habe ihnen einen Eissplitter ins Auge gesetzt«, erklärte Amelie

mit bemüht ruhiger Stimme. »Ähnlich dem, den du in dir trägst. Damit sie vergessen, was ihnen angetan wurde.«
Finjas Gedanken rasten. Hannah erinnerte sich nicht mehr. Eine Mischung aus Erleichterung und Panik rauschte durch ihren Körper. »Was hat sie alles vergessen?«
»Hannah?« Amelie hielt kurz inne, und diese Stille erschien Finja wie eine Ewigkeit. Sie sahen einander an, die Schwester, die vergessen hatte, und jene, die andere vergessen ließ. »Nur Max. Alles von ihm.«
»Das ist gut, oder?«, fragte Finja, und ihre Finger zitterten.
»Ju habe ich ihre ganze Familie vergessen lassen«, erklärte Amelie. »Du hast erlebt, was das mit ihr gemacht hat. Ich weiß grade nicht, ob meine Taten wirklich gut waren.«
Darauf wusste Finja keine Antwort, zu durcheinander war sie von all den Dingen, die sie erfahren hatte.
Amelie legte ihr eine Hand auf die Schulter. »Du solltest dir jetzt etwas Zeit für dich nehmen, um das alles zu verarbeiten …«
»Nein.« Es irritierte Finja, dass Amelie überhaupt so etwas vorschlug. »Ich muss sie sehen.«
»Ich glaube, dass deine derzeitige Verfassung sie zu sehr aufwühlen würde«, sagte Amelie und vermied Blickkontakt. »Und ich habe ihr versprochen, dass ich auf sie aufpasse.«
»Es ist *meine* Tochter.« Finja schlug mit der flachen Hand gegen die Eiswand. »Du entscheidest nicht, was das Beste für sie ist.«
»Sie ist meine Nichte«, erwiderte Amelie kühl und wich einen Schritt von Finja zurück.
»Was muss ich tun, damit du mich zu ihr lässt?« Finja verabscheute, wie verzweifelt und erbärmlich sie klang. Andererseits spiegelte ihre Tonlage ziemlich genau ihre Verfassung wider.
»Ich bringe dich in ein Zimmer, in dem du dich duschen und deine Gedanken sortieren kannst«, erklärte Amelie. »Und ich werde für dich da sein, wenn du reden möchtest. Sobald es dir etwas besser geht, werde ich Hannah zu dir bringen. In Ordnung?«
»Habe ich denn eine Wahl?«
Amelies Lächeln war so kalt wie ihr Palast. »Eigentlich nicht.«

51

Das Monster hinter den Spiegeln

Heute

Nach einer angenehm warmen Dusche saß Finja in einem Meer aus Fellen auf einem Bett aus Eis. Ihr Herz klopfte wie wild, aber das heiße Wasser hatte ihre Muskeln etwas gelockert.

Vor ihr stand ein Teller mit frischem Obst, das Finja nicht anrührte. Ihr war noch immer übel, und sie wünschte, sie könnte sich die Erinnerungen aus dem Gehirn kratzen.

Ihre Fingernägel schabten über ihre Kopfhaut, während sie sich die Haare raufte und leicht vor und zurück wiegte. Amelie saß in einer Zimmerecke auf einem Stuhl, bewegungslos wie ein Gemälde und mit ebenso gleichgültigem Gesichtsausdruck.

»Dieses Arschloch«, stieß Finja aus. Es folgten eine Reihe weitaus schlimmerer Schimpfwörter, und sie schlug gegen die Felle. Schließlich atmete sie tief durch. »Ich will ihn leiden sehen.« Hilfe suchend sah sie Amelie an.

Ihre Schwester legte den Kopf schief. »Du willst Rache?«

»Natürlich!« Finja sprang auf, obwohl ihr ganzer Körper zitterte. Sie ballte die Hände zu Fäusten. »Er … Ich fasse es einfach nicht.« Es gab auf der ganzen Welt nicht genug Worte, um ihre Wut auszudrücken.

»Ich verstehe«, erwiderte Amelie. »Du bist eine Hexe. Dir stehen viele Möglichkeiten offen. Wie willst du es tun?«
In Finjas Kopf tobten Rachefantasien. Max an einen Stuhl gefesselt. Ein Messer an seiner Kehle. Ein heißes Eisen zwischen seinen Beinen. Nägel in seinen Händen.
»Ich weiß nicht«, sagte sie schließlich und sank zurück aufs Bett. »Hilfst du mir?«
»Wenn es das ist, was du willst«, erwiderte Amelie, »helfe ich dir natürlich. Du bist meine Schwester.« Ihre Schultern sanken ein Stück nach unten. »Ich liebe dich.« Sie holte tief Luft. »Es tut mir leid, dass ich Hannah nicht rechtzeitig gerettet habe. Es ist alles meine Schuld.«
»Was?« Amelies hilfloser Gesichtsausdruck brachte Finja zum Lachen. Wie absurd es war, dass sich ihre Schwester, deren Existenz sie vergessen hatte, dafür verantwortlich fühlte, was Hannah geschehen war. »Ich bin Hannahs Mutter. Es ist meine Schuld. Ich hätte es bemerken müssen. Ich …«
»Still.« Amelie erhob sich und reckte einen Zeigefinger in die Höhe.
»Bitte?«, erwiderte Finja leicht empört.
»Ruhig«, wiederholte Amelie eindringlich. »Jemand hat die Spiegelwelt betreten.« Ihr Gesicht wurde bleich. »Sie sind auf dem Weg hierher.«
»Was?« Finja eilte zum Fenster. Bäume, Schnee, ein heller Himmel. Dunkle Silhouetten, die sich den schmalen Pfad entlangbewegten.
»Ich habe sie zu spät bemerkt«, flüsterte Amelie und trat neben Finja. »Weil ich zu beschäftigt war. Ich … muss sie aufhalten, bevor sie hierherkommen. Es sind Hexen, und sie sind gekommen, um mich zu töten.«
Finja kniff die Augen zusammen. Konnte das sein? »Tu ihnen nichts.« Finja griff nach Amelies Kleid und hielt sie fest. »Das sind meine Freundinnen.«
Amelies Augen weiteten sich. »Hast du sie hierhergeführt?«
»Nein«, erwiderte Finja heftig. Dann schluckte sie. »Nicht dass ich wüsste. Ich … Wir wollten eigentlich gemeinsam hierherkommen, um Agathe und Hannah zu retten. Sie sagten, ich wäre ihr Schlüssel, und ich dachte, dass sie ohne mich nicht kommen würden.«

»Offensichtlich haben sie einen Weg gefunden.« Amelie klang verbittert. »Ich kann keine Gnade walten lassen. Diese Hexen wollen meinen Tod.«

»Lass mich mit ihnen reden«, bat Finja und hob beschwichtigend die Hände.

»Und dann?«

»Wenn ich sie dazu bringe, dich nicht anzugreifen, lässt du sie dann leben?«

Amelie musterte Finja eindringlich. »Ich habe keinen Grund, irgendjemanden zu töten. Es wundert mich, dass du mir das überhaupt zutraust. Ich wollte sie lediglich einsperren.«

»In einen Kerker aus Eis?«, fragte Finja zynisch, aber als Amelie die Lippen zusammenpresste, erkannte sie, dass sie ins Schwarze getroffen hatte. »Das kann nicht dein Ernst sein. Wie viele Menschen hast du eingesperrt?«

»In diese Welt schaffen es nicht viele«, entgegnete Amelie ungerührt. Dann seufzte sie. »Wenn du es schaffst, sie von ihren Mordgelüsten abzubringen, lasse ich sie gehen. Ich schicke sie und Agathe zurück in ihre Welt. Unversehrt und lebendig.« Die letzten Worte fügte sie eine Spur zu schnell hinzu. »Versprochen.«

Eigentlich wollte Finja sich nur in ihrem Bett verkriechen, Hannah an sich drücken und ihrer Tochter versprechen, dass sie nie wieder so etwas zulassen würde. Stattdessen lief Finja die Stufen des Eisschlosses hinab und eilte auf die vier Hexen zu. Caro lief voran, sie war in einen hellen Mantel gehüllt. Dicht hinter ihr ging Yen, auf ihrem dunklen Haar saß eine ebenso dunkle Fellmütze. Zoe schritt in einem dunklen Mantel durch den Schnee, während Veronika mit einer sonnengelben Strickmütze das Schlusslicht bildete.

»Finja!« Yen erkannte sie als Erste und strebte auf sie zu. Aus ihrem Gesicht sprach Erleichterung. Sie nahm Finja in die Arme. »Du lebst!«

»Es ist so viel passiert«, flüsterte Finja, aber sie hatten keine Zeit, um alles zu erzählen. Sie war Hannah so nah.

»Wir dachten, du wärst abgehauen«, erklärte Zoe, wobei Veronika beschämt zu Boden sah und Yen ziemlich deutlich ein »Also ich nicht« murmelte.

»Es hat lange gedauert, bis wir ohne dich einen Zugang gefunden haben«, fuhr Zoe unbeeindruckt fort. »Aber jetzt sind wir hier. Wir sind gekommen, um euch alle zu retten.« Sie hielt das Messer etwas höher, das helle Licht ließ die Schneide leuchten wie Eis. »Und wir werden dafür sorgen, dass dieses Monster keine weiteren unschuldigen Kinder mehr entführt.«

»So ist das alles nicht«, erklärte Finja und deutete auf das Schloss. »Amelie ist … Sie rettet Kinder.« Finja erstarrte, als der Gedanke sie mit voller Wucht traf. Die Kinder in der Hütte. Frederik. Gerry. Ju. Amelie sagte, dass sie Hannah hierhergebracht hatte, um sie zu retten. Jetzt war Finja sich sicher, dass auch die anderen Kinder deshalb hier waren. Es ergab alles Sinn. Das Gespräch mit Ju, in dem sie erklärte, niemals zurückzuwollen. Ihre ängstlichen Blicke. Hannah war nicht das einzige Kind, dem etwas angetan worden war.

»Sie hat dich verhext«, knurrte Zoe.

»Nein!« Finja schüttelte heftig den Kopf. Tränen liefen über ihre Wangen. Der Schmerz darüber, dass auch diese anderen Kinder etwas so Schreckliches durchlitten hatten, schnürte ihr den Brustkorb ab.

»Du bist ihre Schwester und hältst deswegen zu ihr«, fuhr Zoe unbarmherzig fort. »Deinem Urteil ist nicht zu trauen.«

»Ich erinnere mich nicht einmal an unsere gemeinsame Vergangenheit!« Finja legte all ihre Verzweiflung in die Stimme. »Bitte. Amelie ist nicht das wahre Monster. Ich … habe Dinge herausgefunden. Üble Dinge.« Sie schluckte. Es war zu früh, um über Max zu sprechen. Wenn sie erzählte, was den anderen Kindern zugestoßen war, würden die Hexen schlussfolgern, dass Hannah ebenfalls missbraucht worden war. Sie würden erkennen, was für eine schlechte Mutter Finja war. Und sie würden sie fallen lassen. Wäre Finja an ihrer Stelle, würde sie dasselbe tun.

»Sie hat dir also Lügen erzählt«, flüsterte Caro. Strenge lag in ihren kantigen Zügen.

»Sie hat mir die Vergangenheit gezeigt«, erwiderte Finja.

»Eine Illusion, die sie ebenso hätte manipulieren können.« Zoe schüttelte den Kopf und schnalzte missbilligend mit der Zunge.

Finja hielt inne. Es stimmte. Die Andere hatte eine ganze Stadt für sie erschaffen. Weshalb sollte Amelie weniger mächtig sein? Aber welchen Grund gab es für sie, Finja zu täuschen?
Bittere Galle stieg in ihr auf. Nur weil ihr kein Grund einfiel, hieß es nicht, dass es keinen gab.
Wenn diese Erinnerung mit Max gefälscht gewesen war, dann … Finja fröstelte. Dann würde sie Zoe das Messer aus der Hand reißen und es eigenhändig in Amelies Herz rammen. Doch dafür brauchte sie zunächst Hannah. Ihre Tochter war die Einzige, der sie glauben würde.
»Sie gibt mir meine Tochter nur, wenn ihr geht«, erklärte Finja.
»Falls sie die Wahrheit sagt.« Zoe verschränkte die Arme vor der Brust. »Wir können sie auch einfach töten und Hannah dann suchen.«
»Wenn ihr sie angreift, wird sie euch einsperren!« Verzweiflung lag in Finjas Stimme. Sie wollte nicht, dass den Hexen etwas geschah. In einer ausladenden Bewegung deutete Finja auf die Berge um sich herum. »Sie hat all das hier geschaffen. Alles. Amelie kontrolliert diese Welt. Ihr habt keine Chance gegen sie. Nicht die geringste. Eure einzige Möglichkeit ist es, zu kooperieren. Wenn ihr das nicht tut, werdet ihr für immer ihre Gefangenen sein. Aber wenn ihr euren Hass begrabt, wird sie Agathe und euch freilassen.«
»Agathe lebt?« Yen holte tief Luft. »Wirklich?«
»Ja. Ich habe sie getroffen.« Finja nickte eifrig.
»Oder eine Illusion«, fügte Caro hinzu. »Woher weißt du, dass es die echte Agathe gewesen ist? Finja, du kannst Amelie nicht trauen. Auch wenn sie deine Schwester ist, so hat sie dennoch Kinder entführt. Es überrascht mich nicht, dass sie sich irgendeine verdrehte Begründung dafür zurechtgelegt hat. Die wenigsten Menschen, die Böses tun, verstehen, wie sehr sie andere verletzen. Das ist doch das Perfide daran. Sie glauben, auf der richtigen Seite zu stehen. Aber ihr Glaube allein reicht nicht.«
»So ist es nicht«, flüsterte Finja. Sie wünschte, sie hätte den Mut, ihnen die ganze Wahrheit zu sagen. Aber der Teil von ihr, der nicht wahrhaben wollte, dass sie Hannah derartig im Stich gelassen hatte,

glaubte zu gern an die Version, in der Amelie sich alles ausgedacht hatte, um sich selbst in ein gutes Licht zu rücken. »So kann es nicht sein.« Ihre Überzeugung bröckelte.

»Ich werde deine Schwester jetzt dazu bringen, uns alle freizulassen«, erklärte Zoe und stapfte voran.

»Selbst wenn sie sich alles ausgedacht hat«, sagte Finja und eilte ihr hinterher, »bleibt doch die Tatsache, dass sie zu mächtig ist, um sie zu besiegen. Wir müssen mit ihr kooperieren und darauf hoffen, dass sie uns gehen lässt.«

»Wir sind vier Hexen«, erklärte Zoe unbeeindruckt. »Egal, wie mächtig deine Schwester ist – wir sind ein Zirkel. Und wenn Agathe hier ist und wir sie holen, dann …«

»Ihr könnt hier keine Magie wirken«, fiel Finja ihr ins Wort. Es erstaunte sie, dass die Hexen es nicht schon längst selbst herausgefunden hatten. »Was denkt ihr, wieso Agathe noch hier ist? Amelie hat sie nicht in Ketten gelegt. Sie sitzt in einem Haus am Fuße dieses Bergs und sucht seit ihrer Ankunft nach einer Möglichkeit, zu fliehen. Vergebens.«

Caro sog scharf die Luft ein. »Sie hat recht.« Zur Verdeutlichung hob sie die rechte Hand. »Wir haben hier keinen Zugriff. Alles ist wie tot.«

»Fuck.« Zoe fluchte und starrte auf die Hand, in der sie nicht das Messer hielt. »Wir sind in einer Eiswelt und können keine Magie wirken?« Dann hob sie das Messer. »Zum Glück habe ich das hier mitgebracht.«

»Ich wiederhole«, sagte Finja und hielt Zoe fest. »Amelie hat all das hier gebaut. Wenn sie wollte, könnte sie euch mit einer Handbewegung in einen Eiskäfig stecken. Sie hat mir eine Chance gegeben, um euch zu überzeugen.« Sie holte tief Luft. »Nur diese eine.« Dann sah sie den Frauen nacheinander tief in die Augen. »Bitte glaubt mir.«

»Wir waren in dem Moment verloren, als wir durch den Spiegel traten«, murmelte Yen. »Natürlich.« Sie legte eine Hand auf Zoes Schulter. »Finja hat recht. Uns bleibt bloß die Kooperation.«

»Ich hasse das«, stieß Zoe aus.

»Ich auch«, pflichtete Finja ihr bei. »Glaub mir. Seit ich Amelie getroffen habe, habe ich schon vieles erfahren, aber noch immer nicht meine Tochter gesehen.« Ihr war bewusst, dass Amelie dieses Gespräch belauschte. Sie wollte, dass ihre Schwester ihren Frust deutlich spürte. »Aber ich habe keine andere Wahl, als ihr zu vertrauen. Denn nach allem, was ich erlebt habe, glaube ich ihr vielleicht nicht alles, aber eine Sache ist ganz klar: Sie ist mächtig. Sie beherrscht diesen Ort.« Kurz hielt sie inne, dann fügte sie leise hinzu: »Und dann ist da noch etwas … Sie hat mich bisher nicht verletzt. Wenn sie mich tot sehen wollte, wäre ich das schon längst. Sie hätte mich erfrieren lassen können.«

»Oder ihr ist langweilig, und sie spielt mit dir«, gab Veronika zu bedenken. »Meine Katze macht das auch sehr gern.«

Zoe rümpfte die Nase. »Der Vergleich ist seltsam, aber ich muss dir leider zustimmen: Für Amelie könnte das alles ein Spiel sein.«

»Oh, du stimmst mir zu!« Veronika klatschte in die Hände. »Markiert den Tag in eurem Kalender, Ladys!«

»Sehr witzig«, erwiderte Zoe abfällig. »Und enorm unpassend. Denn wenn Amelie wirklich mit Finja gespielt hat, dann … bleibt dennoch bestehen, dass sie sehr mächtig ist.«

»Und uns wahrscheinlich gerade zuhört«, sagte Finja. »Ist es nicht so, Schwesterherz?«

Insgeheim hoffte sie, dass sie sich irrte und Amelie sie nicht hörte. Dass ihre Macht nur ein Bluff gewesen war. Aber direkt vor ihr erhoben sich die Schneeflocken vom Boden, wirbelten umher, strichen sanft durch Finjas Haar.

»Oh.« Caro verlagerte das Gewicht von einem Bein auf das andere. »Sie hat also wirklich Macht. Zugriff auf eine Form der Magie, die wir nicht beherrschen. Das ist bedenklich.«

»Sie weiß, dass wir es wissen«, fügte Zoe hinzu. »Wir leben noch. Also wird sie uns empfangen?«

Als Antwort strebten die Schneeflocken Richtung Schloss, tanzten wie ein Strom weißer Glühwürmchen.

»Das interpretiere ich als Ja«, sagte Caro und bedeutete ihren Zirkelschwestern, ihr zu folgen. »Bleibt wachsam. Ja, Amelie, wir kommen zu dir, aber erwarte nicht, dass ich meine Schwestern unvorbereitet in deine Hände gebe. Wir sind als deine Feindinnen gekommen, und vielleicht müssen wir nicht als solche gehen. Das hängt ganz davon ab, wie unser Treffen läuft. Du magst glauben, die Oberhand zu haben, aber wenn du meinen Schwestern etwas tust, werde ich sie rächen. Es ist meine Aufgabe, sie zu beschützen. Außerdem wirst du uns Agathe zurückgeben.«

»Wir sind möglicherweise nicht in der Lage, Bedingungen zu stellen«, murmelte Yen.

»Ich tue es trotzdem«, erklärte Caro unbeeindruckt. »Immerhin sind wir vier …« Sie sah kurz zu Finja. »Fünf Hexen, die ein gemeinsames Ziel haben. Egal, wie mächtig sie in dieser Welt sein mag: Ich glaube, dass Amelie unsere Macht nicht unterschätzt.«

Gemeinsam setzten sie sich in Bewegung, Finja in der Mitte. Mit diesen Frauen an ihrer Seite glaubte Finja wahrlich daran, dass sie bald Hannah in den Armen halten würde. Caros Zuversicht gab ihr Mut.

Als sie am Schloss ankamen, stand die Tür bereits offen, und Amelie erwartete sie auf der Treppenempore mit ausgebreiteten Armen.

»Hexenschwestern.« Ihr Lächeln war zu warm für das Eis, das sie umgab. »Ich danke euch, dass ihr eure Vorurteile ablegt, um mir eine Chance zu geben.« Ihr Blick verhakte sich mit Finjas. »Danke, Schwester, dass du das möglich gemacht hast.« Sie legte leicht den Kopf schief. »Auch wenn du unzufrieden mit mir bist, wie ich gerade hörte.« Sie seufzte. »Und ich verstehe deinen Frust. Aber du kennst auch den Grund für meine Vorsicht und …« Sie hielt inne, als Finja zusammenzuckte. Ein wissendes Lächeln stahl sich auf ihre Züge. »Aber gut, mit solchen Familienangelegenheiten möchte ich euch nicht belästigen. Das ist eine Sache zwischen Finja und mir.«

Zoe schnaubte. »Geheimnisse sind die Ursache allen Übels. Es wäre besser, wenn du ehrlich zu uns bist.«

»Es ist kein Geheimnis«, erwiderte Amelie kühl, »sondern eine Familienangelegenheit. Auch wenn wir Schwestern in der Magie sind, so sind wir es nicht im Blut.« Sie wischte die schlechte Laune aus der Luft und setzte wieder ein Lächeln auf. »Also … Darf ich euch ein wenig herumführen, bevor ich euch mit Agathe zurück in eure Welt schicke?«

»Einfach so?« Caro hob das Kinn. »Du willst uns gehen lassen? Ohne Bedingungen?«
»Ihr seid als Feindinnen gekommen und verlasst mich als Schwestern«, erklärte Amelie. »Das ist alles, was ich mir wünsche. Lasst mich euch zeigen, dass ihr nichts vor mir zu befürchten habt. Ich lasse Agathe herbringen und zeige euch in dieser Zeit mein Schloss.« Sie zwinkerte. »Damit ihr die Geschichte der Eiskönigin euren Kindern erzählen könnt. Die *wahre* Geschichte, meine ich.«
»Klingt vernünftig«, meinte Veronika und trat bereits einen Schritt auf Amelie zu.
Zoe streckte den Arm aus und hielt sie auf. »Klingt nach einer Falle«, stieß sie zwischen zusammengebissenen Zähnen hervor.
»Ich würde euch ja mein Wort geben, dass euch nichts geschieht«, sagte Amelie. »Aber ich fürchte, mein Wort ist euch nichts wert.«
»Da hast du recht«, entgegnete Zoe, woraufhin sie von Caro einen warnenden Blick kassierte.
»Entschuldige meine Schwester«, schaltete Caro sich ein. »Sie … ist etwas aufgeregt. Wegen Agathe. Ihr geht es doch gut, nicht wahr?«
»Sie ist wohlauf.« Amelie nickte. »Finja kann das bezeugen. Soweit ich weiß, hat sie bereits mit ihr gesprochen.«
»Wenn es denn die echte Agathe war«, warf Zoe ein.
»Da bin ich mir sicher«, log Finja. Sie hatte zwar die falsche Hannah erkannt, aber zu Agathe hatte sie einen ganz anderen Bezug und wusste nicht mit Sicherheit, ob sie eine Täuschung wirklich bemerken würde. Andererseits gab es für Amelie keinen Grund, eine falsche Agathe auf dem Weg zu ihrem Schloss zu platzieren … Oder?
»Ich verstehe, wenn ihr mir nicht vertraut«, merkte Amelie an. »Aber Finja vertraut ihr doch, oder?«
»Wir kennen sie ebenfalls kaum«, sagte Zoe nur. »Wir wollten mit ihr hierherreisen, weil sie der Schlüssel in diese Welt gewesen wäre. Sie ist kein Teil unseres Zirkels.«
Das offen ausgesprochene Misstrauen traf Finja tief. Sie biss sich auf die Unterlippe.
»Außerdem«, bohrte Zoe unbarmherzig nach, »hat sie uns verraten, indem sie einfach ohne uns losgezogen ist.«

»Das war keine Absicht«, erinnerte Finja sie. Die Worte kamen brüchig über ihre Lippen.
»Wie dem auch sei«, schaltete Caro sich wieder ein. »Wir sehen uns gern dein Schloss an, wenn du dir das wünschst. Aber nur weil ich es nicht wage, dir einen Wunsch auszuschlagen.«
»Deine Ehrlichkeit ist erfrischend«, erwiderte Amelie. »Aber ihr habt natürlich die Möglichkeit, auf Agathe zu warten. Es wird allerdings eine Weile dauern, bis sie hier ist. Der Weg ist doch recht weit, selbst mit Kutsche. Falls sie sich traut, einzusteigen.«
»Wahrscheinlich nicht«, mutmaßte Yen und lachte trocken. »Vielleicht geht es schneller, wenn wir zu ihr fahren und sie abholen.«
»Der einzige Ausgang aus dieser Welt liegt hier im Schloss«, erklärte Amelie. »Und zu meiner großen Freude hat Agathe ihr Haus bereits verlassen und ist auf dem Weg.«
»Lasst uns das Schloss ansehen«, sagte Veronika und stieg auf die erste Stufe. »Ich finde, wir sollten Amelies Arbeit würdigen. Wenn wir schon einmal hier sind …« Sie lief die Treppe nach oben. »Wie oft bekommt man schon die Gelegenheit, das Eisschloss in der Spiegelwelt zu besichtigen?«
»Hast du denn keine Angst?«, fragte Amelie sichtlich überrascht.
»Ein wenig«, gab Veronika zu. »Falls du uns durch das Schloss führen willst, um uns irgendwo einzusperren … na ja, dann könntest du das auch hier auf der Stelle tun. Wieso also nicht die Besichtigung mitnehmen?« Sie strahlte, und es war, als erstrahle die Sonne.
Amelie blinzelte verblüfft.
»Na schön«, gab Caro schließlich nach.
Gemeinsam folgten sie Veronika. Als sie oben angekommen waren, lächelte Amelie sie unsicher an.
»Danke, dass ihr mir diese Chance gebt.« Amelie drehte sich um und bedeutete den Hexen, ihr zu folgen. Sie führte die Gruppe durch den Flur aus Eis in das Zimmer, in dem sie Finja bereits begrüßt hatte. Die Balkontür stand offen und zeigte das großartige Panorama. Zoe pfiff anerkennend.
»Nicht schlecht«, gab sie zu, während Veronika sich viel mehr für das Design der Eismöbel zu begeistern schien.

»Die hast du selbst erschaffen?«, fragte sie, an Amelie gewandt, während sie sich zu einem Stuhlbein hinabbeugte. »Bemerkenswert.«

»Warum Eis?«, fragte Yen und fuhr mit ihrem Zeigefinger über die Wand, in der spiralförmige Muster eingearbeitet waren. »Ist das nicht ein furchtbar undankbares Arbeitsmaterial?«

»Ich bin ein Winterkind«, erwiderte Amelie und führte die Gruppe zurück in den Flur. »Im Schnee habe ich mich schon immer zu Hause gefühlt.« Ihre Schritte wurden langsamer. »Die Stille im Winter. Schnee auf der Wiese. Eisblumen an den Fensterscheiben.« Sie lächelte. »Es war die Jahreszeit, in der ich bei der Familie bleiben durfte. Ich musste nicht mit anderen Kindern nach draußen auf den Spielplatz, sondern durfte zu Hause sitzen und Kakao trinken, während unsere Mutter Geschichten vorlas und von unseren Vorfahrinnen erzählte.«

Ein schmerzhafter Stich bohrte sich in Finjas Brust. Amelies Worte zeichneten ein Bild von Maileen, das Finja befremdlich vorkam. Eine Version dieser Frau, die sie schon ihr ganzes Leben lang zu kennen glaubte – dabei war sie es gewesen, die ihr einen Großteil ihrer Kindheit geraubt hatte. Finja konnte sich des Eindrucks nicht erwehren, dass es vor allem die guten Dinge waren, die sie vergessen hatte. Wenn nicht sogar alles Gute, was sie je in ihren frühen Jahren erlebt hatte. Geblieben waren die Streitereien zwischen ihrem Vater und ihrer Mutter. Einsame Abende in ihrem Zimmer. Tränendurchweichte Kopfkissen.

Eine zaghafte Berührung an ihrem Arm. »Finja?«

Veronika musterte sie eindringlich. »Du bist so blass. Ist alles in Ordnung?«

Sofort wandte auch Amelie sich ihrer Schwester zu. »Was ist los?«

»Nichts«, erwiderte Finja eine Spur zu hastig.

»Hannah«, sagte Amelie und lächelte mild. »Ich verstehe. Komm, ich bringe dich zu deiner Tochter.« Sie wandte sich an die Hexen. »Danach zeige ich euch meinen Garten. Ihr werdet ihn sicher zu würdigen wissen.«

Sie drehte sich um, wandte ihnen zum ersten Mal den Rücken zu. Ihre helle Haut zeigte sich durch den durchscheinenden Stoff. Aus

dem Augenwinkel sah Finja etwas aufblitzen. Eine Klinge. Scharf, poliert. Mit der Spitze auf Amelies entblößten Rücken gerichtet.
»Nein!« Mit ganzer Kraft schob sie Zoe zur Seite. Das Messer fiel aus ihrer Hand und landete auf dem Eisboden, schlitterte den Flur entlang, vorbei an Amelie. Diese starrte irritiert darauf, dann drehte sie sich um. Mitleid verzog ihr Gesicht.
»Ich wollte euch wirklich gehen lassen«, erklärte sie und seufzte schwer. »Wieso muss ich das jetzt tun?«
»Du hast gesagt, du würdest ihnen nichts antun«, schaltete Finja sich ein.
»Deine Freundin hat gerade versucht, mir das Messer in den Rücken zu rammen!«
Finja schluckte. Sie lag zitternd neben Zoe auf dem Boden, deren hasserfüllter Blick Amelie durchbohrte.
»Du entführst Kinder«, zischte Zoe. »Sag mir nicht, dass du einer Frau, die Kinder ihren Familien entreißt, kein Messer in den Rücken rammen würdest?«
Nachdenklich legte Amelie einen Finger ans Kinn und betrachtete Zoe eingehend. Schließlich schmunzelte sie. »Wahrscheinlich hast du recht. Aus deiner Perspektive muss ich ein echtes Monster sein, nicht wahr?«
»Und aus der Perspektive sehr vieler Familien, nach dem, was Finja mir über die anderen Kinder hier erzählt hat. Du hast nicht nur ihre Tochter entführt.«
»Sie wollte gerade Hannah holen«, schoss Finja dazwischen. »Wie kannst du sie genau in diesem Moment angreifen?«
»Ich habe darauf gewartet, dass sie mir den Rücken zudreht«, erwiderte Zoe ruhig und richtete sich auf. »Blödes Timing, würde ich sagen.«
»Ich habe lange genug gewartet«, sagte Finja.
»Das hast du.« Amelie hob das Messer auf. »Ihr bleibt hier.« Sie fuhr mit der freien Hand durch die Luft, und Eisketten schossen aus dem Boden, wanden sich um die Arme der Hexen. Ruckartig zogen sie daran, versuchten, sich zu befreien, aber vergebens. Das Eis klirrte wie Metall.

»Hey«, schrie Zoe empört und knickte ein, als die Kette sie ein Stück nach unten zog.
»Das müsst ihr verstehen«, erklärte Amelie, »ihr habt gerade versucht, mich zu töten. Ich kann euch nicht einfach so in meinem Schloss rumlaufen lassen.«
Caro gab den Kampf gegen die Ketten auf. »Du hast recht.«
Entsetzt wandte Zoe sich ihr zu. »Was?«
»Na ja, du hast gerade versucht, ein Messer …«, setzte Veronika an und verstummte unter Zoes strengem Blick.
»Wir werden hier warten.« Yen setzte sich in den Schneidersitz. »Geh zu deiner Tochter.«

52

Wiedersehen

Heute

Amelie führte sie durch das verwirrende Labyrinth des Eisschlosses, bis sie schließlich zu einer Wendeltreppe kamen. Schritt für Schritt stieg Finja sie empor, bei jeder Drehung passierten sie ein spitzes Fenster. Je weiter sie liefen, desto kleiner schien die Landschaft, bis Finja irgendwann nur noch hellen Himmel sah.

Hin und wieder kamen sie an einer Tür vorbei, aber Amelie ignorierte sie alle, bis die Treppe endete. Amelie drehte sich zu ihr um, ein Lächeln im Gesicht.

»Bist du bereit?«

Finja zögerte. Konnte sie Hannah nach allem, was sie erfahren hatte, mit gutem Gewissen gegenübertreten? Dann dachte sie daran, dass Hannah sich an nichts erinnerte. Also nickte sie, und Amelie drückte die Klinke nach unten.

Sie traten auf einen breiten Balkon mit Blick auf die glitzernden Bergwipfel. Von hier wirkten die Tannen wie Spielzeug und die Landschaft wie aus Zucker.

Doch Finja interessierte sich nicht für das Panorama, das sich ihnen bot – ihr Blick lag allein auf Hannah, die dort stand, den schmalen

Körper in ein weißes Kleid gehüllt. Ein ebenso heller Vogel saß auf ihrem Unterarm, während sie mit der freien Hand den Kopf des Tiers kraulte. Er erinnerte Finja an einen kleinen Falken.

Ein Lächeln lag auf Hannahs Lippen, die feinen Haare waren zu einem Zopf geflochten, der über ihrer linken Schulter lag. Als sie sich umdrehte, flog der Vogel mit einem Schrei davon.

»Mami!« Einen Atemzug später lag Hannah in Finjas Armen. Sie stand wie erstarrt, traute sich nicht, sich zu bewegen, aus Angst, aus diesem Traum zu erwachen. Tränen liefen über ihre Wangen, tropften auf Hannahs Scheitel. »Ich wusste, dass du kommst!«

Hannah drückte sich enger an sie, legte den Kopf in den Nacken und lächelte stolz. »Tante Amelie ist so schön, oder? Wie eine echte Prinzessin! Sie ist Elsa!«

Noch immer fand Finja keine Worte. Sie starrte auf ihre Tochter hinab. Auf ihr Kind, das die Welt verloren geglaubt hatte. Aber sie war lebendig. Finja suchte in ihrem Gesicht nach Anzeichen, ob Amelies Geschichte stimmte. Ob diese Erinnerungen, die sie durchlitten hatte, doch nur ein Trugbild gewesen waren.

Jetzt, da sie es wusste, sah sie den Schimmer in Hannahs Blick. Sie erkannte den Splitter, den Amelie ihr eingesetzt hatte. Erschrocken sah Finja auf das kleine Mädchen, das von Max missbraucht worden war. Finja verkrampfte sich noch stärker, und Wut kochte in ihr hoch. Heiße, unbändige Wut.

»Mami?« Auf einmal klang Hannah so ängstlich, und das machte Finja noch wütender.

Finja wusste nicht, auf wen: auf Max oder sich selbst, und als sie daran dachte, dass sie ebenso schuld war wie er, verwandelte sich die Wut in Abscheu und Selbsthass.

Da legte Amelie ihr eine Hand auf die Schulter. »Nein«, sagte sie, als könnte sie Finjas Gedanken lesen.

»Aber …«, brachte Finja hervor. Dann wurde ihr klar, dass das nicht die ersten Worte waren, die sie zu ihrer Tochter sagen wollte. Sie ging in die Hocke, zog Hannah eng an sich und wiegte sie in den Armen, wie sie es vor vielen Jahren getan hatte, als Hannah noch ein Baby gewesen war. »Ich hab dich lieb.«

»Ich dich auch«, sagte Hannah sofort und schmiegte sich an sie. Ihre kleinen Hände lagen in Finjas Nacken.
»Es tut mir leid«, fügte Finja hinzu und meinte damit alles. Dass sie so lange gebraucht hatte, um sie zu finden. Dass sie ihre Tochter mit Max allein gelassen und nicht richtig aufgepasst hatte. Tränen rannen über Finjas Wangen und versickerten in Hannahs Haaren. »Es tut mir so leid.«
Es war Amelie, die die beiden voneinander löste.
»Möchtest du noch einmal den Eisvogel sehen?«, fragte sie, an Hannah gewandt.
Der Gesichtsausdruck des Mädchens wechselte von verwirrt zu glücklich, etwas Farbe kehrte zurück, und sie nickte so wild, dass ihr Zopf umherflog. Kurz darauf kehrte der Vogel zurück und landete auf Hannahs Schulter. Das Kind quietschte vergnügt und strich ihm wieder über den Kopf, während Finja von ihrer Schwester etwas abseits geführt wurde.
»Ich sagte doch, dass du eventuell etwas brauchen wirst, bis du ihr gegenübertreten kannst«, sagte Amelie. Trotz der harten Worte lag Wärme in ihrer Stimme.
»Ich musste sehen, dass es ihr gut geht«, erwiderte Finja.
»Glaubst du mir jetzt?«, fragte Amelie, und Finja fragte sich, ob ihre Schwester ihre Zweifel gespürt hatte – oder ob sie von Hannahs Wohlergehen sprach. Doch egal, was Amelie meinte, Finja nickte, ohne zu zögern. Dann vergrub sie das Gesicht an der Brust ihrer Schwester und weinte.

53

Schuld

Heute

Als sie zu den Hexen zurückkehrten, hallte ein lautes Klopfen durch das Schloss.

»Das muss Agathe sein«, sagte Amelie und eilte voraus, während Hannah noch immer Finjas Hand festhielt. Finja hatte das dringende Bedürfnis, sie nie wieder loszulassen, und klammerte sich noch etwas fester an sie.

»Aua.« Hannah zog ihre Hand zurück und rieb sie. »Das tut weh.«

»Entschuldige, Maus.« Den restlichen Weg behielt sie ihre Hände bei sich.

Beide schwiegen, und es schien Finja, als stünde etwas zwischen ihnen. Eine unüberwindliche Barriere aus Selbsthass. Finja schluckte schwer. Sie wünschte sich, dass sie besser aufgepasst, dass sie die Zeichen erkannt hätte und das mit Max niemals passiert wäre.

Die Wut kehrte zurück. Noch befand sie sich in dieser schillernden Eiswelt, aber sie würde bald mit den Hexen zurückkehren und Max gegenübertreten. Und dann … Finjas Gedanken stockten. Sie wusste nicht, was sie dann tun sollte. Sie malte sich aus, Max' Augen mit den Daumen zu zerquetschen. Ein Messer in seinem Bauch. Eine heiße

Nadel in die Zunge rammen, die Hannah auf so widerwärtige Weise berührt hatte.

Nichts davon schien genug.

»Mama?« Hannah klang unsicher, aber ihre Stimme verdrängte dennoch für einen kurzen Augenblick die Rachefantasien.

»Ja?«, fragte Finja und fühlte sich seltsam ertappt. Hannah durfte niemals von diesen düsteren Gedanken erfahren. Sie hatte schon genug durchlitten.

Da wurde Finja klar, dass sie für ihre Rache ins Gefängnis gehen würde. Der Richter würde nicht verstehen, warum sie das getan hatte. Sie war eine Mutter, ja, und wahrscheinlich würden viele Eltern auf der ganzen Welt sie verstehen und ihr zustimmen, aber das Recht war nicht auf ihrer Seite.

Sie dachte kurz darüber nach, was das Recht für Vergewaltiger vorsah, und merkte, dass sie es nicht wusste. Aber egal, wie viele Jahre Max ins Gefängnis musste – es war nicht genug. Nichts würde je genug sein.

»Gehen wir jetzt wieder nach Hause?« Hannah hielt den Kopf gesenkt. »Ich würde lieber hierbleiben.«

Es kostete Finja viel Kraft, einfach weiterzulaufen und sich nichts anmerken zu lassen. Bisher hatte sie nie in Erwägung gezogen, dass Hannah hierbleiben wollte.

»Aber wir müssen zurück«, erklärte Finja vorsichtig.

»Wieso?« Hannah schlug ihren trotzigen Tonfall an. Finja kannte ihn so gut von unzähligen Meinungsverschiedenheiten.

»Weil …« Finja hielt inne. Ihr fiel kein Grund ein. Elisa wartete dort auf sie, ja, aber ihrer besten Freundin konnte sie sicher eine Nachricht zukommen lassen. Auf ihrer Arbeit war sie seit Hannahs Verschwinden nicht mehr gewesen, sicher vermisste sie dort niemand. Mit ihren Eltern wollte sie so schnell nicht mehr reden, nach allem, was sie nun über sie wusste. Aber es war nicht richtig, fand Finja. Sie durften nicht einfach in eine Welt hinter den Spiegeln fliehen. So etwas tat man einfach nicht. »Wir müssen nach Hause«, sagte sie schließlich, als die Stille schon viel zu lange dauerte. »Du musst zurück in die Schule und ich zur Arbeit. Alle haben dich schrecklich vermisst, weißt du?«

»Aber Amelie passt auf mich auf«, erklärte Hannah und zog einen Schmollmund. »Es ist schön hier. Die anderen sind nett. Ju ist meine neue beste Freundin.«

»Ju ist wirklich nett«, stimmte Finja zu. »Wir können sie jederzeit besuchen.«

Hannah brummte und verschränkte die Arme vor der Brust.

»Und vielleicht kann sie auch mal bei dir übernachten«, schlug Finja vor. »Wenn sie das möchte.«

Gerne hätte Finja noch weitere Vorschläge gemacht, aber in diesem Moment erreichten sie das Ende des Flurs. Als sie um die Ecke bogen, standen dort die vier Hexen und rieben sich ihre Handgelenke, an denen die Eisketten sie gefesselt hatten. Direkt neben ihnen warteten Agathe und Amelie.

»Finja«, grüßte Agathe. Sie kam auf sie zu und drückte Finja an sich. »Es geht dir gut. Ich hatte schon gefürchtet, dass …« Sie richtete ihre Aufmerksamkeit auf Hannah. »Du musst Finjas Tochter sein.« Sie ging in die Hocke und hielt ihr eine Hand hin. »Schön, dich kennenzulernen.«

Das Mädchen grummelte und drehte sich weg.

»Sie ist beleidigt«, erklärte Finja und leckte sich über die spröden Lippen. Auf einmal schien ihr ganzer Mund trocken zu sein. »Weil ich ihr gesagt habe, dass sie nicht hierbleiben kann.«

Schnell warf sie einen warnenden Blick zu Amelie, damit sie ihr nicht widersprach. Ihre Schwester nickte kaum merklich.

»Aber Amelie hat gesagt, dass sie auf mich aufpasst«, wiederholte Hannah und stürmte zu ihrer Tante. Mit voller Wucht warf sie sich ihr um die Beine. Hilflos hielt Amelie das Mädchen an den Schultern fest.

»Du musst auf deine Mami hören«, erklärte sie leise und strich Hannah über den Kopf. »Außerdem bist du bei ihr sicher. Versprochen.«

»Nein.« Das Wort kam so schnell und vehement wie ein Pistolenschuss.

Ebenso schmerzhaft schlug es in Finjas Brust ein. Hannah meinte nicht die Sicherheit, das war Finja bewusst. Dennoch fühlte es sich so an. Sie holte entsetzt Luft. »Maus …«, flüsterte sie und trat auf ihre Tochter zu. »Wir müssen wirklich zurück.«

»Aber ich mag es hier.«
»Lass mich kurz mit deiner Mami reden«, mischte sich Amelie ein. Sie strich dem Mädchen erneut über den Kopf. »Okay?« Hannah nickte mit zusammengekniffenen Lippen, und Amelie fuhr fort: »Dann geh in den Garten, ja? Wir kommen gleich zu dir.«
»Ich will nicht gehen«, stieß Hannah hervor.
»Hannah …«, versuchte Finja es erneut. Dieses Mal blieb sie stehen; sie traute sich nicht, sich ihrer Tochter zu nähern. »Geh in den Garten. Ich spreche mit Amelie darüber, ob wir nicht doch hierbleiben können.« Die Lüge kam ihr so leicht über die Lippen.
Hannah runzelte die Stirn. »Ehrlich?«
»Ja«, log Finja erneut. »Aber wir haben noch einiges mit Agathe und den anderen hier zu bereden. Wegen unserem Haus und so. Genieß lieber die Zeit im Garten.«
»Ich werde den Eisvogel rufen«, fügte Amelie hinzu. »Dann könnt ihr noch ein wenig spielen.«
Kurz zog Hannah die Nase kraus. »Na schön«, sagte sie schließlich und flitzte davon.
»Das war erstaunlich einfach«, murmelte Zoe und schüttelte den Kopf.
»Sie liebt den Eisvogel.« Amelie lächelte. »Die beiden hatten vom ersten Tag an eine besondere Beziehung zueinander. Ich habe noch kein anderes Kind gesehen, dass derart rücksichtsvoll mit Tieren umgeht.«
»Sie trägt Magie in sich«, sagte Agathe. »Erinnert euch nur an eure eigene Kindheit. Sicherlich war es bei euch genauso.«
Sie alle lächelten, schwelgten kurz in Erinnerungen an eine sorglose Zeit, in der Schmetterlinge auf ihren Handflächen landeten und Raben ihnen neugierig hinterherflogen.
»Wir können nicht hierbleiben«, sagte Finja, an Amelie gewandt. »Auch wenn ich dir sehr dankbar dafür bin, dass ich nun die Wahrheit kenne. Ganz gleich, wie schmerzhaft sie ist. Danke, dass du Hannah vor mir gerettet hast.«
»Was meinst du damit?«, unterbrach Agathe sie. »Was hast du dem Kind angetan?«
»Nichts«, wiederholte Finja erneut. Tränen traten in ihre Augen.

»Genau das ist das Problem. Ich habe nichts getan.« Die anderen Hexen verschwammen vor ihrem Blick. Der Zeitpunkt der Wahrheit war gekommen. »Mein Freund hat Hannah missbraucht.« Es gab keine Version der Geschichte, die nicht grausam klang, also entschied sie sich für Direktheit. »Während ich mit einer Freundin einen Filmabend gemacht habe. Er hat einfach …« Die Ungeheuerlichkeit der Wahrheit ertränkte ihre Worte in einem Tränenmeer.

Finja hörte nichts als ihr eigenes Schluchzen. Sie sah nicht, wie die anderen reagierten. Ob sie sich angewidert abwandten. Die Messer wetzten. Überlegten, wer ihr den ersten Schlag verpassen durfte.

Als eine Hand sie berührte, zuckte sie erschrocken zusammen.

»Es ist nicht deine Schuld.« Agathes sanfte Stimme drang in ihren Nebel aus Traurigkeit, aber Finja war im ersten Moment nicht fähig, die Worte zu begreifen. Sie suchte in ihnen nach Beschimpfungen, nach einem Urteil. Aber sie fand nur Mitgefühl.

»Was?« Finja schluchzte und hob den Blick, traute sich, Agathe anzusehen. Die hellen Haare der Hexe waren kaum mehr als ein weißer Fleck hinter einem Tränenschleier.

»Es ist nicht deine Schuld«, wiederholte Agathe leise. »Bestraf dich nicht für die Taten eines anderen Menschen.«

»Aber ich hätte es verhindern müssen«, widersprach Finja heftig. »Wie konnte ich das nicht sehen? Wie konnte ich das unter meinem Dach geschehen lassen? Während ich dort war? Wie … wie habe ich das nicht bemerkt?« In einem Sekundenbruchteil dachte Finja an all die Gelegenheiten zurück, in denen sie mit Wärme im Herzen Max bei seinem liebevollen Umgang mit Hannah beobachtet hatte. Sie versuchte einzuordnen, was vor und was nach dem Filmabend stattgefunden hatte, aber sie war zu durcheinander, zu verwirrt und zu wütend. »Ich dachte, er wäre ein liebender Vaterersatz. Ich dachte, er …«

»Du liebst Hannah«, schaltete Amelie sich ein. »Das sehe ich. Das sehen wir alle. Du wusstest es nicht. Du wolltest es nicht wissen.« Sie verstummte kurz, holte tief Luft. »Wir alle sind gut darin, die Augen zu verschließen, wenn ein geliebter Mensch abscheuliche Dinge tut. Wir wollen nicht, dass Leute, die wir lieben, böse sind. Also reden wir uns Dinge schön. Wir missinterpretieren übergriffige Berührungen als nette Gesten. Reden uns selbst ein, dass wir uns ja nur anstellen. Dass wir diejenigen sind, mit denen etwas nicht stimmt.« Wut färbte ihre Erzählung dunkel. »Aber das ist falsch. Es war sein Fehler. Sein Fehler allein. Nicht deiner. Nicht Hannahs. Nicht meiner.«

»Deiner?«, fragte Zoe.

Langsam versiegten Finjas Tränen, und es blieben nur trockene Schluchzer. Sie legte dankbar ihre Hand auf Agathes, drückte sie sanft.

»Du hast die Kinder gerettet«, schaltete Yen sich ein. Ihre Augen wurden groß. »All diese Kinder unten im Dorf, von denen Agathe uns erzählt hat, sie sind … sie wurden …«

»Ja«, sagte Amelie bloß. »Jedes von ihnen hat eine eigene, düstere Geschichte. Ich habe die Kinder gerettet. Habe sie durch die Spiegel zu mir geholt, um sie hier zu beschützen. Habe ihre Erinnerungen gelöscht, damit sie glücklich sein können.« Etwas wie Stolz schwang in ihren Worten mit.

Zoe lachte auf. »Du bist einfach nur egoistisch«, warf sie Amelie vor. »Du hättest genauso gut die Monster einsperren können. Warum die Kinder? Weil du nicht allein sein wolltest?« Zoe schnaubte. »Einen anderen Grund gibt es dafür nämlich nicht. Du hast die Kinder ihren Familien entrissen, statt dir Typen wie Max zu schnappen und ihn hier an einen Baum zu ketten.«

Amelie starrte Zoe wortlos an.

»Das ist nicht fair«, schaltete Yen sich ein. »Sie hat doch nur …«

»Eine enorm falsche Entscheidung getroffen«, fuhr Zoe unbarmherzig fort. »Wir sind hierhergekommen, um Agathe zu retten, erinnert ihr euch? Ganz egal, was Amelie uns hier für Geschichten auftischt: Sie bleibt eine Entführerin.« Sie wandte sich Finja zu. »Sie hat Hannah entführt, statt dich zu warnen. Deine eigene Schwester hat dir wortlos dein Kind entrissen, statt dir zu helfen.« Zoe schüttelte energisch den Kopf. »Erzählt mir nicht, dass ihr dieser Entführerin jetzt vergeben wollt, weil sie es ja *aus den richtigen Gründen getan hat.*« Die letzten Worte untermalte sie mit Anführungszeichen in der Luft. »Das kann nicht euer Ernst sein. Sie hätte ebenso die Monster wegsperren können, die das alles getan haben, statt sich an den Kindern zu vergreifen.«

»Zoe«, flüsterte Veronika sanft. »Gehst du jetzt nicht ein wenig hart mit unserer Schwester ins Gericht?«

»Sie ist nicht unsere Schwester!« Zoe warf die Hände nach oben. »Ehrlich jetzt? Du nennst sie Schwester? Sie hat Agathe entführt!«

»Weißt du, Zoe, du musst nicht immer nur das Schlechte in anderen sehen«, erwiderte Yen. Dieses Mal schwang nicht der sonst so neckende Tonfall mit. »Amelie hat vielleicht nicht alles richtig gemacht, aber sie … hat es gut gemeint. Wir haben Hannah und Agathe. Lasst uns einfach nach Hause zurückkehren.«

»Du hast recht.« Amelie raufte sich die Haare, ihr Gesicht wurde blass. »Ich kam nicht einmal auf die Idee, die Vergewaltiger zu bestrafen. Ich …« Sie schüttelte den Kopf. »Ich dachte wirklich, ich tue das Richtige.«

»Da ist noch mehr«, sagte Agathe. Vorsichtig legte sie eine Hand auf Amelies Schulter. »Ich spüre es.«

Amelie ließ den Kopf hängen. »Ich … ich hätte ihre Anwesenheit nicht ertragen.« Eine einzelne Träne lief über ihre Wange.

»Das ist in Ordnung«, flüsterte Agathe. Gleichzeitig warf sie den Hexen einen warnenden Blick zu, damit sie ihr nicht widersprachen.

Da kam Finja eine Idee. »Zoe hat recht. Wir dürfen nicht weiter die Kinder wegsperren, um sie zu schützen. Wir müssen etwas anderes unternehmen.«

»Und was schwebt dir da vor?«, fragte Amelie zweifelnd.

Die Antwort war so naheliegend. So einfach, simpel und doch genial.

»Outsourcing«, sagte sie und begann, ihren Plan zu erklären.

Die anderen hörten ihr mit deutungslosen Mienen zu. Zoe nickte hin und wieder, während Caro nervös mit ihren langen blonden Haaren spielte.

»Du denkst, das funktioniert?« Amelie runzelte die Stirn. »Was ist, wenn sie nicht dabei ist?«

»Dann überreden wir sie.«

»Und wenn sie uns angreift?«, warf Caro ein.

»Dann schlagen wir zurück«, erwiderte Finja.

»Entweder bist du genial oder größenwahnsinnig«, flüsterte Amelie.

54

Abschied

Heute

Hannah saß auf dem Brunnenrand, während der Eisvogel sich auf ihrem Schoß eingekuschelt hatte. Beinahe ehrfürchtig strich das Mädchen über das Gefieder.

Entschlossen trat Finja zu ihr. »Es ist so weit.«

»Ich muss mit zurück, oder?« Eine Träne kullerte über Hannahs Wange. »Ihr habt gar nicht darüber gesprochen, ob ich hierbleiben kann, sondern du hast den anderen alles erzählt.«

»Es musste sein.« Finja fehlte die Kraft, ein weiteres Mal zu lügen. »Aber jetzt ist alles gut.« Sie biss sich auf die Unterlippe. Nichts war gut. Nur weil sie eine mögliche Zukunft vor sich sah, war die Vergangenheit nicht vergessen. Ihr einziger Lichtblick war, dass Hannah mit Vergessen beschenkt worden war. »Wir sind wieder zusammen«, fügte sie deshalb hinzu. »Und ich werde nicht zulassen, dass wir jemals wieder getrennt werden.« Sie kniete sich hin und hielt Hannah den kleinen Finger entgegen. »Kleiner-Finger-Schwur.«

Hannah zögerte. Dann hakte sie sich ein. Als sie wieder losließ, strich sie erneut über das Gefieder des Eisvogels.

»Das Tor ist bereit.« Amelie durchquerte mit eleganten Schritten den

Garten. Die Eisblumen drehten ihre Köpfe, als wäre Amelie ihre Sonne. »Die anderen sind schon dort.«
»Kommst du?«, fragte Finja und hielt Hannah eine Hand entgegen.
Der Eisvogel breitete seine Flügel aus und erhob sich in den Himmel. Wehmütig blickte Hannah ihm nach.
»Ich darf wiederkommen, oder?«
»Jederzeit«, antwortete Finja ehrlich.

55

Nachspiel

Heute

Max wartete vor Finjas Haus. Wie so oft saß er in seinem Auto, starrte in die Dunkelheit und wartete darauf, dass sie zurückkehrte. Die Straße lag ruhig da, die Straßenlaternen warfen ihr sanftes Licht auf den Asphalt.

Finja schuldete ihm so viel. Es war das Mindeste, dass sie ihn noch einmal anhörte. Nein, viel mehr noch: Sie hatte ihm zu verzeihen.

Nach allem, was er für sie getan hatte, war es sein gutes Recht, mit ihr zu reden. Ganz abgesehen davon, dass er das Beste war, was ihr passieren konnte.

Er war ihr Prinz. Die Antwort auf alles.

Mit seiner Hilfe würden sie Hannah wiederfinden und eine Familie sein.

Das stand ihm zu.

Er lehnte sich zurück, beobachtete zufrieden sein Spiegelbild in der Autoscheibe.

Sein eigenes Spiegelbild.

Verzerrt.

Rote Augen.

In den pechschwarzen Scheiben.

Max schrie nicht. Er saß einfach nur reglos da, als die Finsternis ihn verschlang. Als er die Augen wieder öffnete, sah er schwarzen Sand in einer endlosen Wüste. Über ihm drehte sich ein Mond, viel zu groß und viel zu nah. Max wollte schreien, aber er war ein *echter Mann*, also hielt er den Mund und sah sich mit großen Augen um. Am Horizont brüllte ein Ungeheuer. Schwarze Tentakel erhoben sich dort in den Himmel, rückten näher wie eine Gewitterfront. Max lief los. Er rannte und stolperte, der Wüstensand unter seinen Füßen rutschte weg, nahm ihm den Halt.
Die Tentakel kamen näher, das Brüllen wurde lauter. Da fiel er, landete mit voller Wucht im Sand, der seine Haut aufscheuerte. Als er sich aufrappelte, stand da plötzlich ein Mann mit blassem Gesicht, Sommersprossen und roten Haaren. Max blinzelte, erkannte sich selbst. Sein anderes Ich verzog das Gesicht zu einem hämischen Grinsen. »Schön, dass du endlich da bist.«
»Wer bist du?«, stammelte Max.
Der andere Max trat auf ihn zu. »Dein neues Zuhause.«
Das Brüllen kam näher.
»Was ist das?«, fragte Max.
»Das möchtest du lieber nicht herausfinden«, sagte der andere Max, und sein Lächeln wurde zu einer Fratze. »Deswegen würde ich an deiner Stelle jetzt laufen.«
Und Max rannte erneut los, während der schwarze Horizont ihn verfolgte und der andere Max ihn unaufhörlich anfeuerte.
»Schneller!«

»Ohne mich wärst du schon lange tot!«

»Ich bin dein Retter.«

»Ich bin dein Prinz.«

»Siehst du das feurige Schimmern in den dunklen Scheiben?
Diese roten Funken, nicht mehr als ein kurzes Blinken?
Dort wohnt dein Anderes-Ich, heißt es, geboren aus
deinen Schuldgefühlen und Ängsten.
Es lebt in einer Welt aus schwarzem Sand und holt
sich jene Menschen, die Schuld im Herzen tragen.
Also lade keine Schuld auf dich, bevor du in
dunkle Scheiben schaust. Sonst wird Es kommen
und dich holen, und deine Seele wird Sein neuer Begleiter sein.«

Epilog

Ein neuer Anfang

Heute

Mama!« Hannahs freudiges Lachen drang an Finjas Ohr, als sie gerade die Tür des Schuppens hinter sich schloss. Das Kind stürmte ihr in die Arme, wich aber kurz darauf wieder zurück.

»Du stinkst nach Elefant.« Hannah hielt sich die Nase zu.

»Ich habe heute die Käfige sauber gemacht«, erklärte Finja lachend. Sie selbst nahm den Tiergeruch kaum mehr wahr. Ihre neue Arbeit als Tierpflegerin brachte deutlich weniger Lohn ein, aber das Geld war ihr mittlerweile vollkommen egal. Sie wollte einfach nur noch glücklich sein. Sosehr sie das nach alldem eben konnte.

Die Arbeit im Zoo half ein wenig dabei.

»Hey!« Elisa trat mit einem Lächeln auf Finja zu. »Ich dachte, wir holen dich heute einfach mal ab. Außerdem beginnt meine Schicht gleich, und es lag quasi auf dem Weg.«

»Danke dir.« Finja wusste, dass diese zwei Worte nicht ausreichten, um all das, was Elisa für sie getan hatte, gutzumachen. »Dass du auf Hannah aufpasst, nach allem, was ich dir angetan …«

»Lass gut sein.« Elisa hob eine Hand, um Finjas Redeschwall zu unterbrechen. »Du hast dich schon oft entschuldigt. Ja, du warst eine selbstsüchtige …« Mit einem Blick auf Hannah räusperte sie sich.

»… Frau. Aber das sind wir alle mal. Und in deiner Situation war das auch mehr als verständlich. Die wichtige Frage ist doch: Wirst du heute mit deiner Mutter sprechen?«

Finja hob den Blick gen Himmel. Seit sie zurückgekehrt waren, ging sie Maileen aus dem Weg. Sie war noch nicht bereit, mit ihr über Amelie zu sprechen. Geschweige denn über Magie. Oder Tero.

Eine Wolke kroch langsam über den Himmel. Natürlich fragte sie sich, wie viel ihre Mutter wusste. Ob sie ebenfalls ein Opfer war. Aber sie war noch nicht bereit dafür.

»Nein«, sagte Finja schließlich. »Nicht heute. Wir sind mit Agathe und den anderen verabredet.«

Sie strich ihrer Tochter über den Kopf. Der Hexenzirkel hatte sie beide aufgenommen und war nun ihre neue Familie. In wenigen Stunden würden sie gemeinsam Hannahs Magie erwecken. Lange hatten sie darüber diskutiert, ob das Kind schon bereit dafür war, aber letztendlich war es Finjas Entscheidung gewesen.

Nach einer kurzen Rücksprache mit Amelie hatte sie sich dafür entschieden. Mit Magie konnte Hannah sich zumindest schützen. So, wie Amelie sich damals geschützt und eine eigene Welt geschaffen hatte.

Finja hoffte, dass ihre Tochter diese Kraft nie zu ihrer Verteidigung einsetzen musste, aber auch abgesehen von dieser nützlichen Anwendung gab es noch einen sentimentalen Grund, um Hannah in die Geheimnisse der Magie einzuführen: Finja wünschte sich, dass ihre Tochter so das Leben führte, dass ihr genommen worden war.

Ihre Eltern hatten ihre Erinnerungen an Magie gelöscht, und sie waren noch nicht vollkommen wiederhergestellt. Ohne Maileens Hilfe würde das auch niemals geschehen. Doch Finja fürchtete sich vor den Erinnerungen, die sie verloren hatte. Mittlerweile glaubte sie nicht mehr daran, das ihre Mutter lediglich die Magie entfernt hatte.

Sie nahm Hannah an der Hand und fuhr mit ihr nach Hause, um sich umzuziehen und eine Kleinigkeit zu essen. Dort wartete ein großer Spiegel direkt im Hausflur.

»Wir sind zurück«, flüsterte Finja Richtung Spiegel. Sie trat direkt davor, und sofort verschwand ihr Bild, wurde ersetzt durch den Blick auf eine eisige Schneelandschaft. Amelie trat heran und lächelte, woraufhin Hannah sofort zu ihr rannte und begann, von ihrem Tag zu erzählen. Finja lauschte schmunzelnd, dann trat sie neben ihre Tochter, legte ihr eine Hand auf die Schulter.

»Wir müssen los. Die anderen warten schon.«

Amelie lächelte und nickte, bevor das Bild verschwand und Finja wieder sich selbst im Spiegel sah. In der Reflexion erkannte sie das Schimmern im Auge ihrer Tochter. Wenn sie ihre Tochter außerhalb der Spiegelwelt ansah, blieb der Splitter verborgen, aber bei jedem Blick in den Spiegel glänzte er verräterisch.

Und da sich Finja nicht mehr vor Spiegeln fürchtete, sah sie nun endlich auch den Splitter in ihrem eigenen Auge.

Nachwort

Hinter den Spiegeln so kalt behandelt ein hartes Thema. Das Schreiben des Romans fiel mir an vielen Stellen schwer, und ich möchte mich noch einmal nachdrücklich bei Babsi Schwarz und Reyhan Günaydin für das Bereitstellen ihres psychologischen Fachwissens bedanken.

In 70 bis 90 Prozent der Missbrauchsfälle kommt der Täter aus dem direkten Umfeld des Opfers: Onkel, Stiefvater, Stiefbruder, Bruder, Nachbar, Trainer, Babysitter, Freund der Familie. Auch heute noch wird in der Gesellschaft viel zu wenig über mögliche Anzeichen eines Missbrauchs aufgeklärt, sodass viele Eltern, Lehrkräfte und sogar Ärzt*innen völlig ahnungslos sind.

Aufklärung in diesem Bereich ist schwierig, denn es gibt nicht *den einen* Hinweis auf Missbrauch. Jedes Kind geht anders damit um, und doch gibt es einige Dinge, bei denen kritisch hingesehen werden sollte: das extreme Verhüllen des Körpers, Depressionen, Berührungsängste, plötzliche Ängste, Schlaf- oder Sprachstörungen, wiederkehrendes Bettnässen, Hauterkrankungen, Essstörungen, Flucht in eine Fantasiewelt, Meidung bestimmter Menschen oder Orte, aggressives Verhalten … Die Liste ist lang, und für fast jeden Punkt sind auch andere Erklärungen denkbar.

Weint das Kind nicht doch wegen Stress in der Schule? Sicher sind die Medien an der Magersucht schuld. Kinder haben eben eine blühende Fantasie. Ach, das ist gerade eine schwierige Phase.

Gerade weil sexueller Missbrauch so furchtbar ist, zieht man diese Möglichkeit nicht sofort in Betracht. Psychologisch gesehen eine absolut nachvollziehbare Haltung. Die kaum vorhandene Aufklärung sowie dieser natürliche Schutzmechanismus weckten in mir den Wunsch, ein Buch zu schreiben, das aufzeigt, wie schwer es ist, Missbrauch zu erkennen.

Denn viel zu häufig werden in Missbrauchsfällen nicht die Täter, sondern die Mütter verurteilt, denen vorgeworfen wird, »nicht genau hingeschaut zu haben«. Mit *Hinter den Spiegeln so kalt* wollte ich die Lesenden in einem sicheren Umfeld zu dieser Erkenntnis führen. Hannah ist eine fiktive Figur, niemand kam zu Schaden. Doch wenn durch das Lesen dieses Romans sensibilisiert wurde und so zukünftigen Opfern schneller geholfen werden kann, habe ich mein Ziel erreicht.

Zudem wünsche ich mir, dass die Schuldzuweisungen gegenüber unwissenden Eltern aufhören. Dass nicht mehr davon ausgegangen wird, dass die Mutter absichtlich weggeschaut habe – denn ja, meistens sind es die Mütter, die sich diesen Vorfällen stellen müssen. Selbst wenn das Kind bei beiden Elternteilen lebt und der Täter ein anderer Verwandter oder ein Bekannter war, so wird nicht selten allein die Mutter für ihr Versäumnis beschuldigt.

Dabei tragen wir als Gesellschaft die große Verantwortung, mehr über dieses Thema aufzuklären.

Hannah zeigte schon früh Anzeichen des Missbrauchs, wie beispielsweise das Bettnässen. Wenn du als Leser*in zu diesem Zeitpunkt nicht an Kindesmissbrauch dachtest, so hoffe ich, dass du nach dem Lesen dieses Romans so etwas als mögliches Anzeichen erkennst. Natürlich wurde nicht jedes bettnässende Kind missbraucht, und es gibt unzählige weitere Momente, in denen sensible Lesende eventuell schon bemerkt haben, was mit Hannah passiert ist. Doch ich wage zu behaupten, dass die Mehrheit ebenso wie Finja eiskalt erwischt wurde. Das war zumindest das Ziel des Romans: zu zeigen, dass Missbrauch viel zu oft ungesehen bleibt.

Und ja, es gibt sie: die Eltern, die absichtlich wegsehen. Das verurteile ich aufs Schärfste. Finja war keine dieser Mütter. Finja gehört zu der unwissenden Mehrheit, die häufig stärker verurteilt wird als die Täter. Dabei sollten wir jene verurteilen, die Wehrlosigkeit missbrauchen.

Jene, die sich mit ihren pädophilen Neigungen keine Hilfe suchen (denn die existiert!), sondern sie in die Tat umsetzen.

Mein Mitgefühl gilt allen Betroffenen.

Danksagung

Ein Buch ist selten eine Einzelleistung, und für *Hinter den Spiegeln so kalt* hatte ich wirklich enorm viel Unterstützung. Zu viel, um sie alle namentlich zu erwähnen, aber ich werde es dennoch versuchen.
Catherine Beck – danke für das großartige Lektorat.
Rey – danke für die aufklärenden Gespräche über schwierige Themen.
Babsi – danke für deine Geduld, dein Fachwissen, deine Hilfe.
Verena – danke fürs Testlesen und Dasein.
Lea Kaib - danke für deine Unterstützung.
Falkenfreunde – Mikkel, Anabelle, Lucinda, Babs – danke für eure lieben Worte, eure Ratschläge, euer Dasein.
Natalja – danke für alles. Es ist zu viel, um es aufzuzählen.
Paula – danke, dass du an dieses Projekt geglaubt hast.
Markus – danke für deine Unterstützung.
Chäd – danke. Du weißt schon.
Paul – danke für … Wo fange ich denn da an?!
Marie – danke für (Augen) und den fabulösen Rest.
Copeylius – danke für die zahlreichen Co-Working-Streams, ohne die dieses Buch niemals fertig geworden wäre.
Und natürlich ein großes Dankeschön an die Patreon-Crew, die es mir ermöglicht, Vollzeitautorin zu sein. Das gibt mir so viel Zeit und Raum, um Geschichten zu schreiben. Danke. Von ganzem Herzen.
Ein besonderer Dank geht an die mutigen Einhörner:
Alex
Amanda alias tigermaschine
Annalena Wille
Ásdís Adams
Baeldon
benne3101
Chriscros

Daniel Marquardt
David Becker
DoctorDoh
Edward Crést
F. P. Black
Harald Demler
Haylie
Isabell Kruemel
Julian Wünsch
kasio kasiopaier
Khrenn
Larsitsch
Lena
LionTrouble
Lisa Rother
Lord Kryptonox
lovegirlAiko
Lucas Nawrotzki
lukvol
Marco Wolf
Marie Luna
Mel Kraller
Andreas Nikolaus
Paneo
Peter Käuflin
Rudi Rüssel
Sabrina Graupner
Sebastian Eggert
SkixXx
Skynet1402
Stefan Groth
Sven Börgener
Th3Fr34k
Thandor01
Thomas Andres

Tim
Timon
Tobi Ketterer
Tobias Pfeifer
WeisseFedern

Triggerwarnung

(Achtung: Spoiler!)

Dieses Buch enthält Elemente, die triggern können.
Diese sind:

- sexueller Missbrauch
- Missbrauch Minderjähriger
- verbale Gewalt

Wir haben uns sehr bemüht, sämtliche potenziellen Trigger anzuführen. Da jeder Mensch besonders und einzigartig ist, hat jede*r Lesende auch eine eigene Wahrnehmung von potenziellen Triggern. Wir bitten daher um Verständnis, dass wir nicht gewährleisten können, dass die Aufzählung vollständig ist.

Lassen Sie sich von den Hexen von Edinburgh verzaubern!

LIZA GRIMM

TALUS

DIE HEXEN VON EDINBURGH

Eine skeptische Studentin, die plötzlich einem echten Geist gegenübersteht.
Ein begabter Tarotleger, der sich vor der Zukunft fürchtet.
Eine junge Hexe, die ihre Begabung verflucht.
Ein stolzer Wasserhexer, der die Wahrheit sucht.
Sie alle haben einen Herzenswunsch – und als das sagenumwobene Artefakt Talus auftaucht, scheint die Erfüllung ihrer größten Träume zum Greifen nah. Aber ein so mächtiger Gegenstand ruft auch böse Mächte auf den Plan. Und je näher sie Talus kommen, desto dunkler werden die Geheimnisse, die das Artefakt enthüllt.

»Eine Geschichte, die so magisch ist,
dass die Realität plötzlich ziemlich langweilig erscheint.«
Lea vom Buchblog Liberiarium

KNAUR

Was macht den Menschen zum Menschen?

LUCINDA FLYNN

CODE X

DAS ERWACHEN DER CYBERTECHS

Roman

2097 ist der Data Space zusammengebrochen. Ein Ort unendlich vieler Datenströme, auf den die Menschen seit jeher nur mit bestimmter Hardware zugreifen konnten. Dieser Zusammenbruch hat viele Menschenleben gefordert, doch die Überlebenden haben besondere Fähigkeiten erhalten: Sie können den Data Space mit ihren Gedanken manipulieren.
Jace ist einer von ihnen, ein sogenannter Cybertech. Doch die Megakonzerne machen Jagd auf die Cybertechs, die sie nur als Forschungsmaterial sehen. Währenddessen plant eine KI, das Massaker zu wiederholen. So müssen Jace und seine Verbündeten nicht nur die KI aufhalten, sondern auch noch vor den Konzernen flüchten, und der Kampf weniger Individuen gegen das System beginnt …

Ein mitreißendes Cyber-Abenteuer von der Newcomerin Lucinda Flynn

KNAUR